임술년도 조선통신사 봉행매일기 번각

天和信使奉行每日記翻刻

임술년도 조선통신사 봉행매일기 번각

©다사카 마사노리·이재훈, 2022

1판 1쇄 인쇄__2022년 05월 20일
1판 1쇄 발행__2022년 05월 30일

편저자__다사카 마사노리·이재훈
펴낸이__양정섭

펴낸곳__경진출판
　　　등록__제2010-000004호
　　　이메일__mykyungjin@daum.net
　　　사업장주소__서울특별시 금천구 시흥대로 57길(시흥동) 영광빌딩 203호
　　　전화__070-7550-7776　팩스__02-806-7282

값 22,000원
ISBN 978-89-5996-991-3 93830

임술년도 조선통신사 봉행매일기 번각

天和信使奉行每日記翻刻

다사카 마사노리·이재훈 편저

경진
출판

　지난 해 기해년도 조선통신사 봉행매일기 번각을 펴내고, 올해 임술년도 조선통신사 봉행매일기를 번각하여 출간하게 되었다. 현존하는 봉행매일기를 모두 번각하려는 작업이 어느새 2회차를 맞게 된 셈이다.

　지난 기해사행 번각본의 경우 국사편찬위원회 소장본에 판독에 어려움이 있어 게이오대학 소장본을 사용하였으나, 임술년도는 청서본에 해당하는 국사편찬위원회 소장본에 사본이 여럿 존재하고 각 사본 간에도 차이가 크지 않아 국사편찬위원회 소장본 중 가장 식별이 용이한 것을 골라 저본으로 삼았다. 혹 도중에 판독이 불가능한 글자에 한해서만 게이오대학 소장본의 것을 참고하며 작업을 진행하였다.

　기해사행 봉행매일기와 마찬가지로 일본의 소로문에 익숙하지 않은 국내 연구자들의 이해를 돕고자 중점을 찍고, 일반적인 탈초문보다는 많은 쉼표를 사용하였다. 여타 부분에 있어서는 가급적 원문의 체제를 그대로 따르려 노력하였는데, 이에 본의 아니게 들쭉날쭉한 부분이 다수 존재한다.

　기해사행 번각본의 책머리에서 밝힌 바와 같이 현재는 10차 사행에 해당하는 무진사행(1748년) 번각 작업에 들어가서 절반 정도 작업을

마치고, 일본어에 익숙하지 않은 국내 여러 연구자들을 위해 번역본도 조금씩 준비 중에 있는데 운이 좋으면 생각보다 빨리 이전에 작업했던 기해사행 봉행매일기부터 시작하여 결과물을 내놓을 수 있을 것 같다.

작업은 기해사행 번각본과 동일하게 이재훈이 초본을 완성하였고, 다사카 마사노리가 전체를 원문과 비교하며 오자를 교정하고 미판독문자를 보충해 넣었다. 이후 이재훈이 이를 받아 양식을 통일시키고 원문과 다시 한 번 비교하며 오탈자를 확인한 후에, 출판사의 편집을 받아 다시 한 번 각자 원문과 비교하며 오탈자를 확인하였다. 다만 수차례 확인해 보았지만 미처 체제를 갖추지 못하였거나, 확신을 갖고 자신 있게 써넣은 문자 중에 오자가 있으리라 생각한다. 이점 너그러이 이해해 주시길 바란다.

미판독 문자 해결에 도움을 주신 箕輪吉次 선생님과 늘 어려운 출판과 까다로운 편집을 맡아주시는 경진출판 양정섭 사장님, 아낌없이 사료를 제공해주신 국사편찬위원회의 관계자 여러분을 비롯하여 작업에 물심양면으로 도움을 주신 여러 선생님들에게 이 자리를 빌어 깊은 감사를 드린다.

2022년 5월
다사카 마사노리·이재훈

제1부 임술사행의 봉행매일기

임술사행과 종가문서

다사카 마사노리, 이재훈

임술사행과 종가문서

다사카 마사노리

이재훈

이 책 『임술년도 조선통신사 봉행매일기 번각』은 서명에서 드러난
바와 같이 임술사행(1682, 天和2年) 당시, 사행 기간 내내 통신사행 전반
을 실무적으로 관리하며 통신사와 가장 긴밀하게 연락을 취하던 쓰시
마번(対馬藩)의 신사기록(信使記錄) 중에서 신사봉행(信使奉行)의 매일
기(毎日記)를 탈초한 것이다.

임술사행은 임진왜란과 정유재란 이후, 일본에 파견된 열두 차례
통신사행 가운데 일곱 번째에 해당하는 통신사행으로서 에도 막부
5대 쇼군(將軍)인 쓰나요시(綱吉)의 쇼군 습직(襲職)을 축하하기 위해
파견되었다. 이 사행은 정사 윤지완(尹趾完), 부사 이언강(李彦綱), 종사
관 박경준(朴慶俊), 당상역관은 박재홍(朴再興), 변승업(卞承業), 홍우재
(洪禹載), 제술관은 성완(成琬)을 비롯한 총 473명[1]이, 1682년 6월 18일

부산을 출발하여 8월 21일 에도(江戶)에 도착, 10월 30일에 부산에 돌아오는 4개월 남짓의 짧은 여정으로 이루어졌다. 이 일정에 관해서는 미노와 요시쓰구(箕輪吉次) 교수의 2002년도 「天和(1682)의 朝鮮通信使」[2] 중 127~140쪽 「天和二年 朝鮮通信使 年表」에 상세히 기록되어 있으니 이를 참조하길 바란다.

이후에 파견된 8차 신묘사행(辛卯, 1711)에는 아라이 하쿠세키(新井白石)의 빙례개혁(聘禮改革), 9차 기해사행(己亥, 1719)에는 교토 호코지(方広寺) 방문 거부와 신유한의 연회 참석 거부를 필두로 한 예법 논쟁, 10차 무진사행(戊辰, 1748)에는 부사선 화재, 11차 계미사행(癸未, 1763)에는 최천종 살인 사건으로 대표되는 각종 사건들이 일어난 것과 비해 보면, 사행기간 중에 갈등이 전혀 없었던 것은 아니지만 임술사행은 임술약조(壬戌約條) 교섭이라는 큰 이벤트를 수반하면서도 그 흔한 폭풍우 한 번 만나지 않아, 사행 그 자체로는 상당히 순조로운 편이었다고 볼 수 있다.

필자의 좁은 식견에 의하면 임술 사행을 다룬 연구 중에서 종가문서를 활용한 미노와 요시쓰구를 제외하고는 사건과 사고를 다룬 결과물이 거의 없는 것도 어느 정도 이에 기인할 것이라 생각한다.[3]

조선 후기에 일본에 파견된 열두 차례 사행은 각 사행별로 삼사관에 의해 작성된 사행록이 한 권이라도 남아 있는 것에 비해,[4] 임술사

---

1) 홍우재의 『동사일록』 중 「元額總數四百七十三人」.

2) 箕輪吉次(2002), 「天和 二年(1682)의 朝鮮通信使」, 『아시아문화연구』 6, 한국경원대학교 아시아문화연구소, 111~140쪽.

3) 사행록에는 기록되지 않은 분쟁에 관해서는 '箕輪吉次(2013), 「壬戌信使記の虛と実」, 『日本學研究』 40, 단국대학교 일본연구소, 143~176쪽'을 참조바란다.

4) 기해사행의 경우 『海行摠載』에 제술관 신유한의 『海游錄』만 실려 있다가, 연세대학교 허경진 교수에 의해 교토대학 소장본 정사 홍치중의 『海槎日錄』이 「통신사 사행

행만 유독 삼사관 중 누구의 기록도 남아있질 않다.

『해행총재(海行摠載)』에 남아 있는 것은 당상역관 홍우재의 『동사록(東槎錄)』과 역관 김지남의 『동사일록(東槎日錄)』뿐인데 다행스럽게도 홍우재가 쓰시마번(対島藩)과 삼사를 이어주는 거의 유일한 통로였던 당상역관 중의 한 명이었던 관계로, 사행이 돌아가는 모습은 대강이나마 알 수 있다.

그렇지만 사행록과 종가문서(宗家文書)의 매일기는 서로 전혀 다른 성격의 기록인 데에다가, 기록이란 많으면 많을수록 당대를 재현하는 데에 도움이 되는 것은 두 말할 나위가 없다. 그 중에서도 특히 신사봉행의 매일기는 통신사와 외부와의 접촉, 접대, 관리, 예식의 준비, 통신사의 불만이나 희망의 접수 및 해결, 막부의 주문 등이 소상히 기록되어 있어 삼사의 기록이 없는 임술사행을 연구함에 있어 필수불가결한 사료라고 말할 수 있다.

쓰시마번의 신사기록은 임술사행 이전에는 그 양이 극히 미비하여 50책 남짓만 존재하기에, 종가문서를 통한 통신사행 연구는 임술사행에 들어서야 본격적으로 가능한 셈이 된다.

임술사행의 종가문서는 그 저본(底本)에 해당하는 것이 일본 게이오대학(慶応義塾大学) 부속도서관에 소장되어 있고 국사편찬위원회의 것은 그 청서본(淸書本)에 해당되는데, 게이오대학 부속도서관 소장의 봉행매일기의 소장정보는 〈표 1〉과 같다.5)

록 번역총서 12, 해사일록」으로 국역, 간행된 바 있다.

5) ゆまに書房(1998), 「第一期朝鮮通信使記録 別冊上」을 참조

〈표 1〉 게이오대학 도서관 소장 임술사행 봉행매일기 목록

책자번호	청구번호	내제번호	내제
12	91-2-17	60	参向信使奉行舟中毎日記
13	91-2-17	61	参向信使奉行京大坂逗留中毎日記
14	91-2-17	62	参向信使奉行道中毎日記
15	91-2-17	63	参向信使奉行江戸在留中毎日記
16	91-2-17	64	下向信使奉行江戸ぅ京都迄毎日記
16	91-2-17	65	下向信使奉行京都大坂在留毎日記
16	91-2-17	66	下向信使奉行船中毎日記

　전체 사행의 매일기의 서명을 보아도 알 수 있듯이 후기 사행으로 갈수록 기록이 세밀해지고 체제가 정비되는 느낌이 드는데 임술사행은 아직 기록에 대한 체제가 갖추어지지 않은 탓인지(혹은 후기로 가며 신사봉행의 역할에 변화가 생겼을 가능성도 생각해 볼 수 있다), 타 사행에 비해 우선 그 분량이 비교할 수 없을 정도로 적다. 전체적으로 일을 맡은 인원들의 이름을 적는 데에 많은 부분을 할애하고 있는데, 내용 자체만 본다면 다른 사행의 봉행기록의 절반 정도밖에 되질 않는다. 또한 이후의 사행에서는 당상역관이나 사자의 말을 있는 그대로 받아 적는 느낌이 들 정도로 주고받는 대사가 많고 기술이 상세하다면 임술사행의 봉행매일기는 대사도 많지 않고 문장 전체가 건조하다.

　임술사행 봉행매일기에는 후추(府中)에서의 봉행의 기록은 왕로와 귀로 어느 쪽도 존재하질 않고, 행렬도가 두 곳(해상, 육상)에 걸쳐 실려 있다. 신묘사행 봉행매일기에는 배가 정박된 모습부터 건물의 구조까지 다량의 그림이 실려 있다가, 기해사행 봉행매일기에선 급격하게 그림이 하나로 줄어드는데, 이 또한 체제의 정립에 따른 변화로 볼 수 있을 것이다.

　기해사행과 마찬가지로 다양한 별책을 사용하며 기록을 분산시키

는데, 임술사행에서는 도주 측(殿樣方)과 도주를 수행하는 도시요리(殿樣附之年寄中日帳), 말 담당(出馬掛方之帳面), 도하 담당 지시역(船渡り諸事下知人)의 기록, 에도 행렬(江戶入之御行列) 기록, 등성기(登城記) 정도가 이에 해당한다.

구성적인 부분을 보면 다른 사행과 동일하게 '해로－오사카－육로－에도－육로－오사카－해로'가 각 한 권씩을 차지하며, 앞서 언급한 바와 같이 사행 도중에 특별히 커다란 사건이 없던 만큼 여타의 사행들처럼 별책을 만들면서까지 부기하는 기록물도 존재하지 않는다.

기본적으로 앞서 발간된 기해사행의 봉행매일기의 형식과 크게 다를 바 없이 하루하루의 일을 기록해 나가며 개조식(箇条書き)으로 작성되어 있으나, 『参向信使奉行道中毎日記』에서는 7월 25일자 기사 후에는 먼저 오사카로 출발한 히라타 하야토(平田隼人)의 22일부터 25일까지의 나흘 치 기사가 청서본과 저본 양측에 모두 실려 있다. 기해사행(『信使奉行大浦忠左衛門幷裁判樋口孫左衛門牛窓ゟ先達而大坂へ被差越裁判吉川六左衛門大坂ゟ先達而京都へ被差登候覚書』)과 무진사행(『裁判牛窓ゟ先達而大坂江差越大坂ゟ京都江先達而裁判其外被差越候覚書』)에서는 별도의 기록물로 남기고 있는 것을 보면 이것도 체제의 미정비에 기인한 것으로 생각된다.

이 책이 번각 대상으로 삼은 것은 상술한 바와 같이 국사편찬위원회에 소장된 청서본으로서 그 소장 정보는 〈표 2〉[6]와 같다.

---

6) 표는 국사편찬위원회(1991), 『對馬島宗家文書記錄類目錄集』를 참조.

<표 2> 국사편찬위원회 소장 임술사행 봉행매일기 목록

청구번호	필름번호	내제번호	내제
149	MF-0000024	–	参向信使奉行船中每日記 (1682.7.2~7.26)
63	MF-0000013	(朱)卅九	参向信使奉行京大坂在留中每日記 (1682.7.26~8.6)
152	MF-0000025	–	
76	MF-0000015	卅六	
77	MF-0000015-16	卅六	参向信使奉行道中每日記 (1682.8.7~8.21)
78	MF-0000016	(朱)卅六	
148	MF-0000024	–	
94	MF-0000019	四十二	参向信使奉行江戸在留中每日記
95	MF-0000019	四十二	信使奉行在江戸中每日記 (1682.8.21~9.12)
96	MF-0000019	四十三	
144	MF-0000024	–	
114	MF-0000021	五十三	下向信使奉行江戸より京都迄每日記
137	MF-0000023	–	下向信使奉行江戸ら京都迄每日記 (1682.9.12~9.26)
57	MF-0000013	五十五	下向信使奉行京大坂在留中每日記 (1682.9.26~10.4)
116	MF-0000021		
121	MF-0000022	(朱)五十九	下向信使奉行船中每日記 (1682.10.5~10.16)
122	MF-0000022	五十九	

　타 사행의 매일기에도 사본이 두 권까지 있는 경우도 있지만 임술
사행이 유독 타 사행에 비해 사본이 많다. 「参向信使奉行船中每日記」
를 제외한다면 최소 한 권 이상, 많으면 세 권까지 사본이 존재하는데,
그 연유를 『대계 조선통신사』에서 간략히 언급하고 있다. 막부의 기
록이 보관되어 있던 다몬야구라(多聞櫓)가 메레키의 대화재(明暦の大火,
1657年)에 의해 소실된 후에 통신사행을 맞이하려던 에도막부가, 참고
로 할 사료로 삼고자 각 지역에 통신사행 관련 기록을 제출케 하였는
데,[7] 이 경험을 바탕으로 쓰시마번은 임술사행이 끝나고 나서도 다시
한 번 제출하라는 명이 내릴 것을 대비하여 복수의 사본을 작성하였

다. 그러나 막부가 기록을 보관하기 시작하며 더 이상 제출을 명하지 않게 되자 이것이 쓰시마번에 그대로 남게 된 것이다.[8]

각 사본 간에는 간혹 문단의 구성이 다르거나 한 개조 안에 문장이 누락된 경우, 서너 쪽이 실리지 않은 경우도 있긴 하나 이는 극히 일부의 예에 해당하고, 대개의 경우 그 차이는 크지 않다. (본서에서는 이에 식별이 가장 용이한 서적을 골라 탈초 작업을 행했다.)

의외로 청서본과 초본인 게이오대학 소장본은 적지 않은 곳에서 차이를 보이는데, 주로 초본에 나와 있는 음물이나 행렬도, 특정 지역이나 상황에 종사한 인원의 목록이 청서본에서 생략된 경우가 많다. 반면에 7월 21일자 기사를 보면 伊予守樣御家老并御馳走人의 명단이 있는데 청서본에는 직명(職名)이 일부 누락되어 있어, 청서본임에도 초본에 해당하는 게이오대학 소장본의 기술 내용에 미치지 못하는 부분이 존재하기도 한다.

다만 본서에서는 문자의 식별이 불가능한 경우를 제외하곤 기본적으로 청서본을 보이는 그대로 탈초하는 데에 중점을 두었다.

전술한 바와 같이 후추에서의 일이 기록된 봉행매일기는 존재하지 않으나 이를 보충할 만한 왕로(往路)의 자료로는 통신사가 부산에 도착하고 나서 이를 맞이하러 간 「信使迎之使者在館中并佐須奈着船ぅ府內到着迄一冊(3.14~6.24)」(170)과, 통신사가 후추에 있을 때의 일을 기록한 도주측의 기록인 「信使対府在留中每日記一冊(6.24~7.7)」(157)가

---

7) 辛 基秀·仲尾 宏 편저(1996), 『大系朝鮮通信使第三巻(善隣と友好の記録 大系 朝鮮通信使)』 중 「天和度通信使の使行をめぐって」, 104~111쪽.

8) 이 과정에서 막부에게 알려지면 곤란한 것들을 모은 아쓰메가키(集書)에 대해서는 '箕輪吉次(2015), 「壬戌年 信使記録의 集書」, 『한일관계사연구』 50, 한일관계사연구, 123~174쪽'이 있으니, 이를 참조하기 바란다. 위 설명에 관해서는 箕輪吉次에게 지도를 받았다.

있고, 귀로(歸路)의 자료로는 후추에 도착하고 나서 부산까지 호행했던 내용인 「下向対府在留中釜山浦着船迄附送之使者帰国迄之覚書(10.17~익1.5)」(126, 127), 「信使護送之使者對府出船ら和館在留中毎日記(10.26~익1.13)」(128, 129)이 있어 전후의 사정을 알고자 한다면 이를 참고할 만하다.9)

임술사행 당시 작성된 봉행의 매일기는 타 사행에 비해서 내용적으로 결코 많은 내용이 실리진 않았지만, 사행록에서는 확인하기 힘든 사건 사고나, 신분이 낮은 사행원들의 활동 내역 등 다양한 내용들이 가득 차 있기에 사행의 전체적 모습을 재현하려면 반드시 참고해야 할 중요한 사료라고 말할 수 있다.

---

9) 경희대학교 箕輪吉次 교수팀에서 『일본학논집』을 통해 9차, 10차, 11차 사행의 사행 기간 중에 왜관의 매일기와 재판일기(裁判日記)(일본국회도서관 소장)를 탈초하여 riss를 통해 이를 열람할 수 있도록 오랜 기간 작업을 행해 왔다. 다만 7차 사행의 경우는 매일기와 재판일기 어느 쪽도 존재하지 않아 쓰시마번에서 작성된 자료 중에는 사행기간 중에 참고로 할 만한 자료는 없어 보인다.

제2부 천화신사 봉행매일기 번각
(天和信使奉行毎日記翻刻)

参向信使奉行船中毎日記
参向信使奉行京大坂在留中毎日記
参向信使奉行道中毎日記
信使奉行在江戸中毎日記
下向信使奉行江戸ぅ京都迄毎日記
下向信使奉行京大坂在留中毎日記
下向信使奉行船中毎日記

일 러 두 기

1. 본서는 다음과 같은 대한민국 국사편찬위원회 소장 덴나신사(天和信使) 부교매일기 (奉行每日記)를 탈초한 것이다.

- (請求番号: 149)天和信使記録 　　　　　「参向信使奉行船中毎日記」
- (請求番号: 63)天和信使記録(朱)卅九 　　「参向信使奉行京大坂在留中毎日記」
- (請求番号: 77)天和信使記録卅六 　　　　「参向信使奉行道中毎日記」
- (請求番号: 144)天和信使記録 　　　　　「信使奉行在江戸中毎日記」
- (請求番号: 137)天和信使記録 　　　　　「下向信使奉行江戸ら京都迄毎日記」
- (請求番号: 116)天和信使記録 　　　　　「下向信使奉行京大坂在留中毎日記」
- (請求番号: 122)天和信使記録五十九 　　「下向信使奉行船中毎日記」

2. 최대한 원문 그대로 따랐으나, 다음과 같은 원칙 아래 표기하였다.

- 본디 세로 읽기인 것을 가로 읽기로 변형하였다.
- 한자는 가급적 현재 일본식 신자체(新字體)를 사용하였으나, 신자체가 없는 경우 원문을 따랐다.
- 존경의 의미를 나타내는 개행(改行)과 궐자(闕字)는 따르지 않았다.
- 한자 본래의 의미가 사라진 글자는 히라가나로 바꾸어 표현하였으나, 江·与·者·而·茂·与와 같이 조사를 나타내는 글자는 그대로 한자로 표기하였다.
- 쉼표, 가운뎃점은 임의로 표기하였다.
- 히라가나 합자(合字)인 よりは ら로, しめは 〆로, しては シテ로, 각각 표기하였다.
- 문장에 오류가 있는 경우에는 원문과 동일하게 표기하고 (ママ)를 붙이거나, 주석을 달았다.
- 글자가 반복되는 경우 원문을 따랐다. 한자는 々, 가타카나는 ヽ, 히라가나는 ゝ로, 두 문자 이상인 경우에는 히라가나 へ를 두 배로 늘려 표기했다.
- 기타의 경우는 일반적인 방법을 따랐다.

参向信使奉行船中毎日記

天和二壬戌年七月八日ら同廿六日迄御参向船中毎日記

一七月八日 晴天南真西風、巳ノ刻ゟ真西風ニ成

〃今日対府御出帆、信使衆辰ノ上刻乗船、殿様并両長老も相続御乗船

〃府内浦、辰ノ中刻、信使船先達而押出、御召船其外御供船等順々ニ出帆

〃未ノ上刻壱州風本ヘ御着船、依之、肥前守様ゟ信使為迎、小早ニ而浦口迄御
　家老松浦将監・熊沢小大膳、布上下ニ而被罷出ル

〃壱番正使着、二番従事、三番副使着、引船三艘之内二艘ハ本船ニ相続参ル、
　従事引船ハ上ヘ乗候付而、大口ゟ入船、右信使船ニ肥前守様ゟ漕船・小船八
　艘宛相附被漕入、此時為案内者、右浦口迄被罷出候松浦将監・熊沢小大膳并
　船奉行田中忠太左衛門、此三人之衆小早ニ而聖母之出崎迄罷出、一艘宛浦
　ヘ漕入候、案内者被仕也

〃正使船ハ先達而入津、副使・従事乗船ハ跡ゟ参着ニ付而、隼人・忠左衛門乗
　船之儀浦口ヘ掛リ相待居候而、右之信使船不残入津以後、押入ル也

〃三使被致参着候、為御祝詞、隼人・忠左衛門并田島十郎兵衛・田中善左衛門、
　小早ニ而乗船ニ参、右之御祝詞申達候者、上陸ヘ御揚被成候時分之儀ハ陸
　ゟ御左右可仕候間、夫迄ハ御扣被成候様ニ与申達、直ニ陸ヘ上リ、信使宿ヘ
　参リ、上々官休之間ニ落着候之処ニ、御馳走人小見山作左衛門・吉村市郎左
　衛門・村嶋新平被罷出、挨拶有之、右三人之衆被申候者、用人両人掛御目度
　由申候与之事ニ付、左候者、可得御意之旨申候処、将監・小大膳被罷出、致
　対面、信使衆御料理拵等用意仕候間、御勝手次第御揚候様ニ与被申ニ付而、
　其段三使江可申達之旨ゟ返答、則三使陸ヘ被揚候様ニ申遣候旨、御屋鋪ヘ
　遂案内、其上ニ而三使ヘ御揚リ候様ニ与、通詞を以申入、追付宿ヘ被揚也

〃十郎兵衛・善左衛門陸ヘ罷有ニ付、申遣候者、明日順有之候共、三使出船被
　差急間鋪候、此方ゟ御差図可被成候間、夫迄ハ御扣被成候様ニ可被申達候、
　将又、三使其外之蚊張等御国ゟ未参候由、左候ハ、参次第宿ヘ被揚候様ニ
　可被申達候、各儀、今一度信使宿ヘ被見舞候而、用事旁被相調可然旨申遣ス

〃信使御馳走之膳部為見分、津江左太郎・原五郎被仰付、信使宿ヘ被遣ル、裁
　判両人、彼方之御馳走人ヘ引合也

〃三使方江殿様ゟ為御使者、寺田源右衛門・内野九郎左衛門・山川作左衛門被

遣之、着船之御慶并宿へ被揚候様ニ与被仰遣候得共、其前ニ三使被揚候故、宿へ参、右之通申述ル

〻 三使方ゟ御船江朴判事を以、今日御着之御慶被申上也

〻 輿添之御歩行波多野長左衛門・鈴木勘蔵、信使宿火用心為行規、寄附へ相勤候様ニ与申付ル

〻 小見山治左衛門・吉村市郎左衛門被申聞候ハ、信使衆御料理相済候ハ丶、此方之役人共ハ引せ可申哉与被相尋候付、御振廻相済候ハ丶、弥御引被成候様ニ与申達ル

〻 信使宿火用心、其外為行規、輿添役之内ゟ佐護分左衛門・春田利兵衛、信使宿へ揚り、右之長左衛門・勘蔵代々ニ相勤候様ニ与申付ル

〻 信使屋へ彼方之御家老衆相詰被居候ニ付而、諸事為用事、田島十郎兵衛申付、遣之

一同九日　晴天、沖南真西風

〻 隼人・忠左衛門并善左衛門、信使宿へ罷出候処、彼方御家老松浦将監・熊沢小大膳与出合候ニ付、三使御馳走之一礼申入ル、御馳走人衆へハ善左衛門を以右之一礼申遣ス

〻 将監・小大膳方より肥前守様被仰付候由ニ而、御使者古川半平六を以隼人・忠左衛門方銘々ニ手樽壱ツ、肴一折、野菜一折宛御目録相添被下之、船迄持参、隼人・忠左衛門儀ハ信使衆宿へ罷有候、御音物之義ハ何方へも御断申上候様ニ与申付置候付而、不致受納、御目録之儀ハ申請置候

〻 辰之上刻、三官使風本浦押出ス、依之、漕船八艘宛相附、漕出ス、家老衆両人小早ニ而浦口迄被送出、船奉行田中忠太左衛門早船ニ而、信使船より先達而案内者被仕、漕船下知人吉田彦右衛門、小早ニ而信使船跡ゟ被出也

〻 御召船并御供船不残信使船ニ相続、御出帆被遊ル

〻 浦口迄被出候家老衆方へ黒岩十兵衛、使ニ申付、鯨船ニ而差遣ス、肥前守様

ゟ御目録之通被成下候得共、対馬守申付候故、不致受用候与之付届也、順能
候間、最早御帰被成可然存候由申達候

〻 昼時分ゟ風なき候付而、信使船、肥前守様ゟ之漕船ニ而被漕せ也

〻 松平右衛門佐様ゟ信使船之漕船為用、早船十艘并小船数艘鹿之嶋辺迄出向、
此所ニ而肥前守様ゟ之漕船ニ代、正使船ニ早船四艘、内二艘ハ頭漕、同二艘
ハ正使船之跡ニ相附、小船十二艘、頭漕之先漕之、副使・従事乗船ニ茂頭
漕二艘・小船十二艘宛、右二艘之跡ニも早船壱艘宛相附、右之船数ニ而漕之、
引船三艘ニ茂三使乗船同前ニ漕船相附也

〻 一番ニ正使乗船着、二番副使、三番従事乗船着、引船も相続、酉ノ刻、順々ニ
藍嶋ヘ着船也

〻 藍嶋浦口迄信使迎船相見ヘ候付而、黒岩十兵衛使ニ申付、鯨船ニ而差越ス、
平田隼人・大浦忠左衛門申入候ハ、御迎ニ誰々様御出被成候哉、対馬守ヘ可
申聞之由申遣ス、返答ニ、御迎ニハ黒田三左衛門一人罷出候由被申聞ル

〻 隼人・忠左衛門并十郎兵衛・善左衛門、小早ニ而信使衆宿為見分、揚り候、折
節、樋口孫左衛門方ゟ使ニ而信使衆早々陸ヘ被揚候様ニ可申入与之御事ニ付
而、直ニ三官使方ヘ其段申遣シ、右之面々ハ先達而宿ヘ罷出、諸事致見分、
此所ニ而黒田三左衛門并惣奉行立花長左衛門・馬杉喜兵衛、信使衆御馳走人
竹中与右衛門被出合、諸事申談、追付信使衆、宿ヘ被揚也

〻 波戸ゟ宿之縁側迄薄縁敷、縁之上ハ毛氈敷有之

〻 三官使宿ヘ被揚候段、木寺利兵衛使ニ而樋口孫左衛門方迄御案内申上ル

〻 信使衆御馳走之膳部七五三小道具共ニ金、三使并上々官之通イ長上下着、通
イ之衆本間之次迄被持出候を通詞之者請取之、小童ニ渡ス、右之通イハ本座
ニ不出也、此外之通イハ半上下ニ而勤之

〻 隼人・忠左衛門并十郎兵衛・善左衛門ニ茂於信使宿ニ、七五三之御料理被仰
付也、通詞頭・通事之者ニ茂七五三之御料理被下之、通イ半上下着

〻 此方御家中之宿八九軒被仰付置、尤、宿之義新規ニ内作り等有之、湯殿・雪
隠迄夫々ニ用意有之

　　　信使ニ付諸役人衆之覚

家老惣支配	黒田三左衛門
惣奉行	立花長左衛門 馬杉喜兵衛
信使御馳走奉行	竹中与右衛門
上々官御馳走奉行	蒋田源左衛門
上官御馳走奉行	川村治太夫
下官御馳走奉行	郡五兵衛

〃右衛門佐様方隼人・忠左衛門江御時服五宛、当所参着之為御祝詞、於御茶屋被成候ニ付、則遂披露候之処ニ、当所義諸事入御念、各別之御事ニ候間、致受用候様ニ与被仰付、頂戴之仕ル

〃三使於宿、隼人・忠左衛門、立花長左衛門迄罷出申達候者、右衛門佐様方御時服被成下候御礼申届ル、右衛門佐様御出船之由ニ付、右之通也

〃学士於居間、右衛門佐様儒者貝原久兵衛被罷出、学士与筆談詩作等有之、依之、小山朝三罷出、挨拶仕也

〃於出合之間、黒田三左衛門被申聞候者、朝鮮人能書之筆本見物仕度与之儀ニ付而、則能書両人并安判事ニ大字行字調之させ、隼人・忠左衛門挨拶仕ル也、浦上彦兵衛茂被罷出、見物被仕也

〃於三使宿、右衛門佐様御家老中方能書手添誂度之由ニ而、唐紙七拾枚、面々望之註文相添、何方にて成ル為書給候様ニ与之事ニ而被渡之、尤、註文之儀樋口孫左衛門方迄遣之、掛御目ニ而、此方へ遣候様ニ与申遣ス也

〃於同所ニ、三左衛門へ申達候者、最早各ニ茂御引被成可然存候、我々ニ茂可致退出旨挨拶仕候処、左候ハヽ、弥退出候へ、我々ニ茂引可申由ニて縁迄被送出、一礼仕、罷帰也

〃信使宿火用心為行規、旁興添役之内、佐護分左衛門・春田利兵衛、三官使宿ニ揚ケ、番申付ル

〃藍嶋浦口へ番船之早船二十一艘、間を置、掛居ル也

〃黒田三左衛門方方参着之為祝詞、粕漬蚫壱桶・葱冬酒壱瓶宛、隼人・忠左衛門并十郎兵衛・善左衛門方銘々ニ口上書之切紙相添参ル、則致受用、追付御書状一礼述之也

〃諏訪牧兵衛御船方之使ニ而申参候者、当所御馳走之様子、今日御註進被成

候付、入御念候儀御書入、其上御馳走之家老四人ニ而可然候哉、又ハ黒田三
左衛門一人ニ而可然哉之由御相談ニ付、三左衛門一人書入可然之由ニ相済、
其通ニ書改、田嶋十郎兵衛を以三左衛門迄申達候者、御馳走之様子、此書付
之通ニ候哉、就夫、御馳走御家老之儀御四人共ニ書載可仕候哉与申入候処、
当所御馳走之義、私一人ニ而相勤候、其外之者ハ右衛門佐供仕候条、右御書
載之通可被仰付候、手分之儀御書入被下候段難有奉存候、右衛門佐へ可申
聞候由被申ニ付、右御註進之覚書、三左衛門へ渡之、則牧兵衛ニ者右之通申
含、御船ニ帰之候、十郎兵衛儀ハ直ニ信使宿江罷出ル也

〻 三使其外之蚊帳、御馳走方ゟ出不申候ニ付、昨日於壱州御船方御国元へ飛
　船を以御被仰越候処、今日藍嶋へ右之飛船帰着、蚊帳数、左ニ記之

一大紗綾蚊帳三
一油布蚊帳三
一布蚊帳拾壱
一木綿蚊帳五
一釣手卅二通り綸共ニ

一同十日　晴天南真西風、昼時ゟ東風ニ成

〻 隼人・忠左衛門并善左衛門、今朝六ツ頭ニ御船ニ罷出、昨日牧兵衛を以被仰
　下候御相談之返答申上、信使儀弥出船被仕候様可致候哉与申上候処、早々
　出船候様ニ与之御事ニ付而、直様三使宿へ罷出、右之旨申達候処、三使追付
　乗船被仕也

〻 同所門外迄竹中与右衛門・馬杉喜兵衛被罷出候付、三官使御馳走之御礼被申
　入候通、伝之、并家中之者宿迄御用意結構ニ被仰付、重畳入御念たる御事ニ
　御座候通一礼申述也

〻 同所ニ而馬杉喜兵衛被申候者、対馬守様、右衛門佐へ被仰聞由ニ而能書并
　絵之望御座候付、紙并註文を越申候、如何可仕候哉之旨被申ニ付、此方へ御渡
　被成候様ニ与申候処ニ、左候ハヽ、十郎兵衛殿・善左衛門殿へ進シ可申之由
　ニて被渡之也

〃右衛門佐様ゟ御使上谷七郎太夫、此方乗船ニ被遣之、乍少分船中用ニ目録
之通被遣由ニ而、手樽壱・粕漬一桶宛両人ヘ被成下ニ付、隼人・忠左衛門儀
信使衆宿ヘ罷在候間、御目録之通申聞、御礼可申上由返答仕、御使返之、則
右之御目録、黒岩十兵衛ニ為持、陸ヘ揚ケ、波戸ニ而両人御目録頂戴故、則
十兵衛使ニ而竹中与右衛門方迄申達候者、右衛門佐様ゟ御目録之通被成下、
難有仕合奉存候、尤、其元ヘ罷出、御礼可申上之処、信使衆唯今乗船被仕ニ
付而、差急申候故、乍自由、御自分迄茂不致伺公候間、宜御礼被仰上可被下
候、尤、下之関ゟ御家老中迄以書状可申上由申遣

〃黒田三左衛門、小早ニ乗り、波戸近所ヘ被居候付、御馳走之御礼、其外右衛
門佐様ゟ被成下候御目録之御礼等申達候処、三左衛門被申候者、只今御船
ニ窺御機嫌、参上仕候処、御目見仕、難有奉存候由被申也

〃六ツ半時ニ信使船藍嶋出船、朝鮮船六艘江之漕船、昨日ニ同シ、信使船之先
ニ淡路為案内五拾挺立之、早船壱艘参ル也

〃御船ハ少間有之而、藍嶋御出船、御供船茂順々ニ出之

〃今日者風なき候付、漸五六里行、其外ハ押渡り、尤、信使船御馳走之漕船も
夫々ニ相附、前後押之

〃通詞頭高木弾助、隼人・忠左衛門乗船ニ参り申聞候者、三官使乗船茂追付下
之関江参着可被致与存候、就夫、隼人・忠左衛門、乗船を見掛候得者、三里
余も後レ居候様ニ見及候、昨日、藍嶋ニ而も御着及延引候故、殊外三使茂立
腹ニ而御座候、殊藍島御馳走人衆ゟも何とぞ一刻も早々信使衆揚り被申候様
ニ与之儀ニ候得共、前以何茂御着船前ニ三使船揚不仕様ニ与被仰付置候故、
相待居候而恰合悪鋪御座候、唯今之分ニ而は俄ニ御参着有之間鋪与存候、
三使衆船之儀ハ追付参着可仕候、如何御着迄者船揚り待たせ可申候哉、又者
及延引候而、恰合悪鋪与被思召候ハヽ、揚ケ可申候哉之旨申聞候付、両人申
候ハ、左候ハヽ、弥我々参着前ニ揚り被申候様ニ与申渡ス、就夫、弾助申候ハ、
右衛門佐様ゟ御馳走之漕船ニ乗り参着、又々彼船ニ而乗帰り可申哉与申聞候
ニ付、重而此方ゟ御礼之義ハ可申候間、右之鯨船ニて先様参候様ニ与申聞ル、
固蔵十郎兵衛義先様鯨船ニ而罷越也

〃御船ゟ鯨船三艘被遣之、隼人・忠左衛門乗船、殊外信使船ニ後レ候間、随分

差急候様ニ与之御事ニ而来ル

〻右之様子ニ付、両人内壱人ハ先達而参可然与致相談、隼人義鯨船ニ而小倉
辺ゟ罷越也

〻小笠原遠江守様ゟ信使船通船ニ付而、為漕船、朝鮮船壱艘ニ早船六艘宛 内五十
挺二艘・三十挺二艘・十挺二艘 御出シ、若松辺ニ而藍嶋ゟ之漕船交代、漕之

〻右御同人様ゟ為御馳走、水木之小船五拾艘御出被成ル

〻日暮ニ及候付、大瀬戸手前ゟ関迄之間、瀬抔有之所ニハ見よき船ニかゝり火を
立御出シ有之

〻浦口迄信使衆為迎、小早ニ而長門守様御家老宍戸修理被出迎

〻大瀬戸辺迄水木船御出シ、御馳走

〻夜ニ入り、四ツ時分、信使衆下関参着、船掛居候、外廻り番船数艘被相附也

〻隼人并十郎兵衛先達而信使宿へ為見分罷出、御馳走人衆へ出合、申談ス

〻三使并上々官宿阿弥陀寺、上官宿者同寺之内、新規ニ建

〻中官・下官宿ハ引接寺也

〻船着之所ゟ阿弥陀寺之庭緑きわ迄莚四枚並敷、雁木之きわより其上ニ薄縁二
枚並ニシテ上迄敷通シ有之、但三使居所之前緑ニ茂薄縁敷有之

〻正使方ゟ通詞加勢五右衛門使ニ而被申聞候者、今晩ハ船揚之義夜更、其上
船中草臥候故、揚り申間鋪由申来候ニ付、返答仕候ハ、尤夜更申たる儀ニ候
得共、諸事御馳走之御用意等有之所ニ、御揚り不被成候而ハ如何ニ存候条、
愈早々御揚り可然由申遣ス

〻副使乗船ゟ平田仁兵衛并通詞大庭弥次兵衛、信使屋ニ参、申聞候者、今晩ハ
船揚り被致間鋪様子ニ御座候、尤、副使・従事ハ御揚り可有之様子ニ候得共、
正使御揚り被成間敷与之事ニ付、弥御揚り無之通申ニ付而、左候へ而ハ、御
馳走方之費ニ茂罷成候条、何とぞ正使被仰合、御揚り候様ニ重而可申達之旨
申聞ケ遣之

〻通詞加勢五右衛門・大庭弥次兵衛参り、申聞候ハ、三使船揚之儀色々与申入
候得共、今晩ハ御揚り有之間鋪由ニ御座候通申ニ付、則御船ニ右之様子、原
五助方迄御手紙申上ル

〃御馳走人毛利勘兵衛ニ申達候者、三使今晩船揚之儀最早夜更、其上通イ船ニ
而被揚候儀ハ三使乗馴不被申船故、夜明候而本船を廻シ、本船より船揚可被
仕候由ニ而、今晩ハ陸ヘ揚り被申間鋪与之儀ニ御座候、諸事御用意相済居候
処、右之通ニ而ハ如何ニ存候得共、可仕様無之候、明日者塩時何時分能可有
之候哉、御聞せ可被成候、其上ニ而船揚り時分之義可申談由申入候之処、相
尋候由ニ而追付被申聞候者、明朝者六ツゟ五ツ迄之間塩時能御座候通被申
聞ニ付而、左候ハヽ、其時分弥船揚り被致候様ニ可申達之旨返答申入ル

〃長門守様御家来御座平右衛門・牧野八郎左衛門、隼人・忠左衛門乗船ニ被参、
被申聞候者、我々儀海上之御馳走申付置候間、至其節而、自然御用等候ハヽ、
可被仰聞候由被申置也

〃毛利甲斐守様御家頼数十人被相附、水木番船等被致馳走也

一同十一日　晴天北東風昼過ゟ雨天ニ成ル

〻三官使、今朝五ツ時分、宿阿弥陀寺ヘ被揚ル、此所之御馳走七五三金銀、彩
　色絵、引替之膳ハ白木也

〻三使并上々官之通イ長上下着、三官使居間緑きわ迄通イ持出候を通事之者請
　取之、小童ニ渡之

〻此所之役人毛利甲斐守様ゟ御出シ被成候、御家来、左ニ記之

家老	細川宮内 椙社主殿
惣奉行	毛利勘兵衛
番頭	村上勘兵衛
三使・上々官馳走人	半野半右衛門 内藤八右衛門
官人用方	宮城太郎兵衛 田上彦兵衛
上官馳走人	津田権兵衛 江良用助
中官馳走人	井上与三兵衛 羽仁助八
森長老馳走人	阿曽沼勘右衛門
霊長老馳走人	三戸角太夫
西山寺馳走人	桂八郎兵衛
対馬守様御宿馳走人	口羽十郎兵衛

〻松平長門守様ゟ当所ヘ御出被置候役人之覚

家老惣馳走人	宍戸修理
官人諸事用人	植九左衛門
漕船之支配、蒲苅迄参ル	御座平右衛門
船手之頭役、下ノ関ゟ蒲苅迄海上ノ御案内	村上三郎兵衛
御用心之綱錨積候支配人、蒲苅迄参ル	牧野八郎左衛門

〻長門守様ゟ隼人・忠左衛門ヘ為御使者小幡助右衛門被下之、御口上者、今度
　信使来聘ニ付而、御年寄儀御役御太儀ニ存候、拙者家来宍戸修理御用等承
　候様ニ与申付候間、宜御相談頼存候、仍而、乍軽少、串海鼡一箱・杉重一組

宛、隼人・忠左衛門へ被遣との儀也、然共、何方ゟ之御音物茂不致受用候様二与申付置候由申入、御使者迄致返上也

ゝ両長老、今日三使衆宿へ御見舞候付而、当所迄無恙御参着之為祝事、三官使へ杉重一組宛、上々官へも同一組宛御銘々ゟ先達而被遣之

ゝ両長老、信使宿へ御出、三使御対面被成ル、隼人・忠左衛門御挨拶申、追付御帰被成也

ゝ孫左衛門・与左衛門方へ太庁ゟ以手紙申遣候者、於御国元ハ三官使方へ毎日為御見廻、御使者被遣之候、殊今日ハ天気も悪鋪、当地御滞留之事候間、御見舞二御使者被遣之、如何可有御座哉与申上候処、追付御使者内野九郎左衛門被遣之、依之、為御音物匂袋被遣之、尤、御目録相添、匂袋之員数、左二記之

```
一匂袋 五ツ宛        三使江
一同 三ツ宛         上々官三人江
一同 二ツ宛         上判事三人へ
一同断            学士両人へ
一同断            医師壱人へ
```

ゝ右匂袋、三使へ被遣候ハ、五ツ宛桐ノ箱銘々二入、台一ツ二載セ、其外二被下候匂袋も一人分宛同箱二入レ、台壱ツ二据ル

ゝ右三使へ被遣候御目録二閣下之字無之候間、重而か様之節ハ御書加へ被下候様二与、朴同知申聞ル也、則其段御船二申上ル

ゝ医師へ被下候御目録二姓御書被成候付而、殊外立腹仕候間、重而鄭正と官名御書可被成候条、先今度ハ被致受用候様二与申渡、頂戴為仕候由、通詞中山加兵衛申聞ル

ゝ三使へ匂袋被遣候付而、朴同知を以御返答被申候者、御国致出帆、間も有之候故、衣類二臭等有之候、折節被懸御心、匂袋被掛御意、則衣装替仕、致懐中乔奉存与之御礼也

ゝ津江左太郎を以被仰付候者、能書其外軍官・小童下々二至り、自然他所ゟ手跡を望候共、曽而書せ申間鋪候、若卒早成義等も有之候而ハ、如何二候、自然頻二被頼候人有之ハ隼人・忠左衛門へ申聞、此両人中ゟ可遂案内候、其上二而如何様共可被仰付候間、此段急度申渡置候様二与之御事二付、則右之旨、

朴同知召寄、於太庁、両人并裁判同座ニ而申渡ス

〃阿弥陀寺之住持、朝鮮医者へ脈見せ申度由願候に付、望之通橋辺半五郎相附参候様ニ与申渡ス

〃当所御馳走之様子、公儀江可被仰上由ニ而別紙之御書付、津江左太郎御使ニ而太庁隼人・忠左衛門方へ被遣、被仰下候者、此書付之通可被仰上候哉、為披見被遣之候間、其外存寄も候ハヽ、可申上候、尤、為念ニ候間、長門守様・甲斐守様家来衆へ為致一見、御馳走之様体、先例之格を以此通りニ被申上筈ニ御座候、此外何茂思召寄も候ハヽ、可被仰聞候、書入可申由可申達与之御事ニ付而、則宍戸修理・細川宮内ニ致面談、右之趣申達、書付差出候処、両人被申候者、被入御念御事候、此書付之外ニ別而望申儀無御座由、修理被申候、宮内被申候者、亥年於江戸表、堀田筑前守様ゟ於当所、先年信使衆御馳走之次第書付差上候様ニ与被仰付、則留守居之者ゟ差上之候、其書付ニ茂番船・水木船・馳走之様体書載御座候、然処、此書付ニハ其段御書載無御座候、右之通申上置たる義ニ御座候得ハ、此御書付ニ而ハ其様子不相知候故、例之通御馳走も不仕様ニ可有御座哉与存候間、此義ハ御書入被成、如何可有之哉之旨被申に付、其段御尤ニ候、弥書入可申之由返答仕候処、其御書付写シ申度之旨被申候得共、先差急キ申候間、船ゟ調候而、進可申之由申達ル也

〃上々官方ゟ杉重一組宛、隼人・忠左衛門方へ為音物来ル

一同十二日　雨天北東風、八過時分電雨も強ク降ル

〃今日者雨中故、下ノ関滞留也

〃大坂船揚并道中人馬積之書付相極、左ニ記之

信使大坂船揚道中

一上馬七拾匹程
一中馬拾二匹程
一轎舁三拾六人
一替轎舁拾二人

一書翰轎昇四人
一乗物四挺二十四人
一人夫三拾人
一荷物揚人夫百人程

　　　　道中人馬積

一上馬右同断
一中馬百七十疋
一乗掛馬百五拾匹
一同廿八匹・通事廿八人
一荷馬二百〇七匹
一書翰轎昇八人
一轎昇六拾人
一替轎昇廿一人
一乗物四挺三拾二人
一持夫人足二百八十人

　　　以上

右之通、朴同知申談、書付候而、孫左衛門・与左衛門方へ遣之、并、出馬
掛加城六之進へも書付渡ス

〻殿様、今日三官使方へ御見廻可被遊与之御事ニ付、先達而此段申達候様ニ
与、上々官へ可被申渡之旨、田嶋十郎兵衛へ申遣ス

〻殿様、信使宿へ御見廻被成候付而、両和尚も御出被成候様ニ与被仰遣、并西
山寺ニ茂両和尚へ相附候様ニ与被仰付

〻殿様ゟ三使へ御見廻之為御音物、杉重一組・多葉粉三斤宛、同上々官中ニ杉
重一組・多葉粉二斤宛、上官中ニ多葉粉三拾斤被遣之、御使者寺田源右衛門

〻殿様、七ツ時分、三使宿へ御見廻可被成由ニて御船より御揚、伊藤五兵衛所
へ御立寄、両和尚も殿様御揚り前ニ五兵衛宅へ御待居、御同道ニ而三使宿へ
御出被遊、尤、戻子之御肩衣麻之御袴被為召、御出之刻、如常楽有之、三官
使茂縁側迄被出迎、上々官其外ハ縁之下ニ並居、殿様御揚被遊、三官使与二
度半之御対礼有之、尤、両長老も二度半之御対礼相済而人参湯出ル、其席ニ
今度御参府之刻、三使公儀ニ而之御目見へ之次第、一々絵図ニ覚書御添被
成、朴同知を以三使へ御渡被遊、朴同知へ之御口上、孫左衛門申渡候ハ、此

覚書ニ而合点無之儀者隼人・忠左衛門ヘ相尋可申候、兎角此覚書ニ而ハ三使
茂御合点被成間鋪候之間、真文ニ御直シ、重而可被遣与之御事ニ候由申達ス、
右相済而、如最前、御対礼有之而、殿様并両和尚御帰り、三官使も縁迄御送
ニ被出、殿様ニ者直様御船ニ被為召、今日御供廻り如常

〻 殿様、太庁ヘ御出前ニ為伺御機嫌、御船ニ三使方ゟ金判事参ル、尤、駕篭ニ
而罷出ル也

〻 毛利甲斐守様御茶屋番桂八郎兵衛病者ニ有之由ニて、朝鮮医師ヘ逢申度由
被申ニ付而、望之通被逢候様ニ与申渡ス

〻 三使方ゟ朴同知を以隼人・忠左衛門ヘ被申聞候ハ、先年信使之刻、当所於阿
弥陀寺、詩作等有之候由承候、其扣を一見仕度与之儀也、依之、田嶋十郎兵
衛を以阿弥陀寺之住持ヘ申達候処、則詩作之扣、弟子僧持参故、三使ヘ差出、
被致一見也

〻 毛利甲斐守様御内毛利勘兵衛ゟ御使被申聞候ハ、官人宿台所廻りニ人数大
勢有之候条、役人之外ハ入交不申候様ニ与、官人役目方ゟ被申聞候付而、差
当り申候役人ゟ外出入不仕候様ニ申付候、然共、又々被仰聞候者、于今大勢
有之候間、引取候様ニ与之儀ニ御座候、唯今、召置候者共之儀、官人屋台所
廻り火用心之行規ニ召置候者共計ニ而候、此者抔も引取可申哉との口上也、
隼人・忠左衛門返事ニ申候ハ、尤、右大勢被入交候時分ハ、其段申進候得共、
又々其上ニて被引取候様ニ与ハ不申入候、乍然、火用心ハ格別、其余之人数
曽而入交不申様ニ、愈堅被仰付可然旨返答ニ申入候也

〻 細川宮内方ゟ以使被申聞候ハ、当所ニ而之信使馳走之書付写、我々方ヘ茂
可被遣之旨、夜前被仰聞候、出来候ハ、被遣候得かし、宍戸修理も同前ニ
申入候与之儀也、隼人・忠左衛門返事ニ、夜前ゟ何角取込致延引候、追付書
載候而可進之旨返答仕ル、則写シ候而、十郎兵衛方ゟ宮内方ヘ為持遣候様
ニ与以手紙申遣ス

〻 宍戸修理方ゟ小幡助右衛門使者ニ而被申聞候ハ、朝鮮船之儀神宮寺与申所
ヘ繋、番船等相附置、別条無御座候間、御気遣被成間鋪与之儀故、右之趣御
船ヘ橋辺伊衛門使ニ申付、遂御案内也

一同十三日 晴天、北東風、風強吹

〃今日、風悪鋪候ニ付而、下ノ関滞留

〃高木弾助申聞候ハ、 朝鮮船神宮寺と申所へ繫直シ、 路次之通イ遠方ニ罷成、
其上船ニても通イ申候、 依之、朝鮮人往来之為行規、 附人之用ニ組之者十人
被仰付置候得共、 飯代り旁ニ人数不足ニ御座候条、 輿添之給人ニても御加へ
被成、 如何可有之哉与申聞ニ付、 隼人・忠左衛門致相談、 弥組之者同前ニ相
勤候様ニ与、 輿添之給人へ申付ル也

〃宍戸修理方ゟ使野村又兵衛を以、 彼所風波之時分ハ肴不自由由ニ候由ニ而、
塩鱸十本、 隼人・忠左衛門方へ来ル、 返之

〃信使屋ニ男女大勢見物ニ入込候ニ付、 朝鮮人迷惑仕申候、 左様無之様ニ行規
被申付候様ニ与、 毛利甲斐守様ゟ之役人平野半右衛門へ申渡ス

〃毛利刑部殿宍戸修理、 其外役人衆ゟ能書手跡望ニ付而、 註文被相添候得、 対
馬守へ申聞、 差図次第ニ可仕候由、 田中善左衛門を以内藤八右衛門迄申入
候処、 別紙ニ註文被致、 八右衛門持参、 善左衛門ニ被相渡ル、 人数左ニ記之

紙十五枚	毛利刑部殿
同四枚	宍戸修理
同二枚	小玉五左衛門
同断	岡部忠右衛門
同断	村上三郎兵衛
同断	村上三郎四郎
同断	平野半右衛門
同断	内藤八右衛門
同八枚	毛利勘兵衛
同二枚	伊藤五兵衛

〃三官使方ゟ御船并両長老、 昨日御出之為御礼、 朴判事被差越、 依之、 先様其
段御船へ御案内申上ル

〃伊藤五兵衛方ゟ十郎兵衛・善左衛門迄申聞候ハ、 先例ニ茂信使之時分、 三官
使へ樽一荷・肴二折・素麺一箱致進覧候由、 十郎兵衛・善左衛門申聞ニ付、 両
人方ゟ孫左衛門・与左衛門迄相窺候様ニ与申付、 則相伺候処、 記録ニ茂無之

候間、進物無用二仕候様二との御事二付而、其段十郎兵衛・善左衛門方ゟ五兵衛二申入候様二与申渡ス

〃 松平長門守様御家来串野上七左衛門与申人、隼人・忠左衛門宿ヘ被参、被申聞候者、今度信使二付、諸船之水役目申付置候、自是蒲苅迄之間、水ノ御用等可承之由被申聞也

〃 長門守様儒者平井庄庵、阿弥陀寺ヘ被参、学士両人与詩作有之

〃 長門守様御家来小玉五左衛門・小幡助右衛門両人之男子、朝鮮医師ヘ脈見せ申度由望二付、則相伺、心次第二被逢候様二与申渡ス

一同十四日　陰天時々雨降、南風

〃 今日、逆風故、下ノ関御滞留

〃 於藍嶋、右衛門佐様ゟ隼人・忠左衛門ヘ御樽肴被成下候付、自番所黒田三左衛門方迄以書状、御礼申上、則唐防忠右衛門、田代表ヘ罷帰候便二相渡、差越ス

〃 十郎兵衛・善左衛門方ゟ以使申来候者、中官宿無之候故、爰元御役中二其段申入候処、宿ヘ揚ケ置候道具等直し候ハヽ、居所ハ可有之候得共、道具直し申事難成候、尤、町屋二茂難被召置儀二候、然処、風も静二成申候間、信使船右掛り居候所二直し、右之中官船二被召置、如何可有之哉之由申来候付而、左候ハヽ、十郎兵衛・善左衛門両人、番所役目衆ヘ被致面談、右之段々申入、船二被置可然之由申遣ス、就夫、当役之衆ヘ十郎兵衛・善左衛門、右之段不申達内二はや三使ゟ差図之由二而、朝鮮船右掛り居候所ヘ被廻之

〃 牧野八郎左衛門被参、昨日も致伺公候得共、御他行故、罷帰候、掛御目、得御意度儀有之候間、罷出候与之口上也、則致面談候而、八郎左衛門被申候者、昨日官人船神宮寺ヘ被廻候刻、朝鮮船之綱五房捨り申候に付、早速船手之者申付、色々相尋、漸四房被揚申候、今朝二至り、今一房之綱相尋候得共、見当り不申候、其内出可申候哉、先相見ヘ不申候間、綱代り載せ可申哉之旨被申二付、隼人返答二申入候者、綱之義対馬守方ゟ載せ候間、別而御載せ被成

候ニ不及候、四房迄御取揚ケ被成候段被入御念御事ニ存候通り返答仕ル

〻 八郎左衛門被申候者、三官使出船之刻、本船を波戸へ廻し候と有之而ハ、瀬
はやり之所故、自由ニ難成義も可有御座候、依之、別船ニ早船を用意申付置
候間、早船ゟ被乗移候而、如何可有御座哉与、宍戸修理も同前ニ申候、左様
候へハ、恰合も能御座候との儀ニ付、致返答候ハ、仰之通御尤ニ存候、乍然、
着船之晩、毛利勘兵衛殿へも申達候様ニ、日本船ニハ乗馴不被申、殊例も無
之由ニ而、其晩さへ船揚り不被仕、翌朝本船を廻し、陸へ揚り被申事ニ候故、
迚其通ニハ被仕間鋪候由申候処、於其儀ハ御勝手次第ニ御座候由被申也

〻 同人被申候者、三官使出船之刻、綱を解捨不申候様ニ、兼而被仰付置可被下
候、左様無之ニ而ハ、当役之者、其時ニ至り、迷惑仕申との儀也、返答ニ申候
も、朝鮮人之儀無法ニ御座候故、如何程申付置候而も、其時ニ至り切捨申義も
可有之故、しかと御請不被申、併、随分不切捨様ニ可申渡由返答仕ル

〻 同人被申候ハ、三官使当所出船之儀相知候者、前廉ニ被仰知可被下候、漕船
旁差出申為ニ御座候間、御内談申入置候由、愈被仰知儀ニ候ハ、村上三郎
兵衛迄被仰下候様ニ与被申也、其節ハ対馬守差図仕、其上ニ而船を出シ被申
事ニ候、自然、左様之様子前廉ニ相知候ハ、御知せ可申候、若又急ニ出被
申首尾ニ候ハ、御知せ申義難成義も可有之候、兎角、御油断不被成候而可
然之旨申達ス

〻 松平右衛門佐様ゟ田嶋十郎兵衛・田中善左衛門へ晒布二疋宛被成下候を黒
田三左衛門方ゟ書状相添、送参候ニ付、則御船へ遂披露候処、致受用候様ニ
与被仰付、頂戴仕候由、十郎兵衛・善左衛門申聞ル

〻 高木弾助参、申聞候ハ、三使乗之船頭共被召寄、被申付候ハ、明日之風静
ニ有之候ハ、乗船可致之由、其上雨も降不申、海上静ニ候ハ、本山迄押渡
り成共、可致と被申候由、通詞共承候通申聞ル、依之、右之様子以手紙御船
ニ可申上与仕候、折節、孫左衛門・与左衛門方ゟ手紙ニ而信使船之儀如何様
之義ニ而廻し候哉与之御尋ニ付而、委細申上ル也

〻 三使乗船ニ被乗置候渡部五左衛門・佐護三平・春日亀三四郎方銘々ニ以手紙
申渡シ候ハ、唯今三使乗船、波戸へ被廻之候、此方ゟ御差図無之故、船廻し
候時分者各可被差留事ニ候、尤、船頭とも色々申たる由にて候得共、承引不仕

旨申候、此段ハ重而も可有之儀ニ候、津泊出入之時分ハ必御差図無之以前、自由ニ船を出し被申儀ニ候ハ、通事頭申談、何とそ差留候様ニ可被仕候、各御乗せ被置候ハ、左様之儀為無之ニ候条可被得其意候旨申遣ス也

一同十五日　陰天南真風、昼ゟなき、真西風、晩ハ東風

ゝ今朝、御馳走方ゟ被申聞候ハ、信使船出船之様子ニ見及候、愈其通ニ候哉与被相尋ニ付、返答ニ申候ハ、未相知不申候、様子承、御左右可申入候由申遣ス、追付、田嶋十郎兵衛、信使屋ニ遣之、申入候ハ、今朝御出船可被成由ニ候、左様之様子対馬守方へ御尋も無之候、惣而、船之出入之儀対馬守方ゟ御差図被申筈ニ被仰合候処、左様無之段如何様之儀ニ候哉与申候処、正使・従事返答ニ被申候ハ、被仰下候趣御尤ニ候、乍然、今朝ハ少々様子御座候而、右之通ニ候、愈御差図迄と相待可申与之事ニ候、然者、今朝、副使乗船之船頭両人被召寄、未明ニ様子見候処ニ、登り之船走通り候、下々之船ニ而茂走り候儀、違ハ有之間鋪事ニ候処、如何様之儀ニ而船拵不仕候哉との僉議ニ而、既ニ科ニ逢申筈ニ候処、船頭共申候ハ、一番喇叭承候而、船之篷なととらせ申候、二番喇叭ニ而船拵仕、三番喇叭ニ而御乗船之筈ニ仕居候通申分相立、科を被差免候、右之通、副使心入ニ付、正使・従事へも乗船有之様与、何角三使言事有之候而、三使共ニ乗船有之様子ニ付、十郎兵衛・善左衛門色々申達候得共、聞入無之、乗船被仕、押出被申様子ニ付、其段右両人申聞ル、依之、忠左衛門并十郎兵衛・善左衛門儀、三使乗船ニ参、正使船ニ忠左衛門、副使船ニ十郎兵衛、従事船ニ善左衛門、隼人儀も押付鯨船ニ而三使船ニ順々ニ乗り、申達候者、対馬守申候ハ、船を御出し被成候儀、此方差図をも不被相待、御乗船之義不及覚悟候、定而相談を以差図請被申間鋪与之御心入ニ而可有之候、左候ハ、早々御出船可被成候、対馬守船之義ハ四ツ過ニ塩風見合候而、出帆可仕候、其内、御心次第可被成候、扨又、対馬守義、三官使同道仕候而罷登り候処、此方之相談御請有之間鋪与之御心入、如何様之義ニ候哉、急度御返事承、早々申聞候様ニ与、唯今以使申来候通、正使船ニ而者朴同知、副使船ニ而ハ卞僉知、従事船ニ而ハ洪僉知を以申達ル

〻御船方為御使者寺田源右衛門を以被仰下候ハ、三使船出船之様ニ相見へ候、瀬戸を落し被申候ハ、田浦ニ而差留候様ニ可仕候与之御事、依之、右上々官三人ニ申聞候ハ、隼人申達候口上之返答、就延引仕候、早々承候而申上候様ニ与之御事ニ而、又々御使者被差越候与之儀申渡ス

〻正使返答ニ朴同知を以被申候者、殿様方之御口上之通承届、御尤ニ奉存候、左様ニ御難題可有之与存候得共、少々様子有之而乗船仕候、殿様へ之御返事之義ハ繕候而可申上候、今日者右之様子ニ而乗船仕候得共、以後又ヶ様之義ハ有之間鋪与存候、重而様子ハ相知レ可申与之儀也、副使・従事返答ニ者、朝鮮之船頭順有之由申聞ニ付而、国書を出シ候故、可仕様無之、乗船仕候、出船之儀ハ弥御差図次第可仕候与之儀也

〻三使乗船ニ而被押出候刻、従事船ニ乗居候高木弾助存候ハ、御差図無之処ニ、船を押出させ候而ハ、被仰付茂有之故、差留可申与存、綱くりニ上り居候処、弾助を揚ケなから、二巻綱をくり候付、既ニ弾助を落し可申与仕候を、漸おり候而、綱くり候朝鮮人を扇ニ而打申候を、従事被見候而、立腹被仕、日本人之義船ニ不入候間、壱人も不召置、揚ケ候様ニ被申候ニ付、不残追揚ケ申候、然共、通詞之義ハ不被乗置候而ハ不罷成事ニ付、両人ハ船ニ乗せ申也

〻隼人・忠左衛門并十郎兵衛・善左衛門儀信使船方直様小早ニ而御船ニ罷出、右之様体申上ル

〻三使方方為使安判事を以申参候ハ、出船之儀弥御差図次第可仕候間、御左右被成候様ニ与之儀也、折節、両人共ニ御船ニ罷在候付而、通詞加瀬五右衛門、御船ニ参、安判事使ニ参候段申上候処、御船ニ遣候様ニ与之御事ニ付、則安判事儀御船ニ罷出、右之通申上ル

〻御船方十郎兵衛御使ニ而三使へ被仰遣候ハ、潮時茂能罷成申候間、船を出シ可申候、先様ニ至而も被押申程ニ候ハ、先ニ可参候、若成兼候ハ、田之浦へかゝり候歟、無左者戻シ可申候間、其御心得可被成候与被仰遣也、其序ニ高木弾助、其外之者共之儀従事へ理り申候得共、船を被出候付、返事不承、罷帰也

〻下之関四ツ過ニ御出船被遊、信使船も同前也

〻三使乗船ニハ為漕船四拾挺立之、早船四艘宛相附、引船ニハ四拾挺立之、早

船二艘ニ小船十二艘宛相附、漕之也

〃信使為見送、田ノ浦口迄宍戸修理、小早ニ而被罷出也

〃長門守様ゟ御船奉行村上三郎兵衛、同三郎四郎、早船にて信使船ニ被相附也

〃同御内漕船奉行御座平右衛門、水木船奉行牧野八郎左衛門、是又早船ニ而
信使船ニ被相附也

〃本山代官柳井三之允ゟ途中迄以使、白瓜生芋のくき大角豆一折・塩鱸三本音
信ニ参候得共、何方へも御断申入候由ニ而返進仕

〃おこふり之代官小沢右衛門方ゟ使ニ而野菜一折・肴一折来ル、是又、返進直ニ
返礼申入ル也

〃信使船申中刻、向へ参着、相続殿様御召船御着船并御供廻りも追々ニ参着仕
ル也

一同十六日　陰天なき東風、昼時分ゟ真西風

〃長門守様御家来村上三郎兵衛、三官使弥別条無御座候哉之由ニ而、為見舞
被参ル

〃向卯中刻、御出シ、信使船も被出之、なき故、押之也

〃笠戸代官広仁右衛門方ゟ途中ニ使を以野菜一折・鱸十本、長門守申付置候由
ニ而来ル、然共、返進仕ル

〃室津見代官長沼九郎右衛門方ゟ使ニ而肴・野菜・薪之御馳走有之、是又、返
進仕ル

〃右同人、肴一折・野菜一折、隼人・忠左衛門乗船ニ持参、則忠左衛門致面談、
御音物之義何方へも御断申上候付、致返進候通申達ル也

〃信使入船之為迎、長門守様御家老毛利織部、小早ニ而被罷出ル

〃殿様暮酉ノ刻、上之関御着、室津へ御掛り、信使船も相続而着船、上之関江掛
ル、并、御供船も順々ニ参着仕ル也

〻隼人・忠左衛門乗船、信使船ニ後レ候付而、忠左衛門義鯨船にて先達而参、
　陸へ揚り掛ケニ御召船ニ致参上、三使宿へ上ケ可申哉之旨御案内申上候処、
　早々揚ケ候様ニ与之御事、則三使乗船ニ参り、宿へ御揚り候様ニ与申入、忠左
　衛門義先達而宿へ揚り、信使宿見分仕ル、尤、田中善左衛門儀も先様宿へ揚り、
　三使居所等見分仕也

〻三使酉ノ中刻、宿へ被揚、船着ゟ御茶屋門側迄莚三枚並ニ敷、門之内ゟ三使
　居間之庭縁側迄薄縁壱枚通リニ敷之、尤、中官・下官之居所迄莚二枚並左右
　ニ大竹ニ而駒寄有之

〻膳部七五三金銀、引替之膳同

〻膳部相済而、三使ゟ上々官三人を以当所御馳走人毛利織部・宍戸十郎兵衛ニ
　種々御馳走之段忝存与之一礼有之

〻三使方ゟ当所御馳走衆へ田嶋十郎兵衛を以御馳走忝旨一礼有之

〻松平長門守様ゟ御使者隼人・忠左衛門方へ御樽肴被下、返進仕ル

〻長門守様之御馳走人衆、左ニ記之

名代	毛利織部
使者	宍戸十郎兵衛
物頭	木利十郎兵衛
名代用人	張中藤左衛門
上関都合人	賀屋五郎兵衛
右同	能美弥左衛門
上関警固	村上新右衛門
室津同	青木勘兵衛
水船都合	中村与左衛門
右同	浦四兵衛

　　　右、長門守様御家来

名代	香川又左衛門
信使御馳走	吉川四郎五郎
右同	香川五左衛門
上々官御馳走	池四郎兵衛
上官同	手嶋又七
次官御馳走人	森脇弥右衛門

御饗応見合	栗屋清右衛門
右同	栗屋小四郎
鬼喰	井原角左衛門
配膳辻	長弥左衛門
中官御馳走	有福新兵衛
同座敷見合	二色平八
右同	中川清右衛門
中官案内者	武安喜右衛門
下官馳走	佐々木九兵衛
同座敷見合	鈴川太郎右衛門
同案内者	林十兵衛
森長老	岡田孫左衛門
同膳見合	山県弥三左衛門
霊長老	境十右衛門
同膳見合	香川弥左衛門
対馬守様御宿見合	紛貫権右衛門
同御膳用見合	畊平内
御配膳辻	中村六郎兵衛
茶湯	山県玄巴
右同	山田由元
目付	目加田弾右衛門
陸目付	高畠助左衛門
右同	佐々木羽左衛門
物頭警固	岸源左衛門
右同	本城次郎右衛門
下ノ関御迎	境十郎左衛門
下行方	戸津川久左衛門
同	山県文右衛門
万仕出	井上六右衛門
勘定	佐々木助左衛門
手代	藤岡九十郎
右同	米原吉左衛門
右同	岡本惣三郎
諸道具請払	福原八右衛門
佑筆	岸佐五兵衛
同	佐伯長右衛門
同	和田半平

炊奉行	井下八兵衛
同	鈴川市兵衛
同	武永弥兵衛
同	森脇五右衛門
同	新見十郎左衛門
同	森脇治左衛門
膳夫	藤井弥五太夫
同	三戸金右衛門
同	波田野治右衛門
同	三戸伝兵衛
同	田村伝右衛門
同	三戸甚左衛門
同	藤井平四郎
同	三戸清左衛門
同	藤井四郎右衛門
同	河野源進
木具用	森脇伝右衛門
右同	斎藤孫右衛門
普請奉行	東小右衛門
人遣	三追惣右衛門
大工頭	児玉次郎四郎
右同	大屋賀左衛門
都合人	宇都宮杢允
用人	森脇与三左衛門
同	横道助之進
本〆役	向武助

以上

〃高木弾介義従事へ色々断申入候得共、承引無之候、弥立腹ニ而両人之通詞
迄茂揚ケ、船ニ壱人も乗せ申間鋪と之事ニ而候付而、正使・副使ゟ右之断有之
候得共、聞入無之候故、上々官を以申入候者、右之通ニ而も先様ニ到り、朝鮮
之船頭計ニ而ハ海上無心元気遣ニ奉存候間、左様候ハ、弾助義余人ニ差替
可申候間、其外右以乗せ置候者、不残御乗せ被成候得之由、色々申入、正
使・副使ゟも言葉被添候付而、被聞付候、依之、弾助代りニ佐護分左衛門申付
ル、正使・副使并上々官より被申聞候者、弾助義無別条事ニ候間、役目等被仰
付義ニ候ハ、愈不相替被仰付候様ニ与之儀也、右之趣以手紙、孫左衛門・

与左衛門方迄申上ル、則今晩佐護分左衛門・春日亀三四郎并船頭上乗、従
事船ニ乗候様ニ申付ル

〻平田源五四郎、信使宿へ罷出、申聞候者、下ノ関ニ而昨晩より今朝之下行之
義彼所出船旁急申候付而、請取不申処、上之関迄持参被致候、則朴同知を
以三使へ伺候処、是迄被致持参候ヲ透与受不申儀如何ニ候間、三使ゟ上官迄
ハ茶・蝋燭計受之、其外ハ返進、中官より下官迄ハ常之通七色八色受之、其外
肴物・野菜ニ至り返進仕可然之由被申候通申聞、左候ハヽ、弥三使被申候通ニ
被致候様ニ与、源五四郎へ申渡ス

〻孫左衛門・与左衛門方ゟ以手紙申来候ハ、小山朝三義於所々、信使宿へ被上
候刻者同前ニ罷上り居、自然他方ゟ書物等有之節相勤候様ニとの御事、則朝
三方へ以手紙申付ル

一同十七日 晴天、穴西風

〻今朝、隼人・忠左衛門、御召船ニ乗り、日吉利能候ハヽ、三使乗船被仕候様ニ
可申達哉之旨窺之候処、殿様にも追付御出船可被遊候之間、三使茂船へ被乗
候様ニ可申入との御事ニ付、則信使宿へ揚り、右之通申入、乗船被致、毛利織
部・宍戸十郎兵衛ニ茂面談仕、被入御念、御馳走之段、三使忝被存之旨、一
礼申述ル

〻三使船ニ被乗候刻、当所御馳走人衆へ十郎兵衛・善左衛門を以、昨日ゟ今朝
迄色々御馳走之段忝被存候旨、一礼申遣ス

〻吉川内蔵助家老香川又左衛門方ゟ上ノ関出船ノ刻、浦口迄使者森脇弥右衛門
を以素麺壱曲・螺壱折・猪貝壱折到来、返進仕ル

〻辰ノ上刻、上之関御出帆、信使も同前

〻漕船之数、昨日同前

〻午之刻、地みかむろニ御着、潮掛り被成

〻松平長門守様御家来友沢四郎左衛門、隼人・忠左衛門乗り船ニ被参、口上ハ、

当所地みかむろニ罷出、諸事御用等承候様ニ与申付候由ニ而、小鯛壱折・野菜色々持参、然共、何方ゟ之御音物も受用不仕由ニて返進仕也

〻 地みかむろニ而村上三郎兵衛、隼人・忠左衛門乗船ニ被参、御用も候ハ丶、可被仰付之旨被申置、被帰也

〻 御船ゟ吉村善左衛門御使ニ而最早潮時も罷成候間、御船御出シ被遊候、信使船も漕出し候様ニ可申達之旨被仰下也

〻 未ノ刻、かむろ之瀬戸御落シ被遊、信使船も同前也

〻 風向イ潮茂悪敷候ニ付、西ノ刻過ニ津和へ御寄せ御掛り被成ニ付、信使船も掛り被申也

〻 三使方へ黒岩十兵衛使ニ而着船之機嫌伺申遣也

〻 右、十兵衛儀直様御船ニ窺御機嫌ニ差上也

〻 松平隠岐守様御家来津和代官厚木弥七方ゟ使ニ而水木船差出シ、口上ハ、隠岐守申付置候間、御差図次第、三官使へ御馳走仕度候との儀ニ付、左候ハ丶、信使船ニ被遣之、御馳走被成候様ニ与申達也

〻 右御同人様御家来有吉杢左衛門参、被申聞候者、信使衆御馳走ニ綱・碇用意申付置候、然共、此日和ニ而ハ御用ニハ立申間鋪与存候得共、自然御入用ニも候ハ丶、陸へ罷在候間、被仰付候様ニ与之口上也、則忠左衛門罷出、返答申候ハ、被仰聞候段入御念たる御事候、仰之通、此日和ニ而ハ綱・碇之御馳走ニ及不申候、若入用ニも候ハ丶、可申進之由申達候処、其段船奉行江茂可申聞之由ニ而被帰候也

一同十八日 晴天、北東風

〻 本多中務大輔様御家老河西縫殿助・佐野市郎右衛門方ゟ隼人方へ書状参候を、御船ゟ為持被下、書状之趣者先頃信使宿為見分、佐治杢左衛門・杉村又左衛門被差登候刻、御切紙被遣之候御請也

〻 御船ゟ被仰下候者、潮も能候間、御船御出可被成候、三使方へも其旨申遣、被

出之候様ニ可仕との御事也、依之、右之段、三官使方へ黒岩十兵衛を以申遣ス

〃 今朝、辰ノ刻ニ津和御出被遊、信使船も同前也

〃 亀か首通り候而、霊長老乗船ニ松平安芸守様ゟ為御馳走漕船六艘附之漕也

〃 末ノ上刻、蒲苅之瀬戸口へ御着、潮掛り被成ル、信使船も同前

〃 松平長門守様御家来牧野八郎左衛門、隼人・忠左衛門乗船ニ被参、当所松平
安芸守様ゟ漕船出し候ニ付、相渡、拙子儀自是御暇可申与之口上也、則忠左
衛門面談仕、返事申入

〃 蒲苅迄之間、所々潮在之所ニ見よき船出シ被置也

〃 隼人・忠左衛門乗船之義信使船ニ後レ候付、隼人并十郎兵衛儀小早ニ而先達
而罷越、先御船ニ致参上候之処、被仰付候儀有之付而、直ニ正使船ニ附ケ、
朴同知を呼候而、対馬守被申候、只今者潮時も悪鋪候付、本船にて瀬戸落シ
候義難成事ニ候、潮直り候迄被相待候而之御馳走所諸事用意茂有之事ニ候へ
ハ、如何ニ候間、小早ニ而御揚り可然之由被申候通申候処、正使御返答ニ被
申候者、仰之通得其意存候、乍然、殿様ニ茂潮時を御待居被成候処、我々計
先様瀬戸を落シ申儀如何ニ存候、御用意ハ御馳走之儀ニ御座候間、参着遅々
仕候共、苫かる間敷候間、弥同前ニ参可申与之儀也、其序ニ朴同知へ申聞候
者、昨日信使船ゟ火矢を射候之処、御船近クニ落申候、ヶ様ニ船込之所ニ而
自然人抔ニ中り候而ハ如何鋪義ニ候間、むさと射不申様ニ可被申入之由申渡
ス、尤、当所迄参着被仕候儀も祝詞申入ル也

〃 右正使御返答之通、御船ニ黒岩十兵衛を以申上、夫ゟ副使・従事乗船ニ参り、
上々官呼出、参着之祝事申述、夫ゟ蒲苅へ可罷越与仕候得共、潮向イ為押候
儀難成ニ付、陸ゟ罷越、信使宿へ参、御馳走人衆へ出合、申談、見分仕ル也

〃 瀬戸ゟ先へ水船五拾艘御出シ、御馳走有之

〃 申ノ刻、殿様瀬戸へ御落シ、蒲苅へ御着、三使も同前則三使者宿へ被揚、船場
ゟ三使為案内者、御馳走人浅野半平・多羅尾喜三郎、先達而被参ル、船着ゟ
信使宿敷台迄之間、莚敷詰、其上ニ薄縁三枚並ニ敷之、鋪台ゟ上箱鴈木を毛
氈ニ而包之也、船着ニ新規之仮屋建チ、此所ゟ敷台迄廊下掛ルやねハ船之桐
油ニ而葺、三使并上々官迄右之御茶屋、尤、三使居間毎ニ茵・硯・料紙・熨斗
出シ有之、上判事・学士・医師・上官・次官ハ廊下を入り、右之方ノ長屋之一間

毎ニ手水かまへ有之、中官・下官ハ新規之仮屋、此所ニも手水かまへ等所々ニ
有之

〃三使御馳走之膳部七五三金・土器金・亀足金・引替之膳白木

〃信使ニ付而安芸守様方之御馳走人、其外之役々、左ニ記之

家老	浅野伊織
惣奉行	大久保権兵衛 田中左近右衛門
三使・上々官馳走人	浅野半平 多羅尾喜三郎
中官馳走人	高木三右衛門 塙作大夫
下官馳走人	松浦金左衛門 堀場羽左衛門
長老馳走人	松原孫七 生田新平
御茶屋馳走人	天野杢之助 高槻孫兵衛 平野五郎兵衛 湊喜太郎
通詞馳走人	仙石金右衛門 松浦儀左衛門
大目付	竹腰善兵衛
船手頭	植木七右衛門
勘定奉行	寺本覚左衛門
作事奉行	須戸正右衛門 岡野賀右衛門
下行奉行	蜂屋半右衛門 小川与左衛門 坂井伊左衛門 普気甚太夫
押奉行	牧野市郎右衛門 鈴木左源太 丹羽文太夫 田村仁右衛門
賄惣奉行	浮村喜兵衛

七五三膳部拵奉行	小坂工阿弥
信使・上々官賄方	田中五左衛門 塚野久右衛門
諸道具奉行	薬師寺七右衛門 藤巻惣右衛門
警固火廻り	松本平太夫 西川五兵衛 船越権助 岡詞弥太郎 竹村市右衛門 田中弥右衛門
大船頭	八人
小船頭	二拾七人
茶湯	五人
料理人	七拾二人
信使通イ、長上下着	六人
上々官通イ、右同断	四人
中官通イ、半上下着	三拾人
伴僧通イ、右同断	拾人
上ノ関迄迎ノ使者	吉田八郎左衛門 寺西小左衛門
蒲苅へ之使者	松田五郎太夫 関弥次郎

〻長門守様御家来村上三郎兵衛・同三郎四郎・御座平右衛門、隼人・忠左衛門乗
　船ニ被参、当所迄相勤、罷帰候通付届有之

〻御同人様御内串野上七右衛門、是又乗船ニ被参、当所迄相勤、罷帰之通付届
　有之

〻江戸表松平安芸守様ゟ被仰越候由ニ而、御使者松田五郎太夫を以煮海鼡壱
　箱・御樽壱荷・干鯛壱箱、三使銘々ニ御目録ニ而被遣之、則上々官三人取次
　之、被致受用也

〻右御同人様より同使者を以煮海鼡壱箱・干鯛壱箱・三原酒壱荷、上々官銘々ニ
　被下之、則受用仕ル也

〻信使方料理相済而、隼人・忠左衛門儀居所茂差間候付而、自分之宿被申付置
　候故、此方へ両人共ニ銘々ニ参候処、料理等馳走有之

〻安芸守様ゟ隼人・忠左衛門宿へ御使者松田五郎太夫を以御時服五ツ宛被成下、
然共、何方へも御断申上候由ニ而、其旨五郎太夫ニ申達、致返進也、十郎兵
衛・善左衛門へも時服三ツ宛被成下候得共、致返上也

〻蒲苅御馳走之様体、公儀へ被仰上候付、別紙之覚書、御船より被遣之、為念
ニ候間、馳走人衆へ為致一見、此通ニ而可然哉之旨、可相尋与之御事ニ付、
則十郎兵衛・善左衛門方ゟ手紙相添、浅野半平・多羅尾喜三郎方迄遣之候処、
被入御念、御案内之書付御見せ被成、忝奉存候、此上無御座との返答也

〻松平伊予守様御家老池田大学方ゟ隼人・忠左衛門方へ書状参、意趣ハ御進上
之御鷹・御馬、御領内下津井ニ参着之由、将又信使御料理之外ニ下行入之義、
先頃申達候処、被得其意候与之紙面也、則再報認之、来使ニ渡之

一同十九日　晴天、北東風、なき

〻御船より御使ニ而潮茂直り候付、御船御出し被成候間、三使へも其段申達、被
致乗船候様ニ可仕与之御事ニ付、則陸へ揚り、右之旨、三使へ申達、頓而乗
船被仕也

〻夜前ゟ今朝迄之御馳走、三使忝被存候旨、御馳走人衆へ十郎兵衛・善左衛門
を以申達ス

〻蒲苅卯ノ中刻御出船、信使船も相続出之也

〻三使乗船ニ為漕船、四拾挺立之、早船三艘宛相附、引船ニ者同弐艘宛被相附、
漕之也

〻三使為見送、浅野伊織、小早ニ而浦口迄被罷出也

〻船中為御馳走、水木船七拾二艘被相添也

〻午之上刻、多田海江御着、潮掛り被成ル

〻副使乗船之上乗平田仁兵衛・佐護三平、隼人・忠左衛門乗船ニ参、申聞候者、
朝鮮人を為見物、百姓男女とも、信使船之廻りニ附居候処、日本人之扇を副使
取被申候而、字を書、大々ニ遣シ被申候故、色々与留申候得共、承引無御座、

結句立腹ニ而御座候、殊殿様御召船通り候時分ニ而御座候故、定而何茂御覧
被成、我々無調法ニ可被思召上与奉存、致迷惑候、此外不依何事申入候義、
一として聞付不被申、何角ニ付被致難儀候由申聞ニ付而、隼人・忠左衛門申候
者、難義之段尤ニ候、然共、先相勤候得、副使方へ者右之旨得与可申達之由
申聞、両人返之

〃 右之様子為可申上、御船へ田中善左衛門差上ル也

〃 申ノ刻、潮直り候付、御船御出被遊候間、三使も被出之候様ニ与、御使被下、
則御船御出シ、三使船も同前ニ漕出ス

〃 夜ニ入、子ノ刻、鞆へ御着船、隼人・忠左衛門乗船之儀ハ後レ候付而、忠左衛
門并善左衛門小早ニ而先様陸へ揚ル

〃 三使為迎、美作守様御家老水野玄蕃浦口迄被罷出

〃 信使宿福禅寺、上々官ハ同寺之内新規ニ居所建継有之、御料理七五三金銀、
引替之膳金銀、通イ長上下、通イ之被仕様ハ前ニ同シ

〃 上判事・上官・次官ハ御茶屋ニ而御振舞

〃 中官ハ阿弥陀寺於観音堂御振舞

〃 下官ハ新規ニ長屋建、御振舞

〃 隼人・忠左衛門并十郎兵衛・善左衛門義も自分之宿被仰付置、此所ニ而御振
廻之御用意有之候間、罷出候様ニ与御馳走人衆被申聞候得共、御断申候付
而、則於信使屋ニ御料理出ル、三ノ膳向詰ニ引物ニ、通イ半上下、此外役目ニ
付、信使屋へ相詰候者、又ハ下々ニ至り不残御料理被下之

〃 三使乗船ゟ波戸迄新規ニ橋かけ、薄縁敷、尤、大竹ニて左右ニ高欄有之、橋
之長サ廿七間

〃 波戸ゟ三使宿寺迄莚三枚並敷之、門之内ゟ薄縁三枚並敷有之

〃 水野美作守様ゟ三使へ壱荷二程宛被遣之、則受用被仕也、此段、御船へ御案
内申上ル

〃 隼人・忠左衛門へも美作守様ゟ時服三并生鯛弐宛被成下、然共、何方之御音
物も受用不仕由ニて返進

〃 十郎兵衛・善左衛門へも同時服二、肴一種宛被下之、返進仕ル也

〃水野美作守様御馳走人之書付、彼方ゟ被差出候故、則其通、左ニ写之置

家老		水野玄蕃
信使往行道筋裁許	物頭	岩室忠兵衛
裁許人	近所番頭	蟹江三郎左衛門
用聞役	歩行頭	河村九郎右衛門
諸用請込役		神妻弥平左衛門
大目付		井口源兵衛
同		鈴置郷右衛門
下行役人		久田見猪左衛門
		佐野杢左衛門
三使・上々官宿		福禅寺
信使御馳走役	番頭	鈴木半之允
		伊地知文太夫
上官御馳走役	物頭	河村七郎右衛門
給仕人		馬廻り拾人
勝手肝煎		関甚兵衛
		河村治部右衛門
		小野田次郎太夫
上官宿茶屋		
御馳走勝手肝煎		大矢庄兵衛
		中山与五兵衛
		酒井源左衛門
給仕人		馬廻り拾二人
中官宿阿弥陀寺		
御馳走役勝手肝煎		野間甚五右衛門
		笠原善左衛門
		茂野八左衛門
		富田久六
		今枝清兵衛
中官宿南禅坊		
御馳走役勝手肝煎		河村市郎左衛門
		竹本広助
		脇坂金左衛門

給仕人		八人
下官宿小屋		
御馳走役勝手肝煎		柴橋茂左衛門 藤井平右衛門 池田十右衛門 田中十郎右衛門 酒井浅之助 神谷六右衛門
給仕人		三拾人
長老宿町屋 御馳走役	物頭	有安相馬
勝手肝煎		丹羽弥五左衛門 加藤権太夫
給仕人		八人
長老宿町屋 御馳走役	物頭	蟹江又左衛門
勝手肝煎		光岡五右衛門 近藤佐太夫
給仕人		八人
通詞中宿町屋		
御馳走役勝手肝煎		磯村仁兵衛 中山兵右衛門 浅利弥助
給仕人		拾三人
船頭中宿町屋		
御馳走役勝手肝煎		渡部市之允 本庄市兵衛
給仕人		六人
鞆ノ奉行		尾関左次右衛門
御船奉行		藤村刑部左衛門
大坂川御座		渡部長兵衛
対州様へ下ノ関迄使者		安部井太右衛門
御同人様へ蒲苅迄使者	物頭	光岡兵太夫

信使之迎、蒲苅迄使者		上田武太夫

対州様御宿町屋

御用聞	物頭	村岡孫左衛門
		伊香覚兵衛
		加藤左近右衛門
		八木伝五兵衛
		近藤平兵衛
		目加田五郎左衛門

御家老中宿町屋	近藤孫太夫
	鈴木茂兵衛

御出頭人中宿町屋	
	湯川蘭兵衛

一同廿日 晴天北東風、未ノ刻時分ゟ南真西風ニ成ル

〻今朝、乗船可仕候旨、三使被申ニ付、其段御船ニ黒岩十兵衛を以申上候処、弥乗船被仕候様ニ与被仰下候ニ付、則上々官を以申達候者、弥御乗船被成候得、出船之儀者潮直り次第、対馬守方ゟ御差図被申筈ニ候間、御乗船ニ而も早速御出シ不被成候様ニ与申達ス

〻隼人・忠左衛門ニ御朱印ニ而御渡被成置候御條書之内、三使附之朝鮮人下々ニ至り、前以申渡置可然義有之ニ付、御書付之内抜之、覚書ニ仕、田嶋十郎兵衛・田中善左衛門を以上々官へ相渡之、此書付之通、毎度被仰渡、下々ニ至り、堅相守候様ニ能々被仰付候得之由可被申入之旨申渡ス、則書付之控、左ニ記之

　　　　覚
一道中ニ而対馬守殿本陣之前、以前ハ上々官を初、下馬申付候得共、今度者不及下馬候事

一道中ニ而対馬守殿被通候刻、朝鮮人先立之者、或三使供廻り之者、馬ニ乗居
　候ハ、下馬致候様ニ被申付事

一朝鮮人馬をあら乗不仕候様ニ度々堅可被申付候事

一先年信使来聘之時分、朝鮮人下々御馳走ニ驕り、或大酒仕、殊外意外を働、或
　は唾を吐掛、足ニ而蹴、致打擲、非法之儀仕候、今度ハ右之仕方ニ候ハ、日
　本人堪忍仕間鋪候間、能々相嗜候様ニ、毎日下々惣様ニ可被申付候事

一先年諸方宿々ニ而張壁・屏風・床かまち、其外柱等ニ至迄唾を吐掛、小刀ニ而
　削り、旁放埒成働仕候、此段堅相嗜候様ニ与能々可被申付候事

一所々宿々ニ而多葉粉之火卒草ニ不仕様ニ毎度可被申付候事

　　　　　以上

　　　　七月十九日

〻辰ノ刻鞆御出帆、信使船も同前也

〻信使為見送、美作守様御家老水野玄蕃小早ニ而被罷出也

〻水野美作守様方漕船、正使乗船ニ早船・小早共ニ六艘、副使乗船ニ同五艘、
　従事乗船ニ同三艘・引船三艘へも同前ニ相附

〻森長老乗船ニ漕船、小船六艘相附

〻霊長老乗船ニ茂同前ニ可相附之由ニ候得共、御断ニ而不附也

〻水船八十艘、御馳走ニ被相附、内五十艘ハ信使方、同三十艘ハ殿様方之御用也

〻未ノ中刻方俄ニ雨降候付而、下津井之西泊へ、申ノ刻ニ御掛り被遊、信使船も
　同前也

〻松平伊予守様方水船二百艘、下津井へ御出シ、御馳走有之

〻三使方へ橋辺伊右衛門使ニ而伺機嫌申遣ス

〻両和尚乗船ニ茂為御見廻、手紙遣之、其序ニ森長老へ三使方方参候詩三枚
　包候而、遣之也

一同廿一日　晴天北東風

〃潮茂直り候間、御船御出被成候条、信使船も被出候様ニ与、御使者寺田源右衛門を以三使へ被仰遣

〃巳ノ刻、下津井之西泊御出帆、信使船も同前也

〃松平伊予守様ゟ下津井之西泊迄信使船六艘之漕船御出候刻、此所ニ而水野美作守様ゟ漕船ニ交代仕、漕之、其船数、三使船ニ早船三艘・小船四艘宛、引船ニ早船二艘・小船四拾宛、両和尚船ニ茂同前也

〃伊予守様御家来大口平左衛門・幸池権右衛門、六口浦迄小早ニ而被罷出、御用之儀候ハ、被仰聞候様ニ与之口上也

〃右御同人様家来保田孫七、日比之前迄被罷出、右同前之口上也

〃御同人様ゟ牛窓之前迄御使者被遣之、目録を以三使銘々ニ御音物来ル、則左ニ記之

　　　　樽壱荷
　　　　箱肴二種
　　　　折一組　　但、金みがき

　　右者正使へ御使者、森川助左衛門
　　副使江茂右同断、安藤平左衛門
　　従事江茂右同断、寺井治右衛門
　　右、何茂受用被致ル也

〃隼人・忠左衛門乗船之義、三使船ニ後レ候付而、隼人并十郎兵衛、鯨船ニ而先達而牛窓陸へ揚り、三使宿見分仕ル

〃正使・副使乗船、酉ノ刻、牛窓へ着船、従事船ハ浦口六町程之所すかの上ニすはる、引船三艘も従事船、右之通故、其脇ニ待居ル、然共、無恙漕落シ追付牛窓へ漕込也

〃従事之船参着前ニ隼人正使船ニ参り、宿へ御揚り可被成哉旨、朴同知を以申達候処、正使・副使被申候も、従事着船迄相待候而、同道ニ而可罷揚与之儀也

〃従事、戌ノ刻ニ参着、則三使同前に宿へ被揚ル

〃波戸ゟ三使船ニ橋掛ル、長サ七間程、尤、左右高欄

〃波戸ゟ信使宿迄莚三枚並ニ鋪、三使宿門之内ゟすへて薄縁敷有之

〃船場之向と中程ニ茂番所建之、尤、三使宿之門前ニ茂番所有之、何茂新規ニ建之

〃波戸ゟ三使宿迄三間程宛間を置、燈灯燈有之、尤、所々ニ警固相附

〃三官使五ツ時分、順々ニ宿へ被揚ル

〃膳部七五三金銀、引替之膳ハ白木也

〃正使・副使、今日者精進日之由被申候付、御馳走人衆へ其段申入候処、引替之膳、精進料理出ル、七五三膳部之儀ハ上々官罷出、配膳所ニ而見分仕ル

〃通イ長上下着

〃三使宿ハ御茶屋、上々官三人・学士壱人・上判事・医師も右同前也、三官使居間之儀ハ右御茶屋之内ニ新規建之

〃上官宿町屋壱軒

〃中官・下官宿町屋壱軒

〃隼人・忠左衛門并十郎兵衛・善左衛門江茂御料理出ル、尤、自分之宿ニ町屋壱軒宛被仰付置也、右四人之内之者共、此銘々宿ニ而御料理被下之

〃三使・上々官・上官・次官・中官・下官儀茂夫々ニ夜ノ物蒲団・蚊帳迄出ル

〃隼人・忠左衛門・十郎兵衛・善左衛門、其外之宿々ニ茂寝道具何茂用意被仕置也

〃伊予守様儒者小原善助・富田元真与申人、学士与筆談有之

〃正使・従事ゟ隼人・忠左衛門・十郎兵衛・善左衛門方へ大折壱ツ・樽壱荷来ル、副使ゟ隼人・忠左衛門両人中へ大折壱合・樽壱ツ・鶏二、音信ニ来ル

〃昨日ゟ被入御念、御馳走之段、三使へ茂忝被存候旨、御馳走へ一礼申入ル

伊予守様ゟ下津井牛窓へ出候船数、左ニ記之

　　　早船七拾三艘　　五十六丁立ゟ拾二丁立迄
　　　水船二百二拾艘
　　　番船六拾艘
　　　漕船八拾艘

　　　此内ゟ三官使・両長老乗船之漕船ニ相附、則前ニ記之置也

伊予守様御家老幷御馳走人、左ニ記之*

　　　　　　　　　　家老　　池田大学

　　　　　　　　寄合　伊木平内
　　　　　　　　　　　渕本孫三郎
　　　　　　　　　　　湯浅六右衛門
　　　　　　　　　　　今井勘右衛門
　　　　　　　　　　　柏尾六之允
　　　　　　　　　　　杉山権兵衛
　　　　　　　　　　　熊沢宇平太
　　　　　　　　　　　桜木作之進
　　　　　　　　　　　茨木左太夫
　　　　　　　　　　　河崎九市郎
　　　　　　　　　　　佐冶五兵衛

　　　　　　　　番頭　土肥飛弾
　　　　　　　　　　　薄田長兵衛
　　　　　　　　　　　伴三右衛門
　　　　　　　　　　　河合善太夫
　　　　　　　　　　　武田左平太
　　　　　　　　　　　青木久五郎
　　　　　　　　　　　古田源兵衛
　　　　　　　　　　　梶川左次兵衛
上々官・学士官・上判事・医師附　河合源五兵衛
　　　　　　　　　　　野中市左衛門
　　　　　　　　　　　井上源助
　　　　　　　　　　　薄田文弥
　　　　　　　　　　　梶川権六
　　　　　　　　　　　河合権次郎
　　　　　　　　　　　河合源右衛門
　　　　　　　　　　　河合源太郎
　　　　　　　　　　　神也宮右衛門

---

*　게이오 대학 소장본과 비교시 본 명단에 형식적으로 일부 누락이 있어 이를 보충하
　　였다. 직명이 누락된 곳은 점선 테두리를 씌웠고, 직분을 묶는 선은 점선으로 표시하
　　였다.

上官・次官附	番頭	中村主馬
		野村市郎兵衛
		安宅権兵衛
		垣見権内
		小村甚七
		佐治与助
		村田弥兵衛
		小塚源蔵
		青木善八
		加藤平之允
		杉村孫之允
		香村源八
		和田半左衛門
		広田儀左衛門
		岡部半平
		西浦兵作
		河村善次郎
		小田六右衛門
中官附	番頭	稲葉四郎右衛門
		茨木安兵衛
		小林孫七
		野間三之允
		国府四兵衛
		平野与兵衛
		安井八左衛門
		富田惣次郎
下官附	寄合	下方権平
		上坂覚左衛門
		仙石久右衛門
		松田与三右衛門
		中村久六
		松村甚助
長老衆	寄合	伊庭与一右衛門
		上嶋彦次郎
		久山長助
		杉原金左衛門

通詞		鈴田平四郎 野尻少助 石原藤蔵 中村弥兵衛
同下々		野尻平十郎 宇野小左衛門 荒木夫助 旧田小兵衛
大用人	番頭	水野三郎兵衛
用人	近習物頭	津田十次郎
同	同	服部与三右衛門
同	物頭	水野源兵衛
大横目		長屋新左衛門
徒横目		青木又五郎 今井夫右衛門 雨宮源右衛門 谷源助 村上儀右衛門 鈴木又兵衛 多賀十右衛門
船奉行	物頭	湯浅判右衛門
普請奉行	物頭	藤岡内助 侏野与七郎 西村彦太夫
作事奉行		太田又七 片山文七 宇治久内 章山孫右衛門 高畑惣七 若村半兵衛 林源左衛門 安井勘太夫 大塚善八 横山安太夫 浦上松右衛門 薮木吉左衛門

	岡左次兵衞
	富田甚兵衞
張付奉行	中野十兵衞
	賀々野又助
銀奉行	門田惣兵衞
	火明又八
	水野三之助
	中西理右衞門
振廻肝煎	岡本多兵衞
	松嶋兵太夫
	岩井喜兵衞
	今西勘助
	川瀬吉太夫
振廻肝煎道具諸手へ渡ス	久代小兵衞
	小坂五郎作
萬呉服方	桜井善七
畳奉行	三木孫七
	林弥左衞門
桶道具奉行	船木助左衞門
寝道具奉行	亀井孫兵衞
	太田彦次郎
包丁人肝煎	堀江助左衞門
酒方	入沢次太夫
	太西源太兵衞
魚や八石や塩味噌肝煎	高松長右衞門
	小林平次郎
	村瀬勘左衞門
進物奉行	津川中右衞門
	岡村猪左衞門
	内藤数右衞門
	羽原覚右衞門
	松嶋又左衞門
下行渡奉行	奥田善右衞門
	太田段右衞門
	三浦十助
	三宅与助

七五三箔為置膳奉行		金光清右衛門 仁科甚右衛門
屏風奉行		井上三平
茶方		箕輪宗悦
郡奉行		村田小右衛門 小川弥七
侍構		小原善助 富田玄真
火消番	番頭	芳賀内蔵允 塩内源五左衛門 亀嶋左助 舟戸七太夫 香川五郎兵衛 馬場半七 木全弥次郎
所々番所	物頭	水野茂左衛門 牧野又兵衛 荒尾内蔵助 中村次左衛門 森川九兵衛 丸毛左近右衛門
使役		森内助左衛門 今西半内 寺西治右衛門 安藤平左衛門 川口多太左衛門 村上藤左衛門
下津井浦口ニ差出	番頭	山崎大膳 丹羽次郎右衛門
郡奉行		広内権右衛門 安田孫七
備後鞆へ差出ス	番頭	牧野弥次右衛門

〃松平伊予守様方隼人・忠左衛門へ帷子五ツ宛、十郎兵衛・善左衛門へ同三宛
　被下之候得共、御断申上、返進仕ル也

一同廿二日 晴天北東風

〻隼人・忠左衛門、信使宿へ揚り、今日者日和能候条、弥乗船被致候様ニ与申入、追付乗船被仕也

〻松平伊予守様御家老池田大学へ善左衛門申入候者、三使乗船之儀ハ船茂早ク、殊御馳走之漕船出申候故、何方ニても早々入津被致候、就夫、対馬守供船之儀、昨日も櫓ニ而参候故、殊外水夫も草臥申候、今日者弥なきも能候条、出船可仕与存候、右申通ニ候条、漕船御附被下候得かし与申入候処、委細心得候与之返事也、則夫々ニ漕船附之

〻三使、巳ノ中刻、牛窓出船、殿様御船も同前ニ御出船

〻御馳走之漕船・水木船、昨日同前

〻伊予守様ゟ牛窓浦口迄御使者村上藤左衛門を以三使銘々ニ御音物来ル、則員数、左ニ記之

　　　一活鱸　壱桶三
　　　一鰶壱台　三尾
　　　一鯛壱台　五枚
　　　一鮑壱篭　十五貝
　　　一梨子壱篭　百入

　　　右之通、出帆之為御慶来ル、従事方へ之御使者今西半内

〻本多中務大輔様ゟ為御迎、大屋小隼人、室津浦口迄小早ニ而被罷出

〻御船、酉ノ刻、室へ御着、信使船も同前ニ参着也

〻忠左衛門并善左衛門、先様鯨船ニ而陸へ揚り、三使宿致見分也

〻隼人并十郎兵衛儀室ゟ先様大坂へ罷登、三使宿等致見分、其外諸事見繕候様ニ与被仰付ル、依之、牛窓にて小早弐艘ニ乗移ル、尤、小船五艘相附、是ハ荷船・漕船之用也

〻三使宿へ被揚候様ニ与、忠左衛門方ゟ申達ス、追付、三使宿へ被揚ル也

〻三使宿者御茶屋、上々官宿も同所、但、別座也、膳部七五三金銀、引替之膳白木

〃副使・従事ハ精進日之由被申ニ付、精進料理出也、通イ長上下着

〃上官宿者右御茶屋之構之内別家有之、其所ニて五々三之御料理御振舞被成也

〃中官・次官ハ寺三軒ニ二分リ居、御振舞被下

〃下官ハ寺二軒ニ而御振舞被成也

〃隼人・忠左衛門・孫左衛門并十郎兵衛・善左衛門宿も銘々ニ被仰付置候得共、一宿不仕也

〃当所御馳走之書付、廿四日之所ニ記之置

〃本多中務大輔様ゟ参着之為御祝儀、糟漬蚫・杉重壱組、三使方銘々ニ被遣、則受用被致也、御使者山田十郎右衛門

〃本多中務大輔様ゟ御馳走之水船百九拾五艘、昼夜廻番船八丁立ゟ十六丁立迄四艘かゝり焼船十艘湊口へ番船四艘被出之也

〃青山大膳亮様ゟ両使来ル、 殿様、 三官使御同道にて無恙室津へ御着船被遊候、御慶御迎旁之ため被差越候与之儀也、則御船ニ被参候処、殿様御逢被成、御口上、御聞被成、其節右之使者両人被伺之候者、三官使衆方へ茂御見廻為御迎、使者差越候段申達候而ハ如何可有之哉之旨被伺之候処、御返答被遊候者、信使宿ニ用人平田隼人・大浦忠左衛門罷有候間、彼者共差図次第被仕候様ニ与之御事ニ付、信使宿へ被参、右之通被申聞候、返答ニ申候者、何方ニても左様之御使者無御座候得共、御迎為御見廻被差越たる儀ニ御座候条、弥御口上之通、三使へ被伺達可然与差図仕、則上々官を以右之段、三官使江申達ル、御使者水野作左衛門・横山喜兵衛

〃青山大膳亮様御家老山口治部右衛門・彦坂喜兵衛方ゟ隼人・忠左衛門方へ書状来ル意趣者、先頃、朝鮮方公儀江之進上之馬・鷹被差登候刻、殿様ゟ御切紙を以餌鳥飼料之儀被仰遣候御請也、則返事相調、御船ニ為持遣之

〃本多中務大輔様御家来石田与一左衛門、 此方乗船ニ被参、 御迎ニ罷出候船役之儀ニ候間、御用も御座候ハゝ、可承之由ニ而付届有之

一同廿三日　陰天北東風、午ノ刻ゟ雨降

〻今日者順悪鋪、當室へ御逗留、三使同前

〻三使方ゟ通詞多田又兵衛を以被申聞候者、今日者日吉利悪鋪候而、当地御
逗留ニ而候、就夫、我々儀宿へ揚り居候而ハ、何角と結句迷惑ニ存候間、日吉
利悪鋪候とても、船ニ乗居可申与之儀也、則又兵衛御船ニ致参上、右之段申
上候様ニ与申付、遣之候処、左様候ハヽ、如何様共心次第ニ被仕候様ニ与被
仰付、依之、追付船ニ乗被申也

〻平田隼人・田嶋十郎兵衛儀先達而大坂へ被差登筈ニ候得共、順悪鋪候付而、
今日者室津滞留仕也

〻当所御家老并御馳走人衆へ昨日ゟ被入御念御馳走、三使へ茂忝被存候旨、
一礼申達、尤、上々官三人も罷出、三使ゟ之一礼申入也

〻本多中務大輔様御家老河西縫殿申付候由ニ而、船奉行嶋村伝右衛門、両人
乗船ニ被参、則忠左衛門致面談、自然風茂強り候ハヽ、三使乗船ニ綱・碇之儀
可申進候間、繋せ可被下之旨申達置

〻平田隼人・大浦忠左衛門・樋口孫左衛門・多田与左衛門・田島十郎兵衛・田中
善左衛門・龍田三右衛門・平田源五四郎・小山朝三、扇益庵方へ上々官三人中
ゟ袋茶壱ツ宛音信来ル

〻河西縫殿助方ゟ忠左衛門方への手紙、当地御宿之亭主吉田彦兵衛持参、意
趣ハ、今度信使参着ニ付而諸事任御差図、御馳走首尾能相済、忝存候、則中
務方へ委細申達候処、喜悦被仕候、信使衆御逗留中不依何事御用之儀候ハヽ、
可被仰聞与之紙面ニ而、茶壱器・肴壱種・手樽壱到来ニ候得共、不致受用

一同廿四日　陰天北東風、時々雨降、未之下刻ゟ晴天

〃今朝、三使方へ橋辺伊右衛門を以申遣候者、日吉利悪鋪、当地へ御滞留、可
　為御退屈与存候、若宿へ御揚り被成候而、御休息被成度候ハヽ、当所御馳走
　人衆へ可申遣候間、御揚り可被成之由申遣候処、正使・従事方之返事ニハ、
　日吉利悪鋪、滞留仕事ニ候ハヽ、其刻此方ゟ御左右申入、宿へ揚り可申之由
　返事也、副使方之返答ニハ、日吉利悪鋪、滞留仕候とても宿へ者揚り申間鋪
　之由返事也

〃今日者日吉利悪鋪、室御滞留、信使同前

〃本多中務大輔様御家来梶民部方ゟ書状来ル、旨趣ハ、信使衆当所参着ニ付、
　諸事任御差図、首尾能馳走相済、大慶仕候、此段中務へ為可申聞、先様姫
　路罷越筈ニ候、爰許御滞留も候而、自然御用等も候ハヽ、当所役目之者へ可
　申入与之紙面也、則返事相調、遣之

〃朴同知方ゟ通詞中山賀兵衛申遣ニ而申参候ハ、今日者天気も能御座候、夫とて
　も御出船被成間鋪哉与、副使・従事方ゟ正使方江度々申来り候、如何可被成
　哉与之儀也、則賀兵衛直様御船ニ致参上、右之様子申上候様ニ与申付、遣
　之、尤、朴同知方ゟ申参候茂、順無之、今日も御滞留之段書状を以被仰遣候
　ハヽ、三使へも掛御目可申由申来ルニ付、則朴同知方迄忠左衛門方ゟ以手紙
　申遣候者、今日も日和悪鋪候而、当地御滞留之事候、然ハ、今日者天気も直
　り候とて、漕候而成共、御出船可被成候処、今日も御滞留被成候哉之旨、三使
　被仰候通、一々口上之趣得其意候、乍然、当室津ゟ兵庫迄之海路之儀十八
　里、其上船之掛場も無之、殊海浅々浪茂高キ所ニ而候故、順風ニ而無之候得
　者、出船難成所ニ而候、常ニ船之往来仕候にも右之通故、必当浦ニ而滞留仕
　候、尤、小船なとハ各別ニ候得共、大船之儀ハ殊外大切ニ存事候、三使へも
　此方油断之様ニ内々被思召候かと被存候、対馬守殿へ少も油断被仕事ニて無
　之候、日吉利能候ハヽ、一刻も早々出船被致度被存候得共、右申候通、此渡
　合之義雨中、或者風迎候而ハ殊外難義仕所ニ而候、今日者なき、殊風も迎居
　候故、滞留被仕候、先刻も見及候ニ、当浦口迄朝鮮船頭を日吉利見ニ被遣た
　る由に候、雖然、三官使方ゟ日和見ニ被遣ニ及申間鋪事ニ候、対馬守殿無
　油断、今朝ゟも此方船頭ニ申付置、日吉利之様体見せ候得共、右之通申ニ付

而、先、今日者逗留被仕候、少茂油断ハ無之候条、右之通三官使へ被仰達
可然候与手紙ニ相調、朴同知方へ為持遣之也

〻一昨日ゟ当地ニ而之御馳走人書付、左ニ記之

家老	河西縫殿助
座奉行	梶民部
勝手惣奉行	大野源左衛門
学士・上判事	蜂須賀彦助 山田権左衛門 相馬弥五兵衛 玉井千助 山崎平左衛門 阿部藤左衛門
上官座奉行	佐野一郎右衛門 吉岡三郎右衛門
同勝手惣奉行	長上下着 遠藤八郎太夫
中官座奉行	牧口治兵衛 高木元右衛門 原田猪兵衛
同勝手奉行	飯田亦六 水野藤九郎 森岡半右衛門
三使小姓座奉行	新営弥右衛門
同勝手奉行	小野兵右衛門
下官座奉行	杉山九左衛門 寺尾甚右衛門
同勝手奉行	西川市左衛門 渡部吉右衛門
通事座奉行	根岸市平次
同勝手奉行	鈴木武右衛門
同下人座奉行	三橋多右衛門
同勝手奉行	佐伯彦三郎

両長老并伴僧共ニ座奉行	三宅平左衛門 生駒市郎兵衛
同勝手奉行	杉浦墨右衛門 松尾十郎兵衛
同供之者座奉行	永野弥一右衛門
同勝手奉行	高井権九郎
殿様御馳走役人	大屋小隼人 植村与三郎
夜廻り火消	土屋甚助 志賀弥五左衛門 伊藤太兵衛 小柳津助兵衛 近藤平内
郡奉行	花村平太夫
船奉行	石田与一左衛門 嶋村伝右衛門 上田五郎右衛門
下行賄所	木村伝兵衛 鈴木八右衛門
水奉行	郡勘定之者

〃中務大輔様御家老河西縫殿助并殿様御宿之御馳走人植村与三郎、両人乗船
　ニ被参、被申聞候ハ、今日殿様方御使者三浦内蔵允を以縫殿助ヘ茶碗二、与
　三郎ヘ紋無二端拝領被仰付、難有奉存候、御船ニ致参上、御礼申上候処、御
　目見被仰付、重々不浅仕合奉存候、尤、昨日・今朝も伺御機嫌ニ参上可仕処、
　持病差発候付、乍自由平臥ニ罷在候、右之御礼旁為可申上、伺公仕候間、御
　序之刻、宜鋪御礼申上くれ候様ニ与之口上也、則乗船ニ被参、忠左衛門面談
　仕也

〃河西縫殿助方方井上弥四郎使ニ而申来候ハ、今日対州様方御茶碗拝領、其
　外役目之者ヘも夫々ニ被成下、難有仕合奉存候、則致頂戴之段、中務方ヘ申
　遣候処、中務儀公儀ヘ御案内申上候而、簡略仕候、依之、何方方之御音物も
　受用不仕候、尤、此方方も音物進し不申事候故、家中ニ茂其通ニ候、尤、御使

者三浦内蔵允殿迄返進可仕候得共、未得御意候、忠左衛門殿へハ此程申談
候故、乍憚御自分迄返進仕候間、宜鋪御心得候而被仰上被下候様ニ与之口
上也、忠左衛門返答申候者、御口上之通、一々得其意御尤ニ存候、何とそ御
受用被成候様ニ与申入度候得共、公儀へ御案内被仰上、御簡略与御座候上
ハ可仕様無之候、右之段対馬守へ可申聞候由返事ニ申入也、則右返進之茶
碗龍紋、内蔵允へ渡し候而、御船へ為持遣シ、右之口上之通申上ルル也

ゝ 中務大輔様ゟ御使者河西頼母を以三使銘々ニ杉重一組宛可被遣之由ニ而、
乗船ニ被致持参候故、則田中善左衛門相附、三官使乗船ニ為致同道、音物目
録共ニ渡之候処、何茂受用被仕、則右之段為心得、孫左衛門・与左衛門方へ
以手紙申遣ス

ゝ 為伺御機嫌、忠左衛門并善左衛門、御船ニ乗ル、其序ニ高木弾助義唯今無役
ニ而罷有候条、何そ似合之役目被仰付候様ニ与遂内談、則賄掛り龍田三右衛
門・平田源五四郎手代ニ申付ル也

一同廿五日 晴天、北穴西風

ゝ 今日、日和能候付、辰ノ刻室津御出帆被遊、三使も同前

ゝ 田中善左衛門陸へ揚り、信使衆当所滞留中被入御念御馳走之段、三使御礼被
申候通、御馳走人衆へ一礼申述

ゝ 中務大輔様ゟ三使船ニ附候漕船数、三使船ニ早船三艘宛、引船ニ同二艘宛、
両長老船ニ早船一艘・小船一艘宛相附

ゝ 為見送、中務様御家来佐野一郎右衛門、小早ニ而被罷出

ゝ 兵庫御宿之亭主細屋新右衛門、室之浦口迄御迎罷出、此序ニ青山大膳亮様
役人衆ゟ被相尋候書付持参仕ル、夫々ニ返答書付候而遣之

一三使船見知様之事

正使船ハ浅茶色之簱ニ正ノ字有之
副使船ハ黄色ニ副之字有之
従事船ハ地赤ニ従之字有之

是ハ柱之上ニ有之、三使簱同前

一御供船三艘之次第

一上々官方下官迄見知様之事

一右之宿々へ案内者之事

　　　此段ハ夫々之通詞案内申候

一宿々馳走人庭迄おり候而可有之哉

　　　御馳走人之儀庭へ御出ニ及申間鋪候、御出被成候とても、三使へ礼義
　　　なとも有之義ニて無御座候、乍然、御勝手次第可被成事

〃明石之前御通之刻、松平若狭守様方為御馳走、三使乗船ニ早船三艘宛、同引
　船壱艘ニ四拾丁立一艘、小船三艘宛漕船ニ附、依之、本多中務様方之漕船明
　石之前ニ而交代

〃明石入口之波戸ニ火立番所、新規ニ建之、尤、綱碇等波戸先へ出シ有之

〃明石之御城主松平若狭守様方御使者斎藤将監船中為御見廻来ル

〃右御同人様方船中為御見舞、三使へ銘々ニ音物来ル、則受用被仕ル、左ニ記之

　　　一鯛二十尾
　　　一鱸廿本
　　　一蛸三拾盃
　　　一樽二荷

　　正使　　御使者　室田勘右衛門
　右 副使江　同　　　古市清左衛門
　　従事　　同　　　大野与八右衛門

　　　一鱸十本
　　　一蛸二十盃
　　　一樽壱荷
　右者上々官三人中へ御使者小野与左衛門

　　　一鱸三拾本
　　　一樽三荷

　右、惣判事中へ御使者、右同人

〃松平若狭守様方為漕船、一ノ谷ノ沖辺ニ早船七艘・小船数艘被出置、然共、明

石ゟ之漕船相附居候故、右之漕船ハ不附也

〃兵庫浦口迄信使為迎、大膳亮様御家老山口治部右衛門・彦坂喜兵衛被罷出ル

〃戌ノ刻、兵庫へ御着、信使船も同前

〃大浦忠左衛門・田中善左衛門先達而鯨船ニて陸へ揚り、宿見分仕ル、則三使、宿へ被揚候様ニ与、上々官方迄申遣ス

〃船場ゟ三使宿之前迄筵三枚並敷、尤、燈灯焼火数多有之也

〃船場ニ橋二ツ新規ニ掛ル、左右ニ欄干有之

〃三使順々ニ常之通、陸へ被揚ル

〃三使宿、町屋壱軒宛銘々ニ有之、但居間ハ畳二帖重、尤、絹縁とり有之

〃上々官宿、町屋壱軒

〃学士・医師・上判事宿、町屋壱軒

〃上官同壱軒

〃中官同壱軒

〃下官同参軒

〃忠左衛門并善左衛門両人中ニ宿町屋壱軒用意有之

〃三使宿之前并船場へ新規之番所建之

〃三使膳部七五三金銀、引替之膳白木

〃上々官・上官・次官・中官・下官銘々宿ニ而御料理被下之

〃三使通イ長上下着、次之間を被持参候を通事請取之、小童ニ渡シ振之

〃大膳亮様ゟ三使銘々ニ御音物被遣之、則員数左ニ記之

　　　一多葉粉　　壱箱
　　　一鱸　　　　五尾
　　　一清酒　　　二樽

　　右之通来ル、則受用被仕也

〃今日、信使衆当地参着ニ付而、諸事被入御念御馳走之段、三使へも過分ニ被存候通、三使銘々之御馳走人へ忠左衛門致面談、一礼申述ル

〃三使膳部相済而、上々官三人を以御馳走忝旨、御馳走人夫々ニ御礼被申述ル

〻三官使方上々官三人を以被申聞候者、我々宿之義三軒銘々ニ居申候、就夫、
　明朝出船之節申合も難成候、依之、明日者早天ゟ乗船仕居、出船之義者御差
　図次第ニ可仕候由被申ニ付而、則其段孫左衛門・与左衛門方迄以手紙御案内
　申上候処、心次第ニ乗船被致、出船之儀ハ此方差図迄被相待候様ニとの御事、
　則右之段上々官へ申渡ス

〻大膳亮様御家老山口治部右衛門・彦坂喜兵衛方ゟ忠衛門乗船ニ使者を以、大
　膳亮様被仰付置候由ニて鯛一折・蚫壱折持参、則忠左衛門面談仕、相応之返
　答ニて御音物御断申上、不致受用也、尤、山口治部右衛門・彦坂喜兵衛方へ
　も御書状申遣ス、右、御音物持参之御使者本山源之助

〻殿様御宿之亭主細屋新九郎、鯛二枚持参候得共、返進仕也

〻御代官所ゟ三使銘々ニ杉重一組宛并上々官へも杉重一組被遣之

〻大膳亮様御家老并御馳走人、左ニ記之

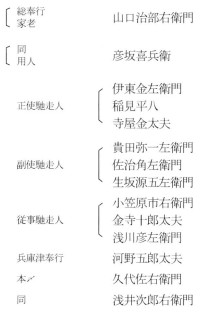

	総奉行 家老	山口治部右衛門
	同 用人	彦坂喜兵衛
正使馳走人		伊東金左衛門 稲見平八 寺屋金太夫
副使馳走人		貴田弥一左衛門 佐治角左衛門 生坂源五左衛門
従事馳走人		小笠原市右衛門 金寺十郎太夫 浅川彦左衛門
兵庫津奉行		河野五郎太夫
本〆		久代佐右衛門
同		浅井次郎右衛門

〻大膳亮様ゟ御馳走人ニ御出被成候船数、左ニ記之
　　船数合百二拾壱艘

内

拾壱艘ハ　　　関船小早、但漕船用
四拾二艘ハ　　小船、右同断
二拾八艘ハ　　水船
三拾四艘ハ　　通イ船
六艘ハ　　　　上荷船

平田隼人、牛窓ゟ先様大坂江被差登候付而、同帳、左ニ記之

一七月廿二日*

〃平田隼人義牛窓ニ而此方乗船ニ相附居候廿二挺立之小早ニ乗移ル、好見格右衛門相附也

〃荷物、其外家来等、右小早ニ乗り不申候付、天道船三艘相附、尤、黒岩十兵衛茂隼人ニ相附申ニ付、右之天道ニ乗ル

〃裁判役田嶋十郎兵衛·賄掛龍田三右衛門茂同道ニ付、是又同前ニ廿二挺小早ニ乗ル

〃龍田三右衛門手代之内、町人関野小兵衛も三右衛門召連候、十郎兵衛·三右衛門荷物家来乗せ申用ニ天道船七艘相附也

〃右之供船天道之儀、船掛り井田左吉方ゟ伊予守様御船奉行へ申断被遣之、是者脇ニ而船之才覚成兼候ニ付而也

〃隼人義今夜中ニ室津出船之筈ニ候処、雨降候付、不罷成也

一同廿三日　北東風雨天

〃信使室津逗留

〃今日者雨天故、隼人義も出船不仕也

一七月廿四日　北風、夫ゟ南風、昼ゟ真西風

〃今日、隼人室津出帆、夜ニ入、酉ノ中刻、兵庫へ寄せ候而、御宿亭主細屋新右衛門へ申断、案内者一人乗せ候而、直ニ夜通シ、大坂へ罷登

---

* 7월 25일자에 이어, 이곳부터는 7월 22일부터 25일까지의 平田隼人 관련 기사가 별도로 실려 있다.

一七月廿五日　晴天北東風

〻巳ノ刻、隼人大坂へ上着、依之、川口へ出有之川御座之内、古川御座壱艘并御供船壱艘ニて隼人・十郎兵衛・三右衛門、其外附之供廻り等乗り登ル也

〻隼人義大坂到着、則町御奉行衆御馳走人衆へ罷出候付、大坂役仁位助之進同道、尤、十郎兵衛・三右衛門義も同前ニ罷出ル、何茂布上下着之

〻御町奉行設楽肥前守様被仰候者、信使為御用、先達而御用人被差越、被入御念御事ニ候与之御口上也

〻藤堂主馬様被仰候者、先達而御用人被差越、入御念御事候、信使之儀付いまた不相済御用有之候間、対馬守殿御上着次第、御相談可被成との御事也

〻岡部内膳正様被仰候者、先達而各被差登、被入御念御事候、信使宿御見分候得、家来可相添与之御事にて御家老同道仕、宿見分仕候処、副使・従事居所之仕切を取、三使壱所ニて料理出し被申筈ニ候、尤、料理後者如右仕切仕り、副使・従事被居候、正使ハ別間之由被申聞、夫ゟ罷帰也

〻隼人御先へ被差登候付、備前牛窓ニおゐて伊予守様御家来御船奉行湯浅半右衛門与申人へ井田左吉方ゟ小船之儀申達候処、賃借ニハ不罷成由ニて小船拾艘、馳走有之、右之船差引として御船手之者市左衛門・十郎兵衛両人乗参候、依之、右半右衛門方へ為一礼、隼人方ゟ書状遣之、尤、水夫中へ船一艘ニ米三斗入一俵かます・酒五升入一宛銘々ニ被遣之候得共、右ノ市左衛門・十郎兵衛達而断申候而、不致受用也、書状計請取之

〻兵庫ゟ案内者ニ参候者ニ為礼物鳥目壱貫被下之、則大坂役方ゟ渡之被申也

〻大坂役方ゟ御船中迄飛船差下候付、孫左衛門・与左衛門方迄、今日参着之様子并町御奉行衆御馳走人へ罷出候首尾共、以書状申上ル

〻隼人義信使大坂参着ニ極り候而、本願寺近所之宿ニ移り可申と存、先天満御屋鋪近所鮫屋仁右衛門と申人之所ニ宿仕居候処、弥今日信使参着ニ付、本願寺近ク之宿荒物屋与次右衛門所へ移ル也

一七月廿六日 晴天西風

〃今日順能候付、卯刻、兵庫御出帆、三使乗船者辰ノ上刻ニ出船

〃今朝、田中善左衛門陸ヘ揚り、兵庫御馳走人衆ヘ申入候者、昨日ゟ色々之御馳走、殊御音物迄被下之、重々入り御念候段、三使ヘも過分ニ被存候由一礼申述也

〃上々官方ゟ忠左衛門方ヘ大重之菓子一組来ル、則受用仕

〃夜前、御船ゟ被仰付置候者、明朝順能候ハ丶、信使船ゟ先達而御出帆可被成候間、三使乗船ハ一時程跡ゟ出船為致可然与之御事也、則順風故、今朝卯刻、御出帆被遊候、然処、御召船御出帆之様子を見掛ケ、其儘三使船ニ帆を掛、出船可仕といたし候故、早速忠左衛門・善左衛門、三使乗船銘々ニ参り、出船之儀暫被相待候得与申入、差留置、御船ニ半里程跡ゟ三使出船仕ル、忠左衛門并善左衛門乗船も同前ニ出帆仕也

〃青山大膳亮様ゟ三使船壱艘ニ為漕船、小早三艘宛、其外小船銘々ニ附、一ノ洲迄漕之

〃午ノ中刻、三使乗船一ノ洲ヘ参着、御馳走之川船一ノ洲ヘ下り居不申候故、此所ヘ暫ク被相待居ル、追付、川船下ル、則左ニ記之

正使川船	稲葉右京亮様
副使	伊達遠江守様
従事	水野美作守様
上々官 朴同知	松平長門守様
上々官 卞僉知	松平土佐守様
上々官 洪僉知	小笠原遠江守様
森長老	松平隠岐守様
霊長老	松平主殿頭様

右之通御馳走之川船八艘出ル、三使銘々川船ニ被乗移、上々官も同前、霊長老乗船之跡ニ忠左衛門・善左衛門川船参ル也、此川船之儀、殿様御召之古御座也

〃青山大膳亮様漕船奉行塩田三右衛門、忠左衛門川船ニ被参、申聞候者、信使船此所一ノ洲迄漕附候間、是ゟ御暇可申候由被申也、忠左衛門申候者、拙子

承候而茂難計事ニ候、先様対馬守川入仕候間、其所迄御出候而、対馬守へ被
仰聞、御帰候様ニ与申入也

〃 御書翰箱乗候船之儀百石船ニて候処、大切之物をヶ様之卒早成船ニハ乗せ申
間敷由申候通、加嶋権八参り、申聞ル、依之、田中善左衛門、三使乗船ニ遣シ、
申入候者、御書翰箱之儀先例も百石船ニ乗り申候、只今川船ニ乗せ可被申与
被致候而茂俄ニ難成事ニ候、左候ハ、正使乗船手広ク候条、御乗船ニ被乗
せ候而如何可有之哉与、朴同知迄申入候処、尤ニ候間、正使之川船ニ乗せ可
申由ニ而乗せ移ス也、以来ハ御書翰船一艘被仰付候様ニ被仰上与之御事也

〃 三使乗船銘々ニ忠左衛門・善左衛門参り、川入行列之儀書付之通ニ被致、猥り
ニ無之様ニ行規能被仕可然与、上々官并町通詞へ堅ク申付ル也

〃 御国ゟ大坂へ先様被差登置候御歩行之内三人ニ町通詞壱人宛相添、小船三
艘ニ乗組、川入行列之下知人ニ申付ル

〃 大坂御船奉行水野甚五左衛門様御与力田川九太夫・同須田与左衛門様御与
力間下小左衛門、右両人忠左衛門川船ニ被参、被申聞候者、我々儀川入行列、
其外諸事船除ケ等之ため申付候、此段為可申入、致伺公候との口上也、忠左
衛門面談ニ而返答申入ル

〃 両長老方へ川入之行列書付為念、為持遣之

〃 三使乗船ニ橋辺伊右衛門遣之、川入及延引候間、早々川船ニ被乗移候様ニ与
申遣ス、心得候との返事也

〃 三使御馳走之川船ニ小船二艘ツヽ附有之、此内一艘ハ川船之覆、其諸道具乗
候船、同壱艘ハ通イ船之用也

（終わり）

参向信使奉行京大坂在留中毎日記

―― 保護表紙 ――

天和弐壬戌年

天和信使記録　二十九
　　参向信使奉行京・大坂在留中毎日記

―― 原表紙 ――

天和信使記録　参向信使奉行京・大坂在留中毎日記　　廿九

天和二壬戌年 七月卄六日 晴天西風

〃今日信使大坂着船、川入船行列、左記之

　　大坂船揚船組

　　　正使

　　　　　　上判事　　　　一人
　　　　　　製述官　　　　一人
　　　　　　医員　　　　　一人
　　　　　　軍官　　　　　七人
　　　　　　伴倘　　　　　壱人
　　　　　　使奴子　　　　弐人
　　　　　　吸唱　　　　　弐人
　　　　　　日傘持
　　　　　　小童　　　　　五人
　　　　　　小通事　　　　一人
　　　　　　使令　　　　　弐人

　　　合人数弐拾三人

　　右川船壱艘

　　　副使

　　　　　　上判事　　　　一人
　　　　　　軍官　　　　　七人
　　　　　　書記　　　　　壱人
　　　　　　伴倘　　　　　壱人
　　　　　　小童　　　　　四人
　　　　　　使奴子　　　　弐人
　　　　　　吸唱　　　　　弐人
　　　　　　日傘持
　　　　　　使令　　　　　弐人
　　　　　　小通事　　　　壱人

　　　合人数卄一人

　　右川船壱艘

　　　従事

　　　　　　上判事　　　　一人

判事	壱人
軍官	三人
書記官	壱人
小童	四人
伴倘	壱人
聴直	壱人
使奴子	二人
使令	二人
吸唱	二人
日傘持	
小通事	壱人

合人数弐拾人

右川船壱艘

朴同知船

判事	二人
馬上才	壱人
小童	壱人
吸唱	壱人
使令	二人
陪下人	二人
奴子	三人
小通事	一人
典楽	壱人

合人数十五人

右川船壱艘

卞僉知船

朴判事	
金判事	
写字官	一人
医員	壱人
別破陣	壱人
小童	壱人
吸唱	壱人
奴子	壱人
陪下人	壱人

使令	二人
小通事	一人
典楽	壱人

合人数十四人

右川船壱艘

洪僉知船

判事	一人
医員	一人
画員	一人
馬上才	一人
使令	弐人
小童	壱人
奴子	壱人
吸唱	壱人
陪下人	壱人
小通事	壱人

合人数十二人

右川船壱艘

国書奉安船

写字官	壱人
陪下人	五人
奴子	壱人
通事	壱人

合人数八人

右上荷百石船壱艘

但、此国書乗候船之儀大切成物ニ候故、百石船ニ者乗セ申間鋪
之由申候付而、則正使乗船ニ乗セ申也

於大坂川口、三使本船方船着場迄之行列

案内者船　　沢田與左衛門殿方

案内者船　　水野甚五左衛門殿方

御召船小隼

御召川御座

御供川御座壱艘　鎮鑰丸

鯨船三艘

行列下知
鯨船壱艘

通詞頭壹人

通詞壹人

上荷物船壱艘

巡視旗三

巡視旗三

上荷物船壱艘

三枝鎗三

三枝鎗三

上荷物船壱艘

長鎗三

長鎗三

上荷物船壱艘

偃月刀二

偃月刀二

上荷船壱艘

形名旗一

形名旗一

上荷船壱艘

纛壱

纛壱

上荷船壱艘

上荷船壱艘

青道旗三

青道旗三

百石船壱艘

細楽一

細楽一

百石船壱艘

銅鞁一

銅鞁一

鉾手二

鉾手二

鞁手三

鞁手三

喇叭手三

喇叭手三

螺角手三　　　太手嘯三　　　火炮匠二人

行列下知
鯨船壱艘　　通詞頭一人

百石船壱艘
御国書奉安船

此国書之儀ハ大切候故、百石船ニ
ハ乗せ申間鋪之由申候付而、正使
之川御座ニ乗せ申也

螺角手三　　　太手嘯三　　　火炮匠二人

通詞一人

川御座一艘
正使船

　上同
副使船

　上同
従事船

　上同
朴同知船

　上同
卞僉知船

　上同
洪僉知船

行列下知

鯨船一艘

通詞頭一人

通詞一人

川御座　森長老船

上同　霊長老船

此方御供之川船　信使奉行壱人

裁判壱人
賄頭壱人　乗組也

一上馬七拾匹
一中馬拾二匹
一轎舁三拾六人
一替轎舁十二人
一書簡轎舁四人
一乗物四挺廿四人

一人夫三拾人

一荷物揚人夫百人

　　　　右者信使、大坂着船、船揚ニ而本願寺江之人馬積り

一上馬七拾匹

一中馬百七拾匹

一乗掛馬百十五匹

一同三拾四匹、通事卅四人　此通詞四人不足候間、都合卅人也、此内四人ハ大坂晦手代ニ留

　ル也、外ニ二人ハ朝鮮国ゟ進上之御鷹・御馬ニ相附、先様罷登候、帰国之節ハ卅六人ニ而御座候

一荷馬弐百七匹

一輿舁六拾人

一替轎舁卅壱人

一乗物四挺三拾弐人

一書簡轎舁八人

一持夫人足弐百八拾人

　　　　右者淀ゟ京都・江戸迄之人馬積り

一上馬二匹

一乗掛馬卅六匹

一夫三拾四人　｛内十八人ハ人足
　　　　　　　｛内十六人ハ駕篭舁

　　　　右者森長老・霊長老江公儀ゟ御馳走之人馬也

　　　　　船数之覚

一川船八艘　｛内六艘ハ朝鮮人乗ル
　　　　　　｛内二艘ハ両長老

一百石船三艘　是ハ御書翰并楽器等乗

一上荷船八艘　是ハ朝鮮人先道具乗

一上荷船九拾艘　是ハ朝鮮船壱艘ニ二十五艘宛荷物揚用

　　　　信使人数四百七拾四人之内、江戸参上之覚

一三使

一上々官三人

一上判事三人

一学士壱人

一上官三拾九人　内七人ハ次官　但上官之内

一中官百卅九人

一下官百七拾四人

　　　　〆三百六拾弐人、江戸江罷通分

一次官四人　但上官之内

一中官廿一人

一下官八拾七人

　　　　〆百拾二人

　　右者大坂残分

ゝ大坂川筋之御大名様方御屋鋪之前々に御面々之川船飾有之

ゝ信使川入為見物、川筋左右に諸人罷出居候付而、為行規、杖突数人居候而、壱人も立騒不申様ニ行規正鋪有之

ゝ申ノ中刻、大坂御着、難波橋より二町上に船着之鷹木三所ニ有之、此所に町御奉行方ゟ警固之侍衆被相詰也、則三使銘々之鷹木方被揚、大轎ニ乗ル也

ゝ日暮に及候ニ付、御馳走方ゟ鷹木之左右に竿挑灯三ツ宛燈之

ゝ今日信使参着ニ付而前後之騎馬役之内、室津より御先に罷登居候、平田隼人并田嶋十郎兵衛・高勢八右衛門・加城六之進・龍田三右衛門・斎藤羽右衛門、信使船揚場へ罷出ル也

ゝ難波橋より御堂迄之人馬之差引高勢八右衛門・加城六之進・斎藤羽右衛門、其外御徒手代差寄、行列仕ル也

ゝ町御奉行設楽肥前守様藤堂主馬様、信使船揚場へ御出被成、御帰掛ニ隼人、其外へ今日対馬守殿御着、信使衆ニ茂参着ニて珎重存候、各へ茂可為大悦与之御事被仰開也

ゝ難波橋より本願寺迄之通り筋之町屋前々に大挑灯之道筋ハ船場北浜ゟくわしよ町・尼崎高麗橋・天満町・どしう町・平野町・淡路町・かわら町・備後町・あつち町・本町・南寺町・ひなや町・北久太郎町・御堂右之道筋なり、此通り筋之小路より諸人往来不仕様ニ竹垣ニ而仕切有之

〻船場ゟ本願寺迄之先乗り平田隼人并田嶋十郎兵衛・龍田三右衛門、此三人也、
　跡乗りハ大浦忠左衛門并田中善左衛門・斎藤羽右衛門也

〻信使前後騎馬之内、高勢八右衛門・加城六之進儀ハ信使方馬之差引等申渡候
　故、騎馬乗候義不罷成、船揚り場へ罷有人馬差引等下知仕ル也

〻信使賄掛龍田三右衛門、相役平田源五四郎儀、殿様御供仕、遅ク参着ニ付、
　騎馬之筈ニ合不申候付而、荷物掛斎藤羽右衛門、跡騎馬之内ニ乗り候様ニと
　申渡ス、前後三人宛乗り申也

〻卯ノ中刻、信使御堂江参着

〻三使居間、銘々ニ有之

〻上々官壱間、上官壱間、次官壱間、中官一間、下官一間、何茂本願寺寺内ニ
　て宿相済、尤、一間宛ニ幕打有之

〻御馳走人岡部内膳正様、町御奉行設楽肥前守様・藤堂主馬様、御船奉行小野
　甚五左衛門殿・須田与左衛門殿、御賄衆小堀仁右衛門殿・末吉甚兵衛殿、三
　使宿へ御出、諸事御馳走之御差図被成也

〻三使膳部出候時ハ中段闌際に畳壱帖通り重、其上ニ毛氈鋪之被居也

〻膳部七五三金銀、引替之膳ハ白木

〻通イ長上下着、下段迄持参、小童ニ渡ス也

〻上々官膳部七五三通イ右同前、其外銘々居間ニ而夫々ニ御料理被仰付ル

〻七五三之通イ十人、五々三之通イハ十九人有之

〻両長老茂本願寺之寺内ニ宿被仰付ル

〻殿様御立宿、三吉屋又兵衛所へ御出被遊、三使宿へ罷有候隼人被為召ニ付、
　罷上候処、三官使着船之御祝詞、殊森長老御代りニ辰長老御勉被成と之儀可被
　仰渡候間、三使宿へ御出可被成之旨被仰付候故、御先江罷出、御馳走方へ対
　馬守罷出候通申断、三使へ茂上々官を以申入ル、頓而殿様御出被遊、御半上
　下被為召、本願寺ニおゐて寄附ゟ御揚被成、此所へ内膳正様御家老両人御迎
　ニ被出候故、則隼人致披露、夫より御堂へ御入被成候処、内膳正様其外御出迎
　候而、三使居所之前、屏風ニて仕切有之、本間之下段ニ御誘引、何茂御着座、
　御挨拶有之、夫より三使江之御口上、隼人へ被仰渡ニ付、則朴同知を以申入、

先殿様御壱人中段へ御上り被成候時、三使御迎ニ被出、夫ゟ毛氈之上ニ御上り、
二度半之御礼有之、此時之御挨拶ニ当所御馳走人并町御奉行ニ御逢可然之由
被仰入ル、追付、内膳正様・肥前守様・主馬様、三使へ御対面、御三人ハ左座、
三使ハ右座ニて二度半之御礼有之、此時殿様ハ双方之中に被成御座、相済而
御三人ゟ三使へ御着之御祝詞、上々官を以被仰入、則三使御返答有之、相済
而御茶出ル、追付、右御三人之衆へ御一礼有之而、殿様御立被成ル也

〻三使方ゟ上々官を以田嶋十郎兵衛迄被申聞候ハ、今日ハ色々預御馳走忝存
候通、御馳走人衆へ宜鋪申達候様ニと之口上也、則内膳正様御家老久野三郎
兵衛ニ右之段十郎兵衛一礼申述ル

〻森長老、信使宿へ御出被成、忠左衛門へ被仰聞候ハ、此程散々病気ニ有之、
唯今之分ニ而ハ、今度之役義難相勤候、就夫、信使宿御堂之寺内ニ罷有候而
者迷惑仕候間、町屋へ引取候而、養生仕度候間、対馬守様へ其段申達くれ候
様与之御事也、忠左衛門申候者、尤、唯今対馬守へ可申聞候得共、御馳走人
町御奉行御出被成、対馬守義も挨拶可仕居候故、御役人御帰以後可申聞之旨
申入ル也

〻殿様御上着之為御祝詞、京極備中守様より御飛札被進候付、御目録を以御時
服三宛、隼人・忠左衛門へ被成下、此旨遂披露候之処、受用仕候得之由被仰
付、頂戴之仕ル

〻信使方諸役人衆、左記之

　　　　　　　三使并上々官膳部奉行
　　　　　　　　　横山吉之允
　　　　　　　　　南善兵衛
　　　　　　　同支配人
　　　　　　　　　貴志次太夫
　　　　　　　　　小川四郎兵衛
　　　　　　　　　池谷甚五左衛門
　　　　　　　　　馬詰武右衛門
　　　　　　　　　小川猪右衛門
　　　　　　　　　須藤彦六
　　　　　　　　　小川次郎太夫
　　　　　　　　　浅井弥次兵衛

上官膳部奉行
　　　　　葉山平右衛門
　　　　　中正右衛門
同支配人
　　　　　高須浅右衛門
　　　　　田村兵衛左衛門

長老両人膳部奉行
　　　　　安藤尚右衛門
　　　　　神西弥五左衛門
同支配人
　　　　　渋谷彦右衛門
　　　　　中尾四郎右衛門

中官膳部奉行
　　　　　横山新八
　　　　　府川与三兵衛
同支配人
　　　　　松井清右衛門
　　　　　二山久左衛門

下官膳部奉行
　　　　　金藤近兵衛
　　　　　東助右衛門
同支配人
　　　　　外山賀兵衛
　　　　　中山甚五左衛門

内膳正様御家老
　　　　　久野三郎兵衛
　　　　　中縫殿右衛門

諸奉行
　　　　　佐々甚左衛門
　　　　　青木平兵衛

目付
　　　林佐近右衛門
　　　関次郎兵衛
　　　福岡藤左衛門
　　　渡部四郎左衛門
元メ役
　　　余野左近右衛門
　　　赤尾新助

〻表門番所ニ相詰被申入、二拾人、二替り、上下着

〻裏門番所ニ同十人、二替り、上下着

〻本堂廊下番六人、二替り、上下着

〻門之内外ニ杖突人数相詰也

〻淀ゟ彦根迄罷越役人　　　　　　　　稲葉市左衛門
　　　　　　　　　　　　　　　　　松宮七郎左衛門

一同廿七日　晴天西風

〻樋口孫左衛門・多田与左衛門方ゟ以手紙申来候ハ、夜前御馳走人岡部内膳正様町御奉行設楽肥前守様・藤堂主馬守様、始而三使へ御対面之筈候得共、今晩ハ夜も更ケ候間、明日御逢被成、如何可有御座候哉と、殿様御挨拶被遊候処、肥前守様被仰候者、先今晩近付ニ成居申度与之御口上ニ候、先今夜与之御挨拶ニ候へ共、信使滞留中度々御逢候様被思召居義も可有之候、当地逗留中ニ一度御逢被成、夫より帰国之時分に至而も右之外に御対面無之候与之儀、為御心得、肥前守様御家来へも申入置可然被思召与之御事也、則此段肥前守様御家来衆へ申入置也

〻孫左衛門・与左衛門方へ申遣候ハ、今日三使荷物、船ゟ揚ケ申候、就夫、組之者二拾人往来之朝鮮人を行規被相附可然と申遣ス、則田原作兵衛并足軽二拾人下横目遣し候間、往来之節ハ警固相附、行規能有之様ニ可申付之由申来ル也

一、三使方上々官を以被申聞候ハ、昨日御馳走人町御奉行致対面候付而、今日
　問案を遣度由申ニ付、先被相待候様ニと差留置、先例ニ無之候、如何可仕哉と
　孫左衛門・与左衛門迄御案内申上候処、無用ニ仕候様ニと之御事也、則上々
　官を以三使へ申入ル

一、井伊掃部頭様方信使御馳走之様体御聞合為可被成、御家来富上九兵衛・金田
　兵太夫・宍戸四郎左衛門被差越候由ニて、信使宿へ被参、則隼人・忠左衛門
　致対面、挨拶仕ル、尤、右之面々被差越候与之儀、掃部頭様御家老三浦与左
　衛門方方書状相添来ル也

一、御堂門之出入、行規稠鋪有之ニ付、信使方役人下々ニ至り、紙札ニて出入為
　仕候侍・町人ハ名書ク也、又者者誰何某家来与書付候而、名之肩ニ隼人・左衛
　門・忠左衛門三人之内何レ之印判ニ而も突之、尤、表門・裏門之番所に印鑑遣
　之置候而相改也

一、佐護分左衛門義、通詞頭高木弾助代りに被仰付候ニ付、惣並ニ上下三人ニ被
　仰付也

一、信使出馬掛加城六之進・同賄掛平田源五四郎儀、先様京都へ可被差登哉之旨、
　御屋鋪へ御案内申上候処ニ、御発足前日に淀迄罷登、人馬旁之差引仕候様ニ
　与之御事、依之、両役之内方手代同道仕候様ニ申渡也

一、岡部内膳正様并御町奉行、三使へ為御見廻、本願寺へ御出、則上々官罷出、
　掛御目、尤、田中善左衛門相附居、御挨拶仕ル

一、妙知院森長老御病気ニ付而、本成寺辰長老之御交代、依之、今日殿様、三使
　宿へ御出被成候付、辰長老・霊長老へ御出、三使江御引合、二度半之御対礼
　有之、相済而人参湯出ル、右之辰長老御事、霊長老御同役御務被成筈之由、
　上々官迄申達候様ニと隼人へ被仰付候而、則朴同知を以申入ル

一、京極備中守様方帷子三宛、御使者白井三郎兵衛を以隼人・忠左衛門江被成下
　候、御礼、千田数馬・多賀左門方迄以書状、御礼申上ル

一、昨日、信使宿へ殿様御出被遊候刻、楽等不仕候、今晩も御出被遊候間、御出
　前に相揃居、楽仕候様ニ孫左衛門・与左衛門方方以手紙申来ル

一、今日、三使宿へ殿様御出被成候付而、道迄黒岩十兵衛、使ニて申上候ハ、夜
　前御出被遊候刻、楽不致候ニ付、此後御出之刻ハ如常、楽いたし候様ニ可申

渡之由奉畏候、則申付候処、夜前ハ御出之様子不存候て、楽不仕候、今日ハ乗り船之荷物揚ニ参候故、役人不足仕候付、楽仕候儀難成御座候、重而ハ愈可申付与之義被申候通御案内申上ル

〟殿様、三使ヘ御対面之節、三使ヘ被仰含候者、来月二日ニ当地発足、京都ニ而ハ中三日之逗留候間、左様御心得候得与之御挨拶也、相済而、五味子湯出ル

〟殿様御堂方御帰、直様三吉屋又兵衛宅江御立寄被遊、隼人・左衛門・忠左衛門儀も御用之儀有之候間、又兵衛宅ヘ罷出候様ニ与之御事ニ付、御跡方致参上、其刻被仰付候趣、左記之

〟稲葉丹後守様ゟ殿様江御使札来ル、其返事之序ニ被仰遣候ハ、来月三日ニ三使京着之筈ニ御座候、其日ハ三使精進日ニ而候故、七五三之御料理被仰付候而茂請不被申事ニ候、御料理之御用意被成給不被申儀如何御座候間、参着之日ハ御無用ニ被成、来月七日京都発足之筈ニ候間、其前日六日ニ七五三之御料理被仰付可然哉之旨被仰遣

〟道中十六日ニシテ来月廿二日ニ江戸御参着之筈ニ候、然処、其日国忌ニ而候間、参着之御料理七五三被仰付候而も給不被申而ハ、恰好不宜候、依之、藤沢ニて一日之逗留無之、道中十五日ニ参候得ハ、廿一日ニ江戸参着、左候得ハ、別而相障義も有之間鋪候間、左様被致候様ニ可申渡与之御事被仰付、則右之段上々官を以申含候処、尤ニ候与之御返事也

〟三使江戸ニて登城之刻ハ公方様計江別福物致献上、若君様江之別福物ハ日を替、西ノ丸ニ三使持参候様ニと江戸表ゟ御差図ニ付而、此段、三使江申渡候様ニ与之御事、右三ヶ条、則上々官を以申達候処、如何様共御差図次第に可仕之由返事也、平田隼人、御屋舗ヘ罷出、三使御請之段申上ル

〟大浦忠左衛門并田中善左衛門義先様京都ヘ罷登、信使宿見分等仕候様ニ被仰付也

一同廿八日　晴天西風

〃平田隼人・樋口左衛門・大浦忠左衛門并田嶋十郎兵衛・田中善左衛門、御堂へ
　相詰ル

〃内膳正様ゟ三使銘々ニ杉重一組宛、但、白木、上々官へ同壱組ツヽ、御使者
　久野三郎兵衛を以被遣之、受用也、則上々官呼出、御使者へ直に口上被申入、
　右之段、孫左衛門・与左衛門方迄御案内申上ル

〃本成寺辰長老方ゟ樋口孫左衛門方迄被仰聞候ハ、唯今罷有候宿所之儀信使
　宿ニ手遠ク有之、迷惑ニ存候間、霊長老一所に居申度与之儀也、則遂披露候
　処ニ、御馳走人衆へ申達候様ニ与之御事候由、孫左衛門方より申参候、依之、
　御馳走人衆へ申達候処、一段可然与之儀ニ付而、則森長老御跡に御心次第
　御移り被成候様ニと辰長老方江以手紙申遣ス

〃副使乗船之橋損申候間、御替被下候様ニと申ニ付而、則孫左衛門・与左衛門
　方へ被取替候様ニと以手紙申遣ス、心得候与之返事也

〃朝鮮上医師壱人ニ道中駕篭御免被成候間、其段申渡候様ニと孫左衛門・与左
　衛門方ゟ以手紙申来ル、尤、駕篭之儀ハ御用意有之候間、公儀ゟ之人足計御
　馳走所ニ申達候様ニと之紙面也

〃当所御役目衆被申聞候ハ、御荷物之儀淀迄陸ゟ被差越候哉、又ハ船ニ而候
　哉之由尋被申ニ付、則孫左衛門・与左衛門方迄以手紙、右之段申上候処、荷
　物、家中共ニ船にて淀迄遣し申筈ニ候由返事也、則設楽肥前守様人馬役人黒
　崎兵右衛門・浅岡権兵衛・藤堂主馬様与力人馬役人山本長右衛門・小松六太
　夫方へ以口上書申遣候ハ、対馬守荷物并人之儀船にて淀迄遣候処、人馬入
　不申候、自然、先様用事有之而差登候刻ハ其時分可申進候由申遣ス也

〃信使荷物積候刻、船場之下知人斉藤羽右衛門ニ被仰付置候得共、淀迄荷物
　旁差引之ため、先様被差越候付、下知人無之候条、当分交りニ馬廻りか大小姓
　之内ゟ一人被仰付可然之旨、孫左衛門・与左衛門方へ以手紙申遣ス、則久和
　弥五左衛門被仰付ル

〃信使荷数并船数之書付仕、三使宿用人古屋新十郎ニ渡候処ニ、船役衆へ可
　申渡之旨被申也、荷数并右之船役衆、左ニ記之

　　　　設楽肥前守様御与力
　　　　　　　　　船役　　　｛大西作左衛門
　　　　　　　　　　　　　　田中九郎兵衛

　　　　藤堂主馬様御与力
　　　　　　　　　右同　　　｛田坂源左衛門
　　　　　　　　　　　　　　小川甚五左衛門

　　　　覚

一公儀江献上之品々入候長持二十掉

一荷数五百三拾程
　　　　　但、荷壱ツ之大サ一番之つゝら壱ツ之積リニ仕而、右之通是ハ大積リニ御座候

一淀迄之賄船六艘
　　　　右者三使并上々官乗船ニ壱艘ツゝ

一賄船三艘
　　　　右者上判事・上官中

　　　　以上

ゝ昨日、於三吉屋又兵衛宅被仰付候儀、今日隼人・左衛門・忠左衛門一座ニて
　上々官三人呼出、三使へ可申達之旨申渡候処、則申入候由ニて、右上々官罷
　出申聞候ハ、愈道中藤沢ニて休なしに参候様可仕之由、殊献上之儀御本丸・
　西丸江日を替可致持参之旨、是又御差図之通可仕之由被申候通申聞ル

ゝ右、三使返答之趣為可申上、隼人義御屋鋪へ罷出候処、殿様今日ハ為御届御
　出被成候、序ニ当所御馳走之様子、公儀江被仰上御書付可被掛御目ため、岡
　部内膳正様・設楽肥前守様・藤堂主馬様へ御持参被成候付而、御帰迄相待居
　候而、右三使返答之趣申上ル

ゝ三使輿添役之御徒之内、天満ニ居候人、本願寺之方へ可被召置茂似合之宿
　無之候間、愈天満、右ゟ之宿ニ被居候而、本願寺之方ニ居候人と申合、
　替々に三使宿へ可相勤候得之由、輿添之面々江手紙ニて申渡ス

ゝ朝鮮医師江脈見セ申度与之願之人数、左記之

　　　　設楽肥前守様御与力
　　　　　　大西作左衛門子

　　　　藤堂主馬様御与力
　　　　　　　　　杉浦惣兵衛子
　　　　岡部内膳正様御与力
　　　　　　　　┌久野三郎兵衛
　　　　　　　　│中縫殿右衛門
　　　　　　　　│赤須堅菴
　　　　　　　　└三宅玄康

一同廿九日　晴天西風

ゝ大浦忠左衛門義先達而京都へ罷登候付而、御用之儀も可被仰付哉と御屋鋪江
　致参上、御案内申上候処、御前江被召出、稲葉丹後守様江之御用之儀、御直
　に被仰付ル、尤、殿様ゟ御状被進候得共、右之口上申上候様ニ与之御事、
　則御口上書弐通御渡被成、此口上書之控ハ殿様方之控ニ有之

ゝ信使、公儀進上物入候長持乗船壱艘并荷船廾二艘、右之通淀迄乗せ参候、来
　ル朔日ニ荷物乗せ申筈候間、船壱艘ニ宰領壱人ツヽ御乗せ候而可然と孫左衛
　門・与左衛門方へ申遺ス、則可申付与之返事也

ゝ御馳走人町御奉行、信使宿へ御見廻、御口上之通、上々官取次

ゝ右之御衆、朝鮮人鳴物御聞被成度与之御事故、則三使へ相伺、願之通被申付也

ゝ与力衆之子共衆両人油井嘉兵衛・古屋新十郎同道ニ而朝鮮医師江脈見せ被申也

ゝ信使荷船之行列、先年ハ二行参候得共、今度ハ一行ニ参筈、此行列之書付、
　通詞頭へ相渡、彼方より御船奉行方江掛御目、委細申達候様ニ申渡ス

一同晦日　晴天西風

ゝ岡部内膳正様、両町御奉行、御目付高木長右衛門殿御賄役衆、三使宿江為御
　見廻、御出被成ル

〻孫左衛門・与左衛門方へ手紙を以申遣候ハ、昨日も今日も三使被申候ハ、我々船繋所浅ク候故、船艙、迷惑仕候、所柄御替被下候様ニと被申候間、船之下御堀せ被下候か、又者深海へ御直し被下候か、此段船奉行衆へ其許ゟ被仰遣可然存候、将又、朝鮮船に挑灯明し申候ニ篷骨之下ニ燈申候故、火用心無心元存候、是又、役目衆へ可仰達之旨申遣ス

〻岡部内膳正様ゟ隼人・忠左衛門方へ毎日信使宿江相詰、苦労仕候由ニ而、杉重一組御使者を以被成下、受用仕、此義孫左衛門・与左衛門方迄以手紙、御案内申上ル

〻信使賄掛立田三右衛門申聞候ハ、御賄渡方之衆被申聞候ハ、紀州様ゟ骨抜塩鹿井巻壱巻ニ付、拾貫目入、塩鯨井巻壱巻ニ付、十貫目入、御代官衆方ニ送り参り候間、相渡可申之由被申聞候付、御目録之儀相尋候処、被申聞候ハ、彼方ゟ三使江被遣物ニ而も無御座候、公儀ゟ下行之外御馳走被成物ニ候条、請取候様ニと被申候通申聞候、御受取可被成候哉、役目衆被申候も、先例ニ茂其通ニ御座候由被申聞候、此段孫左衛門・与左衛門方迄御案内申上候処、愈先例之通被請取可然候間、賄方へ受取候様ニと可申渡候、尤、紀州様江茂御付届之御状可被遣由也、右之通申来候付、立田三右衛門方へ愈被請取之候而、先例之通目録別々ニ被致賄衆へ被相渡候様ニ申遣ス

〻御馳走人衆ゟ信使献上物之品、書付写シ申度之由被申ニ付、其段上々官へ申達候処、書簡轎之中に入置候付、難成由申候、尤、我々写置候得共、彼方へ遣候儀難計候、此段如何可仕哉、御了簡次第ニ可仕候由、孫左衛門・与左衛門方へ手紙ニて申遣ス

〻孫左衛門・与左衛門方ゟ手紙ニて申来候ハ、紀州様ゟ三使江鹿鯨被遣候御附届ニ御状被進候由ニ而、三使宿江参候、紀州様ゟ之御使者之衆未其許へ被居候ハ、可相渡候、無左候ハ、蔵屋鋪へ遣候様ニと申来ル、此方ゟ返答ニ申候ハ、御使者ニ而ハ無御座候、御代官衆方迄被差越、彼方手代衆ゟ賄掛方へ受取候様ニ与之儀ニ而被相渡候、御使者と有之而、此方へ何之付届も無御座候故、御使者ニ而ハ御座有間敷と存候、右之御状ニ自然御使者と御書載有之而ハ、相違ニ罷成候間、御調直シ被遣可然存候由申遣ス、将亦当地御着船以後、御堂へ毎日御見廻被成候御衆、又ハ時々御見廻被成候御衆、其外公儀江可被仰上儀、今晩迄之分書付可差上之由、明朝ゟ御発足之日迄之分ハ

当地御立以前に書付可差上之由申参候ニ付、御堂江御見廻之御衆書付、此
外ハ何そ公儀江可被仰上儀無之旨申遣ス、尤、御発足迄之分ハ其時分書付可
差上之旨返答仕、御見廻之衆書付差上候趣、左記之

毎日信使宿へ御見廻被成候時ニ方ニ二度も御出	岡部内膳正様
毎日信使宿へ御見廻	設楽肥前守様 藤堂主馬様 御船奉行衆
二三日ニ壱度ツヽ御見廻	
此御衆御出之儀、何方ゟも知レ不申候故、何そ出之儀不相知候	御賄衆 小堀仁右衛門殿 末吉勘兵衛殿

ゝ 三使賄長持ニ掉ツヽ并上々官ニ壱掉ツヽ之持夫之儀御馳走人衆へ申渡ス

ゝ 進上物之長持重候付、棒四拾本用意申付ル

是ゟ忠左衛門方京都ニて

ゝ 忠左衛門儀京都所司代稲葉丹後守様江御用ニ付、昨日御使者被仰付候故、
今朝六ツ時分大坂発足、田中善左衛門儀も宿見分旁之ため被差登候付、同前
に発足

ゝ 午上刻、牧方参着

ゝ 牧方、殿様御宿亭主渡辺伊助、忠左衛門宿江参、申聞候ハ、此度信使御同道
ニ而、御登被遊候付、御宿之用意等仕候得共、今度ハ船ニて御休被遊候ニ付
而、御宿拵之儀無用ニ仕候様ニと、前以被仰付置候、然共、例年御腰被掛儀
ニ候間、此度ハ少之間成とも、御立寄、御行水成共被遊候ハヽ、偏難有可奉存
候旨申聞ニ付而、尤ニ存候、然共、宿もせき家中之者居所も無之儀ニ候間、定
而被揚間鋪候旨返事也

ゝ 御代官豊嶋権之丞殿御家来吉田忠兵衛・金藤伝左衛門、忠左衛門宿へ被参、
信使ニ付而、用人に申付置候、何そ御用之儀も候ハヽ、可被仰聞候旨被申也

ゝ 牧方御宿之亭主渡辺伊助を以牧方御馳走人松平伊賀守様御家来衆へ忠左衛
門方ゟ申遣候ハ、私儀京都所司代稲葉丹後守様江使者申付、先様罷登候、然
ハ、当所御馳走之儀ニ付而、何そ御尋被成儀も御座候ハヽ、可被仰付之旨申
遣候処、信使宿へ御出候得、懸御目可申談与之返事ニ付而、信使屋へ参り、
見分仕ル、其刻御賄服部六左衛門殿、角倉与市被申聞候ハ、三官使宿殊外見

苦、其上手狭に有之、恰合如何御座候へ共、先年も如此ニ而相済候間、此度
修理申付候、将亦、宿茂狭ク候ニ付而、上官・中官・下官宿方々ニ申付候、定
而参着之時分ハ混乱可仕与存候間、宿付仕、大坂通詞衆方へ差越度候、忠左
衛門方ゟも書状相添給候様ニ与之儀ニ付而、私書状相添ニ及不申候、平田隼
人・樋口左衛門と申者、信使用人ニ候間、各ゟ御状被遣候ハヽ、通詞共ニ其段
申付可置候旨申談ル

〻右同所ニて伊賀守様御家老浅見本之助被申聞候ハ、於大坂表御馳走人、三
使江御対面之由承候、左様候者、伊賀守様も致対面事ニ候哉と被相尋候付而、
大坂御馳走人衆之義ハ信使度毎に三使へ御対面之先例ニ候故、今度茂其通
ニて御座候、其外ハ国主領主御馳走方何方ニ而も御対面無之事ニ候、御馳走
之御礼之儀ハ御家老中迄上々官を以一礼有之事ニ候間、左様御心得候様ニと
申入ル也

〻忠左衛門義未中刻淀江参着、一宿仕、善左衛門儀も同前也

〻石川主殿頭様御家来町奉行信使用人、何茂忠左衛門宿へ被参、被申聞候ハ、
我々儀信使用人申付置候、何そ御用儀も候ハヽ、可被仰聞候、尤、信使宿へ
御出、御見分被成、自然思召寄之儀も候ハヽ可仰聞之旨被申付、私罷出、
宿見分ニ及間鋪候、若御馳走之儀ニ付、何そ御不審之儀も候ハヽ、書付を以
被仰下候様ニ与申入ル

〻善左衛門儀信使宿へ参り、様子見分仕ル

〻九鬼大隅守様ゟ忠左衛門方へ御飛札来ル、意趣者、駿州於吉原、信使御馳走
人被蒙仰候付、諸事、対馬守殿御差図被成候様ニ頼存候与之御紙面ニて鮎鮓
一桶被下之、尤、何方ゟ之御音物も受用不仕候得共、遠方被思召寄、拝領被
仰付候付、則致頂戴候、此段、御序之刻、可然御礼被仰上被下候様ニと御家
老九鬼七左衛門方へ以書状御礼申入ル

〻淀御代官吉川半兵衛殿・平野藤次郎殿ゟ御手代衆を以被仰聞候ハ、我々儀淀
ゟ彦根迄之人馬之差引仕候様被仰付置候、何そ御用等候ハヽ、可被仰聞候、
将亦、懸御目、御相談仕度義御座候得共、可為御草臥と致遠慮候与之口上ニ
付、返答ニ申入候ハ、尤、掛御目可申談之処、痛有之ニ付、無其儀候、何そ被
仰談義も候ハヽ、御書付を以可被仰下之旨申遣ス

一八月朔日　晴天沖南風

〃樋口孫左衛門・多田与左衛門方へ申遣候ハ、信使船之儀唯今之所に繋居候而
　ハ、船も損候付、繋直シ候様ニと被申ニ付、昨日申進候処、于今直リ不申由、
　正使被承、立腹ニて御座候、是程之儀于今不相済候段、拙子無肝入ニて有之
　与之申分ニ御座候、船之儀御馳走方へ申達候得ハ、愈深シ之所に直し候様ニ
　可仕与之御事御座候間、井田左吉へ被仰付、早々直候様可被仰渡之旨申遣ス

〃朝鮮人荷拵仕候処、縄・莚無之、其上荷拵之夫無御座候付、差支居申候間、
　被仰付、早々可被差越之旨、右両人方へ申遣ス

〃船に荷物積せ候刻、相附候者輿添二十人罷在候間、此者共可申付条、左様御
　心得可有候、右之者共淀迄陸を被遣儀ニ候哉、又ハ船にて被差登筈ニ候哉、
　若其通ニ候ハヽ、船之様子等可仰聞之旨、孫左衛門・与左衛門方へ申遣ス

〃朝鮮人大旗指シ候筒之鐶、御代官中へ申遣候へ共、未参ニ付、役目之朝鮮人
　其段申聞候間、早々出来遣之候様に可被仰付之旨書付候而、御馳走方へ田
　嶋十郎兵衛を以申渡ス

〃下官乗掛合羽・駄馬之雨覆、此二色入長持六掉之持夫可被仰付之旨書付候而、
　御馳走方へ十郎兵衛ヲ以申渡ス

〃上医師乗物并下官合羽・雨覆遣之候間、夫々ニ可相渡由、持夫之儀ハ公儀御
　馳走方へ申断候様にと、孫左衛門方ゟ十郎兵衛方へ以手紙、申来ル、則夫々
　ニ相渡ス

〃輿添二十人之儀信使荷物船之宰領ニ申付、直に可差登候間、左様御心得候
　様、孫左衛門・与左衛門方へ申遣ス

〃輿添之者へ申渡候者、廾人之内六人ハ明朝三使之輿ニ二人ツヽ相附、乗船被
　仕候ハ、陸を牧方迄参候様、其外之面々ハ荷物船之宰領ニ一人宛乗候て、先
　様参候様ニと申付ル

〃今日、信使荷物船に被為乗候付、下知人久和弥五左衛門被仰付、尤、斎藤羽
　右衛門義可被仰付之処、先達而淀へ被差越ニ付、右之通也

〃信使荷物拵之御座・細引・莚・縄此外荷拵之人夫等、此方ゟ被仰付ル

〻右之荷物、船場迄之持夫ハ御馳走方ゟ出ル

〻献上物品々、難波橋之上小浜ニ而船乗ル、此外之荷物ハ横掘ニ而乗ル也

〻右之荷物遣之候宰領御徒廾四人并輿添給人之内十四人相附、此者共直ニ荷
物船之上乗いたし候様に申渡ス

〻明日、三使発足ニ付、殿様、三使宿ニ申ノ刻、御出被遊、両和尚ニも御出被成
候様ニと被仰入、霊長老・辰長老ニも御出、御挨拶有之、夫より三使御出之様
子被仰達候処ニ、三使被出迎、中段ニ而殿様・両和尚ハ左座、三使者右座、
二度半之御礼有之而、互ニ御着座候而、明朝発足時分旁之儀、朴同知を以被
仰達候処、御差図之通相心得候由返答被申、則人参湯出ル、追付、御帰也

〻上官之内壱人就病気、江戸へ罷越候儀難成有之ニ付、相残り申候、此外中
官・下官相残り候人数書付、御馳走方へ田嶋十郎兵衛を以相渡ス、御賄等之
儀申渡、人数左記之

　　　　大坂残之覚

一船	次官壱人 中官九人 下官廾二人
二船	上官壱人 次官壱人 中官十人 下官廾八人
三船	次官壱人 中官九人 下官卅人

　　　合百十二人

　　　　内上官一人
　　　　内中官廾八人
　　　　内次官三人
　　　　内下官八拾人

　　　　　　以上

是ゟ忠左衛門分京都ニ而

〃忠左衛門儀今朝寅ノ刻淀発足、同巳ノ刻ニ京都江参着、直様忠左衛門宿本圀
　寺之内高重院江居着

〃忠左衛門儀京都代官志賀甚五左衛門同道ニて所司代江致参上候処、丹後守
　様御逢被遊、則大坂ニて御渡被成候、四ヶ条ノ御口上書之通、御直に申上ル、
　尤、私為心得、口上書仕、参候由ニて、丹後守様御家来田辺権太夫へ右之口
　上書相渡、其外朝鮮医師道中ニ而乗物御免被成候事、又御当地へ召置候家
　来度々被召出、御懇意被仰付候御礼之事、対馬守荷物之儀被入御念被仰下、
　忝存候与之義、右三ヶ条之儀ハ口上書不差出、直に申上ル也、相済、丹後守
　様御直ニ被仰開候ハ、被入御念、預御使者、辱存候、然ハ、信使上着之日ハ
　正使・副使精進日ニ付而、三使并上々官振廻之儀相延、六日ニ振廻候様ニ与
　之儀得其意存候、左様候ハ、愈其通ニ可被仰付与之御口上也、則御前致退
　出候刻、田辺権太夫被申候者、当着之日、三使・上々官御振廻之儀差延、六
　日ニ振廻被仰付候ハ、上官以下茂其通ニ可仕候哉、又参着之日、上官已下
　ハ振廻可申候哉之旨被相尋候付、其段ハ何レニ而も御勝手宜様ニ可被仰付与
　申候得ハ、上官迄ハ五々三之料理出之候、内々御用意も御座候故、参着之日
　ニ振廻候得ハ、御賄方勝手宜鋪候、併、御振廻前後仕、如何可有御座哉と被
　申候付、弥上官以下之儀京着之刻御振廻被成可然と申入也

〃何方ゟ所司代へ御使者被遣候節も町御奉行へ被致伺公事ニ候間、忠左衛門
　儀も致参上、如何可有之哉と、甚五左衛門申聞ニ付、則致同道、口上ニ申入
　候者、信使御馳走用事之儀ニ付、丹後守様江使者ニ申付候、就夫、安芸守様
　へ茂致参上候様ニと被申付、伺公仕候由ニ而、相応ニ口上申入ル、則安芸守
　様御逢被成、相応之御返答ニて罷帰ル

〃於京都、信使御馳走人本多隠岐守様へ忠左衛門致参上、御家老本多登之助・
　本多次郎右衛門・原田監物江申入候ハ、此度信使来聘ニ付而、御馳走人被蒙
　仰、御心遣之段致察候、何そ御用之儀も候ハ、可承旨、対馬守被申付候ニ付
　而、致参上候、御尋之義御座候ハ、被仰開候様ニと申入候処、則隠岐守様御
　逢被成、被入御念御事ニ候与之御口上也

〃右之刻、隠岐守様ゟ被仰開候ハ、信使上着之節ハ迎ニ罷出候哉、又ハ何方へ
　居候而可然候哉と也御尋ニ付、御返答ニ申上候ハ、何方ニ而も御馳走人様方
　御出被成候儀無御座候条、何之宿坊ニ成共、御休息所江被成御座候而、信使

到着之御祝儀被仰入可然哉之旨御返答申上候処に、其通ニ可被成与之義也

〻隠岐守様御家来菅沼作之右衛門方ゟ志賀甚五左衛門方へ申来候ハ、為火用
　心、明晩ゟ夜廻り申付候、然者、何茂御宿所之門をたゝき可申候、答無之候間
　ハ、たゝき可申候条、請答有之候様ニ何茂御家中へ可申渡之旨申来ル也

〻当地御代官小野長左衛門殿・多羅尾四郎右衛門殿ゟ為御使白井角右衛門・田
　辺藤右衛門与申人、忠左衛門宿寺江被参、口上ハ、右御両人方ゟ使ニ参候、
　懸御目可申、承之由也、折節、致他行候間、後刻ニ而も御出被成候様ニ返答
　申入ル

〻白井角右衛門・田辺藤右衛門方へ橋辺伊右衛門を以申遣候ハ、先刻ハ長左衛
　門殿・四郎右衛門殿ゟ之為御使預御出候得共、其刻致他行候而不得御意候、
　然ハ、被仰談義有之由ニ御座候故、掛御目可申之処、対馬守方江飛脚を相立
　候ニ付而、用事取込、不掛御目候、何そ被仰談義茂御座候ハヽ、御書付を以
　被仰下之旨申遣ス也

一同二日　陰天南風

〻御賄方小堀仁右衛門殿・末吉甚兵衛殿江於三使宿、隼人・左兵衛申入候ハ、
　於所々之御馳走惣而不依何事、江戸表へ致註進候、就夫、於当地御賄之酒悪
　候ニ付、御断申候得共、押而受取せ申候ニ付而、朝鮮人迷惑仕候由申候得共、
　于今御酒之儀替り不申通承候、当地御賄之儀ハ公儀御馳走之御事候故、ヶ
　様ニ可有御座とも不存候、御酒米等之儀ハ三使方ゟ御断被申、先年ゟ減少被
　仕候、其外、肴・野菜之儀過分に申請候而も、夫程入不申義御座候得共、亦入
　用に相足り不申候而ハ、差支申ニ付、先例之通申請候処、是亦不足仕候、
　内々承候者、御馳走之儀受取ニ被仰付たる通り申候、公儀ゟ之御馳走を左様
　ニ有之段如何敷義ニ奉存候、重而、帰国之時分も可有之儀ニ候、如此ニ候而
　ハ、恰合不宜事ニ候間、左様御心得可被成候、此度ハ御賄下行御定之通ニ相
　渡り候と可致註進候、為御心得申入置候通申達也

〻三使手廻り道具、其外之手廻荷、今朝船ニ乗ル

〃淀迄之用ニ三使川船に賄船壱艘宛、上々官川船ニ同船壱艘ツヽ、上判事・上
　官中へ茂賄船三艘被相附

〃今朝、三使発足被仕ニ付、御馳走人岡部内膳正様、両町御奉行設楽肥前守
　様・藤堂主馬様・御目付高木長右衛門殿・御賄小堀仁右衛門殿・末吉甚兵衛殿、
　御堂ニ御出ニ付、三使方ゟ上々官を以敷台ニて被申入候者、於当地、滞留中
　ハ致休息、忝存候由御礼被申候通申達ル也

〃三使茂被仕廻候付、愈発足被仕候様ニ可申達哉之旨、御歩行を以御屋鋪へ
　御案内申上ル

〃今朝、辰上刻三使乗船、船場迄之先乗平田隼人并田嶋十郎兵衛・立田三右衛
　門、跡乗り樋口左兵衛・高勢八右衛門也、尤、前後之騎馬四人宛ニ而候得共、
　先達而京都へ被差遣候者有之ニ付、右之通也

〃三使為御見送、船場へ両町御奉行設楽肥前守様・藤堂主馬様、御船奉行水
　野甚五左衛門殿・須田与左衛門殿、御目付高木長右衛門殿御出被成、依之、
　隼人何茂様へ申候ハ、是迄御出被成、入御念たる御事ニ奉存候、則対馬守江
　可申聞候間、御引可被遊候、左様ニ被成候而茂、朝鮮人之儀放埒成義ニ候得
　ハ、御礼をも申入義無御座之旨申候処、其段ハ構被申間鋪候、御手前儀此程
　ハ何角と御苦労ニ存候、早々船ニ御乗り候様与之御挨拶也、夫方三官使乗船
　被仕候故、亦々、右之御面々へ申候者、最早三使も船を出し被申候条、愈御
　引被遊候得之由申候処、此方へハ御構被成間鋪候船之出候を見候而可罷帰
　条、早々御登セ候様に与之御事ニ付、則乗船仕ル也

〃三使乗船被致候而、公儀ゟ三使へ大折壱ツヽ・大杉重一宛ニ樽壱荷ツヽ、同
　上々官三人江杉重一ツヽ・樽壱宛被下之、御使者岡部内膳正様ゟ浜田八郎左
　衛門与申人持参、則致受用也

〃淀迄之行列、殿様方之帳ニ記有之故、略之

〃船中ニ而正使方ゟ通詞加瀬五右衛門使ニて隼人・左衛門方へ杉重壱・折壱・樽
　壱音信ニ来ル

〃両町御奉行御与力衆ゟ隼人・左衛門方江使ニ而御乗船茂後レ候様相見へ候間、
　為引可申与之義ニ付、被入御念忝儀ニ候、左候ハ、愈御引セ被下候様ニと、
　使江隼人直ニ申達ス、追付、人数此方之者ニ相添、引之也

〃右、御与力田中九郎兵衛・田坂源左衛門、此方乗船ニ被参、口上者今日川中
　無御別条、是迄御着被成、珎重奉存候、牧方ゟ淀迄之川船引、愈申付置候、
　則両人も相附参候間、御用之儀も候ハヽ、可被仰付与之儀也、則隼人一礼申
　入ル

〃川船引淀領迄之間、所々之在之ゟ罷出、宿継ニて両川縁ゟ引之人数九百六
　拾三人、是ハ公儀ゟ被仰付ル

〃殿様ハ信使ゟ先達而川船ニて御登被遊ル

〃未ノ中刻、信使牧方へ着船、昼休、則宿へ被揚候様ニと申達候処、正使被申
　候者、今日ハ親之忌日故、揚り申間敷候、尤、精進之御用意有之事ニ候得共、
　魚・鳥料理有之儀ニ候得ハ、揚り申儀遠慮仕候、尤、道中なとハ道筋ニ而候得
　共、昼休之所ニて縦精進日ニ相当候而も、宿へ揚り不苦候得共、是ハ船ゟ揚り
　申事候得者、改申たる事候故、如何ニ存候付、愈御断申候、副使・従事可被揚
　候間、召連候者ハ不残揚り可申由ニて正使ハ不被揚、則副使・従事被揚也

〃船着ニ板橋一面に掛、此所ゟ被揚也

〃御賄方服部六左衛門殿・角倉与市、船場迄被罷出、隼人挨拶仕ル、両人之衆
　先達而被参ル

〃船場ゟ宿迄之道筋、双方ニ立テ砂有之

〃御馳走之膳部五々三白木、引替之膳無之、土器・亀足金銀

〃三使并上々官通イ長上下着、但三使通イ四人、上々官通イ六人也、通イ人膳
　部持参候を通詞取次、小童ニ渡据之也

〃船揚り場之向に番所新規ニ建、侍衆被相詰、三使宿へ之門外ニも新規之番所
　有之而、侍衆被相詰、何茂上下着、警固相添

〃牧方御馳走人松平伊賀守様諸役人、左記之

　　　　　　　家老　　　　浅見杢之助
　　　　　　　用人　　　　岡部十右衛門
　　　　　　　給人　　　　内藤又左衛門
　　　　　　　同　　　　　乙部藤右衛門
　　　　　　　同　　　　　喜多嶋市之丞

〃三使宿江戸屋孫兵衛、上々官茂一所

〃上官宿鍋屋清左衛門

家老	岡部九郎兵衛	
用人	中根与左衛門	
物頭	石川三右衛門	
給人	松井勘左衛門	
半上下着	通イ九人	

〃上官宿八幡屋判兵衛

用人	菅谷三郎左衛門	
同	本木源五左衛門	
物頭	岡部半太夫	
給人	宇野格左衛門	
半上下着	通イ九人	

〃中官宿竹屋九左衛門

給人	松宮庄太夫	
同	鈴木六郎左衛門	
同	熊谷久右衛門	
同	宮崎源八	
羽織袴着	通イ十三人	

〃中官宿小松屋九郎兵衛

給人	白瀬四郎左衛門	
給人	松山亦助	
同	白江太郎左衛門	
羽織袴着	通イ十三人	

〃中官宿茶屋吉兵衛

給人	松田平左衛門	
同	懸山政右衛門	
羽織袴着	通イ九人	

〃中官宿尼崎屋源兵衛

給人	太田次郎太夫	
同	中村喜兵衛	
羽織袴着	通イ七人	

〃下官宿一文字屋太兵衛

	給人	佐藤七左衛門
	同	山崎彦左衛門
		通イ足軽十人

〃下官宿二階屋与右衛門

	給人	山村半之助
	同	大米伝右衛門
	給人	広瀬猪左衛門
		通イ足軽十五人

〃下官宿すみや庄兵衛

	給人	野間弥左衛門
	同	大谷定右衛門
		通イ足軽十人

〃下官宿樽屋仁兵衛

	給人	猪飼十郎兵衛
	同	野口左次兵衛
		通イ足軽八人

〃下官宿多葉粉屋作兵衛

	給人	三刀谷平八
	同	白井勘太夫
		通イ足軽八人

〃両長老伴僧宿尼崎や十兵衛

	給人	大米弾右衛門
	同	山田兵右衛門
	長老伴僧	通イ九人

〃通詞宿かせや仁兵衛

	給人	佐竹市太夫
	同	石田左次右衛門
	羽織袴着	通イ足軽十人

〃通詞宿米屋四郎兵衛

	給人	川村八太夫
	同	加舎平兵衛
	羽織袴着	通イ足軽十人

〃御料理旁諸事入御念、三使も忝与存候旨、御馳走人衆へ上々官一礼申入ル、
此方ゟも田嶋十郎兵衛を以御礼申達ル

〃申中刻ニ三使乗船

〃三使乗船被致候而、公儀ゟ三使へ金だみ折壱・同大杉重壱・樽壱荷宛并、
上々官三人へ銀だみ杉重壱・樽壱宛被下之、松平伊賀守様ゟ茂折壱合ツ被
遣、正使ハ精進日故、折精進ニ仕替、何茂御使者を以被遣之、受用被仕也

〃牧方ゟ淀迄之間、左右川へりニ間を置、挑灯燈有之、尤、所々警固相附

〃亥下刻、三使淀参着

〃三使宿門外ニ番所新規ニ建、侍衆上下着ニて被相詰ル

〃同門之内ゟ玄関迄莚壱枚通り、中をあけ、左右ニ二枚通り莚敷有之、尤、壱枚
通り、あけ有之所ハ鋪石也

〃三使并上々官宿、御代官木村源之助殿宅也、上官宿壱軒、上官・次官壱軒、
中官宿三軒、下官宿四軒、何茂町屋也

〃此所之御賄市岡理右衛門殿・藤林長兵衛殿

〃膳部七五三、土器・亀足銀、引替之膳白木、碗ハ焼物也

〃三使并上々官通イ長上下着、其外ハ半上下着也

〃淀御城主石川主殿頭様御家来、左記之

家老	大久保主計
同	石川伊織
同	和田五右衛門
同	石川甚太夫
家老	伊桑求馬
同	近藤杢右衛門
三使并上々官御馳走人	⎰ 伴九郎左衛門 生嶋佐左衛門
上官御馳走人	⎱ 中川七右衛門 浅井与五左衛門 寺田勘之允 豊泉庄太夫

中官御馳走人	荒川久馬右衛門 井口弥太夫 増田与兵衛 岡孫四郎
下官御馳走人	姫宮伝兵衛 市橋作兵衛 菅谷市郎左衛門
両長老御馳走人	蜂屋新右衛門 塚本安左衛門
通詞御馳走人	藤田庄兵衛 星弥市右衛門
淀ニ而諸事用達ル町方其外御馳走屋	町奉行 田嶋五左衛門
修覆掃地等申付役人	作事奉行 山田源左衛門
御馳走之乗馬・中馬・出馬之支配人	西村彦右衛門 井口惣兵衛
乗馬・中馬・添使者彦根迄　　　別番	高嶋磯右衛門 西村初右衛門
朝鮮人送候使者京都迄	新杢之助 山崎五助
朝鮮荷物送候使者京都迄	半田忠太夫

ゝ淀領内川筋に番船井ニ艘、侍衆一人宛乗り、御馳走ニ被出之、御領内方船着
　迄九町余有之

ゝ淀領綱引之人数千百五拾人

ゝ御書付ニて被仰付候義、左記之

　　　　　覚

一明日京都着之晩ハ正使・副使精進日ニ而候故、六日之晩、御振廻被仰付候事

一上々官ハ三使同前に六日被仰付事

一上官已下ハ参着之晩、御振廻被仰付候事

一明日実相寺と申寺ニ立寄、京入之支度被致候事

一三使輿宿迄可被乗候事

一上々官乗物、是亦宿迄乗り可申事

一通詞不残先様本圀寺へ遣可置候、乍然、五六人ツヽ残置、京入ニ者歩行ニて
　相附候様可申付候事

是ら忠左衛門、京都ニ而之分

ゝ孫左衛門・与左衛門方へ京都忠左衛門方ゟ以飛脚、京都ニて所司代町御奉行
　ニ而之勤之様子申越、御案内申上候紙面、左記之

　　　　一筆致啓上候、殿様益御機嫌能被成御座恐悦、御同意奉存候、今日ハ
　　　　天気も能御座候故、愈大坂御発足、淀江御一宿被遊、明日ハ御上京可
　　　　被遊と乍憚奉待御事御座候、私儀も昨朝七ツ時分、淀致発足、巳之上刻
　　　　ニ京着仕候付而、早速志賀甚五左衛門致同道、稲葉丹後守様江参上仕、
　　　　大坂表ニて被仰付候御口上之趣申上候処、則御逢被成、被仰聞候者、
　　　　信使上着之日、正使・副使精進日ニ付而、三使并上々官振廻相延、六日
　　　　ニ振廻候様ニと之儀尤ニ被思召候、左様候ハヽ、弥其通ニ可被仰付与之
　　　　御事御座候、尤、昨日丹後守様ゟ宿継之以御飛脚、御返事被仰越候由、
　　　　御家老田辺権太夫方ゟ申参候、定而、相届可申与奉存候

　　　一本多隠岐守様江参上仕、申上候ハ、信使御馳走之儀ニ付而、私儀丹後
　　　守様江使者申付、差越候、就夫、信使御用之儀も候ハヽ、承之候様ニと対
　　　馬守申付候間、自然御尋之儀候ハヽ、被仰聞候様ニと申上候処、是又御
　　　逢被成、被入御念、預御使者忝之旨被仰聞候、隠岐守様御家老衆面談
　　　仕、諸事申談、退出仕候

　　　一公用ニ付、何方ゟ所司代江御使者被遣候刻ハ町御奉行へ茂相定、被遣
　　　之候間、拙子儀も伺公仕可然哉之旨、宮五左衛門申聞候、尤、御差図者
　　　無御座候得共、伺公可然と存、則宮五左衛門同道ニ而前田安芸守様江
　　　致参上、対馬守方ゟ使者ニ差越候段差繕、御口上申上候処、御逢被成、
　　　被仰聞候ハ、預御使者被入御念御事ニ候、愈船中御堅固、信使御同道
　　　ニ而大坂御着、来ル三日ニハ御上京之筈ニ御座候由被仰下、珎重奉存
　　　候、追付御登之刻、万々可得御意与之御口上承之、退出仕候

　　　一丹後守様御家老田辺権太夫方ゟ甚五左衛門方へ道中宿継之御證文之控
　　　有之候ハ、、一覧仕度と被申越候付而、先年周防守様ゟ参候御證文之

控写し遣之

一本圀寺表門之外北方江番所有之候、就夫、御上京之刻御供廻り之儀此
　番所之手前ニ而致下馬、順々宿入被仕候得ハ、猥りニ無之候而恰合能可
　有御座候条、其段御家中へ御触被置可然存候

一右同所ニて御家中荷馬之儀表門ゟ牽入亦戻り、馬を右之表門ゟ出申候
　者、入出ニ込合可申与存候間、表門ゟ牽入候而、夫々ニ荷物相届、直様
　裏門へ遣申候ハ、混乱不仕、恰合能可有御座と、甚五左衛門内々爰許役
　目衆へ茂申談置候、此段も御家中へ御触被置可然奉存候、委細之儀ハ
　明日御上京之刻、万々可申上候、恐惶謹言

　　　　八月二日　　　　　　　　　　　　大浦忠左衛門
　　　樋口孫左衛門殿
　　　多田与左衛門殿

〃多羅尾四郎右衛門殿・小野長左衛門殿宿坊江信使用事ニ付、忠左衛門義、志
　賀甚五左衛門同道ニ而致伺公、両人之衆へ対面仕ル、其節四郎右衛門殿・長
　左衛門殿被申候ハ、信使京着之日ハ正使・副使精進日ニ付、御振廻被差延候、
　就夫、賄所へ料理物之品々調可差置候哉、又ハ料理見合に仕立可置候哉、如
　何様共差図仕候様ニ与之義也、返答ニ申入候者、御振廻被差延候上ハ精進
　之御料理ニ不及候間、料理物之儀御見合ニ被召置可然存候、当地へ信使下
　行請取役之者罷越候間、御手代衆へ相談仕候様ニ可被仰付之旨申達候処、
　兎角不依何事、何茂不案内ニ候間、御差図を可受之旨被申候也、存寄之儀も
　候ハ、可申入之由申候而、退出仕ル

〃信使宿へ右御両人之手代衆致同道、見分仕候処、上々官居所別家ニ而三使
　方江手遠ニ有之候故、上官居所ニ被仰付置候を上々官三人被召置、上々官居
　所へハ上官被召置候様ニ与申入、宿札打直ス

〃殿様明朝淀御発足ノ刻限承度之旨、田辺権太夫方ゟ志賀甚五左衛門方江申
　来候付、孫左衛門・与左衛門方迄刻限相知次第、一左右申遣候様ニと書状相
　認、甚五左衛門方江相渡、尤、以飛脚早々差越候様ニと申遣ス

〃多羅尾四郎右衛門殿・小野長左衛門殿ゟ使ニて忠左衛門へ申談度儀御座候
　間、今朝可罷出候候、尤、彼方ゟ御見廻可被成候得共、殊外御取込被成候条、
　願ハ彼方へ罷出候様ニ与之義也、忠左衛門儀御代官所江罷有候付而、仕廻

次第可致参上之旨返答申入ル也

〃本多隠岐守様御家老本多登之助・本多次郎右衛門・原田監物、右三人ゟ使来
　ル、信使宿見合被成候様ニと申合置候付而、前刻ゟ宿坊へ罷出、相待居候得
　共、遅ク候故、以使申入候与之儀也

〃隠岐守様御家老本多登之助・本多次郎右衛門・原田監物入来、昨日ハ彼方へ
　御出ゟ与之返礼也、則対面ニ而挨拶仕ル

〃丹後守様御家老田辺権太夫方ゟ手紙ニ而申来候ハ、三使へ丹後守様ゟ一荷
　二種宛被遣之候、就夫、肴之儀ハ干鯛と昆布可然候、然共、肴二種与有之候
　故、昆布之儀無用ニ仕、干鯛与鰯ニ仕、如何可有之哉、存寄之通無遠慮申入
　候様ニ与之儀ニ付、干鯛・鰯二色之内昆布御添被成可然存候通申遣ス

〃丹後守様御家老田辺権太夫方へ以手紙申遣候者、内々自是可申進与存候処、
　今朝ハ預御使候、然者、道中宿継之御證文之儀、対馬守致上着候得ハ、早速
　入申義ニ御座候、何とそ貴様御心得候而、早々御出シ被成候様ニ御取持、奉
　願候通申遣ス也

〃田辺権太夫方ゟ以手紙申来候ハ、朝鮮国忌并三使精進日書付遣候様ニと申
　参ニ付、則国忌・精進日書付遣之、尤、左記之

　　　国忌日

　　　　　正月十四日
　　　　　二月初一日　　　十七日　　　　　二十四日
　　　　　三月初二日　　　二十四日　　　　三十日
　　　　　六月二十七日　　二十八日
　　　　　七月初十日
　　　　　八月十三日　　　十八日　　　　　二十二日
　　　　　九月初八日　　　二十三日
　　　　　十月二十六日
　　　　　十一月十五日
　　　　　十二月初九日　　二十四日　　　　二十九日

　　　正使行素日

　　　　正月初八日　　十九日　　　　二十二日

　　　　二月初五日　　初六日　　　　初七日　　　　廾日

　　　　三月二十日

　　　　六月初九日　　二十四日

　　　　七月初八日　　初九日　　　　二十一日　　　二十二日

　　　　八月初二日　　初三日　　　　初四日　　　　二十五日

　　　　二十六日

　　　　九月初二日　　二十九日

　　　　十月初八日

　　　副使

　　　　七月二十一日　二十二日　　　二十三日

　　　　八月初三日　　初四日　　　　初五日

　　　　十二月廿一日　廿二日　　　　廿四日　　　　廿五日

　　　　二十九日　　　三十日

　　　従事官

　　　　二月初十日　　十一日

　　　　六月初八日

　　　　十月初六日

　　　　十二月廿六日　二十七日

一同三日　晴天

ゝ淀、辰ノ中刻信使発足、先乗平田隼人并田嶋十郎兵衛・高勢八右衛門・立田三
　右衛門、跡乗り樋口左衛門・加城六之進・平田源五四郎、尤、田中善左衛門儀
　も跡乗之内ニ而候得共、先様京都へ被差登候付、右三人ニて相勤ル也、則信
　使京入之行列・道中江戸入茂同前也、委細殿様帳ニ有之故、爰ニ略之

ゝ大坂船揚り・京入・京出・江戸入・江戸立之信使先乗り之儀平田隼人ニ被仰付、
　相勤也、跡乗ハ大浦忠左衛門、尤、道中ニ而ハ隼人・忠左衛門交々ニ前後之

騎馬乗ル也

〃信使行列之内、所々ニ見合、通詞相附、尤、乗掛ニて朝鮮人之行列之内ニ罷
　有候而ハ如何ニ有之付而、荷馬掛斎藤羽右衛門方ゟ所々御馳走人衆へ申談、
　出駕篭ニて相附也

〃三使、卯中刻、淀発足

〃殿様ハ信使ゟ少間有之而、淀御発駕

〃石部御代官吉川半兵衛殿・平野藤次郎殿、淀ゟ彦根迄出馬荷馬之下知役被
　成、信使先乗吉川半兵衛殿、同跡乗平野藤次郎殿行列之跡先御乗被成也

〃淀ゟ京都本圀寺之間に見せ砂左右に有之、尤、所々ニ警固相附

〃淀ゟ一里程之所迄所々ニ合羽・菅笠・傘、御馳走有之

〃折りいけ橋之際に茶屋建

〃石川主殿頭様為御馳走、上官馬之脇に口取二人・足軽二人・立傘持壱人・合羽
　篭持壱人ツヽ相附参也

〃京都所司代并御馳走人ゟ鳥羽迄三使迎之御使者被遣之、実相寺ニて隼人対
　面、挨拶仕ル

〃京都御馳走人本多隠岐守様ゟ鳥羽迄三使迎之御使者御家老本多次郎右衛門
　被遣之

〃三使京入之支度、如先例、実相寺ニ立寄、装束被替之、此間、殿様ハ常高寺
　ニ御寄御待被遊也

〃東寺之入口ゟ本圀寺之間左右に同心衆二三人ツヽ辻堅有之

〃本圀寺ニ入橋きわニ下馬所有之、朝鮮人之儀定而任先例、下馬無之、此所乗
　通可申由ニ而下馬札、公儀ゟ御除被遊、然共、此方御家中之儀ハ下馬仕可然
　与之御事ニ付、何茂下馬いたす也

〃三使宿門之外、右之方ニ番所新規ニ建、侍衆上下着被相詰也

〃大門之外并三使屋ニ参ル廻りかど右之方、新規之番所建、是又上下着侍衆被
　相詰也

〃三使宿門之内ゟ玄関迄莚二枚並に敷之、其上ニ薄縁三枚並に敷有之

〻三使未刻、京都本圀寺着座、三使之轎、宿玄関ノ敷居迄舁据、此所ニ而輿ゟ
被出也

〻殿様ニ茂相続御着、御宿坊ニ被為入也

〻石川主殿頭様御家来信使見送として両使進上之荷物附、使者一人京都迄相附
被参、則隼人・忠左衛門致対面、当所迄御越、御苦労之段一礼申入也

〻稲葉丹後守様ゟ三使参着為御祝儀、御使者竹井五郎兵衛被遣之、則洪僉知
罷出、致対面、三使返答之旨申入也、尤、忠左衛門儀も相附、挨拶仕ル也

〻今日ハ正使・副使精進日ニ付、落着御振廻差延被下候様ニと御断被申、四五
日茂三使精進日ニ付、六日ニ被仰付被下候得之由被申、上々官も三使同前に
御料理被下候様ニ与申ニ付、今日ハ相延、上官以下ハ不残御振廻有之由

〻本多隠岐守様ゟ三使参着之為御祝詞、御使者原田監物、取次田中善左衛門

〻大津御代官小野半之助殿御家来小川庄兵衛・広山利兵衛・平井九八郎、忠左
衛門宅ヘ被参、口上ハ、今日殿様御上着之嘉儀、将又来ル七日御発足之日ハ
大津昼休ニ而御座候、然ハ、三使居間二間申付置候、尤、三間ニ可仕候得共、
上々官居間せき申故、二間に仕候、如何可仕候哉、且亦、御振廻之外ニ別而
料理物之用意可仕候哉之儀ニ付、返答申入候者、三使居之儀ハ、願ハ三間
に被成可然存候、料理物之儀ハ御振廻之外ニ御用意可被仰付置候、必日本
料理給兼申候故、自然之用に何方ニ而も其通ニ御座候与挨拶申入ル

〻多羅尾四郎右衛門殿ゟ忠左衛門方ヘ御使山村又助、口上者、信使宿見合衆と
申談、正使・副使宿台所一所に仕候而も不苦様ニ申談候、乍然、間に仕切候
而ハ如何可有之候哉与之義也、返答に申入候ハ、一所ニ而ハ宜間鋪候間、愈
間ニ仕切被成候而可然由、取次橋辺伊右衛門を以申渡ス

〻田中善左衛門方ヘ以手紙申遣候ハ、信使宿其外上々官宿、上官・次官・中官・
下官之儀、今一応見分仕候様ニと申遣ス

〻殿様ゟ三使江参着之為御慶、御使者内野九郎左衛門被遣之、則田嶋十郎兵
衛取次之、三使ゟ之即答、安判事を以被申述、朴同知儀ハ病気、卞僉知・洪
僉知義者道中草臥、臥り罷有候付而、右之通安判事を以即答有之也

〻丹後守様御家老田辺権太夫方ゟ忠左衛門方ヘ以手紙申来候ハ、今日ハ天気
能信使衆到着、珎重御事候、然者、明日、三使方ヘ丹後守様ゟ御樽・肴可被

遣候得共、正使・副使精進日ニ候、然共、料理とハ違、据り被申物ニて無之候
故、苫間鋪哉与之紙面也、尤ニ候条、御心次第被遣之可然と返事ニ申遣ス

〃隠岐守様方之御馳走人、左記之

三使・上々官馳走人	家老	本多登之助 本多次郎右衛門 原田監物
	中老替之	村松八郎右衛門 兼松四郎兵衛
上官馳走人	番頭 用人 簱奉行	後藤太郎右衛門 押田三郎兵衛 伊藤助之進
小童 中官　馳走人	物頭 歩行頭 馬廻り	川部仁左衛門 中神薄兵衛 山本三左衛門
下官馳走人	馬廻り 同	岡村瀬兵衛 坂本庄太夫
下官馳走人	物頭 馬廻り	都筑太郎左衛門 川辺又市
通詞馳走人	物頭 馬廻り	田先弥市右衛門 朝岡八郎左衛門
長老馳走人	馬廻り 同	村松伴右衛門 原嘉助
長老伴僧馳走人	馬廻り 同	塩津惣右衛門 兼子松右衛門

〃井伊掃部頭様御家来金田兵太夫・富上九兵衛、忠左衛門宅江入来、今日ハ天
気能、対馬守様并信使衆御京着目出度奉存候、大坂表ニ而ハ何角御懇意辱
存候、其以後、御宿へ罷出候得共、御発足之由ニて罷帰候、如何様、追付掃
部頭領分彦根ニて可得御意与之儀也、忠左衛門儀ハ信使宿へ罷有候付而、
不能面談候也

一同四日 晴天南風、昼時方雨降

〻殿様、三使宿江御出被成候以前に御本陳ニ隼人被召寄、被仰付候ハ、稲葉丹
　後守様方三使参着之為御祝儀、御音物被遣候間、使者致同道、彼方首尾能様
　ニ仕候得、将亦、殿様追付、三使宿へ御出可被遊候条、其刻朝鮮人楽仕候様
　ニ申達候得之旨被仰付、則右之御使者同道にて三使宿へ罷出、御使者之趣、
　上々官を以三使へ申達候処、正使・副使精進日故、御音物請申間敷由被申候、
　左様候ハ、精進物計御請、其外ハ如何様ニ成共、心次第可被成候、兎角、御
　音物不残御受用無之候得ハ、首尾不宜由申候得ハ、則御目録之通被致受用
　也、御目録、左記之

　　　　　　海菜　　　壱篋
　　　　　　乾魚　　　壱篋
　　　　　　魯酒　　　双樽
　　　　　　　　計
　　　　　　壬戌八月四日

　右之通真目録ニて袋に入、三使銘々ニ被遣之、御使者嶌新五左衛門口上ハ、
　御無事に当地御着、珎重存候、尤、以参可申入儀候得共、病気ニ付、其儀
　無之候、随而、御着之御祝儀迄ニ目録之通被遣与之御事也

〻隠岐守様方忠左衛門方へ御使者を以御見廻、相応之御口上ニて鱸二本被下
　之、併、此度之儀何方方之御音物も受用不仕候由ニて御断申上、不致受用也

〻組頭古川平兵衛・唐坊新五郎・嶋雄八左衛門方江以手紙申遣候ハ、輿添之御
　歩行二組ニシテ三使宿江昼夜相詰候様ニ可被仰付候、献上之御荷物番、其外
　用事可申付候間、可被申渡候由、隼人・忠左衛門・左衛門方方申遣ス

〻本多隠岐守様方三使へ篠粽大台一折宛、上々官中へ同壱折被遣之、御使者
　本多登之助、則受用被仕也

〻木下順庵弟子柳川順剛、信使宿へ参、学士ト筆談仕度与之願ニ而候由、朝三
　同道ニて被罷出、詩文等有之

〻日野大納言様御家老上田采女・西野左近・三條大納言様御家老井上十郎右衛
　門方迄為窺御機嫌、隼人・忠左衛門方方書状遣ス

ゝ通詞頭并町通詞中飯米不足ニ付而其分被相渡候様ニと、俵四郎左衛門方へ
　三人中ゟ手紙を以申遣ス

ゝ信使大坂へ着船被仕候段、彼地ゟ被遂御案内、御奉書到来仕ニ付、上意之趣
　為可被仰渡、殿様、三使宿江御出ニ付、両長老御同道、依之、如例、楽被致
　候様ニと、上々官を以三使江申達候処、返答ニ委細得其意候得共、今日ハ親
　之忌日ニ而候間、楽之儀ハ御断申入候由被申候、併、上使ニ御出之様成物ニ
　候楽不被仕候而ハ如何ニ候通、再三申入候得共、今日ハ決而難成由被申、三
　使持道具ハ前之庭ニ飾申也

ゝ殿様半上下被為召、未中刻、三使宿へ御出、両長老茂御同道被成ル、三使宿
　出合之間鋪居際迄三使御迎ニ被出、殿様敷居之内ニ御入、御一礼有之而、双
　方毛氈を御はつし、三使与二度半之御対礼有之

ゝ夫ゟ両長老礼義相済、西山寺へも一礼有之、座配ハ殿様・両長老段々御座被
　成、三使ハ向ニ着座、西山寺ハ座入口之閾際ニ被居也

ゝ殿様御着座被遊候而、朴同知を以三使江被仰入候ハ、各船中無異、大坂着岸
　之旨、彼地ゟ江戸表江遂御案内候処、達高聞、遠境来朝、太儀ニ被思召候由
　上意ニ候、此旨、各へ可申渡与之御事候、此段、各難有可被存之旨被仰渡候
　処、上意之趣難有仕合ニ奉存候、御礼之儀、貴様ゟ幾重ニも宜被仰上可被下
　与之儀也、畢而、人参湯遣候得共、殿様ニ者御用茂有之ニ而、急御立被遊候
　間、御無用ニ候与之御事にて御請不被遊、三使茂色々被申候得共、右之通也、
　御奉書之趣、左記之

　　　一筆令啓達候、朝鮮国之信使海上無為、去廿六日至大坂、着岸之旨達
　　　高聞候之処、遠境来朝大儀被思召之由上意候、此旨、信使江可有演達
　　　候、恐々謹言

　　　　　　　　　　　　　　　戸田山城守
　　　　　　　　　　　　　　　阿部豊後守
　　　七月晦日　　　　　　　　大久保加賀守
　　　　　　　　　　　　　　　堀田筑前守

　　　宗対馬守殿

ゝ隼人・左衛門・忠左衛門三人中ゟ三使へ真文を以申入候、和文左ニ記之

　　　　　覚

一三使行列、三段二分、一使宛之簾・楽器等別之御持せ候様二与之事

一行列二行二而ハ道狭所込合候故、一行二御直シ可然候事

一馬渡方二人被申付置候、彼者共之下知を請候様に可被申付候事

　　　　右之通真文二直させ、上々官を以差出也

一昨日、淀之宿御出之刻、乗馬之儀次第段々二有之候所、上官ハ中馬に乗、中
　官ハ上馬二乗り、下官迄も其通二而放埒成義二候、依之、上・中・下官之人数二
　ハ三十疋之余茂入増候付、役目方茂混乱いたし、迷惑被仕候事候間、此以後
　ハ宿出之刻ハ役目之者相渡申様に仕候得与可被仰渡候、将亦、朝鮮人人馬
　之脇二相附候者を或打擲いたし、或足二而蹴申由二候、左様候而ハ日本人堪
　忍仕間敷と存候、自然刀脇指二而誤申候而ハ、一大事成事二御座候間、其由
　堅可被申渡之旨、書付二而上々官へ相渡、三使へ掛御目候処、委細得其意候、
　其通可申付与之儀也

〻上馬・中馬奪取二仕候付而、上中下之札、朝鮮人面々さけ居、上中馬不紛様二
　仕、若中馬乗り之者、上馬抔二乗候ハヽ、一廉二たヽき被申候様二被致可然と、
　上々官を以申入候処、三使も尤二被存之旨申聞二付、則札拵、出馬掛に相渡ス

一同五日　陰天北東風、昼時分雨降、夜二入、雷鳴

〻京都役人志賀甚五左衛門・嶋雄仁右衛門方へ申渡候者、三使小轎損候所有之
　二付、繕直し之儀申渡候処、急々二ハ出来合申間敷之旨被申越、承届候、遅々
　仕儀不苦候間、愈直させ可被申候、持夫之義ハ御馳走方へ可申入置候間、出
　来次第、跡方道中迄追付候様に可被仕之旨申渡ス

〻今朝、稲葉丹後守様方御使者喜田惣兵衛を以三使江夜前雷雨之御見廻被仰
　付、則樋口左衛門取次、上々官を以右之旨申達候処、御返答二被申候ハ、被
　入御念御使者忝存候、諸事結構二被仰付候故、心安休息仕、忝次第存候、此
　旨、御使者御心得候而、宜被仰上可被下候与之義、御使者へ左衛門申達也

〳本多隠岐守様信使宿之勝手迄御出、御家老原田監物を以三使方へ弥御達者
　ニ候哉与之儀被仰入、則隼人取次、上々官を以申達ス、御返答之儀上々官罷
　出、隼人同前に申達也

〳樋口孫左衛門・多田与左衛門方へ以手紙申遣候ハ、明日ハ従公儀、三使・
　上々官へ御振廻御座候、就夫、御馳走人方ゟ被申聞候ハ、御料理之儀朝に可
　仕哉、晩ニ可仕候哉与之御事候故、上々官を以三使江相尋候処、朝に被成候
　て可然由ニ御座候、愈其通御馳走人方へ可申渡候哉之旨申遣候処、返答に申
　来候ハ、三使望ニ候ハヽ、朝に仕候様ニと申来候付而、則其段田中善左衛門
　を以御馳走方へ申渡ス

〳信使献上之品々入候長持并鮫荷之儀三使発足之日同前に相立候而ハ、込合
　如何ニ候間、明朝早々相立、先達而江戸表へ差越可申之旨、上々官申聞候付、
　尤ニ存、則其段申渡候、持夫之儀ハ御馳走方へ可申達候、就夫、右荷物先達
　而遣之候付、所々へ御触無御座候ハ、滞申儀も可有御座候哉与奉存候間、
　丹後守様へ被仰入可然存候、献上之荷物入候長持十五掉、鮫荷六丸ニて御
　座候通、手紙を以孫左衛門・与左衛門方へ申遣之

〳南禅寺ゟ出家衆両人、西山寺同道ニて学士江致対面、為稽古詩文之様子承
　度由ニ而被罷出、則学士両人出合、詩文有之、尤、小山朝三同前にて挨拶仕
　ル也

〳孫左衛門・与左衛門方へ以手紙申遣候ハ、従事内薬用イ被申候、就夫、少々
　不足之薬種有之候間、御家中之医師方へ可有之候間、所望仕度由ニて不足
　之薬種品々書付、通事を以被申聞候故、則別紙ニ書付、遣之、薬種、左記之

　　　　　行中之絶薬材
　　　　　　陳皮　　　三両
　　　　　　烏薬
　　　　　　黄蓮　　　各一両五㪫
　　　　　　梔子
　　　　　　紅花　　　一両
　　　　　　瓜蔞仁　　三両
　　　　　　　以上

一同六日 晴天

一三使 一上々官 一上官

右之通国忌ニ精進仕ル

一中官 一下官

右ハ精進無之、自分之精進ハ各別

〻今日ハ三使并上々官へ御振廻在之、膳部七五三金銀、引替之膳白木、椀ハ焼物、作り花台色々出ル

〻於出合間、三使江料理出ル、通イ長上下、閾之内畳二帖目ニ而小童請取之、三使江据ル

〻殿様巳上刻、三使宿へ御出被遊、三使膳部相済而殿様三使出合之間ニ御出、二度半之御対礼有之、其後殿様勝手ニ御入、当地御馳走人本多隠岐守様町御奉行前田安芸守様御同道被遊、出合之間に御出、三使へ初而御対面、二度半之御対礼有之、殿様ハ御末座に御立御座被成、相済而人参湯出ル、殿様御出被遊候刻、三使御対礼之時、楽器鳴也

〻丹後守様ゟ三使銘々ニ杉重一組ツヽ、以御使者被遣之、則上々官を以三使へ差出ス、御礼之儀ハ田嶋十郎兵衛、上々官同道ニて御使者へ申達ス

〻孫左衛門・与左衛門方へ隼人・左衛門・忠左衛門方ゟ以手紙申遣候ハ、信使、公儀江進上物之長持、唯今迄宰領無之候而出入之請取方無之、恰合不宜候間、大小姓之内ゟ二人遂吟味、道具為持、宰領ニ相附候様に被申付候様ニと申遣ス、尤、歩行宰領四五人、是亦被申付可然と申遣候也、則佐護助左衛門・岡山五左衛門、此両人ニ申付候由申来ル也

〻信使行列之内ニ通詞無之候而、埒明かたく候、若馬之口取など打擲仕、自然不作法之儀も可有之哉と存候、左様之義有之候茂口不通故ニ候、因茲行列之間々に通詞召置候而可然候、乍然、馬ニ而ハ見苦敷可有之候間、出駕篭ニ乗セ、用事相達候様ニ被仰付可然哉と、孫左衛門・与左衛門方へ申遣ス、通事ニ申来候ハ、愈其通に申付候様ニ与之儀也、則出馬掛高勢八右衛門へ申渡候ハ、出駕篭之儀賃銀借り仕、人馬差引方へ申入、借り候様ニと斎藤羽右衛門へ

被申聞候様ニ申渡ス

〃信使献上之荷物入候長持十五掉・鮫荷六丸、今朝未明に先達而江戸表へ差越
　ニ付、荷物奉行佐護助左衛門・岡山五左衛門并為宰領輿添之給人四五人相附

〃稲葉丹後守様御家老田辺権太夫方ゟ隼人方へ手紙ニて申来候ハ、信使明日
　ハ何時ニ発足にて御座候哉与之儀ニ付、明朝六時に被致発足候由申遣ス

〃大坂内野市郎左衛門方ゟ申来候ハ、朝鮮船尻無川ニ被召置候処、此所浅海
　ニ御座候ニ付、船もいたみ申候間、御堀せ被成共、御直し被成共、恰合能様ニ
　被成被下候様ニ被仰達置候付、尻無川之下に深キ所御座候間、此所に御直し
　候様ニと御座候得共、左様候得ハ、番所之構イ・垣等も御直し、何角御太儀奉
　存候、其上、行規も其内緩ニ罷成候間、船之下御堀せ被下候様ニと再三申上
　置候、愈船之下御堀せ可被成候哉、為可承書状差越候由也、返事ニ、船之下
　御堀せ候得而ハ、船もいたミ可申与存候、併、如何様ニ成共不入障様ニ御了簡
　候而可被申達之由、市郎左衛門方へ申遣ス

〃三使・上々官・上官ハ国忌に精進仕、中官・下官ハ精進無之、尤、自分之精進
　ハ格別、右書付出候様に被仰付、上々官方ゟ此通書付出ス也

（終わり）

参向信使奉行道中毎日記

天和二壬戌歳八月七日ら同廾一日迄御参向御道中毎日記

一八月七日 曇天、時々雨降

〃三使、京都辰之刻発足、行列ハ京入之ことし

〃殿様、三使跡ゟ御発駕被遊ル

〃平田隼人信使先乗り、大浦忠左衛門ハ押ヘ乗仕ル也

〃本圀寺ゟ大津迄之道筋掃地念入、左右ニ立砂有之、道にも敷之、尤、同心衆
　辻堅也

〃本多隠岐守様方為御馳走、朝鮮人ニ若堂中間合羽持、沓箱持被相附ル、尤、
　委細ハ出馬掛方之帳面ニ記置

〃稲葉丹後守様ゟ信使為見送、栗田口辺迄高松源左衛門・仙石助太夫被遣之

〃栗田口宿離清水山之下ニ新規ニ雪隠建之

一同日午之上刻大津ヘ参着、三使宿本鴨寺

〃此所御馳走人九鬼和泉守様・谷出羽守様并御賄小野判之助殿

〃膳部、三使・上々官迄ハ五々三金銀、引替ハ白木、通イ長袴也、上官・中官・下
　官夫々ニ脇宿有、御料理出ル也

〃三使江九鬼和泉守様・谷出羽守様御銘々ゟ杉重一組宛御使者を以被遣ル、尤、
　受用被仕也

〃信使宿門之内外ニ新規番所建有之、侍上下着、被相勤居ル

〃同門之内より玄関迄莚三枚並ニ敷之

〃同所ヘ本多隠岐守様御家来本多登之助被参、三使見送ゟ旁、則上々官を以三
　使ヘ申達、御礼之義忠左衛門挨拶申入也

〃同所御馳走人九鬼和泉守様・谷出羽守様ヘ忠左衛門申上候ハ、信使参着ニ付
　而種々御馳走、殊諸事被入御念之段忝被存候、此段、我々方ゟ宜御礼申上候
　様ニ与、三使被申候通申述候也

一三使大津、未之上刻発足

〃殿様者三使被立候而、半時程跡ゟ御立被遊ル

〃平田隼人三使先乗り、大浦忠左衛門ハ押へ乗り仕也

〃大津ゟ守山迄之道左右、立土有之

〃のじ之宿離ニ信使為御迎、板倉隠岐守様御家来津々木治左衛門与申人被遣之

〃守山宿口ニ番所新規ニ建、侍衆布上下着、被相詰ル

一同日、信使申之上刻、守山へ参着、殿様ハ申之中刻御着被遊ル

〃三使宿寺、守山寺

〃此所御馳走人板倉隠岐守様御賄蘆浦観音寺

〃御振廻之膳部、三使并上々官迄七五三金銀、引替之膳ハ白木

〃御馳走人板倉隠岐守様ゟ以御使者、三使銘々ニ杉重一組ツヽ被遣之、則受用、
御使者ハ金子長右衛門

〃三使宿与宿口与之中程ニ番所新規建有之、侍衆被相詰ル

〃三使宿門之内外ニ番所新規ニ建有之、侍衆被相詰ル、尤、武具等飾有之

〃同門之内ゟ莚三枚並ニ玄関迄敷有之

〃辰長老ゟ使僧ニ而被仰聞候ハ、板倉隠岐守様御家来石川半之助方ゟ朝鮮之
能書へ書物頼度候之由被申ニ付、両長老御返事ニ、我々義ヶ様之取次為仕儀
無御座候由遣候処、亦々何とそ頼度由申来候、如何様ニ可仕哉之旨申来候
付而、忠左衛門返答仕候ハ、書物之義信使方役目之者へ被仰遣候ハ、対馬守
殿へ申達、如何様共差図可有之与御返答被成候様に、哲首座へ申渡ス也

〃近江之御鷹師井口太郎八殿・御同姓利兵衛殿、平田隼人方へ御使札ニ而柿一
篭、鶩一羽来ル、御口上者、殿様御到着之御慶并為御見廻、此所迄罷出居申
候、御本陳へ致参上度候間、御障之様子申聞候様ニ与被仰越候付而、則御本
陳へ相窺、井口太郎八殿・御同姓利兵衛殿、御同道仕、御本陳へ罷出ル也、
太郎八郎殿御父子進物、左ニ記之

　　　　鶩二羽　　鯉弐本

〃御本陳ニ而隼人へ被仰付候意趣、左ニ記之
　　一明後九日之朝、於彦根、御料理之義ハ御断被申候間、三使・上々官迄下
　　　行ニ而御渡被成候様ニ可申達事

一三使所々参着之刻限、御馳走所之御案内与相違ニ不罷成様ニ承合可申事

　一所々於御馳走所、御馳走人衆御賄方へ御詰被成候哉之由可相尋事、以上

ゝ今日昼休、大津御馳走人同泊り、守山御馳走人付、左ニ記之

本長寺方丈 　信使 　　上々官	御馳走人	和泉守様御内	天岡判左衛門
	同断	出羽守様御内	楠弥五右衛門
	膳部掛	和泉守様御内	村越源八郎
	同断	出羽守様御内	三輪六兵衛
同所本堂 　上官 　次官 　小童 　小通詞	御馳走人	和泉守様御内	疋田孫市
	同断	出羽守様御内	山田平太夫
顕證寺 一中官	御馳走人	和泉守様御内	由岐団右衛門 川西助之進
	同断	出羽守様御内	平住与一右衛門 藤村勘左衛門
播广屋 一中官	同断	和泉守様御内 出羽守様御内	沢田紋右衛門 河田団右衛門
九品寺 　長老 　伴僧	同断	和泉守様御内 出羽守様御内	降屋甚五兵衛 下矢孫右衛門
菱屋七郎兵衛 一下官	同断	和泉守様御内	酒井孫之進 磯崎判助
菊屋作右衛門 一下官	同断	右御内	窪田弥五左衛門 松本武兵衛
奈良屋作兵衛 一下官	同断	右御内	瀧七兵衛 水谷茂太夫
美濃屋加兵衛 一下官	同断	右御内	井坂小七郎 岡田孫右衛門
鮓屋庄三郎 一通詞	同断	右御内	森田三郎太夫 富田門平
慶善寺 一長老侍	同断	右御内	永井佐右衛門 小須賀伴左衛門

山形屋久兵衛 一長老下々	同断	右御内	栗田久右衛門 藤田平八
堺屋清右衛門 一下官	同断	出羽守様御内	村田杢右衛門 稲崎清兵衛
銭屋太郎兵衛 一下官	同断	右御内	三宅佐五右衛門 四方半右衛門
伊勢屋忠兵衛 一通詞下々	同断	右御内	木崎八郎兵衛 一井治左衛門

通イ之覚

一 三使 　上々官	此通イ馬廻り十人長袴	内七人 内三人	和泉守様御内 出羽守様御内

右之外、上官・中官・下官通イ中小姓、又ハ歩行士、和泉守様・出羽守様

方右之格ニ被勤ル也

一家老弐人	和泉守様御内	九鬼兵庫 九鬼図書
一中老三人所々御馳走所ニ被相詰ル		九鬼孫六 九鬼与五左衛門 鈴木安左衛門
一番頭四人右同断		九鬼喜内 天岡判左衛門 青山平太夫 川西善兵衛
一物頭八人所々御番所ヘ被相詰ル		九鬼宇右衛門 田川七左衛門 浦口十兵衛 向井弥右衛門 越賀六兵衛 和久山助右衛門 野村五右衛門 丹羽藤右衛門
一家老壱人	出羽守様御内	谷内匠
一中老弐人所々御馳走所ヘ被相詰ル		楠弥五右衛門 道家甚右衛門

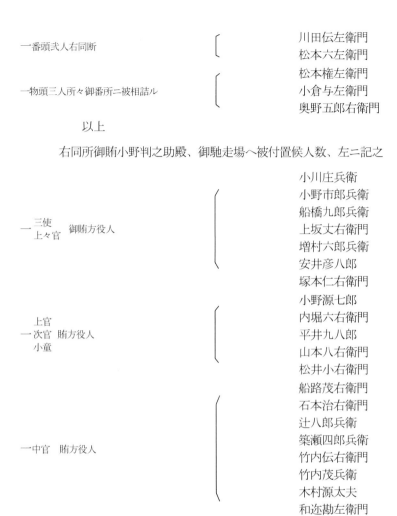

一番頭弐人右同断 ｛ 川田伝左衛門
松本六左衛門

一物頭三人所々御番所ニ被相詰ル ｛ 松本権左衛門
小倉与左衛門
奥野五郎右衛門

　　　以上

　　右同所御賄小野判之助殿、御馳走場へ被付置候人数、左ニ記之

一 三使
　上々官　御賄方役人 ｛ 小川庄兵衛
小野市郎兵衛
船橋九郎兵衛
上坂丈右衛門
増村六郎兵衛
安井彦八郎
塚本仁右衛門

　上官
一 次官　賄方役人 ｛ 小野源七郎
内堀六右衛門
平井九八郎
山本八右衛門
松井小右衛門
　小童

一 中官　賄方役人 ｛ 船路茂右衛門
石本治右衛門
辻八郎兵衛
築瀬四郎兵衛
竹内伝右衛門
竹内茂兵衛
木村源太夫
和迩勘左衛門

		川辺賀右衛門
		伊藤彦兵衛
		羽太市兵衛
		高田文右衛門
		水嶋兵右衛門
		中嶋作左衛門
一下官	賄方役人	田中与兵衛
		植村武右衛門
		田中三郎右衛門
		熊木善兵衛
		中村勘兵衛
		望月久五郎
		川村勘右衛門
		笹井弥五郎
		駒井甚右衛門
一通詞	賄方役人	笹井弥七
		井口弥右衛門
		清水佐次右衛門
一通詞下々	賄方役人	伴五郎兵衛
		伊藤孫兵衛
一 長老 伴僧	賄方役人	平井十兵衛
		西川六左衛門
		駒井九兵衛
一長老之小姓侍	賄方役人	木戸又八郎
		安井二郎三郎
一長老之下々	賄方役人	久保三右衛門
		高田茂兵衛

　　　　以上

ク守山御馳走之御賄方ニ被仰付置候下代衆、左ニ記之

守山寺 一三使御馳走所		久松清左衛門
		西川五郎兵衛
		松岡治左衛門
		大谷六左衛門
		大橋与右衛門

守善寺	久松清兵衛
一上々官	徳永賀左衛門
大光寺	松岡彦兵衛
一上官	河橋九郎右衛門
町屋九左衛門	片岡庄左衛門
一中官	徳永助右衛門
浄行寺	猪股九右衛門
一下官	西川太郎右衛門
町屋久左衛門	河橋市右衛門
一長老并伴僧	大谷八郎左衛門
町屋十兵衛	川橋八左衛門
一通詞	片岡武兵衛

　　　　以上

〃守山御馳走人板倉隠岐守様役人衆、左ニ記之

一家老	板倉杢右衛門
	都筑治左衛門
	野嶋六郎左衛門
一三使御馳走人用人	山口武右衛門
	石川判助
	峯勘太夫
	天野藤右衛門
一上々官馳走人	渡辺十右衛門
	尾崎五兵衛
一上官馳走人	牧野彦右衛門
	関屋市右衛門
一中官馳走人	新屋弥五兵衛
	村田善左衛門
一中官馳走人	田上治部右衛門
	高松新左衛門
一下官馳走人	梅原甚五左衛門
	三宅久兵衛
一長老馳走人	松原七郎左衛門
一通詞馳走人	大塚弥兵衛

　　　　以上

〃三使迎之御使者都筑治左衛門

〃三使参着之時、町橋迄之御使者板倉杢右衛門

〃三使発足之時、八幡迄送之御使者天野藤左衛門・西郷彦左衛門

〃荷物送り梅原甚五左衛門

一同八日 曇天

〃殿様今朝卯之中刻、守山御発駕被遊ル、三使者辰之上刻発足也

〃守山宿離屋須川ニ新規土橋掛、三所ニ有之

〃仁保川ニ新規土橋二所掛有之、観音寺方之御馳走之由也

〃右同所ニ新規之茶屋三軒建有之、此内二軒ハ腰掛茶屋壱軒之内ニ三間有之、
尤、茶湯坊主相附被置ル也、但、是ハ常ニ有之茶屋之由也、然共、諸事新作也

〃道筋ニ為見土立有之也

〃忠左衛門先乗り、左衛門跡押ニ乗ル、隼人義ハ三使先立而罷立、八幡山信使
宿見分仕ル也

一同八日、八幡山へ辰之下刻ニ殿様御着、三使も巳ノ上刻参着、昼休也

〃三使御馳走人山口修理亮様・小堀和泉守様并御賄方今井七郎兵衛殿・井狩十
助殿、三使参着以前方信使宿へ御出、諸事御下知被成ル

〃三使并上々官膳部五々三本膳ハ白木・金銀薄散シ、引替之膳茂白木、土器・
亀足ハ金銀也

〃八幡山江入口・出口ニ番所弐ヶ所、三使宿門前ニ同二ヶ所、座敷之裏之方ニ同
一ケ所新規建有之、尤、侍衆上下着被相勤ル

〃三使門之内方玄関迄薄縁壱枚並ニ鋪之

〃三使銘々ニ山口修理亮様・小堀和泉守様御銘々方大杉重一組ヅヽ被遣之

〃三使、御馳走之御礼、朴同知を以被申入ル、依之、和泉守様・修理亮様御家
老へ朴同知引合、忠左衛門挨拶申入也

〻板倉隠岐守様御家来天野藤左衛門・西郷彦左衛門、守山ゟ八幡山迄御見送ニ
　被罷越ル、則隼人挨拶申入ル也

〻右御同人御家来梅香原甚右衛門、信使進上之荷物宰領之由ニ而、八幡迄被
　参、則信使宿ニ而忠左衛門挨拶申入ル

〻此所御賄之手代衆、左ニ記之

金台寺 一三使并上々官宿	萩原権兵衛 杉山杢右衛門 中嶋武太夫
同所 一上官	宮田又兵衛 荒川喜六
正栄寺 一中官	太田三右衛門 山本権右衛門
菊屋弥兵衛 一中官	西沢武兵衛 間宮彦太夫
連照寺 一下官	伊庭兵右衛門 池田許右衛門
室積寺 一両長老伴僧宿	戸沢儀右衛門 中川久右衛門
桔梗屋庄太郎 一通詞宿	向市郎右衛門 向井七左衛門
堺屋権兵衛 一同宿	鳥井半左衛門 服部助右衛門

〻山口修理亮様・小堀和泉守様ゟ之役人、左ニ記之

修理亮様御家来

一三使御馳走人	山口十右衛門
一上々官馳走人	山口判助
一学士・判事馳走人	田伏源五左衛門
一上官馳走人	伊藤只右衛門
一次官馳走人	白石友右衛門
一小童馳走人	中尾六右衛門
一下官馳走人	山口権右衛門

一諸事用人	布施五左衛門
	鷲見惣右衛門
	菅沼七右衛門
	野口惣右衛門
	林新左衛門
	中村権右衛門
	望月源右衛門

和泉守様御家来

一三使御馳走人	小堀権右衛門
一上々官馳走人	和田兵左衛門
一学士・判事馳走人	小堀久左衛門
一上官馳走人	賍満勘右衛門
一次官馳走人	飯塚勘兵衛
一小童馳走人	富田権之亮
一諸事用人	毛利小兵衛
	鈴木治太夫
	臼杵与兵衛
	高橋七右衛門
	宇野六右衛門
	細谷九左衛門
	小谷太右衛門
	浅山太郎左衛門

〃八幡山御馳走之御賄方今井七郎兵衛殿・井狩十介殿ゟ御渡被成候役人付、則
左ニ記之

一三使・上々官馳走人	阿保十郎右衛門
	小林治左衛門
	高橋甚五右衛門
一学士・医師・判事・上官馳走人	安田忠右衛門
	湯原彦兵衛
	藤田新右衛門
	菅村判右衛門

一中官馳走人	小城善兵衛
	大鏡久右衛門
	宇佐美庄左衛門
	永井六左衛門
	竹村太兵衛
	本山賀平
一下官馳走人	柏原助左衛門
	田辺与七右衛門
	坂井安右衛門
	十河孫左衛門
一長老馳走人	大塚六右衛門
	服部五郎兵衛
一通詞馳走人	中井清右衛門
	国屋杢左衛門
	森弥太夫
	加藤庄右衛門

一八幡山午之上刻、三使発足、殿様ハ巳之中刻程ニ御発足

〃山崎ニ茶屋一軒新規ニ建之、侍衆茶湯相詰被居ル、是ハ井伊掃部頭様方之
御馳走也

〃右同所ニ手挑燈持弐百人程左右ニ並居ル也

〃ひら田村宿離方彦根宿口迄竿挑燈間置、左右段々有之、尤、所々警固人相詰
居ル也

〃越川みへかい川原ニ新規之土橋掛ル

〃せい川橋渡り、右脇ニ番所建有之、侍衆布上下着被相詰ル、尤、武具等飾り有之

一同日、彦根泊り、御馳走人井伊掃部頭様

〃殿様、申之上刻、彦根御着、三使ハ酉之上刻参着也

〃三使宿相安寺、上々官・上官迄同寺ニ有之

〃中官ハ町屋六軒ニ分り居ル也

〃下官ハ寺弐軒、明将寺・大信寺ニ分り居ル也

〃八幡山方彦根迄之道筋見せ士、其外所々ニ水桶等置之、道かわき不申様、水
なと打、掃地結構有之

〵御振廻之膳部七五三金銀、引替之膳白木

〵通イ長袴着、三使居間敷居際迄持参、夫ゟ常之通小童請取ル

〵掃部頭様ゟ途中迄三使銘々ニ杉重一組ツヽ被遣之、尤、受用

〵掃部頭様御馳走人之役人衆、左ニ記之

一家老	木保判弥 庵原助右衛門 三浦与右衛門 長野十郎左衛門
宿相安寺 一三使・上々官御馳走人	西江藤左衛門 国本半助 戸塚左太夫
一七五三并引替膳部役人	本庄源之允 馬杉長左衛門 金子市平 小野田弾之助 高橋新五左衛門 藤野平兵衛 草山曽兵衛 富田庄左衛門 岩永金左衛門 若松甚左衛門 杉原治兵衛 室市左衛門 福田十太夫
宿相安寺 一上官・小童馳走人	天野一学 増田平蔵 青木平左衛門

一五々三膳部役人

脇又市
山本亦七郎
芦名三太夫
磯嶋三左衛門
五十嵐軍平
加田源兵衛
内山源右衛門
平六郎右衛門
永田権右衛門
杉山伝右衛門
山上弥兵衛
朝倉進弥
横田助市
田辺十左衛門

一上々官・上官休所馳走人

百々又助
津田理右衛門
向山二郎太夫
青木角之允
松井治左衛門
岡田金兵衛
山田善左衛門
小池彦八郎
服部五左衛門
山田惣左衛門

宿町屋角田弥右衛門
一中官馳走人

今村源右衛門
椋原治右衛門

宿外村勘右衛門
一中官馳走人

広瀬主殿
青木助十郎
孕石亦七郎

宿町屋若林又左衛門
一同馳走人

沢村甚平
木俣清五郎

宿上田九左衛門
一同馳走人

青木七郎兵衛
西尾治部之助

宿服部宗古
一同馳走人

横地刑部
長野与惣兵衛

宿来迎寺 一同馳走人	{	木俣長十郎 中隼次兵衛 悪間次兵衛 萩四郎兵衛
宿弓削市兵衛 一同馳走人	{	今村小兵衛 三浦権右衛門
宿堀七郎左衛門 一中官馳走人	{	内藤五郎左衛門 小林仁左衛門 今村進之助
宿明将寺 一下官馳走人	{	日下部三郎右衛門 石原金五兵衛 今村兵右衛門 中村賀助
宿大信寺 一同馳走人	{	吉川軍左衛門 竹原与惣右衛門 村上平四郎 奥山六左衛門
宿森田弥二兵衛 一通詞馳走人	{	佐成佐太右衛門 浅田清兵衛
宿富永之助 一同馳走人	{	三浦九右衛門 今泉源左衛門
右同所 一同馳走人	{	花木伝左衛門 久野角兵衛
宿小嶋甚四郎 一同馳走人	{	武笠魚兵衛 植谷佐五左衛門
宿外海七郎兵衛 一同馳走人	{	広瀬助之進 武藤源助
宿宮村利右衛門 一通詞馳走人	{	大塚隼之助 高谷辰右衛門
宿中村一郎左衛門 一霊長老御馳走人	{	犬塚求之助 勝野伝左衛門 金田勘七郎
宿江国寺 一森長老御馳走人	{	吉田隼之允 宇津木三四郎 落合勘左衛門

〃八幡上ゟ彦根迄見送り之御使者山口修理亮様御内友田二右衛門

〻掃部頭様御家来松井九太夫・大久保弥五右衛門・石原権八・所藤内、此四人大
　垣迄出馬之為差引被罷越之由ニ而、富山九兵衛同道ニ而、隼人宿へ被参、諸
　事申談ル也
〻隼人・忠左衛門江掃部頭様ゟ生鯉一桶・手樽壱被下之

一同九日　晴天

〻三使、彦根、卯之中刻発足
〻殿様、卯之上刻御発駕被遊ル
〻彦根之宿ゟ一里程之間、家々之門ニ挑燈燈有之、尤、家無之所ハ道筋左右ニ
　大挑燈無間燈有之、間々ニ警固相詰ル
〻同所ゟ今須迄之道筋掃除念入、道左右ニ水手桶無間有之、水打壱人ツヽ相付
　罷有ル也
〻右之道筋所々ニ番所新規ニ建有之

一同日、今須へ巳之上刻、殿様御着被遊、三使午之上刻、参着也
〻此所御馳走人井伊掃部頭様
〻同所御馳走御賄杉田九郎兵衛殿・石原清左衛門御両人、信使宿へ御出、諸事
　御差図被成ル
〻忠左衛門義、三使ゟ先立而罷越候ニ付、信使宿へ参、見分仕ル、三使着座在
　之而、左衛門ニ引渡し、先様大垣へ罷越ス也
〻信使宿門番所新規ニ建、侍衆布上下着、足軽者羽織袴着、尤、武具飾有之
〻西之町口ニ番所新規建、侍衆・足軽并飾物、右同断
〻東之町口ニ新規之番所建之、諸事、右同断
〻三使并上々官膳部五々三、但、膳ハ白木、其外金銀、椀ハ焼物
〻掃部頭様御家来諸役人、左ニ記之

宿六左衛門 一三使并上々官御馳走人	印貝徳左衛門 三浦半蔵 石居半平 宇津木源五郎
一同膳部役人	丸山清次右衛門 斎藤甚五兵衛 宇津木三右衛門 安藤七郎右衛門
宿孫三郎 一上官・小童馳走人	斎藤判兵衛
一同膳部役人	庵原善兵衛 寺嶋長兵衛 江坂亦兵衛 中川次郎右衛門 高野軍平 三居孫太郎
通詞宿権兵衛 宿万五郎 一中官馳走人	石原甚五左衛門 大根田猪右衛門 渡辺弥五左衛門 辻岡助兵衛
中官 通詞 宿三郎左衛門 一中官馳走人	成嶋彦右衛門 増田六左衛門 菅浪作左衛門 土田半右衛門
宿賀兵衛 一下官馳走人	勝平次右衛門 川西源五左衛門
宿甚兵衛 一同断	川手文右衛門 松浦所左衛門
宿六郎左衛門 一同断	富上喜太夫
宿吉兵衛 一同断	佐安八郎左衛門 高橋長四郎
宿忠兵衛 一 霊長老 森長老 御馳走人	埴谷助八郎

一万役人	中野伊左衛門 仙波笹兵衛 大嶋弥右衛門 内田茂右衛門
一朝鮮人宿々江之引渡役人	勝野五太夫 虎戸四郎左衛門
一御賄方万證文	山下藤太夫 森川与次右衛門 松村彦兵衛
一惣目付	本庄善左衛門 切刀千右衛門

一同日未之上刻、三使今須発足

〃うし内と申所之左之方へ新規ニ雪隠五ツ建

〃せり川ニ板橋掛ル、右之方ニ雪隠新規一軒建

〃なか町之出口左之方ニ茶屋一軒新規建、侍衆両人上下着被相詰、湯茶之用意
　有之也

一同日大垣泊、殿様申之中刻御着、三使も同前也

〃此所御馳走人戸田左門様

〃三使并上々官膳部七五三、膳内外金彩色絵、土器・亀足金、引替之膳白木、
　椀者鑞ニ而拵、嶋台三方糸花金銀彩色、盃箸金、菓子縁高三方ニ載、金銀彩
　色絵、亀足金銀

〃信使宿入口左之方ニ新規之番所有之、侍衆布上下着、足軽ハ羽織袴ニ而相
　詰、尤、武具等飾有之

〃信使屋門之内ゟ玄関迄莚三枚並ニ敷、其上薄縁敷有之

〃三使宿全昌寺

〃同寺ニ上々官・上官・中官罷有ル

〃下官宿町屋六軒ニ分ル居ル也

〃往来筋新規茶屋三所建有之

〃同番所新規四所ニ建有之

〃宿坊寺中不寝番所新規建、五所ニ有之

〃火消之番所、新規二所建有之

　此外、三使・上々官・上官銘々ニ台所・湯殿・雪隠新規建有之

〃戸田左門様、信使宿ヘ御出被成、忠左衛門ヘ被仰聞候ハ、信使番所迄御堅固
　参着、珎重奉存候与之御事也、忠左衛門御挨拶申上ル、追付、御帰被遊ル

〃御同人様ゟ三使銘々ニ杉重一組ツヽ被遣之、御使者戸田権太夫、取次田中善
　左衛門

〃尾張様御家来飯嶋清蔵、御本陳ヘ被罷出候処、彼方ゟ大浦松右衛門案内者
　ニ而三使宿ヘ被罷出、意趣者彼方御馳走役ニ付而、為聞合致伺公候由ニ付、委
　細十郎兵衛・善左衛門被遂相談候様ニ与申入、右両人対面

〃左門様御家来豊田儀左衛門被望候ニ付、三使并上々官・学士官位書付遣之

〃左門様御家老并御馳走人、左記之

一御家老	大高近右衛門 戸田治部右衛門
一御馳走惣奉行	小原仁兵衛 若林佐太右衛門 岩井十左衛門
一三使御馳走人	川井瀬左衛門 上野新左衛門 林十郎左衛門 小川太左衛門 小野助六
一上々官御馳走人	伊藤甚五左衛門 安田亀右衛門 近藤善五兵衛 中嶋久左衛門 柘植太郎左衛門
一上官馳走人	山川武太夫 高岡三郎兵衛 樋口文右衛門 忍甚助

一中官馳走人	浅井源兵衛
	小倉又左衛門
	川嶋八左衛門
	森平左衛門
	種村六太夫

一下官馳走人	森長兵衛
	松下市兵衛
	井上庄右衛門
	早川久兵衛
	高木喜太夫
	渡辺七右衛門
	月岡佐一右衛門
	抜並喜六
	犬竹彦兵衛
	多田彦六
	赤松長二郎
	宇佐美仁右衛門

一通詞馳走人	森長左衛門
	祝田文助
	鈴木与左衛門
	黒川杢左衛門
	高津七左衛門
	山川渋右衛門

一長老衆馳走人	黒川与一兵衛
	坪井九太夫
	浅野安右衛門
	田中庄太夫

〃今須迄御迎之御使者川井太兵衛

〃樽井迄御迎之御使者戸田権兵衛

〃当町口迄御迎之御使者和田七郎左衛門

〃町中先払町奉行本間与兵衛・岡田与次右衛門

〃伝馬町迄御送之御使者戸田四郎兵衛

〃墨俣迄御送之御使者戸田宇右衛門

〃名護屋迄御送之御使者中村金左衛門・市村六左衛門

〃隼人・左衛門・忠左衛門、宿々ニ而戸田左衛門様ゟ御料理被下之、此度之義
御馳走請不申事候故、色々与御断申入候得共、最前ゟ被仰付置候由ニ而候
故、達而御断難申上、則御振廻請之、其上御馳走人両人被仰付置候由ニ而、
杉重一組被差出候、是又、何方ゟ之御音物茂受用不仕事候故、返進可仕之処
ニ御料理被下候上者、御音物計返進難仕、受用仕ル

〃参州赤坂・吉田両所之御賄役被仰蒙候由にて鈴木八右衛門殿ゟ三人中へ御
飛札被遣、意趣ハ、来ル十二日、赤坂へ信使参着之筈ニ而候、就夫、十三日
ハ朝鮮之国忌之由御聞被成候、三使精進之義十二日之晩ゟ精進被致候哉、
十三日之朝者弥精進料理之御用意可被成与之御紙面也、則返札ニ申遣候者、
十二日之晩者構無之候、十三日ハ愈国忌ニ而候間、朝之御料理之義者御無
用ニ可被成候、自分ニ而朝鮮料理給被申事候国忌之日者、三使・上々官・上
官迄精進被仕候条、左様ニ御心得被成候様ニと申遣ス也

〃彦根ゟ大垣迄乗馬・荷馬并人夫送之衆へ相渡候書付、左ニ記之

　　　　　覚

　　　従彦根大垣迄朝鮮信使へ相附候上々官・上官・中官・下官乗馬・荷馬・人
　　　夫、何茂無滞御送、忝奉存候由、我々迄朝鮮人被申聞候付、如此御座
　　　候、以上

　　　^戌八月九日　　　　　　　大浦忠左衛門判
　　　　　　　　　　　　　　　　　樋口左衛門判
　　　　　　　　　　　　　　　　　平田隼人判

　　　松井九太夫殿
　　　大久保弥五右衛門殿
　　　石川権八殿
　　　所藤内殿

一同十日　晴天、未之刻時分少雨降ル

ゝ三使、卯之中刻、大垣発足

ゝこのと申処ヘ左之方ニ新規之茶屋壱軒、雪隠建有之

ゝさわたり川ニ掛ル小坂、右之方ニ茶屋新規建

ゝ同所左之方ニ新規番所建、侍衆上下着、足軽ハ羽織袴ニ而相勤ル

ゝ同所ニ船橋掛小船数八拾壱艘

ゝ船橋渡り番所新規建、侍衆上下着、足軽ハ羽織袴着、尤、武具等飾有之

ゝ右之船橋ハ戸田左門様ゟ御馳走也

ゝ右之船橋渡候節ハ此方御家中下馬仕ル

ゝ墨俣入口左之方ヘ新規番所建、侍衆上下着、足軽ハ羽織袴ニて相勤ル

一同日辰之中刻、殿様墨俣江御着、三使も同前也

ゝ此所昼休、御馳走人松平丹波守様御賄杉田九郎兵衛殿・石原清左衛門殿、三
　使宿ヘ御出、参着之御慶被仰入ル

ゝ三使宿満福寺門之内より玄関迄莚弐枚並ニ鋪之、其上薄縁敷有之

ゝ三使宿入口左之方ニ新規番所建、侍衆上下着、足軽ハ羽織袴ニて相勤、尤、
　武具飾有之

ゝ三使宿向之番所新規建、侍衆并足軽相勤、武具飾有之

ゝ丹波守様ゟ三使銘々ニ杉重一組ツヽ、以御使者被遣之、則上々官を以差出ス

ゝ三使并上々官膳部五々三

ゝ御馳走人丹波守様御家老并諸役人、左ニ記之

一御馳走惣奉行所々見分

御家老
　　林渋右衛門
　　近藤庄兵衛
　　野々山四郎左衛門
　　戸田七郎左衛門

一大垣迄迎　　　　　野々山初郎右衛門
一墨俣町口迄迎　　　野々山惣右衛門

一尾州迄送　　　　　　　　西郷新兵衛

一船奉行人　　　　　　　　河田治部左衛門
　　　外二小奉行七人　　　吉武助太夫

一人馬戴許人　　　　　　　公保小兵衛
　　　外二小役八人　　　　古野与五右衛門

一荷物送　　　　　　　　　金丸半右衛門

万福寺
一三使并上々官御馳走人　　能瀬覚兵衛
　　　　　　　　　　　　　西川善兵衛
　　　　　　　　　　　　　吉郷助右衛門
　　　　　　　　　　　　　浦野四兵衛
　　　　　　　　　　　　　宇野伝右衛門
　　　　　　　　　　　　　通イ拾弐人
　　　　　　　　　　　　　　　長袴着

万福寺　　　　　　　　　　三浦金左衛門
一学士　　　　　　　　　　遠藤市郎左衛門
一判事　御馳走人　　　　　吉武助右衛門
一上官　　　　　　　　　　星山猶右衛門
　　　　　　　　　　　　　板橋竹右衛門
　　　　　　　　　　　　　井田喜右衛門
　　　　　　　　　　　　　野間亦兵衛
　　　　　　　　　　　　　三田村六兵衛
　　　　　　　　　　　　　通イ拾七人

明台寺　　　　　　　　　　宇野武兵衛
一中官御馳走人　　　　　　玉生勘兵衛
　　　　　　　　　　　　　牧弥五左衛門
　　　　　　　　　　　　　水野伊左衛門
　　　　　　　　　　　　　増田万右衛門
　　　　　　　　　　　　　原太兵衛
　　　　　　　　　　　　　根岸庄左衛門
　　　　　　　　　　　　　古橋金右衛門
　　　　　　　　　　　　　尾崎案右衛門
　　　　　　　　　　　　　星合判弥
　　　　　　　　　　　　　通イ拾人

新規之小屋 一下官御馳走人	木村弥兵衛 細見四郎兵衛 鈴木伊兵衛 鶴見六野右衛門 青木庄太夫 竹中才右衛門 平山安兵衛 通イ廿七人
広受寺 一長老御馳走人	石川彦兵衛 今藤九右衛門 村山瀬兵衛 新見金兵衛 通イ五人
町屋 一通詞御馳走人	袖末三十郎 林助左衛門 市川儀左衛門 勝田市野右衛門 林縫右衛門 通イ拾八人

〃火消番衆、三使宿其外町中、火消道具為持、昼夜ともニ廻り被申也

一同日午之上刻、三使墨俣発足

〃墨俣川船橋掛小船数百七艘、尤、橋之前後、新規之番所建、武具等飾有之

〃坂井川ニ船橋掛ル小船拾弐艘、是ハ尾張様方御馳走也、尤、橋之前後新規之番所建、侍衆上下着、足軽ハ羽織袴着、尤、武具等飾有之

〃おこし川ニ船橋掛ル小船数弐百五十六艘、尤、両橋詰新規之番所建、侍衆上下着、足軽ハ羽織袴着ニ而相詰ル、飾物等、右同断

〃いなは村之宿離、右之方ニ新規茶屋二間ニ弐拾間程ニ建、御馳走人番野作右衛門・浅野伊左衛門上下着ニ而被相詰ル、三使立寄、被致休息、尤、三使之前ニ折三金たみの杉重色々盛合被差出ル也

〃かわらけ野と申所、左之方ニ新規之茶屋有之、侍衆上下着被相詰ル

〃ひわ嶋と申所、橋之左之脇ニ新規番所有之、足軽羽織袴着相詰ル

〃同先之橋渡り向ニ新規之番所有之、侍衆上下着、足軽ハ羽織袴着、被相詰ル、

尤、武具等飾有之、此所ニ竿挑灯多出し有之

一同日酉之下刻、殿様名護屋ニ御着、三使茂同前也

〃此所御馳走尾張中納言様、御馳走人ハ御家老竹越阿波守・野崎主税被相勤之也

〃三使并上々官膳部七五三金銀置揚、引替之膳ハ白木、土器・亀足金銀

〃三使宿門之入口左之脇ニ番所新規ニ建有之、侍衆上下着、足軽ハ羽織袴着
　被相詰ル、尤、武具等飾有之

〃同所門之内左右番所新規建有之、侍・足軽被相詰ル、飾物等右同断

〃三使并上々官・上官宿寺、性高院

〃中官宿寺、大光院

〃下官宿寺、極楽寺・阿弥陀寺

〃中官・下官之宿之前ニ新規之番所建、侍衆上下着、被相詰ル

〃三官使宿寺本堂之雁木ゟ三拾間余程之所ゟ莚四枚並ニ敷有之

〃隼人・忠左衛門宿へ納言様ゟ御使者被成下、御口上ハ、今度信使来聘ニ付而、
　諸事太儀被思召申候、仍而、御目録之通被成下与之御事也、則御目録之写、
　左ニ記之

　　　　白米　　　壱俵
　　　　黒米　　　弐俵
　　　　大豆　　　壱俵
　　　　糠　　　　壱俵
　　　　藁　　　　六束
　　　　　　以上

　右之御使者岡部二郎右衛門、則隼人・忠左衛門、御使者へ申入候ハ、誠被
　為思召寄、御目録之通拝領被仰付、冥加難有仕合奉存候、然者、ヶ様之御
　音物なとは何方ニ而も御断申上候得共、中納言様ゟ拝領被仰付義ニ御座候
　得者、御断難申上候間、対馬守へ申聞、差図次第可仕候、自然御断申上候
　様ニ与申付候ハ、、御使者迄返上可仕候条、先宿坊ニ預ケ置、追而御自分
　迄御返答可申上候由御返事申入ル也

〃樋口孫左衛門・多田与左衛門方へ隼人・忠左衛門方ゟ以手紙申遣候者、只今、
　中納言様ゟ御使者を以御目録之通拝領被仰付候、則御目録差上候、尤、御断

可申上義ニ御座候得共、中納言様ゟ被成下与御座候上者、御断難申上候ニ
付而、対馬守へ申聞、御礼可申上之旨、御使者へ申達候、殿様ゟ御礼可被仰
上義と奉存、如此御座候、左衛門義者如何様共不承候故、同前ニ不申上候、
尤、以参上可申上儀候得共、用事取込候故、各迄如此御座候通申遣ス

〟中納言様ゟ拝領物之義、御本陳へ相伺候処、受用仕候義者無用ニ可仕之旨
申来候故、受用不仕也

〟中納言様御家来田辺彦四郎・成瀬吉左衛門、両人へ隼人・忠左衛門申入候者、
明朝、三使并上々官御振廻之儀ハ御無用可被成候、料理物計御渡シ被成可
然存候、御振廻与御座候而ハ、発足ニ茂障、殊日本料理ハ給馴不被申候故、
弥料理物計御渡可被成候、何方ニ而も其通ニ御座候之由申入ル、右両人返答
ニ尤存候間、弥其通ニ可申付与之義也

〟中納言御家老并諸役人、左ニ記之

御家老	竹腰阿波守 大道寺玄蕃 野崎主悦	
一御城代	瀧川彦左衛門	
一寺社奉行	田辺彦四郎 脈部仁左衛門	
一御用人	小山市兵衛 成瀬吉左衛門 小山権左衛門	
一中官馳走人	小野沢惣右衛門 稲葉藤右衛門 稲葉九郎左衛門	
一中官馳走人	寺雄三左衛門 沢井与三右衛門 五味所左衛門	
一下官馳走人	海保彦兵衛 安倍久衛門	
一下官馳走人	加藤甚五左衛門 松平九兵衛	

一性高寺番所足軽頭 ┌ 吉田加右衛門
　　　　　　　　　└ 長屋六左衛門

一大光院番所足軽頭 　　平岩七太夫

一阿弥陀寺番所足軽頭 　長屋安左衛門

一極楽寺番所足軽頭 　　山下源太左衛門

一両辻番所之固足軽頭 ┌ 遠山所左衛門
　　　　　　　　　　└ 鈴木弾七

一鳴海御馳走人 ┌ 林市郎左衛門
　　　　　　　└ 寺尾内匠

一両長老宿 養林寺 ┌ 天野孫作
　　　　　光明寺 └ 綣川善左衛門

一名護屋ゟ鳴海迄御馳走諸事下知人 ┌ 山内治太夫
　　　　　　　　　　　　　　　　└ 富永甚太夫

一同十一日　晴天

〃卯之上刻、三使名護屋発足

〃鳴海宿口左右ニ警固、羽織袴着、相詰ル

〃同宿ニ入候而、右之方ニ新規之番所建、侍衆両人上下着、足軽羽織袴着、被
　相詰ル、尤、武具等飾有之

〃宿之小路出口々ニ警固人羽織袴着、両人ツヽ罷有ル也

一巳之上刻、三使鳴海参着、休也

〃三官使宿門脇ニ新規之番所建、侍衆上下着、足軽羽織袴着、被相詰ル、尤、
　武具等飾有之

〃同門之内、莚三枚並ニ玄関迄敷有之

〃隼人宿へ此所御代官三浦又太夫方ゟ使ニ而被申聞候者、御家来衆中間ニ至
　而も御宿ニ而卒草之料理申付候、御直之御衆ハ何茂不残御本陳ニ而料理進
　申筈ニ申付置候条、彼方へ御出可被成候、信使之時分者先年も如此申付候故、

此度茂其通ニ御座候付、御宿々ニ申達候与之義、則返答申候者、入御念候段
承之候、追付、対馬守参着可被仕候間、其旨申聞、如何様共差図次第可仕候
由申達ス

ゝ此方御家中下々ニ至迄、中納言様方御振廻

ゝ中納言様御家来鳴海ニおゐて御馳走之諸役人、左ニ記之

一三使并上々官御馳走人	沢井三左衛門 寺尾内匠 津田六郎兵衛 林市郎左衛門 三浦又太夫
^{宿 庄六} 一上官御馳走人	渡辺判九郎 石川助九郎
^{六太夫} ^{宿 清兵衛} ^{加右衛門} 一中官御馳走人	後藤彦太夫 中嶋勘助 松田庄太夫
^{彦十郎} ^{作左衛門} ^{宿 久左衛門} ^{孫兵衛} 一下官御馳走人	川口六左衛門 岡寺縫右衛門 若林四郎兵衛 津金武右衛門
^{宿 八郎右衛門} 一両長老御馳走人	中川庄蔵 安藤半右衛門
^{宿 金左衛門} 一殿様御馳走人	榊原孫介 津田元右衛門

ゝ三使通り長上下着、其外之通イ半上下着也

ゝ上々官三人方裁判田嶋十郎兵衛へ申聞候ハ、三使賄役之朝鮮人、朝昼、三使
方先達而参り、泊、昼休ニ而料理之用意仕候、然処、道中ニ而殿様御行列ニ
逢候得ハ、御通し不被成候故、先様料理之用意延引仕、其身なと迷惑仕候間、
御行列之脇を御通し被遊候様被仰上被下候様ニ申聞候付而、隼人・左衛門・
忠左衛門致相談、切紙札を書、先達而参候朝鮮人銘々ニ相渡候様ニ、上々官
朴同知へ相渡ス、則右之札書様、左ニ記之

此朝鮮人先達而三使料理方之用罷越候、御行列之脇御通可有候、以上

　　　　　平田隼人
　　　　　樋口左兵衛
　　　　　大浦忠左衛門

一三使午之中刻、鳴海発足

〃尾州之内、阿野坂与申所、左之方ニ新規之茶屋弐間ニ卅間程ニ建有之、金た
　み杉重三・白木大折三飾有之、侍衆羽織袴着、茶湯壱人被相詰ル

〃右阿野坂之御茶屋ヘ三使立寄、御馳走被請之、尤、上々官ゟ下官・通詞ニ至
　迄御馳走有之、樋口左衛門・田中善左衛門・高勢八右衛門義も相附、立寄ル、
　暫此所ヘ三使致休息、罷立被申也、此所御馳走人中納言様御家来宇津木八
　右衛門・渡辺佐左衛門

〃稲垣美濃守様御領分いほ川村出離ニ水わらし左之方ニ出し有之

〃大浜茶屋出離、左之方ニ新規之茶屋建有之、侍衆両人羽織袴着、茶湯壱人被
　相詰ル

〃三河之内いも川村と申所ニ新規之茶屋一軒、池鯉鮒宿離ニ新規ニ茶屋壱軒、
　野地与申所ニ新規茶屋一軒建有之、茶湯所仕掛有之、水桶茶碗数飾被置、尤、
　梨子・饅頭等飾有之所茂御座候、馳走人二三人宛布上下着、被相詰ル、茶湯
　坊主も相詰罷有候而、御馳走有之、右三ヶ所ハ稲垣美濃守様ゟ之御馳走也、
　尤、雪隠なとも茶屋毎ニ新規ニ壱弐軒ツヽ建有之

〃水野右衛門太夫様御領分、三河之内尾崎与申所ニ新規ニ茶屋一軒建有之、
　御馳走人并茶湯坊主相詰、尤、茶之湯仕掛有之、水桶・茶碗も数飾被置、為入
　御念、御馳走也

〃三州くれと村与申所ニ新規ニ茶屋壱軒建、台子并餅重箱ニ入、飾被置、水桶・
　茶碗有之也、馳走人茶湯坊主も相詰罷有ル、雪隠茂新規弐軒、茶屋ニ相添建
　而有之、馳走人布上下着、是又右衛門太夫様ゟ之御馳走也

〃鳴海ゟ岡崎迄之道筋立砂并水手桶、尤、掃除之者も被添置也

〃名護屋ゟ岡崎迄之三使輿昇并上々官・学士乗物昇、何茂対之単物着仕也

一同日申之中刻、三使岡崎ヘ参着、泊也

〃此所御馳走人水野右衛門太夫様御代官鳥山牛之助殿

ゝ三使膳部七五三金銀、引替之膳者白木、土器・亀足金銀

ゝ三使宿入口左右ニ番所有之、右之方ニハ馬廻上下着、大勢被相詰ル、左之方
　ニハ物頭并同心侍羽織袴着、大勢被相詰ル

ゝ同門之内ゟ玄関迄莚三枚並ニ敷、際ニ薄縁横壱枚並ニ鋪有之

ゝ右衛門太夫様ゟ三使銘々ニ大杉折一宛被遣之、御使者、正使ヘハ野田次郎
　左衛門、副使ヘハ松野尾外記、従事ヘハ鈴木弥市右衛門也

ゝ当所御代官鳥山牛之介殿ゟ三使銘々ニ梨子・柿入合、杉折一宛被遣之、御子
　岡平太夫殿持参、田中善左衛門取次之、上々官を以三使ヘ差出ス

ゝ右御同人様ゟ隼人・忠左衛門ヘ二種被下之、然共、何方ゟ之御音物も受用不
　仕候付而、返進仕ル也

ゝ三使江為上使、駒井次郎左衛門様、当所岡崎迄御越、則殿様、上使屋ヘ御出
　被成、明日五ツ時分、三使ヘ御対面被成筈ニ被仰合、御帰被遊ル

ゝ明朝、上使、三使ヘ御対面ニ付、諸事御用之義可被仰付候間、罷出候様ニ与
　之御事ニ付、隼人・左衛門・忠左衛門致参上、御用承之

ゝ右御対面ニ付、信使荷物、其外御家中荷物ニ至り、先様休迄不遣候間、不叶
　荷物ハ明朝七ツ時分ゟ六ツ之間ニ発足為仕候様ニ、自然及延引候ハ、上使
　御対面之時分ニ込合可申候間、惣而其前ニ仕廻、少も障ニ不成様ニ可仕之旨、
　出馬掛高勢八右衛門・加城六之進、荷馬掛斎藤羽右衛門ニ被仰渡ル

ゝ水野右衛門太夫様御家来御馳走人、左ニ記之

一惣奉行	水野三郎右衛門
	拝郷源左衛門
一御賄方立合役人	古市四郎左衛門
	山中八兵衛
	吉田亦左衛門
一七五三給仕之支配	大久保武助
	中嶋彦四郎
一同給仕	小姓拾人

一七五三膳部役人	白崎庄左衛門 河村儀左衛門 二村半左衛門 木嶋七郎左衛門
一上々官休息宿馳走人	松本大学 杉太郎左衛門
一同所茶之給仕	小姓三人
一上官宿馳走人	関善左衛門 松崎助六 高崎源五郎 呼子七兵衛
一中官宿四ヶ所之馳走人	井上鹿之介 志賀主悦 大場市兵衛 井上作右衛門 神谷六郎兵衛 米村許右衛門 近藤太夫 中山麻右衛門
一下官宿四ヶ所之馳走人	中根弥惣右衛門 関助之允 鈴木森右衛門 前野太郎兵衛 三沢庄蔵 築井次左衛門 加藤弥市郎 戸田賀右衛門
一通詞宿二ヶ所之馳走人	三好伝兵衛 豊嶋太右衛門 国部二郎左衛門 山川九郎左衛門
一霊長老宿馳走人給仕	秋本四兵衛 小姓弐人
一三使轎・書簡轎支配人	山路左兵衛 夏目三郎兵衛
一辰長老宿馳走人	藤田九郎兵衛 小姓弐人

一朝鮮人荷物之支配人　　　　　｛岩本小兵衛
　　　　　　　　　　　　　　　　小村市左衛門

一吉田迄送り人馬割　　　　　　｛牛尾亀右衛門
　　　　　　　　　　　　　　　　松野尾左次兵衛

一領内道為造役人　　　　　　　｛五十幡孫右衛門
　　　　　　　　　　　　　　　　柘植源兵衛

一領内茶屋弐ヶ所御馳走人　　　｛沢判右衛門
　　　　　　　　　　　　　　　　中山権右衛門
　　　　　　　　　　　　　　　　窪寺彦兵衛
　　　　　　　　　　　　　　　　鈴木九左衛門

一町中并道筋ニ在之家並修覆役人｛松本又左衛門
　　　　　　　　　　　　　　　　荒木利兵衛

一次之御馳走所迄送り　　　　　｛赤星弥惣右衛門
　　　　　　　　　　　　　　　　落合弥市兵衛

一池鯉鮒迄之御使者　　　　　　都築勘右衛門
一町端迄迎　　　　　　　　　　鈴木亦三郎

○三使其外宿数之覚
○三使宿　　　　　　使者屋
○上々官　　　　　　同所
○上々官宿　　　　　休息所　　　伝馬町甚左衛門
○上官宿　　　　　　　　　　　　伝馬町四郎左衛門
○中官宿　　七間

　　　　内一間　　　伝馬町　　　近左衛門
　　　　同　　　　　同町　　　　助左衛門
　　　　同　　　　　同町　　　　八右衛門
　　　　同　　　　　同町　　　　喜左衛門
　　　　同　　　　　同町　　　　善右衛門
　　　　同　　　　　同町　　　　新十郎

○中官御振廻所

　　　　伝馬町　　　　　　　　　五兵衛
　　　　同　　　　　　　　　　　助三郎
　　　　同　　　　　　　　　　　六左衛門
　　　　同　　　　　　　　　　　与兵衛

○下官御振廻所

伝馬町	甚左衛門
同	助九郎
同	庄左衛門
同	藤左衛門

○右泊宿

同四郎兵衛	同理右衛門
同源右衛門	同市兵衛
同茂平次	同次郎左衛門
同勘右衛門	同四郎左衛門
同杢之介	同与二右衛門
	同金兵衛

ゝ尾張様ゟ信使献上之荷物見送として岡崎迄御使者平山清兵衛被遣ル

一同十二日 晴天

ゝ今朝、於岡崎、上使駒井次郎左衛門様、三使へ御対面ニ付而、殿様辰之中刻、
　信使宿へ御出被遊、布半御上下被為召

ゝ霊長老・辰長老ニ茂先様御出被成、殿様御同座ニ而御挨拶被成ル

ゝ隼人・左衛門・忠左衛門・孫左衛門・与左衛門、其外裁判・出馬掛・荷物日用掛、
　信使宿へ相詰

ゝ信使宿門之左右ニ番有之、一ケ所ニハ物頭壱人布半上下着、其外同心羽織袴
　着拾人余相詰ル、尤、鑓飾有之、其脇ニ道具付之者相附居也、同一ヶ所ニ馬
　廻り六人布半上下着被相詰ル

ゝ門之内莚三枚並玄関之敷台際ニ薄縁壱枚並ニ敷有之

ゝ玄関之左右ニ杖突弐人ツヽ相詰

ゝ門之内左右ニ信使持道具飾有之

ゝ寄附ニ侍衆十五人布上下着相詰

ゝ上使へ御出被成候様ニと為御案内、樋口左衛門被遣之

ゝ巳ノ刻、上使駒井次郎左衛門様布衣御装束ニ而三使宿へ御出

ゝ三使宿門際ニ而上使駕篭ゟ御下り被成、其時、朝鮮人楽器初ル也

ゝ殿様御門迄御迎ニ御出、先達而玄関迄御同道、上々官三人装束ニ而玄関迄
　出迎、敷台ニ而一礼仕、上使ゟ先達而御手引仕、両長老も鋪台迄御出、殿様
　茂御先へ御立、三使ゟ寄附与居間之中程之縁迄被出迎、一礼有之、居間へ同
　道、上使ハ東之方附書院之前毛氈之上ニ茵鋪、西向ニ御立、二度半之御対礼
　有之、三使ハ西之方東向ニ而右同断

ゝ右御対礼相済而、上使御着座之刻、殿様御出被遊、其時、上意之趣、殿様へ
　被仰渡、殿様ゟ上々官を以三使へ被仰聞候処ニ、上意之趣謹而承之、其後、
　上使自分之御口上有之

ゝ右相済而、人参湯出ル、尤、茶台ニ据ル、台ハ梨子地也、畢而三使ゟ上々官
　を以殿様迄上意之趣御請被申上、殿様ゟ上使へ其段御取次也

ゝ上使追付御帰、殿様・両長老并上々官先達而御手引、上々官ハ鋪台迄御見送
　ニ罷出、一礼仕、殿様・両長老ハ門之際迄御送り被成、当所御代官鳥山牛之
　介殿并御子息平太夫殿御両人布半上下ニ而、上使跡ゟ門際迄御見送

ゝ上使御帰り後、御宿坊へ三使ゟ上々官を以、先刻者御出忝存候、為御礼、三
　人差出との口上ニ而、朴同知・卞僉知・洪僉知罷出ル也

ゝ三使巳之下刻、岡崎発足、殿様ハ御跡ゟ御立被遊ル

ゝ阿部川之宿離ニ新規之茶屋一軒建、茶湯坊主壱人、其外警固相詰、尤、水
　桶・茶碗等飾有之、三河御代官鳥山牛之助殿ゟ之御馳走也

ゝ山中ニ茶屋新規建有之、茶湯壱人相附、是ハ鳥山牛之助殿ゟ之御馳走也

ゝ縄沢与申所へ新規之茶屋一軒建、侍弐人布上下着、并茶湯壱人相詰、水桶・
　茶碗飾有之

一同日赤坂へ未之上刻、三使参着、昼休也

ゝ此所御馳走人小笠原壱岐守様御賄方鳥山牛之介殿・鈴木八右衛門殿

ゝ三使宿門之前ニ番所有之、但、町屋也

ゝ同所門之内ゟ玄関迄莚三枚並ニ敷有之

ゝ三使膳部五々三、土器・亀足金銀、椀ハ焼物、膳白木

〃御料理相済而、三使銘々ニ茶出ル

〃御馳走所之旨、上々官を以御家老迄申達ル

〃小笠原壱岐守様ゟ三使参着之為御祝事、三使銘々ニ折一宛被遣之、御使者
　多賀長兵衛

〃壱岐守様御家来御馳走人前場幸右衛門・高原与兵衛

〃三使・上々官給仕拾弐人、長袴着

一上官御馳走奉行	渡辺十右衛門 西脇清兵衛
一中官御馳走奉行	渡辺孫十郎 草間二郎右衛門
一下官御馳走奉行	大久保勘右衛門 金子亦兵衛 佐藤七右衛門 軽部七右衛門
一通詞御馳走奉行	川村安右衛門 黒部又右衛門
一両長老御馳走奉行	小池利右衛門
一御賄方	塩田久右衛門 　　下役三人
一料理方	藤井次兵衛 　　小役人共
一信使宿向番所	物頭　渡部弥助 　侍四人 　足軽廿四人 　小頭壱人 　中間十人 　小頭壱人
一西町口番所	物頭　百足判七郎 　名務佐太夫 　足軽三人 　長柄者四人
一東口番所	物頭　中山孫市郎 　蜂谷五左衛門 　足軽三人 　長柄者五人

一大横目
　　　　　　　　　牧野庄左衛門
　　　　　　　　　　歩行目付共
　　　　　　　　　　下目付共

一火消番
　　　　　　　　　津田六郎兵衛
　　　　　　　　　　下役人
　　　　　　　　　　足軽卅人
　　　　　　　　　　小頭壱人
　　　　　　　　　　中間卅人
　　　　　　　　　　小頭壱人

一三使江之御使者　　　　　　　大久保宇右衛門
〃御賄方鳥山牛之助殿・鈴木八右衛門殿御家来役付、左ニ記之

一惣賄奉行
　　　　　　　　牛之助殿御内
　　　　　　　　　┌石原喜太夫
　　　　　　　　　└村井半左衛門
　　　　　　　　八右衛門殿御内
　　　　　　　　　┌伊奈弥右衛門
　　　　　　　　　└内藤六郎左衛門

一諸色請取渡之者
　　　　　　　　八右衛門殿御代官所ゟ出ル
　　　　　　　　　拾人

一　三使
　　上々官　御賄奉行
　　　　　　　　御同人御内
　　　　　　　　　┌岡本平七郎
　　　　　　　　　└青木勘兵衛
　　　　　　　　御同人御代官所ゟ出ル
　　　　　　　　　└諸色賄之者六人

一上官御賄奉行
　　　　　　　　御同人御内
　　　　　　　　　┌青木七郎兵衛
　　　　　　　　　└平松弥右衛門
　　　　　　　　御同人御代官所ゟ出ル
　　　　　　　　　└諸色賄之者六人

一中官御賄奉行
　　　　　　　　右同断
　　　　　　　　　┌手嶋与五兵衛
　　　　　　　　　└岡田権之助
　　　　　　　　右同断
　　　　　　　　　└諸色賄之者拾八人

一下官御賄奉行	右同断	内藤八兵衛 高橋武左衛門 岡本又右衛門 寺崎吉右衛門 諸色賄之者十弐人
一長老御賄奉行	八右衛門殿御内	内藤八郎左衛門 諸色賄之者四人
一通詞御賄奉行	右同断	林四郎右衛門 小野兵介 諸色賄之者六人

三使・上々官宿	松平彦十郎
上官宿町屋	庄左衛門
中官宿町屋	五兵衛
右同断	四郎左衛門
下官宿町屋	半右衛門
右同断	茂左衛門
右同断	又左衛門
右同断	三郎右衛門
通詞宿町屋	忠左衛門
右同断	善兵衛
両長老宿	浄泉寺

一同日申之上刻、三使赤坂発足

〻赤坂宿離はう村と申所へ新規之茶屋一軒有之、水桶・茶碗等飾有之、警固壱人相附、鈴木八右衛門殿方之御馳走也

〻同所三丁程過、右御同人方御馳走として新規之茶屋立右同断

〻桜丁村ニ茶屋建、水桶・茶碗・多葉粉・菓子飾有之、小笠原壱岐守様方之御馳走也

〻小さかいと申所へ新規之茶屋建有之、水桶・多葉粉用意有之、警固壱人附居ル、是亦、壱岐守様方之御馳走也

〃阿部川之前ニ茶屋新規ニ建有之、茶湯壱人相詰罷有、鳥山牛之助殿ゟ之御
　馳走也

〃縄沢之茶屋ニ松平市右衛門殿御馳走坊主相詰罷有

〃こうの宿離はう村へ茶屋有之、警固計相詰罷有

〃いも川縄手半丁程間有之而水屋有之、鈴木八右衛門殿御馳走警固羽織袴着
　相詰ル

〃桜町と小堺之宿之間、縄手宿と申所中程ニ茶屋有之、小さかい之宿中ニ水屋
　立有之

〃四屋之宿離ニ茶屋弐間新規ニ建有之

〃下ごいと申所へ右御同人ゟ同前

一同日酉之刻、吉田へ三使参着、泊り也、御馳走人小笠原壱岐守様御賄方鈴木
　八右衛門殿

〃三使膳部七五三金銀、引替之膳ハ白木

〃壱岐守様信使宿へ御出被成ル

〃三使宿門之内ゟ莚三杖並ニ敷有之

〃尾張様ゟ吉田迄御見廻之御使者来ル

〃三使参着之為御慶、壱岐守様ゟ御使者高畠勘解由被遣之、則上々官を以三
　使へ申達ス

〃壱岐守様ゟ三使銘々ニ杉重一組ツヽ、以使者被遣之、則上々官を以三使へ差
　出ス

〃三河御代官鈴木八右衛門殿ゟ三使銘々梨子一籠ツヽ被遣之

〃三使明朝者早々発足仕度之由被申ニ付而、殿様者何時ニ御立可被遊哉、前
　後之刻限被申聞候之様ニ、孫左衛門・与左衛門方迄申遣ス

〃孫左衛門・与左衛門ゟ以手紙申来候ハ、明日ハ荒井御越被遊候、隼人・左衛
　門・忠左衛門三人中ゟ壱人先様荒井へ被越、朝鮮人乗船之差引、其外行規等
　申付候様与之御書、裁判之中ゟも壱人先様罷立候様ニと申参ル、則左衛門・
　十郎兵衛先様発足仕筈也

〽秋鹿長兵衛殿方御使者、口上ハ、荒井御番所之前ニ而荷物等船渡仕候ハ丶、
込合申、不埒ニ可有之候、尤、船数も申付置候得共、船場一ロニ而ハ仕廻兼
候之間、卯花崎へ荷馬ハ廻し可申候、然者、下官衆へ荷添被致候而、彼方へ
被渡候を、亦々此方ニ呼寄候義如何存候、願ハ、荷物計廻し、下官衆之義馳
走所ニ被参候様ニ被仰付被下候得と之儀ニ付而、忠左衛門返答ニ、御口上承
届候、其段者明朝先達ニ罷越候間、於其地、被仰談候様ニと申入ル

〽荒井御馳走人方ゟ信使賄掛立田三右衛門・平田源五四郎方へ三使、其外精進
日之様子尋ニ参候間、勝井兵右衛門、信使宿へ罷出、其段申聞候付、様子書
付遣之、左ニ記之

　　　覚

一十三日昼、三使次ニ上々官、此分者精進之御料理御用意可有御座候得者、国
忌日ニ御座候故、御料理之義者御断可被申候、自分之料理給被申候間、左様
ニ御心得可被成候

一上官者精進之御料理可被仰付候

一中官・下官ハ魚之料理可被仰付候、以上

　　　八月十二日

〽荒井御馳走人三宅土佐守様ゟ隼人方へ御使野村彦太夫、意趣ハ、対馬守様
弥御機嫌能御到着、殊信使衆茂御堅固ニ御同道目出度奉存候、御自分ニも御
無事ニ御供之由弥重存候、御着之御慶、対馬守殿へ以使者申進候付、御自分
へ目録之通令進覧之由申来ル、則返答ニ申上候者、御目録之通被成下、忝仕
合ニ奉存候、乍然、何方へ茂御断申上候様ニと兼而申付置候間、乍慮外、返
上仕候、明日者御馳走場へ罷越申候間、其節御礼可申上候由ニ而、返進仕ル、
被成下物ハ時服五内単物三ツ也

〽小笠原壱岐守様ゟ隼人方へ御使者太田只右衛門、口上ハ、道中御堅固御到
着珎重存候、何与不珎候得共、看一折被遣之与之御事、是茂右之通御返答申
上、受用不仕ル也

〽荒井御代官秋鹿長兵衛殿ゟ御使者番所迄、信使衆御着珎重存候、依之、御自
分江茂以使者申入候、余は明日可申入与之御事、御使者三宅四郎左衛門

〽荒井御代官秋鹿長兵衛殿ゟ御使者、意趣ハ、三使と上々官と之宿、別宿ニ仕

置候処、宿見分之衆被申候者、上々官義別宿ニ被居候而ハ、用事之時分差写
候由被申聞候付、三使一所ニ仕候間、左様御心得候様ニ、且又、三使為御馳
走、小早三艘用意仕置候間、御序ニ三使ヘ申達候様ニ被申聞候付、返答仕候
者、被入御念被仰聞候趣、三使江可申達之旨返答仕ル

ゝ遠州浜松信使御馳走青山和泉守様御家来衆ゟ御使者土屋次郎右衛門与申人、
左衛門宅ヘ被参、被申聞候者、先以、対馬守様、信使衆御同道御機嫌能、是
迄御着、乍憚目出度奉存候、就夫、信使衆明日浜松ヘ御越ニ付而少々相伺度
義候間、逢申度之由被申ニ付、致対談候処、和泉守家来共申遣候者、一昨十
日以使者、明日三使浜松泊ニ付、諸事用意之義相伺候処、夫々ニ御差図被仰
聞、忝存候、浜松、殊之外狭り有之、宿々茂手狭御座候付、三使宿・上々官宿
別宿、其外上官・中官・下官・通詞宿銘々、其上御馳走所も別宿ニ仕候故、泊
宿ゟ通り、御馳走被給候様ニ申付置候、此段、如何可有御座候哉之由伺之候
処ニ、御馳走所別宿ニ而泊宿ゟ通り、御馳走被給候而ハ、路次之通イ御迷惑
可被仕候、其上、上々官、別宿ニ而者諸事手間之由被仰付候付、三使・上々
官宿一所并上官・中官・下官衆も泊宿ニ而御馳走仕筈ニ用意仕候、且亦、三使
料理所之義も銘々ニ仕可然由被仰聞候付、其通ニ用意仕候、此段為可申述、
以使者申入候、其外ニ茂寄寄も候ハヽ、申聞候様ニ与之口上也、左衛門ゟ返答
申入候ハ、入御念、度々路次迄御使者被差越、御口上之趣一々承届候、右之
通御用意被仰付候而ハ、別而手間申義も有之間鋪と存候、其上、一泊り之義ニ
候ヘハ、少々不自由之義者不苦儀義ニ御座候、兎角御了簡次第可然様ニ被
仰付、御尤ニ存候由申入ル也

ゝ小笠原壱岐守様御家来小川源左衛門ゟ使ニ而隼人方ヘ挽茶壱器・肴一折・蝋
燭一箱参、則受用、是ハ由緒有之付而也

ゝ吉田御馳走人小笠原壱岐守様御賄方鈴木八右衛門殿役人、左ニ記之

一惣奉行　　　　　　　　　　　｛大米権之允
　　　　　　　　　　　　　　　　野辺与次右衛門

　　　三使・上々官給仕拾三人長上下着

一御料理方　　　　　　　　　　｛太田仁兵衛
　　　　　　　　　　　　　　　　木谷孫右衛門
　　　　　　　　　　　　　　　　　　　下役五人

一配膳奉行	福与平太夫 内山与左衛門 　　下役四人
一膳部取次之者共与配	矢野七郎左衛門
一上官御馳走奉行	竹田小兵衛 山口甚五兵衛 竹村平介 萩原久兵衛

給仕歩行侍弐拾人

一上官料理方	川嶋次郎兵衛 軽部伊左衛門 　　下役八人
一配膳奉行	脇坂丈右衛門 井家加兵衛 　　下役五人
一膳部取次之者共与配	今沢十兵衛
一中官馳走奉行	松原左兵衛 大木仁兵衛 津田弥次兵衛 横井四郎左衛門
一下官馳走奉行	加藤三九郎 稲石格右衛門 片岡茂左衛門 永野仁兵衛
一通詞馳走奉行	山中七郎右衛門 松野安太夫
一両長老御馳走奉行	村上八郎左衛門 渡辺兵蔵
一惣御賄方	吉田十太夫 竹田武左衛門

一本陳悟真寺内番所
　　木村左平太
　　侍衆四人
　　　　足軽廿五人
　　　　長柄者十人
　　　　小頭壱人

一同所番所
　　豊田弥兵衛
　　侍四人
　　　　足軽廿人
　　　　長柄者十人
　　　　小頭壱人
　　　　中間十人

一悟真寺口張番所
　　足軽六人

一悟真寺内外町口迄掃除奉行
　　松村彦市郎
　　村松利左衛門
　　　　中間廿人
　　　　小頭壱人

一火之番
物頭　近藤甚右衛門
　　　　足軽廿人
　　　　小頭壱人
　　　　中間卅人

一寺中夜廻り
　　歩行目付
　　下横目

一書院裏手不寝番弐ヶ所
　　足軽八人
　　江口六右衛門

一西町口番所
　　荒井藤右衛門
　　　　足軽五人
　　　　長柄者五人
　　　　中間三人

一東町口番所
　　鎌田四郎左衛門
　　松崎仁左衛門
　　　　足軽五人
　　　　長柄者五人
　　　　中間三人

一朝鮮人荷物蔵ニ入候刻、差引役人　　　　佐藤孫七郎
　　　　　　　　　　　　　　　　　　　丸山七左衛門
　　　　　　　　　　　　　　　　　　　　下役之者共

一乗物割　　　　　　　　　　　物頭　　　坂本次郎左衛門
　　　　　　　　　　　　　　　　　　　　下役人七人

一　中馬
　　　　割　　　　　　　　　郡奉行　　服部佐左衛門
　　下馬　　　　　　　　　　　同　　相良市郎兵衛
　　　　　　　　　　　　　　　　　歩行侍四人
　　　　　　　　　　　　　　　　　　下役足軽十人

一町夜廻り　　　　　　　　　　　　　小野田兵右衛門
　　　　　　　　　　　　　　　　　　堀文右衛門
　　　　　　　　　　　　　　　　　　加藤佐左衛門
　　　　　　　　　　　　　　　　　　中野又七郎
　　　　　　　　　　　　　　　　　　合沢忠助
　　　　　　　　　　　　　　　　　　小沢孫助

一普請奉行　　　　　　　　　　　　　赤木曽右衛門
　　　　　　　　　　　　　　　　　　越津弥二右衛門
　　　　　　　　　　　　　　　　　　　下役足軽四人

一三使見送之使者　　　　　　　物頭　　高須金左衛門
　　　　　　　　　　　　　　　同　　平田久左衛門
　　　　　　　　　　　　　　　　　　足軽卅人
　　　　　　　　　　　　　　　　　　小頭弐人

一荷物見送之使者　　　　　　　　　　三浦新五郎
　　　　　　　　　　　　　　　　　　　足軽十人

一惣人馬見送　　　　　　　　　　　　小野市郎右衛門
　　　　　　　　　　　　　　　　　　青木弥三右衛門

一家老　　　　　　　　　　　　　　　高畑勘解由
　　　　　　　　　　　　　　　　　　雨森仁右衛門

一城代　　　　　　　　　　　　　　小川源左衛門

一同十三日 晴天

〃 三使辰ノ中刻、吉田発足

〃 吉田宿離ニ新規之茶屋一軒有之、侍弐人・茶湯一人被相勤ル

〃 かわらけ町ニ水屋新規ニ建有之

〃 いむれと申所ニ茶屋一軒建有之、水桶・茶碗数飾有之、いむれ茶屋を少行、雪
　　隠二軒新規ニ建有之

〃 右之茶屋ゟ六七町程行、いむれ村之内、茶屋壱軒新規ニ達有之、茶屋之内ニ
　　多葉粉盆・菓子并水桶・茶碗数飾有之、尤、台子仕掛、馳走人壱人・茶湯坊主
　　壱人相詰罷有、雪隠も壱軒有之

　　　　右者小笠原壱岐守様ゟ之御馳走也

〃 やうち坂ニ新規之茶屋壱軒建有之

〃 源五坂ニ水屋新規建有之

〃 ふた川之内なかむねと申所ニ新規之水屋建有之

〃 さかい川ニ新規之水屋建有之

　　　　右者土井周防守様ゟ之御馳走也

〃 塩見坂上ニ腰掛茶屋壱軒新規建有之、秋鹿長兵衛殿ゟ之御馳走也

一同日午之上刻、三使荒井参着昼休也

〃 此所御馳走人三宅土佐守様御賄秋鹿長兵衛殿

〃 三使宿門之内ゟ玄関迄莚三枚並敷有之

〃 三使江御振廻之義五々三御用意御座候得共、今日ハ朝鮮国忌故、三使并
　　上々官共御断被申候、依之、下行御渡し被成、手前料理ニ而給被申也、上官
　　者国忌故、精進之料理出ル也、其外者魚料理也

〃 三宅土佐守様秋鹿長兵衛殿、信使参着已前ゟ信使宿へ御出、諸事御下知被
　　仰付ル

〃 三使宿門之左右ニ新規ニ番所建而、侍十人・足軽并五人相詰被居也

ゝ新井宿入口ニ新規ニ番所壱軒建有之、侍弐人・足軽弐人相詰罷有

ゝ朝鮮人宿々之前毎、足軽弐人ツヽ杖突有之也

ゝ三宅土佐守様ゟ三使参着之為御祝義、大杉重一組ツヽ被遣之、御使者富岡六郎左衛門

ゝ御同人様ゟ三使参着之為御慶、御使者被遣、左衛門対面、上々官を以三使ヘ申達ス、御使者丹羽武右衛門

ゝ新井御関所并御船奉行石川又四郎様也

ゝ今度信使参向ニ付、江戸表ゟ此所迄被差越置候船渡御奉行

土屋主税殿
近藤縫殿助殿

ゝ浜松迄三宅土佐守様ゟ三使御見送之御使者平田近左衛門・高須久左衛門也

ゝ浜松迄御同人様ゟ駄荷御見送之御使者佐藤四郎左衛門

ゝ三宅土佐守様御家老并朝鮮人御馳走ニ被附置候御家来、左ニ記之

一御馳走惣奉行		鷹見弥一右衛門 丹羽豊右衛門 富岡六郎左衛門 村松清左衛門
一三使御馳走人	御用人	間瀬九右衛門
一上々官御馳走人	御用人	松岡平太夫
一 学士判事 御馳走人		深見九郎右衛門
一 次官小童医師 御馳走人		稲熊喜介
一中官宿四軒之御馳走人		石原平十郎 兼子杢右衛門 鎌田佐五右衛門 岡田小左衛門 青木市郎右衛門 矢木又四郎 井坂弥左衛門 今井小助

一上官宿弐軒之馳走人　　　｛三浦次郎右衛門
　　　　　　　　　　　　　高田甚左衛門
　　　　　　　　　　　　　山本勘八郎
　　　　　　　　　　　　　小田次右衛門

一下官宿七軒之馳走人　　　｛箕浦平左衛門
　　　　　　　　　　　　　玉岡庄左衛門
　　　　　　　　　　　　　岩下喜右衛門
　　　　　　　　　　　　　鈴木五右衛門
　　　　　　　　　　　　　津田宇右衛門
　　　　　　　　　　　　　林長右衛門
　　　　　　　　　　　　　兼子市左衛門

一長老伴僧共ニ御馳走人　　｛氏家源内
　　　　　　　　　　　　　平山九兵衛

一長老下宿馳走人　　　　　｛加藤権太夫
　　　　　　　　　　　　　横田吉兵衛
　　　　　　　　　　　　　万年久右衛門
　　　　　　　　　　　　　増田六右衛門
　　　　　　　　　　　　　河合七郎兵衛
　　　　　　　　　　　　　小原小右衛門

一通詞下宿馳走人　　　　　｛矢木五右衛門
　　　　　　　　　　　　　通口庄太夫
　　　　　　　　　　　　　杉山庄九郎

一　三使
　　上々官
　　上判事　宿　　　町屋　八郎兵衛
　　学士
　　医師
　　小童

一上々官休息宿　　　　　　町屋　伊右衛門

一　上官
　　次官　弐軒　　　　　　町屋　｛弥太郎
　　　　　　　　　　　　　　　　金左衛門

一中官宿四軒　　　　　　　　　　｛半十郎
　　　　　　　　　　　　　　　　二郎左衛門
　　　　　　　　　　　　　　　　市郎右衛門
　　　　　　　　　　　　　　　　権兵衛

一 下官宿七軒　　町屋 ｜ 伊兵衛
　　　　　　　　　　　　六兵衛
　　　　　　　　　　　　伝四郎
　　　　　　　　　　　　才兵衛
　　　　　　　　　　　　孫九郎
　　　　　　　　　　　　四郎兵衛
　　　　　　　　　　　　伝二郎

一 長老宿弐軒　　町屋 ｜ 賀兵衛
　　　　　　　　　　　　九左衛門

一 通詞宿弐軒　　同 ｜ 半六郎
　　　　　　　　　　　六郎右衛門

一 同日未之中刻、荒井発足

ゝ 三使船渡シ、乗船小船一艘宛上廻り、垣立等黒塗

ゝ 上々官乗船銘々小早三艘、内弐艘ハ拭有之、一艘者木地也

ゝ 御書簡箱ハ正使之乗船ニ乗ル也

　　　　右、六艘共ニ公儀ゟ御馳走也

ゝ 上官ハ右六艘ニ夫々ニ分リ乗ル也

ゝ 中官・下官ハ小船ニ而渡ル也

ゝ 船渡り諸事下知人斎藤羽右衛門仕候故、委細ハ羽右衛門方ニ記置

ゝ 朝鮮人御家中共ニ荷馬を船ニ而渡シ候而ハ、込合候付而、陸を廻り、卯の花崎
　ゟ渡ス也

ゝ 石川又四郎様ゟ舞坂川端ニ御使者、今日ハ順能三使無恙御渡海、珎重ニ存
　候与之御事、忠左衛門対面仕、挨拶申入ル、御使者三浦喜六

ゝ 石川亦四郎様・土屋主税様ハ荒井御番所之際ニ御出、船渡り之行規御見聞被
　成ル

ゝ 近藤縫殿助様ハ舞坂川端ニ御立候而、御行規被成ル

ゝ 土屋主税様ゟ舞坂川端ニ御使者、三使無恙御渡海、珎重ニ存候与之御事、則
　忠左衛門致対面、挨拶申入ル、御使者高橋五郎太夫

ゝ 近藤縫殿助様へ忠左衛門掛御目、御苦労之旨御挨拶申述ル也

ゝ 浜松御馳走人青山和泉守様ゟ為御迎、舞坂迄御使者我妻治部右衛門被罷出ル

〃殿様荒井御渡被遊候ニ小早之余慶無之、長老衆乗船ニ而御渡り被遊ル

〃遠州浜松之入口ニ新規之腰掛茶屋一軒有之、菓子・台子多葉粉盆飾有之、馳
　走人壱人布上下着、羽織袴ニ而壱人、茶湯坊主一人被相勤居ル

一同日申之下刻、三使浜松へ参着、泊り

〃此所御馳走人青山和泉守様御賄松平市右衛門殿、市野惣太夫殿

〃三使、今日ハ朝鮮国忌故、三使・上々官迄下行御渡シ、手前料理被給ル、上
　官・判事へハ精進料理出ル、中官・下官へ者魚類御振廻被成ル

〃和泉守様御在江戸ニ付而被仰付置候由ニ而、三使へ御使者、御口上ハ、今日
　者天気能爰元御着、珎重奉存候、何与乍軽少、御着之為御祝義、杉折壱合
　ツヽ致進覧候与之儀、目録相添、上々官へ茂杉重一組ツヽ、是又御目録添被下
　ル也、御使者土屋次郎左衛門

〃三使参着以後、此所御賄松平市右衛門殿・市野惣太夫殿、三使宿へ御出、隼
　人・左衛門御逢、被仰聞候ハ、信使衆爰元御着目出度存候与之義也、尚又、
　松平市右衛門殿被仰聞候ハ、明日天龍川渡候義、公儀ゟ之御馳走ニ船橋用
　意仕置候、就夫、明日昼休、見付御賄も柚子ニ被仰付候、見付御馳走人之義、
　西尾隠岐守様被蒙仰候、此御賄并天龍船場見分旁ニ、先様今晩発足可仕与
　存候、只今、対馬守殿御宿へ参上仕候へ共、此段御直ニ申上候茂如何ニ存候
　付而不申上候間、相心得候而、宜申上くれ候様ニと被仰聞候故、両人申達候
　ハ、明日者路次も込合可申候間、今晩御発足被成、御尤ニ存候、右之段、対
　馬守ニ可申聞候由御挨拶申上ル

〃青山和泉守様、三使御馳走ニ被附置候御家来、左ニ記之

宿町屋助右衛門 一三使御馳走人	家老	蜂須賀近左衛門 石橋三太左衛門 吉原六左衛門
一用人		磯谷四郎左衛門 奥村与兵衛
宿町屋二郎兵衛 一上々官御馳走人		青山惣右衛門 石橋舎人 砂川弥右衛門
宿町屋甚三郎 一上官御馳走人		土屋半右衛門 石橋久米右衛門

宿町屋与左衛門 一中官御馳走人	金森杢右衛門 鹿嶋源右衛門
宿町屋五左衛門 一下官御馳走人	沢井猪太夫 小林甚五右衛門
宿町屋善左衛門 一長老御馳走人	本山又左衛門 長屋小兵衛 畑山玄室
宿町屋一平次 一通詞御馳走人	丸山十右衛門 小河与五右衛門
一献上荷物奉行	坪井小左衛門 大原彦太郎
一舞坂迄迎之使者	我妻治部右衛門
一町離迄之使者	青山刑部左衛門
一見付迄到着案内之使者	竹内安右衛門
一掛川迄送之使者	堀田助太夫 池見清左衛門
一同所迄献上之荷物送り	坪井小左衛門

一同十四日 晴天

〃三使辰之上刻、浜松発足

〃あんまやくしと申所ニ新規之茶屋建有之、松平市右衛門殿御馳走也

〃天龍川ニ瀬二ツニ而川筋三ニ有之

〃前之瀬川ニ六間程之板橋掛ル

〃次之瀬川ニ拾間程之板橋掛ル

〃大瀬両方ニ三十間程宛之板橋掛ル、中ニ船橋掛ル、船数五十四艘

〃同瀬前之板橋、左之方ニ新規之番所建、侍衆四人布上下着、足軽四人羽織袴着被相詰ル、尤、武具飾有之、同橋際ゟ左右ニ足軽四人ツヽ棒突立居ル、向ニハ無之

〃橋渡り候而、新規之番所建、前ニ同断

〻浜松ゟ此間宿口ニ警固相附、是者和泉守様御馳走也

〻なかもりの宿ゟ一町余手前ニ新規之茶屋建有之、松平市右衛門殿御馳走也

〻宮之一しきと申所ニ新規之茶屋建有之、平野三郎右衛門殿御馳走也

一同日午之上刻、三使見付ニ参着、昼休也

〻此所御馳走人西尾隠岐守様御賄松平市右衛門殿

〻三使宿門之前、新規之番所弐軒、侍衆布上下着、足軽ハ羽織袴着相詰ル

〻同門之内ゟ莚三枚並ニ敷有之

〻三使膳部五々三白木、土器金銀、亀足金

〻隠岐守様市右衛門殿、三使宿へ御見廻被成ル

〻隠岐守様ゟ三使銘々ニ杉重一組ツヽ被遣之、御使者遠藤清右衛門

〻隠岐守様御家来役付、左ニ記之

宿町屋清兵衛
一三使・上々官御馳走人

{ 大原忠三郎
岩沢弥五右衛門
笠松平左衛門
倉橋五郎右衛門

宿町屋九郎右衛門
一上官御馳走人

{ 石野儀左衛門
斉藤惣右衛門

宿　町屋三郎右衛門
　同　孫兵衛
一中官御馳走人

{ 谷左次兵衛
江村角左衛門
笠松権七
坂伝八郎

　　町屋三右衛門
宿　同　孫八郎
　　同　彦右衛門
一下官御馳走人

{ 神山又兵衛
小瀬古孫市
湯浅五右衛門

宿町屋二郎右衛門
一長老御馳走人

福田九郎右衛門

宿町屋弥太郎
一通詞御馳走人

堀江彦兵衛
町野仁兵衛

〻三使参着之時分、迎之御使者寺岡求馬

〃町口迄井口平三郎

〃三使宿へ参着以後、菓子進覧之御使者遠藤清右衛門

〃同次之御馳走所へ相達候御使者坂本与左衛門

〃同発足、次之御馳走所迄送之御使者大原三右衛門・小川孫四郎

一西町口番所		加藤岡右衛門 佐藤菖蒲
一東町口番所		平岡半右衛門 大原十之允
一天龍船橋番所	番頭 物頭	佐藤七兵衛 大橋五郎左衛門 坂七之允 田中孫七 笠原喜平次
一見付町中火廻り掃除見分	町奉行 大目付	江崎庄左衛門 押田判太夫
一見付町口信使宿着之時分人留 之役	大目付	三保六郎左衛門 石井小兵衛
一人馬割役		栗野次左衛門 栗橋利兵衛

一同日未之刻、三使見付発足

〃三ヶの宿西之入口ニ腰掛茶屋新規建有之

〃同東之宿離坂おり口ニ新規之茶屋建有之、此両所、大草太郎左衛門殿御馳走也

〃かわいと申所ニ新規之茶屋建有之

〃くつべと申所ニ新規之茶屋建有之、此両所、雨宮勘兵衛様御馳走也

〃はらかわと申所へ新規之腰掛茶屋建有之、井伊伯耆守様御馳走也

一同日申之下刻、三使掛川へ参着、泊り也

〃此所之御馳走人井伊伯耆守様御賄雨宮勘兵衛殿・平野三郎右衛門殿

〃三官使并上々官膳部七五三金銀

〃伯耆守様ゟ三使銘々ニ大折壱ツ宛・挽茶棗一宛被遣之、上々官三人へ茂右

同断、則上々官を以三使へ差出、被致受用也

ゝ御代官雨宮勘兵衛殿ゟ三使銘々ニ多葉粉一箱ツゝ被遣之、上々官へも同断

ゝ平野三郎右衛門殿ゟ三使銘々ニ菓子一箱ツゝ被遣之、上々官へ茂右同断

ゝ青山和泉守様ゟ当所迄三使見送之御使者堀内助太夫・池見清右衛門

ゝ当所御馳走人伯耆守様并御賄雨宮勘兵衛殿・平野三郎右衛門殿、信使宿へ御
　　見廻として御出

ゝ伯耆守様ゟ御馳走ニ被附置候御家来、左ニ記之

	御家老
一惣奉行	松下源左衛門

宿中町所右衛門	松下源六郎
一三使御馳走人	名倉伝左衛門
	向山七郎右衛門
	河西所右衛門

宿中町八右衛門	川西利兵衛
一上々官御馳走人	笠本藤左衛門

宿連着町弥惣右衛門	乗松四郎兵衛
一上官御馳走人	塚原浅右衛門

宿天龍寺	岡庄左衛門
一中官御馳走人	小柴甚内

宿中町九右衛門	大久保半介
一下官御馳走人	清水甚五右衛門

宿仁位町十右衛門	田中利左衛門
一長老御馳走人	

宿連着町又兵衛	小野儀太夫
一通詞馳走人	

一同十五日　晴天

ゝ今朝、三使発足ニ付而、伯耆守様ゟ小杉折二重物一組ツゝ銘々被遣之、但、

盛物ハ弐重共ニ飾也

〻辰之上刻、三使掛川発足

〻すわと申所ニ新規之茶屋建有之、伯耆守様御馳走也

〻新坂之内さよしんてんと申所ニ新規之茶屋建有之

〻同所之内大たいらと申所ニ同茶屋一軒有之、此両所、雨宮勘兵衛殿御馳走也

〻すわの原と申所ニ新規之茶屋一軒有之

〻せんでいやと申所ニ同一軒建有之、此両所、長谷川藤兵衛殿御馳走也

〻まき川と申所ニ腰掛茶屋一軒有之、尤、水桶・多葉粉盆用意有之、雪隠も新規
　ニ建有之

一同日午之上刻、三使金谷へ参着、昼休也

〻此所御馳走人井伊伯耆守様御賄長谷川藤兵衛殿

〻信使宿門之左右ニ番所弐軒、新規ニ建有之、侍衆上下着相詰、尤、武具飾有之

〻同所門之内ゟ玄関迄莚弐枚並ニ敷有之

〻信使并上々官膳部五々三白木、小道具ハ金銀、椀ハ焼物

〻御馳走人伯耆守様ゟ三使銘々ニ大折壱合ツヽ、御目録相添被遣之、御使者小
　野八右衛門、取次田中善左衛門、上々官を以三使へ申達ス

〻伯耆守様ゟ朝鮮人御馳走人ニ被附置候御家来、左ニ記之

一惣奉行　　　　　　　　　　　　　　小野七郎左衛門

宿町屋八左衛門
一三使・上々官御馳走人　　　　　　｛小野八右衛門
　　　　　　　　　　　　　　　　　中嶋新左衛門
　　　　　　　　　　　　　　　　　畑金太夫

宿町屋佐次右衛門
一上官御馳走人　　　　　　　　　　｛向山源右衛門
　　　　　　　　　　　　　　　　　和田六郎左衛門

　　町屋三右衛門
宿　同　次郎左衛門
一中官御馳走人　　　　　　　　　　｛塚原九郎右兵衛
　　　　　　　　　　　　　　　　　鳥山是兵衞

<table>
<tr><td>宿</td><td>町屋三郎左衛門
同　半兵衛
同　藤太右衛門
同　三郎右衛門</td></tr>
</table>

　町屋三郎左衛門
宿　同　半兵衛
　同　藤太右衛門
　同　三郎右衛門
一下官御馳走人

{ 横山源右衛門
　岡田市郎兵衛
　内山弥兵衛
　水野弥五兵衛
　横田安左衛門

　町屋庄兵衛
宿　下宿五郎左衛門
一両長老御馳走人

{ 柏木弥一右衛門
　名倉勘兵衛

　町屋庄太郎
宿　同　左次兵衛
　下宿伊兵衛
一通詞御馳走人

{ 向山三十郎
　乗松何右衛門

○金谷御代官長谷川藤兵衛殿御手代、左ニ記之

{ 飯塚太郎左衛門
　小野孫十郎
　岡村伝兵衛
　萩野七郎兵衛
　下嶋与一右衛門
　河井弥一兵衛

一金谷問屋前　　　　　　中野八郎左衛門
一同所道場役人　　　　　鈴木勘介
　　　　　　　　　　　　　下代四人

一同所川端役人

{ 福嶋権左衛門
　飯塚賀兵衛
　秋野庄左衛門
　荒川加右衛門
　　下代四人

　　　川越人足千六百八十人

一嶋田問屋前　　　　　　味知十左衛門

一同所道場役人　　　　　三浦小右衛門
　　　　　　　　　　　　　下代五人

一同日午之下刻、三使金谷発足

〃大井川数百人之川越ニて上下を立切ル

〃大井川渡り之為御下知長谷川藤兵衛殿、川端ニ御出、御下知被成ル、隼人掛

御目御太儀之旨御挨拶申入ル

〃 嶋田川端ニ腰掛茶屋一軒、雪隠新規ニ建之、水桶・手拭等飾有之、是者土屋
　相模守様御馳走

〃 藤枝宿口ニ野雪隠新規ニ建、脇ニ水桶・手拭等飾有之、右御同人様ゟ御馳走

〃 右之茶屋半里程行候而、新規之腰掛茶屋一軒有之、水桶・茶碗・多葉粉盆、其
　外色々飾り、向ニ鞋・馬沓等用意有之

一同日申之上刻、三使藤枝参着、泊り也

〃 此所御馳走人土屋相模守様御賄大草太郎左衛門殿、井手治左衛門殿

〃 三使膳部七五三惣銀、縁外金

〃 信使宿門之内ゟ寄附迄莚弐枚並ニ鋪有之

〃 同所左之方ニ番所新規ニ建、侍上下着、相詰ル、尤、武具等飾有之、宿口・宿
　離所々ニ新規之番所建、侍衆相詰、武具等飾有之

〃 御馳走人相模守様、信使宿へ御見廻被遊、隼人御挨拶申上、洪僉知同道仕、
　相模守様御前ニ罷出、三使御馳走之御礼、隼人申上ル

〃 相模守様ゟ三使銘々ニ大折壱合ツヽ被遣之、尤、受用

〃 夜ニ入、三使并上々官へ右御同人様ゟ煮麺出ル、菜ハ香物壱也

〃 井伊伯耆守様ゟ三使為御見送、藤枝迄御使者江原源内・松平源六、忠左衛門
　対面ニ而挨拶申入ル

〃 相模守様ゟ忠左衛門へ御使者、御口上ハ、今日ハ殿様并三使、当所へ御着、
　珎重存候、然者、酒一樽・干鯛壱折致進入候与之御事、則御返答ニ申上候者、
　被為思召寄、御目録之通拝領被仰付、難有奉存候、然共、今度ハ何方ニても
　御断申上候付而、不致拝受候、御使者迄返上仕候由申、返進仕ル

〃 相模守様御家来役付、左ニ記之

一信使迎金谷迄使者　　　　　　　　　山田喜四郎
一嶋田境ゟ先乗、三使宿渡　　　　　　八田権太夫

一領分境迄	遠山宇右衛門 富田三左衛門 清水三郎右衛門 遠山太兵衛
一瀬戸川へ	同原平蔵
一町外迄使者	矢野六郎左衛門
一嶋田口番所	高嶋甚五左衛門 潮田新五左衛門 同心
一清水川番所	大岡甚五左衛門 佐山久右衛門 小野伝左衛門 高野十郎兵衛 小瀬市太夫 同心
一猿屋橋之番所	佐々孫左衛門 新山孫右衛門 片切七兵衛 小林三右衛門 関根弥五兵衛 同心
一岡部口番所	佐藤弥次兵衛 星見又八 同心
一朝鮮人宿渡し	長谷部一郎兵衛 加藤弥右衛門 小沢半次郎
^{宿治右衛門} 一三使御馳走人	鈴木友右衛門 大塚仁右衛門 磯矢兵左衛門 門叶藤兵衛 跡部権兵衛
一諸事目付	山岡新五兵衛
^{宿伊右衛門} 一上々官御馳走人	杉村忠左衛門 川口彦左衛門 風桑勘右衛門
一目付	萩野判介 田中吉右衛門

宿大慶寺 一上官御馳走人	川崎権左衛門 小菅次郎左衛門
一見付	宮田九郎兵衛
宿西光寺 一両長老御馳走人	細野弥左衛門 長谷川彦右衛門
一目付	高塚清太夫 熊倉十蔵
宿平左衛門 一中官御馳走人	竹田忠兵衛
宿清兵衛 一同御馳走人	内野三郎太夫
宿 五左衛門 三郎兵衛 一同御馳走人	金子源六 大井武左衛門
洞雲寺 宿 左次兵衛 妙法寺 一下官御馳走人	野山兵左衛門 近藤五太夫 船木清左衛門
孫左衛門 宿 伝兵衛 宗益 一通詞御馳走人	中里八左衛門 水野伝兵衛 高塚十介
宿鬼岩寺 一献上之荷物宰領	堀江喜兵衛 浅井弥助 世古甚右衛門
一輿乗物支配人	岡本庄兵衛 池沢宇太夫 牧野助左衛門
一町中火消	安藤九左衛門 上田小兵衛
一伝馬割吟味	佐久間二郎左衛門 田中伊兵衛
一伝馬割	廣沢市兵衛 栗山権之允
一人夫割	高木武兵衛 梶田長太夫
一信使送り	矢野六郎右衛門 林佐左衛門 宰領同心廿人

一同十六日　曇天昼過ニ少雨降

ゝ今朝辰之上刻、三使藤枝発足

ゝ八幡橋之際ニ新規之腰掛茶屋、水桶ニ茶碗等相添有之

ゝ八幡ニ茶屋壱軒建有之、茶碗・手桶有之、是ハ土屋相模守様ゟ之御馳走

ゝ宇都のや坂西表中程ニ水屋新規ニ建有之、左之方ニハ雪隠建有之、御代官井
　手次左衛門殿ゟ之御馳走也

ゝ阿部川渡之義、府中御馳走人井上筑後守様・平野丹波守様・本多主殿頭様ゟ
　御馳走として川越七百八十六人、川中通り筋左右ニ立分居ル也

一同日午之下刻、三使駿府参着、昼休也

ゝ此所御馳走人井上筑後守様・平野丹波守様・本多主殿頭様御賄方古郡文右衛
　門殿

ゝ三使・上々官膳部五々三、薄膳・土器金銀

ゝ通イ長上下着

ゝ三使参着之為御祝義、正使へ井上筑後守様ゟ杉重一組、副使へハ平野丹波
　守様ゟ杉重一組、従事へ本多主殿守様ゟ同一組被遣之、何茂受用也

ゝ三使宿門之内ゟ玄関迄莚鋪有之

ゝ同所門之外ニ番所弐軒建有之、是ハ従公儀之御馳走也

ゝ同所門之内ニ番所弐軒有之、是者御馳走方ゟ之御番所也

ゝ土屋相模守様ゟ府中昼休迄、三使為御見送、矢野六郎右衛門・林作左衛門、
　両人被差越、則三使於宿、隼人致対面、殿様ニも右之段可申上哉と被申候付
　而、対馬守義先刻発足被仕候間、先様ニ至而可申聞候由申候而返ス也

ゝ江尻御馳走人水谷左京様・小出備前守様、於府中、信使宿迄使者被差越、意
　趣ハ、信使衆番所迄御着被成候由珎重之御事候、為御慶、以使者、申入候与
　之義也、則其段、上々官を以三使へ申達ス

ゝ此所御馳走人井上筑後守様・平野丹波守様・本多主殿頭様

一同日申之上刻、三使駿府発足

〃ふたしやう村へ新規之茶屋弐軒建有之、是ハ万年三左衛門殿御馳走也

〃同所ニ同壱軒建有之、是ハ三枝摂津守様ゟ御馳走

〃吉田村へ新規之茶屋壱軒建有之、万年三左衛門殿ゟ御馳走

〃同所ニ同壱軒、三枝摂津守様ゟ御馳走

〃小田村ニ同弐軒、三枝摂津守様ゟ御馳走

〃同所ニ同壱軒、古郡文右衛門殿ゟ御馳走

〃うわ村へ同壱軒、古郡文右衛門殿ゟ御馳走

　　　右、何茂茶碗・水桶飾有之

一同日申之中刻、江尻へ三使参着、泊り也

〃此所御馳走人水谷左京亮様・小出備前守様御賄方古郡文右衛門殿

〃三使宿門之内ゟ鋪台迄莚弐枚並ニ敷有之

〃三使膳部七五三金銀、亀足・土器金銀、引替之膳白木

〃御馳走人水谷左京亮様・小出備前守様御賄方古郡文右衛門殿・万年三左衛門
　殿、三使宿へ御見廻

〃水谷左京亮様・小出備前守様ゟ銘々ニ杉重一組ツヽ被遣之、則上々官を以三
　使へ差出ス

〃三嶋御馳走人浅野内匠頭様・木下肥後守様御家来田中清兵衛・山岡宇右衛門
　方ゟ書状来ル、意趣ハ三使三嶋参着之刻、夫々之宿申付置候間、無相違様ニ
　仕度之由申来ル、返事ニ申遣候ハ、弥無滞、夫々之宿へ着申候様ニ、通事之
　者へ申付置候間、左様ニ御心得候様ニと申遣ス

〃朝鮮人之内鄭判事与申者病気ニ付而、馬ニ乗候義難成候、依之、爰元御馳走
　人衆へ申達、大キ成ル駕篭請取候て乗せ候様ニと、斉藤羽右衛門へ以手紙申
　遣ス

〃所々御馳走所ニて朝之御料理之義御断申入度候由、三使願ニよつて、公儀へ
　御案内被仰上候処ニ、其段ハ心次第ニ仕候様ニ与之御事ニ候条、左様ニ相心
　得候様ニと孫左衛門・与左衛門方ゟ申来ル

〃京都ゟ只今ニ至、殿様ゟ三使方へ問案不被遣候間、御使者被遣之可然由、孫

左衛門・与左衛門方迄申遣ス

〃此所、朝鮮人御馳走人、左ニ記之

一信使宿	小出備前守様家老	陰山佐左衛門
	水谷左京亮様家老	太田原茂右衛門
一同所用人	備前守様御内	中野助左衛門
	左京亮様御内	下川茂左衛門
一同所肝煎	備前守様御内	浜中喜左衛門
	左京亮様御内	山岡甚右衛門
一同所玄関番	備前守様御内	桜井八郎左衛門
	左京亮様御内	伴長右衛門
一同所膳部方肝煎	備前守様御内	駒井善兵衛
		永田兵作
一信使宿膳部方肝煎	左京亮様御内	小林十左衛門
		町田新五兵衛
一同所手永	備前守様御内	松岡十太夫
		市川左源太
一右同断	左京亮様御内	堀田平吉
		鵜飼兵庫
		太田彦八
一手永迄之取次	備前守様御内	原薗右衛門
		中嶋七左衛門
一右同断	左京亮様御内	黒川左助
		小林平四郎
判事 一学士 次官	備前守様御内	横田五太夫
		石井作左衛門
		藤津勘六
		吉田勘助
		目下部羽右衛門
判事 一学士 次官	左京亮様御内	早崎市右衛門
		田原清左衛門
		細孫八郎
		苗原勘兵衛
		鈴木伊兵衛
一相帳付	備前守様御内	村橋三右衛門
	左京亮様御内	小窪清三郎
一茶湯	御同人御内	川嶋谷斉

一上々官宿肝煎	備前守様御内	南部善右衛門
		下村市之允
一右同断	左京亮様御内	伴小左衛門
		村上左助
一同所玄関番	備前守様御内	藤村利右衛門
	左京亮様御内	久田見十右衛門
一同所下肝煎	備前守様御内	長坂喜兵衛
	左京亮様御内	八木源左衛門
一同所茶湯	備前守様御内	林幽庵
一上官宿肝煎	備前守様御内	浅水小左衛門
		吉嶋又助
		桜井平左衛門
一右同断	左京亮様御内	佐久間半右衛門
		太田喜兵衛
		佐藤賀兵衛
一同所茶湯	備前守様御内	駒井林賀
一同断	左京亮様御内	中山久伝
一中官宿肝煎	備前守様御内	長井太郎左衛門
一右同断	左京亮様御内	長滝熊之助
一同断	備前守様御内	足立久右衛門
	左京亮様御内	永野十左衛門
一下官宿肝煎	備前守様御内	海老原久左衛門
	左京亮様御内	谷田貝吉兵衛
一下官宿肝煎	備前守様御内	佐路源助
	左京亮様御内	塩川小左衛門
一通詞宿肝煎	備前守様御内	川口儀左衛門
	左京亮様御内	秋田源八郎
一長老宿肝煎	備前守様御内	尾入吉太夫
	左京亮様御内	深尾八太夫
一替轎宿	備前守様御内	山村弥太夫
一乗物宿	御同人様御内	伊藤善六
一轎宿	左京亮様御内	岡本又兵衛

一荷物宿肝煎	備前守様御内	杉井与太夫 辻本杢兵衛 高橋仁兵衛 橋本茂左衛門 古芦三右衛門 佐野曽右衛門
一荷物宿肝煎	左京亮様御内	広瀬長介 宮田長吉 大井権九郎 西権六郎 長坂弥五兵衛 中山彦助
一中馬肝煎	備前守様御内	横田義兵衛 木崎甚七
一同断	左京亮様御内	国府田甚兵衛 広瀬治兵衛
一荷伝馬肝入	備前守様御内	原田弥右衛門 小田倉又助 寺崎左太夫 中野与惣右衛門
一送馬肝煎	御同人様御内	畑角兵衛 海老治三右衛門
一 府中迄使者 吉原迄使者送り	備前守様御内	松原伝右衛門
一同断	左京亮様御内	持田新兵衛
一町口迄御迎使者	備前守様御内 左京亮様御内	陰田佐左衛門 太田原茂右衛門
一富士川御番所	備前守様御内	物頭壱人 侍衆壱人 足軽拾人
一同断	左京亮様御内	物頭壱人 侍衆弐人 足軽五人
一江尻町掃除肝煎	備前守様御内 左京亮様御内	中村源五左衛門 松嶋新平

〃信使江戸表へ参着之刻、三使方ゟ御老中・御三家へ音物遺之候、此使者、

上々官を以遣し候哉、又御一門様方へ之音物茂其通ニ候哉と、孫左衛門・与左衛門方ゟ尋来候、返事ニ申遣候ハ、上々官を以音物遣、被申候ハ、御三家・御老中様方計ニて候、御一門様方へハ此方ゟ御使者を被仰付、被差越筈之由申遣ス也

ゝ中官・下官、朝夕給候椀・折敷所持仕候哉と、上々官へ相尋候処ニ、尤、所持仕居候者も可有之候得共、不残所持仕候与申事御座有間敷与存候条、用意仕候様ニと申聞ル

一同十七日 晴天

ゝ三使、今朝卯之中刻、江尻発足

ゝ江尻ゟ壱里程過候而、いわら川ニ土橋掛ル、新規ニ掛有之

ゝ右同所ゟ少間有而、水茶屋有之、茶碗等出シ有之

ゝ奥津宿口はと打川ニ新規ニ土橋掛有之

ゝ奥津川ニ新規之土橋掛ル

ゝ薩手山坂上り下りニ腰掛茶屋三軒、新規ニ建、煎茶・水等用意有之、尤、雪隠も新規ニ建有之

ゝ柚井川三切ニシテ土橋掛有之

ゝ同所小川ニ土橋掛、橋際ニ水茶碗出し有之

ゝ富士川ニ船橋掛ル船数卅三艘

ゝ同所あかはたと申所ニ水谷左京亮様・小出備前守様より番所一軒新規ニ建、侍衆上下着、或ハ羽織袴ニて被相詰ル、尤、武具等飾有之

ゝ右同所ニ新規之茶屋一軒建、侍衆布上下、或者羽織袴着ニて被相詰ル、尤、武具等飾有之、是者井手治左衛門殿ゟ御馳走也

ゝ右同所川向いの木之方川端ニ新規之番所建有之、侍衆布上下着、又ハ羽織袴ニて被相詰ル、尤、武具等飾有之、是ハ九鬼大隅守様ゟ御馳走

〻同所ニ新規之番所建、侍衆被相詰ル

一同日午之下刻、三使吉原参着

〻此所御馳走人九鬼大隅守様御賄野村彦太夫殿

〻信使宿ニ入而、左之方之町屋を番所ニ拵、侍衆上下ニて其外足軽相詰ル、尤、
　武具等飾有之

〻同所門より玄関迄莚弐枚並ニ鋪有之

〻門之前之町屋壱軒、番所ニして侍衆上下着并足軽相詰ル、尤、武具等飾有之

〻九鬼大隅守様野村彦太夫殿、三使宿へ御出、諸事之御下知被成ル

〻三使并上々官膳部五々三膳木地、小道具并亀足・土器金銀

〻三使・上々官通イ長上下着、三使之前ニハ小童通イ仕ル也

〻大隅守様ゟ三使銘々ニ杉重三組・堅目録相添被遣之、御使者佐々木平馬

〻大隅守様御家老御馳走人、左ニ記之

一信使宿	家老 中老 用人	九鬼半之允 西尾市左衛門 佐々木平馬
一上々官御馳走人	用人	西岡儀左衛門 萩野宇右衛門
一 学士 判事 御馳走人		隠岐義右衛門
一上官御馳走人		安保六郎左衛門 村尾惣右衛門
一中官御馳走人		水井久馬右衛門 松村吉左衛門 魚住五郎左衛門 早川五兵衛
一下官御馳走人		河原六兵衛 平井安右衛門 大束兵左衛門 大槻武右衛門 足立亦七 中方甚右衛門

一通詞御馳走人宿弐軒	高井仁太夫 近藤新左衛門 坂崎義太夫 川北喜八郎
一両長老御馳走人	安藤源五左衛門 星彦三
一信使宿前番所	平和源太夫 細甚五左衛門 神田安兵衛 内藤半右衛門 羽重野半左衛門
一両町口番所	沢野政右衛門 山崎善右衛門
一右同断	松山岡右衛門 伊嶋彦右衛門
一富士川番所	井田八左衛門 松田藤八郎 野入八右衛門 西岡角左衛門 川村三郎右衛門
一信使送り	井田吉左衛門 松田藤左衛門
一荷物送り	西岡平太夫
一火廻り	越賀左近右衛門

一同日未之下刻、三使吉原発足

〻原入口右之方ニ茶屋壱軒、新規ニ建、湯水出し有之、足軽両人相詰ル也、尤、
雪隠も壱軒有之也、野村彦太夫殿ゟ御馳走

〻同所宿口離ニ新規之番所弐軒建、番之者羽織袴着、野村彦太夫殿ゟ御馳走

〻右少間有而、新規之茶屋壱軒有之、湯水等用意有之也

〻稲葉美濃守様御領分より三嶋迄之間、松明燈家々之前ニハ行燈とほし有之也

〻三嶋宿ニ入、左之方ニ町屋壱軒、番所ニ囲イ、侍衆上下着、足軽中間武具等
飾有之

一同日戌之中刻、三嶋へ参着、泊り也

ゝ此所御馳走人浅野内匠頭様・木下肥後守様御賄伊奈兵右衛門殿

ゝ三使宿門之内、御座弐枚並ニ敷、左右大挑灯燈有之

ゝ同所門之左右、新規之番所弐軒建、侍衆布上下、或ハ羽織袴着ニて被相詰ル

ゝ三使并上々官御馳走之膳部七五三、内銀みかき、外金みかき、引替之膳ハ木地、何茂精進料理也

ゝ御馳走人内匠頭様・肥後守様、信使宿へ御出被成ル、諸事御下知被成ル

ゝ大杉折壱組ツゝ、三使へ内匠頭様・肥後守様御銘々方堅目録相添、被遣之

ゝ箱根御賄方江川太郎左衛門殿より隼人方へ御使者、意趣ハ、今日ハ対馬守様当所迄御着、目出度奉存候、然者、拙子茂箱根御賄被仰付、就夫、何そ被仰聞義茂候ハゝ、被仰知候様ニとの義也

ゝ此所御馳走人浅野内匠頭様・木下肥後守様御馳走ニ被附置候御家来、左ニ記之

	内匠頭様御家老	大石頼母介 外村源左衛門
	御用人	安井彦右衛門 田中清兵衛
	肥後守様御家老	木下玄蕃
	御用人	石川源助 服部六郎左衛門
一信使宿御馳走人	内匠頭様御家老	月岡次右衛門 外村与八郎
	肥後守様御家老	近藤孫兵衛
一膳部肝煎	内匠頭様御内	津田甚右衛門 小山田十兵衛
	肥後守様御内	小宮六郎兵衛
給仕六人長袴		
一上々官直給仕	内匠頭様御内	長沢長左衛門 田浦近平 吉田弥次兵衛 井上八左衛門
一上々官直給仕	肥後守様御内	田中伊太夫 斉藤金左衛門

一木具奉行	内匠頭様御内	上月孫六	
	備後守様御内	小池徳左衛門	
一菓子・酒奉行	内匠頭様御内	土屋源兵衛	
	備後守様御内	神原佐太夫	
一御賄所相帳役	内匠頭様御内	岡嶋善右衛門	
		関甚五右衛門	
	肥後守様御内	林八郎左衛門	
一茶湯	内匠頭様御内	山石道誉	
		平尾休可	
		伊藤一斉	
	肥後守様御内	前田同羽	
		高橋久作	
一 信使 上々官 家来馳走人	内匠頭様御内 肥後守様御内 肥後守様御内	奥村只右衛門 見尾庄左衛門	
一玄関番	内匠頭様御内	篠田助太夫	
		松本伝右衛門	
	肥後守様御内	水野金兵衛	
一上官宿馳走人	内匠頭様御内	矢田利兵衛	
		本嶋九八郎	
	肥後守様御内	安留彦兵衛	
一用聞	内匠頭様御内	鈴木庄蔵	
	備後守様御内	江口助兵衛	

給仕歩行侍衆廿一人

一茶湯	内匠頭様御内	原珍斉	
		谷村閑弥	
	肥後守様御内	田中宗巴	
		田中林巴	
一火廻り役	内匠頭様御内	岩瀬郷右衛門	
		幸田大右衛門	
	肥後守様御内	堀田三左衛門	
一 三使 上々官 宿	八文字屋	六太夫	
一上々官休所宿		助右衛門	
一上官四十三人宿		伝左衛門	
一中官六十五人宿		新兵衛	

一中官四十三人宿	次郎右衛門
一中官三十人宿	又兵衛
一下官十六人宿	次郎左衛門
一下官十八人宿	甚兵衛
一下官十三人宿	四郎兵衛
一下官十五人宿	久右衛門
一下官二十三人宿	五左衛門
一下官弐十人宿	権兵衛
一下官弐十人宿	喜右衛門
一下官十四人宿	伝左衛門
一下官十七人宿	次左衛門
一下官十八人宿	久左衛門
一通詞十弐人宿	与右衛門
一通詞六人宿	三右衛門
一通詞十弐人宿	三左衛門
一通詞下々十五人宿	与三兵衛
一通詞下々十人宿	太郎右衛門
一通詞下々七人宿	仁左衛門
一長老伴僧六人宿	弥太夫
一長老伴僧六人宿	孫右衛門
一長老侍八人宿	弥右衛門
一長老侍八人宿	甚左衛門
一長老下々十四人宿	十郎左衛門
一長老二十人宿	新右衛門
一荷物宿	次郎左衛門
一同断	又四郎
一同断	三郎右衛門

一同十八日　晴天

〃今朝、三使、卯之下刻三嶋発足、殿様者御先へ御立被遊ル

〃三使ゟ上々官を以御馳走忝之旨、浅野内匠頭様・木下肥後守様御家老迄田中

善左衛門同前ニ一礼申述ル也

〻箱根三嶋表津賀原之下左之方ニ水屋壱軒・雪隠壱軒新規ニ建之、御代官伊奈
　兵右衛門殿ゟ御馳走也

〻笹原と山中之間、かみなり坂右之方ニ水屋壱軒

〻みつ屋之下右之方ニ水屋壱軒・雪隠一軒新規ニ建有之、右御同人ゟ之御馳走也

〻石原坂之下、右之方ニ水屋一軒・雪隠一軒建、右御同人より之御馳走也

〻はらかたいら左之方ニ水屋一軒・雪隠新規ニ建、右御同人ゟ

〻あしかわ右之方ニ雪隠壱軒新規ニ建有之也、稲葉美濃守様ゟ御馳走也

〻峠之宿口左之方ニ番所一軒新規ニ建有之、侍衆布上下着、足軽羽織袴ニ而相
　詰ル、尤、武具飾有之

〻山中迄三使為迎、美濃守様より御家来小野伊右衛門被差出

一同日巳之下刻、三使箱根参着、昼休也

〻此所御馳走人稲葉美濃守様、御賄方伊奈兵右門殿・江川太郎左衛門殿

〻三使宿門之内より莚壱枚並ニ鋪有之

〻鋪台之前敷石也、此所ニ薄縁三枚並ニ敷有之

〻箱根ゟ小田原迄三使為見送、御使者寺田左太郎・堀与三左衛門被差越也

〻膳部五々三、薄膳白木、亀足金銀、土器金

〻三使、今日者朝鮮国忌ニ付、精進之御料理出ル也

〻引渡三方嶋台無之

〻三使門之入口左右ニ番所新規ニ建有之、侍衆布上下着、足軽ハ羽織袴ニて相
　詰、尤、両所共ニ武具飾有之

一同日午之中刻、三使箱根発足

〻箱根・小田原表おいたむら与申所左之方ニ茶屋一軒・雪隠壱軒新規ニ建有之、
　稲葉美濃守様ゟ之御馳走也

〻同表猿すへり坂之内、大ちと申所ニ水屋壱軒新規ニ建有之、右御同人様ゟ之
　御馳走

〃同表にあき坂ニ同壱軒建有之、右御同人様ゟ之御馳走

〃同所かわはた宿口ニ同壱軒建有之、右御同人様ゟ之御馳走

〃同所湯本宿口ニ同壱軒建、右同人様より之御馳走

〃同所かさまつ里ニ同壱軒建有之、右御同人様ゟ之御馳走

一同日申之中刻、三使小田原へ参着

〃三使宿門之内より莚弐枚並ニ鋪有之、敷台際ニ薄縁横壱枚、通イ鋪有之

〃三使今晩参着御振廻之義、朝鮮国忌ニ付而、三使・上々官ハ御振廻之御断有
之、上官ハ精進料理、中官・下官ハ常之通御振廻被成候、則右之段、孫左衛
門・与左衛門迄方申遣ス也

〃孫左衛門・与左衛門方ゟ三使箱根参着発足之刻限之義、書付差上候様ニと手
紙ニて申来ニ付、箱根参着ハ巳之下刻、同所発足ハ午之中刻ニて御座候、然
者、稲葉治部左衛門被申聞候ハ、今度信使ニ付、所々修覆之書付可然を御見
せ候得之由被申聞候付、其段御本陳へ遂御案内候、折節、孫左衛門・与左衛
門、三使宿へ為御見廻、罷出候故、致相談候而返答仕候者、右修覆之書物之
義者荷ニ仕候而、先達而遣し候、大形、此通ニて御座候由書付候而、稲葉治
部左衛門方へ相渡ス、則書付、左ニ記之

　　　　　　覚

一信使ニ付、三使・上々官・上官・中官・下官之宿修覆被仰付候事、或何之座新
規御建、或何之縁迄御仕替候なと〻御書付可被下候事

一御番所何ヶ所、辻番何か所新規被仰付候事

一何方ゟ何方迄侍・足軽・中間警固何程被差出候事

一道中ニ茶屋被仰付、御附人迄之事

一橋并箱根御番所新規ニ相見へ申候、信使付而御馳走ニ御修覆被仰付候哉之事

一七五三御膳部御献立、細ニ御書付可被下候事

一為御馳走被附置候御家老衆并御用人衆・御給仕人衆、其外不残御仮名御書付
可被下候事

　　　　　　以上

〻稲葉美濃守様方御使者、三使銘々ニ杉重一組ツヽ、真御目録相添被遣之、則
　被致受用、但杉重外家有之さなたの緒付箱ハ木地也、目録之写、左ニ記之

　　　　　寅具
　　　　　香飴
　　　　　粉蒸
　　　　　金飴　　　　　　　壱筐三合
　　　　　玉飴
　　　　　仙餌
　　　　聊申
　　　　迎敬
　　　　　　　　　　　　越智侍従権美濃守

〻今日、箱根御着之時分、御代官江川太郎左衛門殿へ殿様方兜羅綿三反被遣
　之候、為御礼、於小田原、平田隼人方迄以飛札、殿様へ酒手樽壱・粕漬蚫一
　桶来ル、則原五助を以遂披露候之処ニ、御受用被成、御手紙を以御礼被仰出
　ル也、隼人方より茂返事相調、彼方方之飛脚ニ相渡ス

〻小山朝三義病気ニ付而、明日方先達而江戸表へ罷下候様ニと被仰付候由、以
　手紙申来ル

〻御本陳へ三使方方為御見廻、上々官三人被差越ル也、則田中善左衛門同道
　仕ル也

〻此所御馳走人、左ニ記之

一惣御馳走奉行　　　　　　御家老　　稲葉治部左衛門

一御馳走方肝煎人　　　　　小姓頭 ⎰ 根本半弥
　　　　　　　　　　　　　物頭　　 伴清六

一賄方役人　　　　　　　　物頭　 ⎰ 萩山安右衛門
　　　　　　　　　　　　　勘定奉行　小山源兵衛

一正使湯元迄迎　　　　　　組頭　　寺田与左衛門
一同町口迄迎　　　　　　　　　　　田辺内蔵允

一町口方信使宿迄案内　　　町奉行 ⎰ 木田安兵衛
　　　　　　　　　　　　　同　　　清水儀右衛門

一正使宿ニ相詰候衆　　　　家老　 ⎰ 稲葉伊織
　　　　　　　　　　　　　同　　　稲葉治部左衛門

一正使・上々官御馳走人 宿清水金左衛門	物頭 同 使番	長崎求馬 金万八郎左衛門 山住又兵衛
	給仕人	松原庄右衛門 玉置半兵衛 萩山斉助 金万又左衛門 川橋源右衛門 脇坂与一兵衛

長柄十本 弓十張 鉄炮十挺	物頭 同	福留与惣兵衛 脇坂孫右衛門 下石新左衛門 山住善右衛門 柴田佐右衛門 井上小兵衛 井上善兵衛 大橋九右衛門 中林治兵衛 小俣長右衛門

一正使宿之前侍番所二ヶ所　　　　　　　　　　足軽十人

学士 一　判事官　　御馳走人 医師 　　宿宮前町八右衛門	中条権左衛門 杉森八郎太夫 給仕人五人
一上官御馳走人 　　宿本町善四郎	田辺三郎兵衛 二宮久右衛門 給仕十弐人
一上官荷物番人 　　宿本町与兵衛・治左衛門	足軽十人
一次官御馳走人 　　宿本町一郎兵衛	井上六郎兵衛 宇佐見久左衛門 給仕四人
宿宮前町玉蔵坊 一進上之荷物宿并附被参候上官・中官・ 　下官・通詞御馳走人	小山十郎兵衛 辻新兵衛 給仕四人
一右荷物不寝番	足軽十人

一中官四宿御馳走人
　　宿本町半左衛門・甚左衛門
　　　七郎左衛門・太郎兵衛

鈴村十蔵
矢嶋甚兵衛
木村儀右衛門
羽原新五右衛門
石田武兵衛
市宮幾左衛門
丹羽忠左衛門
木村小右衛門
給仕五十弐人

一下官五宿御馳走人
　　宿中町太兵衛・次郎左衛門
　　　蘭干橋町甚右衛門、本町佐左衛門
　　　元秋

黒田三郎右衛門
吉崎伝右衛門
大庭善左衛門
堀惣右衛門
渡辺勘左衛門
給仕五十九人

一通事并下人三宿御馳走人
　　宿清五郎・長五郎・七左衛門

高木伊右衛門
庄野十兵衛
香川作兵衛
給仕廿一人

　　宿外郎　藤右衛門
一　辰長老　并伴之僧之侍中間弐宿
　　霊長老
　　宿蘭干橋町　清左衛門

半田伴右衛門
佐野弥次右衛門
給仕六人

一勝本賄方其外役人侍三十人小役人十三人

一上方御番所　　　　　　　　物頭
　　長柄十本　　　　　　　　火番
　　弓十張
　　鉄炮十挺

大内市郎左衛門
岡本忠右衛門
足軽十三人

一江戸口番所　　　　　　　　物頭
　　右同断

川俣弥市左衛門
大津佐左衛門
足軽十三人

一進上之御鷹・御馬三宿馳走人

永井五助
小山十郎兵衛
宇佐見久兵衛
中林平兵衛
吉崎六兵衛
鷹師三人

一御鷹御馬小田原ゟ大磯迄送人　物頭　滝川段右衛門
　　　　　　　　　　　　　同　林兵左衛門
　　　　　　　　　　　　　　　足軽四十三人
　　　　　　　　　　　　　　　中間四十人
　　　　　　　　　　　　　　　鷹方之者一人
　　　　　　　　　　　　　　　馬方之者一人
　　　　　　　　　　　　　　　鞍置馬三疋
　　　　　　　　　　　　　　　　　大磯追出ス

一三使小田原ゟ大礒迄送人　組頭　畑左門
　　　　　　　　　　　　　用人　釼持助兵衛

一同所ゟ荷物送人　　　　　　　松原源之允
　　　　　　　　　　　　　　　足軽十弐人

一在人馬支配　　　　　　勘定頭　柳吉左衛門
一中原御代官衆手代立合人馬割　同　佐藤徳兵衛

一酒匂川船橋奉行　　　　物頭　　若林武太夫
　　　　　　　　　　　　船奉行　青木友右衛門

一船橋番所二ヶ所　　　　　　　侍十人
　　　　　　　　　　　　　　　足軽三十人

一海道筋新規申付候茶屋二ヶ所　侍四人
　　　　　　　　　　　　　　　坊主四人
　　　　　　　　　　　　　　　足軽四人

一町中昼夜打廻り候役人　　　　侍五人

一道作并家修覆奉行　　　　　　侍十人
　　　　　　　　　　　　　　　目付三人

一火消役人　　　　　　　　　　組頭弐人
　　　　　　　　　　　　　　　物頭弐人
　　　　　　　　　　　　　　　目付弐人
　　　　　　　　　　　　　　　馬廻六人
　　　　　　　　　　　　　　　　足軽五十人
　　　　　　　　　　　　　　　　中間三十人

一輿乗物宿弐ヶ所　　　　宮前町　孫右衛門
　　　　　　　　　　　　宿　　　十郎兵衛

<table>
<tr><td></td><td>宮前町</td><td>西光院</td></tr>
</table>

一信使荷物宿四ヶ所　　　同　　吉右衛門
　　　　　　　　　　　　　同　　所左衛門
　　　　　　　　　　　　高梨子町　五郎兵衛

一同十九日　晴天

ゝ昨日者三使国忌ニ付、参着之御料理御断被申、下行ニて御渡被成、手前料理
　被致、上々官も同前也

ゝ今朝、三使へ御振廻有之、御膳部七五三金銀、土器・小道具金銀也、上々官も
　同前也

ゝ上官ニも五々三之御振廻也、是ハ面々之宿ニて

ゝ美濃守様御家老衆へ上々官致対面、夜前ゟ今朝迄御馳走、入御念被仰付、三
　使も忝被存候旨御礼申述ル、尤、田嶋十郎兵衛挨拶仕ル

ゝ今朝卯之下刻、三使小田原発足

ゝ酒匂川船橋掛ル小船七十九艘、船毎ニ小桶あかとり壱宛、人も一両人ツヽ乗居
　ル、此外ニも小船数艘脇ニ繋有之、此内四艘ニハ日覆して有之、以上船数百
　艘余也

ゝ右船橋之脇左之方ニ番所建、上下着之侍衆五人、其外足軽中間相詰ル、尤、
　武具飾有之

ゝ船橋と番所之間、竹もかり結、橋きわ左右、棒突五人ツヽ罷有ル

ゝ橋渡り候而、左之方ニ番所、武具等手前之番所同前、此番所ニ上下着之侍衆・
　足軽・中間も右ニハ不足

ゝ橋つめニ棒突手前之ことく罷有ル、此所ニも竹笆籬結有之

ゝ右之船橋ニ少間有而、土橋二所有之、是も酒匂川之内也、右之橋番所、何茂
　稲葉美濃守様ゟ御馳走也

ゝかふづ村之手前、右之方ニ野雪隠壱ヶ所建在之

〟まへ川村之入口、右之方ニ野雪隠壱ヶ所有之

〟同所中程、左之方ニ御茶屋建、番所并雪隠、何も新規ニ建有之、右之外わらん
　つ馬沓等用意在之、上下着之侍衆、或ハ茶湯被相詰

〟右之茶屋へ三使被立寄、茶・菓子・干飯等出ル也

〟おつきり橋の際ニ雪隠壱ヶ所有之

一同日午之上刻、三使大磯へ参着昼休也

〟三使宿門之左右、新規之番所建、侍衆布上下着、其外足軽羽織袴ニて被相勤、
　尤、武具等飾有之也

〟大磯宿口ニ番所建、上下着之侍衆弐人、其外足軽・中間相勤ル、尤、武具等
　飾有之

〟同所門之内、番所一ヶ所建、侍衆布上下着、足軽ハ羽織袴着相勤ル、是又武
　具等飾有之

〟同所門之内ゟ寄附迄莚弐枚並ニ鋪有之

〟三使御振廻五々三、土器・亀足金銀、上々官ハ別宿ニ而三使同前御振廻也

〟三使・上々官之通イ長上下着ニて被相詰ル

〟此所御馳走人松平周防守様御賄坪井次右衛門殿、三使参着前より信使宿へ御
　出、諸事御下知被成ル

〟周防守様ゟ三使銘々ニ杉重一組ツヽ、堅目録相添被遣之、尤、被致受用候也

〟美濃守様ゟ三使御見送之御使者片角太夫、釼持助兵衛、此所迄相附被参候
　付而、忠左衛門致対談也

〟此所御馳走人松平周防守様御家来、左ニ記之

一惣奉行

家老	石川善太夫
番頭	松井判五
用人惣肝煎	丹三右衛門
用人	石川武右衛門

　　　三使之給仕六人長袴着

一上々官御馳走人　　家老　岡田求馬
　　　　　　　　　　中老　岡田治部右衛門
　　　　　　　　　　用人　本山三太夫

　　　上々官給仕六人長袴着

一上官御馳走人　　　年寄　高橋金左衛門
　　　　　　　　　　物頭　布施与五右衛門
　　　　　　　　　　　　　松井次郎右衛門

一上官御馳走人　　　年寄　岡田平右衛門
　　　　　　　　　　物頭　石川円右衛門
　　　　　　　　　　　　　伴新五兵衛

　　右之外役儀相勤候侍共大勢之義ニ候得者、除之候

　　信使宿門之内、侍番所壱ヶ所

　　　　　　　　　　番頭　鈴木儀右衛門
　　　　　　　　　　　　　瀧弥一左衛門
　　　　　　　　　　　　　勝海治兵衛
　　　　　　　　　　　　　本多治太夫
　　　　　　　　　　　　　三原作之進

　　右門之外足軽、番所左右弐ヶ所武具飾有之、足軽四十人・長柄之者弐拾
　　人立、足軽十五人、町西口之番所、武具飾有之

　　　　　　　　　　物頭　金子元右衛門
　　　　　　　　　　　　　櫛原多兵衛
　　　　　　　　　　　　　足軽十人
　　　　　　　　　　　　　長柄之者五人
　　　　　　　　　　　　　足軽六人

　　町東口番所、武具飾有之

　　　　　　　　　　物頭　清水五左衛門
　　　　　　　　　　　　　野村市左衛門
　　　　　　　　　　　　　足軽十六人
　　　　　　　　　　　　　長柄之者五人

　　馬入船橋番所壱ヶ所、武具飾有之

物頭　岡田十郎兵衛
　　　三宅清左衛門
　　　早川伝兵衛
　　　星野又左衛門
　　　稲垣又助
　　　足軽弐拾五人
　　　長柄之者十人

長老御馳走人

　　　　矢部四郎兵衛
　　　　田中弥五助
　　　　西田砂左衛門

中官・下官・通詞三宿肝煎

　　　　早川品右衛門
　　　　西山武太夫

中官宿五軒へ壱人宛

　　　田辺金助
　　　佐々木清右衛門
　　　中西喜平次
　　　富永弥平次
　　　堀増佐次右衛門

下官宿六軒へ壱人宛

　　　佐次金五兵衛
　　　田中仁五右衛門
　　　大井八野右衛門
　　　後藤仲右衛門
　　　浜瀬幾右衛門
　　　小川武介

通詞壱軒

　　　林弥市左衛門

大磯方二三里程迎ニ出候使者

　　　藤井佐次右衛門

大磯町口迄出候使者

                                    岡野兵右衛門

　　藤沢迄送り之使者

　　　　　　　　　　　　　　　　　┌　松井半五
　　　　　　　　　　　　　　　　　└　布施与五右衛門

　　藤沢迄荷物贈之使者

　　　　　　　　　　　　　　　　　松井藤介

　　火廻り

　　　　　　　　　　　　　　　　　┌　矢部弥一右衛門
　　　　　　　　　　　　　　　　　│　加藤半之丞
　　　　　　　　　　　　　　　　　│　小泉九右衛門
　　　　　　　　　　　　　　　　　└　　足軽十人ツヽ

一三使未之上刻、大磯発足

ゝ諸事被入御念、御馳走被仰付、三使忝奉存候之旨、松平周防守様、坪井次右
　衛門殿御前ニ而、洪僉知召連、田嶋十郎兵衛御礼申上ル

ゝ馬入船橋掛ル、橋之右之方ニ番所建、上下着侍五人、其外足軽・中間相詰、
　武具飾等有之、番所ゟ橋際迄左右竹もかり結候て、此左右ニ棒突五人ツヽ罷有、
　船橋数小船百艘有之、橋渡り候て、左之方ニ番所建、侍衆、其外、右番所之通
　り、此所ニ茂竹もかり結候て棒突罷有、川之通土手築、土手之左右之下ニ棒突
　五間程ツヽ間を置罷有、土手過候而、向之左ニ番所建、此所ニハ中間計罷有、
　右之番所ハ藤沢御馳走人伊達宮内様・土岐伊予守様ゟ被仰付候也

ゝなか原村之内、左之方ニ間有之而、雪隠二ケ所建有之、是ハ坪井治右衛門殿
　ゟ御馳走

ゝ藤沢之宿ニ入、左之方ニ新規番所建、上下着之侍、其外足軽・中間相詰、尤、
　武具等飾有之

一三使、申之中刻、藤沢へ参着、泊也

ゝ此所御馳走人伊達宮内様・土岐伊予守様、御賄坪井治右衛門殿

ゝ三使参着之御料理七五三金、并亀足・小道具・土器金銀、引替之膳白木、
　上々官ニも同前

ゝ宮内少輔様・伊予守様ゟ三使参着之為御慶、杉重一組ツヽ、三使銘々ニ被遣之

〻三使当所迄参着ニ付而、若殿様方御迎之為、御使者瀧六郎右衛門被差越候、隼人・忠左衛門・裁判両人大庁へ出合候て、此方ニ御左右可被成候、左候ハ、六郎右衛門遣可申候、然者、若殿様方三使へ御使者被遣候義、初而之御事ニ御座候故、三使対面被仕候様ニ申達、如何可有之候哉、六郎右衛門長上下ニ而被罷出候様ニ申渡候由、孫左衛門・与左衛門方ゟ以手紙申来ル

〻右之通申参候付而、朴同知を以三使へ右之趣申達候之処、三使被申候者、先例無御座候故、対面仕候義不罷成候之由被申候付、此方ゟ又々申達候ハ、是ハ三使、此所迄御着ニ付而御慶、又ハ御迎旁ニ右京方ゟ使者を差越、被申候処、御対面有之間鋪段、近頃ヶ様有間敷義と存候、縦此方ゟ使者之趣計申達候共、右京方ゟ初而之預使者候之間、御対面可被成と被仰候而社御尤ニ存候、兎角、此段御承引被成候而、御対面可被成之由、達而色々と申達候之処、被致承引候付而、六郎右衛門義熨斗目長上下着、朴同知同道ニて奥へ通り、三使へ対面、若殿様方三使へ之御音物差出ス、尤、御音物ニ真御目録相添参候得共、目録之認様悪ク有之付而、御音物計差出ス、右真目録之認様、左ニ記置之、六郎右衛門、三使対面相済而、表ニ而三使ゟ六郎右衛門ニ御酒等被出之、諸事恰合宜敷相済也、則右之一々、孫左衛門・与左衛門迄以手紙、御案内申上ル、真目録之認様

　　　　団扇　　　伍柄
　　　　香菓　　　壱累筐
　　　　　　　計
　　壬戌八月　日

　　　上書之認様

　　奉呈
　　　　　　　　　　　　封
　　正使公　旅榻下

　　　或ハ副使公・従事公与三使銘々ニ来ル

〻上々官三人へ茂扇子拾本宛箱入ニシテ遣之

〻三使被申聞候者、前以公儀ゟ此所ニ一日逗留仕候様ニと被仰付候へ共、左様有之候而ハ、廿二日ニ江戸入ニて御座候、廿二日ハ朝鮮国忌ニ而御座候故、江府へ参上仕候而、御料理なとも恰合宜敷有之間敷と存候間、弥明日ハ休ミな

し二発足可仕之由二付而、御本陳へ御案内申上候処二、愈明朝発足之筈二被
仰付也

〃此所御馳走人伊達宮内少輔様・土岐伊予守様御家来左二記之

一惣肝煎　　　　　　　　　　　今泉清左衛門

	番頭	諏方保太夫
		笠瀬一角
		青木浅六
		新井五郎左衛門
		前野源八郎
		西村喜六
		蛯原平七
一信使御馳走人		月岡三太夫
宿源左衛門		大沼安右衛門
		青木貞右衛門
		中村重郎兵衛
		鈴木金平
		中川伝六郎
		長塚五兵衛
		望月久兵衛
		卯野又助

	番頭	寺田平太夫
一信使宿之番所		井上近太夫
武具飾有之		加藤半左衛門
		中嶋源兵衛
		鈴木内左衛門

土岐伊予守様御内

	蝦原五郎右衛門
	石川三郎左衛門
	福山平内
一上官御馳走人	倉橋武助
宿半右衛門	鈴木弥七郎
	加藤源七郎
	田村半助
	岩本正右衛門
	岡田平兵衛

　　　　　　　　　成瀬五左衛門殿御内
　　　　　　　　　　　須藤新右衛門
　　　　　　　　　　　　足軽四人
　　　　　　　　　　　　中間弐人
　　　　　　　　　　　　名主五人
　　　　　　　　　　　　人足十人

　　　　　　　　　土岐伊予守様御内
　　　　　　　　　　　小原小兵衛
　　　　　　　　　　　安藤権左衛門
　　　　　　　　　　　飯田伝右衛門
一上官御馳走人　　　　松原新五兵衛
　　宿孫兵衛　　　　　清水判七
　　　　　　　　　　　軽岡弥次兵衛
　　　　　　　　　　　高橋仁兵衛
　　　　　　　　　　　田村半太夫
　　　　　　　　　　　多田助右衛門

　　　　　　　　　成瀬五左衛門殿御内
　　　　　　　　　　　堀野内七郎左衛門
　　　　　　　　　土岐伊予守様御内
　　　　　　　　　　　佐藤弥惣右衛門
　　　　　　　　　　　渡辺藤兵衛
　　　　　　　　　　　横山文右衛門
一中官御馳走人　　　　志村与九郎
　　　四郎兵衛　　　　木村吉左衛門
　　　治兵衛　　　　　柏倉庄太夫
　宿　七郎左衛門　　　大谷安左衛門
　　　四平　　　　　　野崎平左衛門
　　　庄右衛門　　　　斉藤弥一右衛門
　　　　　　　　　　　木村七郎左衛門

　　　　　　　　　成瀬五左衛門殿御内
　　　　　　　　　　　小畑新八郎
　　　　　　　　　　　萩原吉兵衛
一右同所ニ相詰　　　　大津源五右衛門
　　　　　　　　　　　渋谷久右衛門
　　　　　　　　　　　平田伝右衛門

一下官御馳走人

土岐伊予守様御内

鈴木市郎右衛門
佐竹戸右衛門
深瀬善右衛門
吉田彦兵衛
山口善次郎
高橋勘介
山口与左衛門
小田崎権兵衛

宿　金左衛門
　　喜兵衛
　　孫七
　　治左衛門
　　清兵衛
　　治兵衛
　　曽右衛門

一両長老御馳走人

土岐伊予守様御内

吉川仁左衛門
山口彦兵衛
志村与七郎
相馬七右衛門
久保木平介

宿　与兵衛
　　所左衛門

一同所ニ相詰

成瀬五左衛門殿御内

畠山善右衛門
青嶋喜左衛門

一通詞御馳走人

土岐伊予守様御内

安西平助
渡辺仁右衛門

宿伊兵衛

一町口番所

水谷喜左衛門
倉橋武左衛門
足軽十人
中間七人

一馬入船橋番所

武具飾有之

広瀬杢左衛門
加藤七右衛門
町野弾右衛門
加藤久太夫
安彦次郎左衛門

一同廿日　晴天

〻伊達宮内少輔様・土岐伊予守様并御賄成瀬五左衛門殿、今朝三使宿へ為御見
　廻、御出被成、忠左衛門并善左衛門・六之進へ御口上有之、忠左衛門御挨拶

仕ル

〃今朝、三使巳之上刻、藤沢発足

〃藤沢出口ニ合羽駕篭井七荷、左之方ニ並居、此持夫甲府様ゟ之御馳走也

〃かけとりとはら宿との間、右之方ニ新規ニ雪隠壱軒建有之、右御同人様より御馳
　走也

〃原宿と土塚之間、右之方ニ雪隠壱軒、新規ニ建有之、是又右御同人様ゟ御馳
　走也

〃かしやうと申所、右之方ニ雪隠一軒、新規ニ建有之、右御同人様ゟ御馳走也

〃やじく村と申所、左之方ニ雪隠壱軒新規建有之、是ハ伊奈判十郎殿ゟ御馳走也

〃ごんだ坂之上、左之方ニ茶屋壱軒、新規ニ建有之、右御同人ゟ之御馳走也

〃右同所より少間有之而、右之方ニ新規之雪隠有之、右御同人ゟ之御馳走也

〃しほう、左之方ニ新規水屋有之、右御同人ゟ御馳走

〃同日未之上刻、神奈川へ三使参着

〃此所御馳走人伊東出雲守様・植村右衛門佐様、御賄方伊奈判十郎殿

〃神奈川宿口ニ新規ニ番所建、侍衆布上下着ニて相詰ル、警固羽織袴ニて相詰、
　尤、武具等飾有之

〃三使宿門之外、左右ニ新規番所建、侍衆上下着ニて被相詰、尤、武具等飾有之

〃鋪台ゟ門之間、薄縁儀弐枚並ニ敷之、鋪台ニハ横ニ弐枚並ニ敷有之

〃御馳走人伊東出雲守様・植村右衛門佐様、御賄伊奈判十郎殿、三使宿へ御出、
　平田隼人へ御逢、三使参着之御慶被仰述、則其段、上々官ヲ以三使へ申達ル也

〃膳部七五三、薄膳・小道具共ニ金銀

〃通イ長袴着被相勤ル

〃出雲守様・右衛門佐様・半十郎殿被仰聞候ハ、三官使膳部之義、如何御気ニ
　入候哉、御酒ニても参候得かし、其外何そ御望之物候ハ、被仰聞候様ニとの
　御事、則隼人承之、上々官を以三使へ申達候処、返詞有之、是亦、隼人・上々
　官同前ニ右御三人へ申述ル

〃御馳走人出雲守様・右衛門佐様御銘々ゟ三使面々ニ杉重一組ツヽ被遣之、則

上々官を以三使へ差出ス

〻伊奈判十郎殿ゟ三使銘々ニ杉重三合壱組ツヽ、御使者を以被遣之、但、外家
　ニシテ檜木地さなた之緒付、御使者阿出川平左衛門

〻伊東出雲守様ゟ御使者を以三使銘々ニ梨子・葡萄・柿入合壱籠ツヽ、上々官三
　人へも銘々ニ被遣之

〻植村右衛門佐様ゟ御使者ニて上々官三人銘々ニ葡萄壱籠ツヽ被遣之

〻出雲守様右衛門佐様御家来衆、左ニ記之

	家老	山田次郎兵衛
一本〆用聞		太田原佐左衛門
		森利兵衛
一御馳走人		松岡内蔵之介
一広間番		川崎弥右衛門

　　　三使給仕四人

一膳奉行		阿万清左衛門
一入用相判人		木脇太左衛門
	番頭	川崎三郎右衛門
	同	井上門平
一門外番人	同	津田彦左衛門
	同	田爪作兵衛
	同	荒武勘左衛門
一上々官御馳走人		米郎仙之允
		高崎五兵衛

　　　上々官給仕四人

一上官御馳走人	松岡源左衛門
	阿万甚左衛門
	森五郎兵衛
	落合七兵衛

　　　上官給仕廿三人

一次官御馳走人	安井弥右衛門
	原田忠兵衛

　　　次官給仕七人

一中官御馳走人		青山分右衛門 長倉新右衛門 比江嶋源右衛門 門川忠右衛門 日高源兵衛 津田伝右衛門 原源左衛門 石松次右衛門 片桐市右衛門 横山庄左衛門
一下官馳走人		奥野喜兵衛 戸田弥二右衛門 斉藤相兵衛 野田利介 荒井十右衛門 多田藤右衛門 横山甚右衛門 多原新左衛門 荒武伝右衛門 蚿原惣右衛門
一長老御馳走人		杉田兵左衛門
一同下宿		石川仁左衛門
一通詞馳走人		郡司市右衛門
一献上之御荷物番人		長倉四郎兵衛 川添源右衛門
一三使荷物番人		樺山新之允
一輿番人		平嶋新兵衛
一出馬伝馬肝煎役人		川崎作右衛門
一町口番人	物頭	杉本万之進 荒武五兵衛
一中途迎使者		伊東権左衛門
一町口迄迎使者		山田市兵衛
一品川迄三使送使者		杉本万之允
一御荷物送使者		長倉四郎兵衛
一火消		綾三十郎 稲沢老左衛門

　　　右ハ伊東出雲守様御家来

| | | 家老 | 林小左衛門 |

一本〆用聞　　　　　　　　　　⎰ 正木庄左衛門
　　　　　　　　　　　　　　　⎱ 遠山久太夫

一三使御馳走人　　　　　　　　内山太郎左衛門
一広間番　　　　　　　　　　　児玉源兵衛
　　　　　三使給仕弐人
一膳奉行　　　　　　　　　　　渡辺角之允
一入用相判人　　　　　　　　　岡村小右衛門

　　　　　　　　　　　　　　　尾関弥左衛門
　　　　　　　　　　　　　　　林太郎左衛門
一門外番人　　　　　　　　　　村田兵太夫
　　　　　　　　　　　　　　　武藤吉之允
　　　　　　　　　　　　　　　嶋市之允

一上々官御馳走人　　　　　　　⎰ 渡辺角左衛門
　　　　　　　　　　　　　　　⎱ 村岡平左衛門

　　　　同給仕三人
一 学士
　 判事　御馳走人　　　　　　　増田五郎太夫
　医師　　　　　　　　　　　　鵜田喜右衛門
　　　　同給仕三人

一上官御馳走人　　　　　　　　⎰ 恒岡平左衛門
　　　　　　　　　　　　　　　⎱ 桜井三郎兵衛

　　　　同給仕十人

　　　　　　　　　　　　　　　加藤平兵衛
一中官御馳走人　　　　　　　　小桜伝右衛門
　　　　　　　　　　　　　　　和久井伝兵衛
　　　　　　　　　　　　　　　川嶋吉右衛門

　　　　　　　　　　　　　　　関本兵右衛門
　　　　　　　　　　　　　　　柳田清太夫
　　　　　　　　　　　　　　　山崎六兵衛
　　　　　　　　　　　　　　　遠山源兵衛
一下官馳走人　　　　　　　　　杉本戸左衛門
　　　　　　　　　　　　　　　弓場相兵衛
　　　　　　　　　　　　　　　松本次兵衛
　　　　　　　　　　　　　　　西村八太夫

一長老御馳走人　　　　　　　　三村佐左衛門
一同下宿　　　　　　　　　　　石野田相右衛門

一通詞馳走人	服部弥二右衛門 服部平兵衛
一献上之御荷物番人	福島弥三兵衛 樋口五兵衛
一三使荷物番人	山名五右衛門
一出馬伝馬肝煎役	前嶋八左衛門
一町口番人	桐橋伊左衛門 草川甚兵衛
一中途迄迎使者	竹村次兵衛
一町口迄迎使者	尾関弥右衛門
一品川迄三使送使者	中谷郷左衛門
一御荷物送使者	堀覚太夫
一火消役	柴田久左衛門 堀野平左衛門

右植村右衛門佐様御家来

一同廿一日　曇天、巳之上刻ゟ雨降

〃今朝、三使宿へ御馳走人伊東出雲守様・植村右衛門佐様御出、忠左衛門御挨
拶申上ル

〃三使御馳走之御礼、上々官を以右御両人様江被申述、尤、忠左衛門相附、口
上申述ル

〃三使、卯之上刻、神奈川発足

〃神奈川宿離ニ新規之番所建、布上下着之侍衆、其外足軽等被相勤ル、尤、武
具等飾有之

〃神奈川ゟ品川迄之間ニ野雪隠三ヶ所、腰掛茶屋壱軒、水屋一軒、何も新規ニ
建有之

〃品川宿口ニ新規番所建、布上下着之侍衆、或ハ足軽被相勤ル、尤、武具等飾
有之、道ノ左右ニ五六間之間棒突並居ル

〃同所宿中ニ新規番所建、右同断

一同日、品川昼休、巳之下刻、三使、品川へ参着

ゝ此所御馳走人松平市正様・大村因幡守様、御賄伊奈判十郎殿、三使参着前ゟ
信使宿へ御出、諸事御下知被仰付ル

ゝ市正様・因幡守様ゟ三使銘々ニ杉重一組ツゝ被遣之

ゝ三使宿門之外、新規之番所建、布上下着之侍衆・足軽被相勤ル、尤、武具等
飾有之

ゝ三使宿門之内ゟ玄関迄之間、莚弐枚並ニ敷、其上薄縁弐枚並敷之、玄関之前
五六間程も薄縁敷有之

ゝ同所脇ニ番所新規ニ建、警固四人相勤ル

ゝ内藤左京亮様・小笠原信濃守様ゟ三使へ御使者口上ハ、愈御堅固、是迄御着、
珎重存候、我々義本誓寺ニて御馳走被仰付、相詰罷有候、為御迎、使者を以
申越候与之御事、則隼人取次、上々官を以申達ル、左京亮様ゟ之御使者長坂
平左衛門・信濃守様より御使者田村武兵衛

ゝ藤沢御馳走人伊東出雲守様・植村右衛門佐様ゟ御使者御口上ハ、三使是迄無
恙御越、別而珎重存候、為御見廻、御使者被差越と之御事、則隼人取次、
上々官を以三使へ申達ル、御使者杉本万之允・中谷郷左衛門

ゝ孫左衛門・与左衛門方ゟ手紙ニて申来候ハ、唯今西風強候間、三使発足見合、
自然空晴申事も可有之候条、今暫相控申候様与之義ニ付、返事ニ申遣候ハ、
委細得其意候、今暫相控候而、弥只今之通ニ御座候者、追付三使発足被致候
様可仕候由申遣候也

ゝ同日未之中刻、品川発足、江戸入也

ゝ江戸入之御行列前以被仰付候処、別帳ニ有之也

ゝ品川宿離ニ新規番所建、布上下着之侍衆、其外足軽等被相詰ル、尤、武具等
飾有之也

ゝ品川ゟ本誓寺迄之道筋ニ敷砂、左右ニ見セ土、水桶飾有之、尤、所々ニ番所
新規ニ建、足軽羽織袴ニて相詰ル

ゝ信使行列、殿様御行列相済而、少間を置、信使荷馬、其跡ゟ殿様方・信使方
行列、外之面々乗掛ニて行也

〻町御奉行甲斐庄飛弾守様・北条安房守様、大御目付坂本右衛門佐様、中御目
　付日根野長左衛門様・松平孫太夫様、右之面々芝迄御出、殿様江之御付届も
　無之、御見分被成候て、信使ゟ四五丁先達而御通り、直様本誓寺へ御出、信
　使参着迄御詰被成ルせ

〻市正様・因幡守様ゟ御馳走場へ被差置候御家来之書付之写

一信使宿門前番所　壱ヶ所
　　　　　　　　物頭三人
　　　　　　　　馬廻弐人
　　　　　　　　足軽拾弐人
　　　　　　　　中間拾六人
　　　　　　　一鉄炮拾挺
　　　　　　　一弓拾張
　　　　　　　一長柄鑓拾本
　　　　　　　一突棒壱組
　　　　　　　一火消道具色々

一南町口番所　壱ヶ所
　　　　　　　　物頭弐人
　　　　　　　　足軽七人
　　　　　　　　中間五人
　　　　　　　一長柄鑓五本
　　　　　　　一突棒壱組
　　　　　　　一火消道具

一南品川横道五ヶ所建番足軽十人
一同所町口海手横道番足軽八人
一上々官弐人宿　詮教坊
　　　　　　　　馳走人馬廻壱人
　　　　　　　　給仕之侍衆弐人
　　　　　　　　歩行士壱人
　　　　　　　　茶湯壱人
　　　　　　　　料理人壱人
　　　　　　　　膳部役人弐人
　　　　　　　　門番足軽弐人
　　　　　　　　中間弐人

一上々官壱人宿壱軒　本行院

　　　　　　　馳走人馬廻壱人
　　　　　　　給仕之侍衆弐人
　　　　　　　歩行士壱人
　　　　　　　茶湯壱人
　　　　　　　料理人壱人
　　　　　　　膳部役人弐人
　　　　　　　門番足軽弐人
　　　　　　　中間弐人

一中官宿壱軒　本栄寺
　　　　　　　馳走人弐人
　　　　　　　歩行士弐人
　　　　　　　茶湯壱人
　　　　　　　料理人壱人
　　　　　　　門番人弐人

一下官宿壱軒　常行寺
　　　　　　　馳走人馬廻弐人
　　　　　　　歩行士弐人
　　　　　　　料理人壱人

一通詞宿壱軒　善兵衛宅
　　　　　　　馳走人馬廻壱人
　　　　　　　茶湯壱人
　　　　　　　料理人壱人

一通詞宿一軒　千之助宅
　　　　　　　馳走人馬廻壱人
　　　　　　　茶湯壱人
　　　　　　　料理人壱人

一通詞宿壱軒　惣兵衛宅
　　　　　　　馳走人馬廻壱人
　　　　　　　茶湯壱人
　　　　　　　料理人壱人

一同下宿壱軒　六兵衛宅
　　　　　　　馳走人歩行侍衆壱人
　　　　　　　中間弐人

一輿宿壱軒　　天龍寺

　　　　　奉行
　　　　　歩行士三人
　　　　　門番足軽弐人

一荷物奉行
　　　　　馬廻弐人、内壱人荷物送り使者相詰ル
　　　　　歩行士弐人
　　　　　宰領足軽十人

一御馳走場掃除見分

〆市正様、御馳走之場へ被召置候御家来之人数、因幡守様御家来同前也

　　　　　　　　　　　　　　　　　　　　（終わり）

信使奉行在江戸中毎日記

一天和二年八月廿一日 晴天

〃 三使、申之中刻、江戸本誓寺江参着

〃 平田隼人信使先乗り、大浦忠左衛門同跡乗り

〃 殿様者信使跡拾町程間置、直様宿坊願行寺へ御着

〃 信使宿寺本誓寺門之内左右ニ新規之番所建、侍衆布上下着、其外足軽羽織袴着、中間等相詰、尤、武具飾り有之

〃 本堂之玄関左右ニ用心手桶飾り有之

〃 同鋪台ニ薄縁敷有之

〃 信使御馳走人内藤左京亮様・信使御用人水野右衛門太夫様・大目付坂本右衛門佐様・彦坂壱岐守様・御泰者番秋本摂津守様・酒井大和守様・御賄方南条近左衛門殿・設楽太郎兵衛殿・近山与左衛門殿・守屋助次郎殿、右何茂信使参着以前ゟ本誓寺江御詰被成ル

〃 御勘定役大岡五郎右衛門殿朝計御見舞

〃 信使御馳走人之儀内藤左京亮様・小笠原信濃守様御両人ニ而候得共、信濃守様御病気故、御子息大助様御出、左京様御同前ニ終日御勤被成、長上下御着

〃 御饗応七五三之下知、御料理人頭福田五左衛門殿、三使宿へ被相詰

〃 御歩行目付、有壁長右衛門殿・永田藤兵衛殿、信使宿為行規、従公儀、御附被成、御勤也

〃 御歩行目付衆拾人程、信使通り之道筋見分被仕、三使本誓寺へ参着以後者長右衛門殿・藤兵衛殿へ被致付届、被罷帰也

〃 三使轎本堂之敷台之上ニ舁乗之、直ニ敷台ニ下輿、一番ニ正使、二番副使、三番従事順々ニ被揚、尤、上々官壱人宛相附也

〃 右三官使被揚候刻、内藤左京亮様・小笠原大助様寄附、縁側迄御出迎、一礼有之

〃 水野右衛門太夫様、大御目付坂本右衛門佐様・彦坂壱岐守様・御泰者番秋本摂津守様・酒井大和守様、町御奉行甲斐庄飛弾守様・北条安房守様、中御目

付日根野長左衛門殿・松平孫太夫殿、右之御面々ニハ寄附、西之方へ御着座

〻 三使銘々之居間ニ二畳合之畳二畳並ニ敷有之、尤、絹縁也

〻 三使膳部七五三金銀、絵様無之、通イ長上下着、三使本間之上壇ニ南向、正
使ハ東方西江順々ニ被並居、膳部下壇之目通迄被持出候を、小童請取之、三
使江据ル

〻 上々官・上官・中官迄七五三之御料理出ル、尤、三使着座之次之間ニ段々ニ
着座、通イ長上下着

〻 三使膳部相済而、以後殿様到着之為嘉儀、信使屋ニ御出、布上下被為召、此
時御馳走人左京亮様・大助様本堂之寄附、縁側迄御出迎、御挨拶被成ル

〻 上壇ニ而三使御対面、弐度半之御対礼有之、御茵、正使与対座ニ敷之、御対
面相済而、早速御宿坊江御帰り被成ル

〻 酉之刻、又々三使宿へ御見廻、弐度半之御対礼有之、相済而、御着座被成、
明朝五ツ頃ニ為上使、従公儀、堀田筑前守殿・大久保加賀守殿、若君様方阿
部豊後守殿御出被成筈ニ候通被仰達、御座配并御請之様子被仰含ル、其後、
御馳走人内藤左京亮様、殿様御同道ニ而、三使へ初而御対面、左京様ハ東之
方毛氈之上ニ御立、三使者西之方毛氈之上ニ而互ニ弐度半之御対礼有之、其
時者殿様末座ニ被成御座、御挨拶也、相済而、追付御帰り

〻 小笠原信濃守様為御名代大助様、信使宿へ御詰被成居候得共、無官故、三使
へ御対面無之也

〻 明朝、三使宿へ上使御出被成候付而、霊長老・辰長老へ茂其時分、御出被成
候様ニ与被仰遣ル

〻 大久保加賀守様方以御使者、殿様江被仰越候ハ、御自分江為上使、明六ツ時
ニ同氏安芸守罷出候、信使方へ之上使、堀田筑前守殿、某若君様方信使へ上
使阿部豊後守殿、此通被遣候間、被得其意候様ニ与之御事、則御請被仰上也

〻 信使在留中、中目付壱人宛代々、毎日、信使宿へ御見舞被成ル

一同廿二日　晴天

ゝ水野右衛門太夫様、其外御賄衆、信使宿へ御出被成ル

ゝ三使参着之為上使、堀田筑前守様・大久保加賀守様、従若君様上使阿部豊後守様、御三人御同道ニ而巳之中刻、本誓寺江御出、御装束衣冠・釼帯・布衣、二人宛青襖無之、右御三人共ニ本誓寺之内、浄心院ニ而御装束被成ル、尤、殿様江茂右之御宿坊江御見廻被成、水野右衛門太夫様ハ先達而御出、御挨拶有之也

ゝ本誓寺本堂之鴈木ゟ表門拾間程之所迄薄縁敷、三使持道具簱并楽人左右ニ立双、尤、鴈木之左右ニ御歩行目付衆、御小人等被相詰也

ゝ上使御三人表門御入被成候時、大門開之門内ニ而駕篭ゟ御下、御同道被成、此時朝鮮之楽器鳴之、殿様衣冠之御装束ニ而庭中迄为御迎、御出被成也

ゝ御馳走人内藤左京亮様ニも装束ニ而殿様御同道御出迎、小笠原大助様者無官故、此日御出合無之、勝手ニ御詰被成候

ゝ上々官庭中迄為御迎罷出、御案内者仕候而、本堂へ御入

ゝ本堂之唐戸脇縁迄三使被出迎、互御一礼有之、上使者左之方、三使者右之方相並而書院江御通被成、上々官壱人先達而御案内者仕ル

ゝ書院上段ニ御上り被成、上使ハ西之方、三使ハ東之方茵之前ニ御立候而、弐度半之御対礼有之、此間殿様・左京亮様ハ下段ニ御立被為居ル、朴同知一人上段江上り、双方御礼之仕形勤之

ゝ御対礼相済而、茵ニ御着座、筑前守様ゟ殿様を御呼、上意之趣被仰渡ル、殿様謹而御聞被成、上段中央ニ而朴同知へ上意之趣被仰渡、則三使へ申入、三使謹而被承之

ゝ又豊後守様ゟ若君様之上意之趣、殿様を以被仰渡、規式右同断

ゝ相済而人参湯出ル、通イハ小童也

ゝ右相済而正使ゟ朴同知を以上使へ被申上候者、今度遠方罷渡候処、海陸被入御念、御馳走被仰付、辱奉存候、今日者為上使御出被成、初而各様江掛御目、太慶仕候与之儀朴同知、殿様江申入ル、則 御参人江其旨被仰達、右済而

上使江之御請、御当地参着仕候付、早々上使被成下、殊近日御目見可被仰付
之旨上意之趣難有仕合奉存候、殊至于岡崎、上使被成下、重畳辱次第奉存候、
御礼之儀、御前可然様二被仰上被下候様二与之儀、殿様江朴同知を以被申達ル

〃 三使ゟ右之御請、朴同知へ被申候時も、初上意被承候時之通、謹而被申述也

〃 右三使御請被申上候趣、殿様方筑前守様・加賀守様江被仰上、又豊後守様へ
茂被仰達也

〃 右相済而各御立、茵之前二て如初、弐度半之御対礼有之而、御出被成ル、三
使如初、本堂縁側迄被送出、此所二而御会釈有之而、上使鳫木へ御出、三使
者奥江被入、此時楽器鳴之

〃 殿様・左京亮様如初、庭中迄御御送被成、上々官茂同前

〃 上使初之所二而駕篭二御乗被成、浄心院二而御装束被為替、御登城也

一同廿三日 曇天[*]

〃 御馳走人内藤左京亮様・小笠原大助様、御賄方南条金左衛門殿・設楽太郎兵
衛殿・近山与左衛門殿・守屋助次郎殿、御歩行目付有壁長右衛門殿・永田藤兵
衛殿、何茂信使宿へ御詰被成也

〃 上々官方ゟ申聞候者、曲馬之儀道中二而少々痛申候条、今朝・日中乗候而試
申度之由、馬芸之申候通申聞候付、御屋舗へ被召寄、窕ケ候様二被仰付、
如何可有御座哉と、樋口久米右衛門方迄申遣ス

〃 内藤左京亮様ゟ被仰聞候者、朝鮮能書・絵師、屏風之押物為書候而、所望仕
度之条、隼人・忠左衛門方ゟ申渡、為書給候様二与之御事二付、委細得其意
候、対馬守江も其段可申聞候間、於信使宿寺二御心次第御為書被遊候様二与
申入ル也、則右之段、樋口孫左衛門・多田与左衛門方迄申遣ス

〃 曲馬之儀、先刻樋口久米右衛門方迄以手紙、御案内申上候処、又々原五助方

---

* 94에서도 曇天, 95에서는 晴天.

方申来候者、曲馬乗様之儀地道計乗候哉、又者かけも乗候也、其様子ニより水野右衛門太夫殿迄被得御内意、首尾能も可有之候間、相尋候様ニ与之御事也、則通事を以馬芸之者江相尋候処、地道かけ共ニ、三日程乗り、馬窄ケ可申由申聞ル也、則其段被遂御案内候様ニ与、五助方へ返事申遣ス

ゝ 昨日、上使ニ御出被遊候御老中御三人江為御礼、三使方上々官三人遣シ被申ニ付、平田隼人相附、依之、聞番壱人相添、罷出

ゝ 上々官三人者駕篭ニ而参ル、家来之内小童三人ハ馬、此外使令六人・通事共ハ歩行ニて参ル也

ゝ 朴同知上下七人、卞僉知・洪僉知上下六人宛

ゝ 上々官三人之支度本装束ニ而無之、常之支度也

ゝ 駕篭・舁・乗馬等両御馳走人衆方出ル、駕篭者道中乗来候を乗候也

ゝ 堀田筑前守様へ罷出候処、御門之大戸開之、御門番下り候而、堪忍仕ル、夫方為迎、侍衆三人敷台ニ被出迎、使者之間ニ通之、奏者ニ可申聞之旨被申、夫方御家老三人被罷出候付、隼人申入候者、朝鮮之信使被申候者、昨日者為上使、御出被下難有仕合奉存候、御礼之儀何分ニも宜敷様ニ被仰上可被下候、殊御出ニ付、初而得貴意、本望奉存候、御出之御礼旁為可申上、上々官を以申上候、何様近日中登城可仕候間、其刻可申上之由被申候、上々官儀亦々言葉通シ不申候付、某相附可申上之旨、三使被申候通申候而、上々官三人之名書付候を渡之候処、自分之名者何と申候也与有之付、宗対馬守家来平田隼人与申候、此度、信使用人申付、相附候通申達候処、右之御口上、殊貴様御附之段、筑前様江可申聞与之事ニ付、各様御名御書付被下候様ニ与申入、請取之、則上々官退出、此時右之御家老衆者御寄附迄送被出、敷台迄ハ最前之衆被送出也、尤、茶・多葉粉も出不申候

ゝ 筑前守様方直ニ大久保加賀守様・阿部豊後守様へ致参上、右之通申上、初終右同断、名計申請ル、加賀守様御家老加藤孫太夫・近藤吉左衛門・角田数馬、豊後守様御家老鈴木宇右衛門・高木与三兵衛・有田内記

ゝ 右、御三人様共ニ御登城之御留守也、御老中様方相済候而帰掛ケ、直ニ殿様御宿坊願行寺江罷出、昨日殿様、三使宿へ御出被遊候、御礼旁為可申述、上々官を以申入通申上ル

〻御馳走人御両人様ゟ三使銘々ニ杉重四重物被下之、左京亮様ゟ之御使者長坂平兵衛、大助様ゟ之御使者平田伝右衛門也

〻霊長老・辰長老、三使宿江御出、西山寺を以忠左衛門江被仰聞候者、当地参着之為御案内、昨日御老中様江致参上候、就夫、若君様之御附衆へも御案内可申上候也、然共、不得御内意候而者致参上候儀、如何奉存候ニ付、伺之候間、御指図次第ニ可仕与之御事ニ付、則孫左衛門・与左衛門方迄以手紙、右之旨申遣ス、返事ニ申参候者、両和尚御到着之御案内、若君様之御附衆へ茂御案内ニ御廻り可被成哉之由、若君様御用も御老中様ゟ御差引之御様体ニ候へ者、御廻り被成ニ及申間敷候哉、乍然、水野右衛門太夫様江御伺被成可然被思召上与之御事候間、此由、両和尚ニ可申達之由ニ付、則申入ル也

〻林春常・人見友元、学士江御逢候儀、水野右衛門太夫様ゟ此方年寄中へ被仰下、則今日信使宿ニ御出、其人数、林春常老同子息并人見友元老、南春唐・佐々木万次郎、本堂之西之方ニ而学士両人、其外軍官へ御逢候而、詩文等有之、依之、小山朝三罷出、挨拶仕ル也

〻右、春常老・友元老詩文有之ニ付、寺社御奉行酒井大和守様・秋本摂津守様・水野右衛門太夫様・彦坂壱岐守様・大岡五郎右衛門様御出、詩文之様子等御覧有之、尤、御馳走人御当所も御一座也、御歩行目付両人之衆茂被相詰也

〻若殿様江三使可掛御目与之儀ニ付、今日御父子様御同道、信使宿、本堂ゟ御入被成、右之御面々江御挨拶有之、夫ゟ御父子様奥ニ御通り被遊、本座上段、右座ニ御父子様、左之方ニ三使出座、御双方毛氈を御はつし、弐度半之御礼有之而、毛氈之上ニ御着座、此時人参湯出ル、大殿様御半上下、若殿様江者御長上下被為召也、此時之御座配、左ニ記之

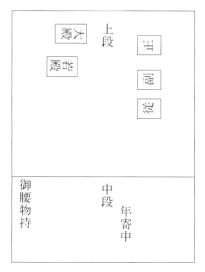

ゝ右御座配之儀、御父子之御座組者右之通ニ被成、国法之由、三使被申ニ付、
　其旨申上候処、尤之事ニ候間、弥其通ニ可仕与之御事ニ付、右之座配

ゝ副使小童之内壱人、外科ニ合セ申度与之望ニ付、岩崎素的被仰付、三使宿へ
　参候様ニ与、孫左衛門・与左衛門方へ申遣ス也

ゝ信使、公儀献上物之台、其外箱之口はり細工人・紙、何も公儀ゟ被仰付、則御
　賄方へ申入、細工人を三使宿へ召寄、台之寸法為仕書付候而、細工人江相渡
　ス、尤、御賄方手代被相附居、諸事肝煎被申也、田嶋十郎兵衛・田中善左衛
　門下知仕ル

一同廿四日

ゝ信使宿江内藤左京亮様・小笠原大助様・水野右衛門太夫様中御目付、大沢左
　衛門様・酒井大和守様・秋本摂津守様・大岡五郎右衛門様・彦坂源兵衛様・佐
　野主馬様御出

ゝ殿様午之刻、信使宿へ御出被遊

ゝ樋口左衛門方ゟ三使銘々、上々官銘々ニ杉重一組宛遣之、尤、被致受用也

〻松平市正様ゟ隼人・忠左衛門へ御直書を以被仰下候者、信使へ軸物其外能書
　并上官之内能筆之者江押物額御頼被成度候、信使之儀者爰元ニて難成候者、
　帰国之節船中ニて成共、御頼可被成候、委細、吉田回庵江被仰付置候、料紙
　等も彼方へ被遣置候間、弥相調遣候様ニ与之御事也、則右之御請、市正様御
　家来大原平左衛門・竹井判右衛門方へ申遣ス

〻三使方ゟ若殿様江為使安判事、御屋鋪へ遣之、当地参着之御慶、殊昨日者初
　而掛御目候而、大慶存候与之儀也、安判事乗馬者御馳走方ゟ出ル

〻曲馬之儀道中ニて少々痛候、依之、二三日も下乗仕度与申ニ付而、馬芸之者
　并曲馬御屋鋪江遣之、馬場ニ而地道かけ計乗之也、朝鮮人共御屋鋪へ罷越
　候往来ニ乗申候乗馬、御馳走方ゟ出ル

〻林春常・人見友元、三使宿寺ニて学士与筆談有之、尤、小山朝三相附居ル也

〻公儀之馬医橋本権之助殿、信使宿へ御出、朝鮮之馬医ニ御逢候而、馬之様子
　等御尋有之

〻人見友元老方ゟ申来候者、朝鮮人之内洪裨將と筆談仕度存、今日殿様へ御直
　ニ申上候処、弥致伺公候而、心次第筆談仕候様ニ与之御事候、就夫、三使宿
　寺ニてさわかしく候故、友元居所を寺内ニ借り居、其所江洪裨將を呼申度与之
　事ニ付、小山朝三相附、遣之、尤、通事之者も壱人相添ル也

一同廿五日 晴天

〻御馳走人、其外彦坂壱岐守様・御目付松平孫太夫様、御四人、信使宿寺へ御詰

〻勘定役俵四郎左衛門并御銀掛方へ申遣候ハ、三使并上々官ニ至り、さすか其
　外之道具・繕物仕候、就夫、代物所持不仕候故、爰元ニ而相払候儀難成候、
　依之、細工人方ゟ之仕切ニ、此方裏印を突可申候間、各方ゟ代銀被相払可然
　存候、於国元、代銀ハ上納仕候様ニ申付候間、被得其意候様とと隼人・忠左衛
　門方ゟ申遣ス

〻御前様ゟ三使并上々官三人銘々ニ以御使者、御音物被遣之

粕漬蚫	壱桶宛	
御樽	壱荷宛	但、しづなまき
昆布	壱折宛	

右者三使銘々

鮎鮓	壱桶宛	但、しつなまき
御樽	壱荷宛	

右上々官三人銘々

右之御使者磯野三郎兵衛布上下着之、持参、上々官を以三使江差出ス、三使ゟ之御礼も上々官ヲ以三郎兵衛ニ申入ル

ゝ 朴同知・卞僉知・洪僉知・安判事方ゟ山獺皮五百枚求申度由願申候、則役目方へ才覚仕候様ニ被仰渡候様ニ、御屋鋪へ申遣ス

ゝ 孫左衛門・与左衛門方ゟ申参候者、朝鮮国ゟ献上物之儀、明日八時分差上候様ニ与之御事、殿様江被仰出候間、其心得ニ而早々無滞急度取揃可置之旨申来ル

一長持五棹　　　　持夫五拾人
一台　　　　　　　持夫百人

右者公儀江献上之品并台持夫如此ニ候通、御馳走人衆江被申入候様ニ与、荷馬掛斉藤羽右衛門江書付相渡ス

ゝ 三使登城之刻之人数書付遣之候様ニ与、水野右衛門太夫様ゟ被仰聞、則書付候而、右衛門太夫様へ相渡ス、控、左ニ記之、是ハ御城ニ而御料理被下候分也

三使		
上々官	一座	
学士壱人		
医官壱人	一座	
上判事三人		
並判事拾二人	一座	
軍官拾八人	一座	
次官八人	一座	
小童拾六人	一座	
中官五拾四人	是ハ饅頭御振舞	

ゝ 殿様、申之中刻、信使宿へ御出、夜ニ入、御帰也

ゝ 明日、信使献上物差上候付而、今晩夫々ニ相揃置也、諸事、通詞頭差引仕ル

一八月廿六日 曇天

〻 御馳走人御目付衆、三使宿へ御出

〻 献上物入合候而持参仕候長持、并相添候熨斗・水引包紙等、御賄方ニ田嶋
　十郎兵衛方ゟ申入、請取之

〻 献上物之台、今朝出来、参ル也

〻 斎藤羽右衛門方へ以手紙申遣シ候者、明日、李進士と申学士、致登城候、然
　処、乗物小ク装束ニ障候間、大キ成乗物、御馳走方へ可被申入之由申遣ス

〻 内藤左京亮様・小笠原信濃守様御家老衆、隼人・忠左衛門江被申聞候ハ、朝
　鮮人宿々ニ他所之衆大勢入込、手跡を頼、放埒成事ニ候、其上借り名抔仕候
　而、為書申様ニ承候、左様有之而、自然左京亮、信濃守相附居候而、猥りニ為
　書候哉与、御取沙汰有之而者迷惑ニ存候、若御同意ニも候ハヽ、行規申付、猥
　りニ不書様ニ仕度与之儀也、隼人・忠左衛門申入候者、御尤ニ候、前以朝鮮人
　江申付置候茂、大勢之儀ニ候故、卒草成手跡ニ而方々江書遣シ候得者、却而
　朝鮮国之為ニも不宜事候条、猥りニ為書不申様ニ与、堅申付置候へ共、右之
　通放埒ニ有之、笑止ニ存候、弥此以後者此方々茂猥りニ書不申様ニ可申付候、御
　馳走方ゟも弥諸人入込不申様ニ被仰付可然存候由申達ス、書セ申者も候ハヽ、
　各両人江可申達之旨申入ル也

〻 堀田下総守様、三使宿へ御見物ニ御出被成ル

〻 人見友元、三使宿へ入来、副使与筆談有之

〻 殿様今朝御登城、於御黒書院、御参府之御礼、首尾能相済、其後又々御出、
　信使御用之儀共、御老中被仰談、以後上意御座候得共、今度者台引不被申、
　其侭是へ与被仰、今度者苦労仕候由上意也、扨、明日信使召連、可致登城旨、
　大久保加賀守殿被仰付、其後退去被成候処、御老中ゟ又々御黒書院へ御呼、
　帰被成、御用有之候間、先長袴を半袴可仕之由被仰、依之、大広間溜之間ニ
　御出、半袴御着替被成、奥へ御通り被遊也

〻 松平市正様ゟ御使者を以隼人・忠左衛門へ生蚫十宛被成下候得共、返進仕ル

〻 御賄方南条金左衛門殿ゟ手紙相添、蚫壱折・手樽壱、御音信、是又返進仕ル

〃明日、三使登城ニ付而公儀献上物、今日御城江持上ル、年寄中并聞番・進物
配相附罷上ル、献上物品々并台寸法・進物配人数等左ニ記之

樋口左衛門

大浦忠左衛門

多田与左衛門

桃田三左衛門

樋口久米右衛門

布上下着　番新十郎

牛山正大夫

三浦貞右衛門

木寺利兵衛

山田判右衛門

佐護助左衛門

羽織袴着、弓之者五人

右者廿六日、御本丸之進物配

佐藤判助

岡山五左衛門

布上下　山田判右衛門

佐護助左衛門

井上伝之允

羽織袴、弓之者五人

右者廿七日、西之丸江之進物配

公方様江献上物覚

一虎皮拾五枚

└台　横三尺三寸

長壱丈八尺

一豹皮弐拾枚

└台　横四尺

長壱丈四尺

一豹皮弐拾枚

└台　横弐尺

長八尺五寸

一人参五拾斤　　　　但、廿五斤宛二箱ニシテ
　　箱二相応見合
　　　　内、奉書ニて張り、尤、桐やらうふたニシテ緒ハ糸大さなた
　└台二同

一繻子拾疋
　└台　横二尺五寸
　　　　長四尺五寸

一段子拾疋
　└台　横弐尺五寸
　　　　長四尺五寸

一大紗弐拾疋
　└台　横二尺三寸
　　　　長五尺五寸

一白照布弐拾疋
　└台　横弐尺六寸
　　　　長七尺

一黄照布弐拾疋
　└台　横弐尺六寸
　　　　長七尺

一油布三拾疋
　└台　横弐尺五寸
　　　　長壱丈

一青皮三拾枚
　└台　横弐尺六寸
　　　　長九尺

一墨五拾挺
　　　　高サ壱寸八分
　　箱　横五寸
　　　　長壱尺三寸
　└台　相応見合

一筆五拾本
　　　　高サ壱寸
　　箱　横壱尺　　　桐ニシテやらうふた、緒者条さなた
　　　　長壱尺六寸
　└台　横長相応見合

一鮫百本
└台 横四尺六寸
　　長壱丈二尺

一蜜蝋百斤　　　　　　　但、五拾斤宛ニシテ
└箱　高サ三寸二分
　　　横壱尺三寸　　　桐ニシテやらうふた、緒木綿大さなた
　　　長サ四尺五寸
└台　二

一色紙三拾巻
└台　横参尺
　　長壱丈

一青蜜拾壷
└箱　十　　　　　　　桐ニシテやらうふた、緒ハ木綿大さなた
└台　二

右何茂持上り候処、明朝配可申由ニ付而罷下ル也

　　若君様江献上物之覚

一人参三拾斤　　　　　　但、拾五斤宛二箱ニシテ
└箱　二　　　　　　　　桐ニシテやらうふた、緒ハ糸さなた
└台　二

一虎皮拾枚
└台　横三尺三寸
　　長壱丈弐尺

一豹皮拾五枚
└台　横四尺
　　長壱丈五寸

一錦段拾本
└台　横弐尺五寸
　　長四尺五寸

一綾子廾巻
└台　横弐尺
　　長六尺五寸

一大紗拾本
└台　横弐尺三寸
　　長三尺弐寸

一青皮拾五枚
└台　横弐尺六寸
　　長五尺

一墨五拾挺
└箱台　　右公方様献上物同前

一筆五拾本
└箱台　　右公方様献上物同前

一色紙三拾巻
└台　　右同

一鮫百本
└台　　右同

一硯五面
箱┌高サ弐寸五分
　│横六尺八分　　桐ニシテやらうふた、緒ハ条さなた
　└長八寸
└台　相応見合

　　　公方様江三使献上物覚

一虎皮五枚
└台　横三尺三寸
　　長七尺

一人参拾斤
箱　桐ニシテやらうふた、緒ハ糸さなた
└台　横長見合

一白照布拾巻
└台　横弐尺六寸
　　長四尺

　　　若君様江三使献上茂同前

右之台之代銀ハ御賄方ゟ被払、朝鮮人方ゟ者払不申候

一八月廿七日 晴天、夜ニ入、九ツ時分ゟ雨降

〻今朝早天ゟ小笠原大助様、信使宿へ御詰被成

〻今日、信使登城ニ付而、殿様六ツ半時分、先達而御登城被成、御老中江諸事
之様子被仰談

〻信使登城前ニ水野右衛門太夫殿ゟ願行寺江御使者被遣、意趣者、三使其外
之面々支度被仕居候得、其時分与申候而者可致延引候条、前広ゟ用意仕居
候様ニ与之御事也、殿様御登城以後之儀ニ候故、内山郷左衛門取次之、隼
人・忠左衛門方へ申越、則右衛門太夫様ゟ御差図之通早々支度被仕候様ニ与、
上々官三人江申入ル也

〻御馳走人内藤左京亮様、信使登城前ニ御城江御詰、大助様儀者無官故、今日
者登城無之

〻信使巳ノ中刻、登城

〻本誓寺玄関ゟ門迄莚三枚並ニ敷之

〻三使轎敷台ニ据之、此所ゟ正使・副使・従事順々ニ被乗、轎ハ朝鮮小轎也

〻御馳走之御賄方面々并平田隼人・樋口孫左衛門・平田直右衛門、玄関之前くり
石之上ニ立居ル

〻門ゟ玄関之間左右ニ朝鮮人之武具飾り、楽器鳴之

〻信使ゟ先達而進上之御鷹十居、鷹掛り平田小右衛門并鷹師六人布上下ニ而
相附、下馬所迄参候処ニ、樋口左衛門方ゟ申遣候者、御鷹之儀御目録ニ而差
上候様ニ与、御老中ゟ被仰付候付而、目録ニ而差上候、小右衛門并鷹師六人
之儀下馬ゟ帰り候様ニ与之事ニ而罷帰ル也

〻御鷹持夫弐拾人、是ハ御賄方ゟ出ル

〻進上之御馬二疋、行列之先ニ牽之、尤、朝鮮鞍置之馬掛り吉村忠五郎、進上
馬之跡ゟ騎馬ニ而右献上之御馬口取弐人宛馬柄杓持壱人宛相附、是者此方
御馬屋之者也、馬医桑嶋武兵衛布上下ニ而御馬ニ相附

〻右御馬之儀、御城百人番所之前ニ而御馬奉行諏訪部文九郎殿手代斉藤兵右
衛門・市川四郎兵衛布上下ニ而被罷出、被請取之、御中間八人罷出、四人宛

ニ而請取候而牽入之、何茂中間ハ白張着仕ル也

〻 信使先騎馬、御馳走人小笠原信濃守様・内藤左京亮様家来也

〻 跡騎馬平田隼人・樋口孫左衛門・平田直右衛門并裁判役田嶋十郎兵衛・田中
善左衛門熨斗目、布上下着之

〻 百人番所之前中之御門之地ふくニ轎之前之轅をすへ候而、是より三使順々ニ下
輿ス

〻 殿様、内藤左京亮様・彦坂壱岐守様、中之御門へ御出迎、先左京亮様・壱岐守
様・辰長老・霊長老二行ニ御歩行、其次ニ殿様、其跡より朴同知御書翰持上ル
也、御玄関へ水野右衛門太夫様・秋本摂津守様・酒井大和守様御出迎

〻 下官者下馬所ニ留ル

〻 持道具并尻篭・半弓・脇指等下馬ニ而此方より役目人馬廻両人手代、御歩行四
人被仰付置、請取之

〻 三使、殿上之間大ふすまの内へ着座

〻 上々官・上官者殿上之間ふすま之外ニ着座

〻 次官・中官、殿上之間前之縁側ニ居附

〻 此方年寄中并裁判両人、聞番役ハ殿上之間之縁側ニ着座、是ハ大沢左兵衛
殿御差図被成ル也

〻 通事役加勢五右衛門・中山嘉兵衛・大庭弥二兵衛・阿比留武兵衛・橋辺半五
郎・江口金七、右之面々、殿上之間ニ附置、用事承之、并、中官御庭より拝礼之
節、御庭へ右之面々罷通支配仕ル

〻 三使於御前之様子、具ニ登城記之内ニ有之

〻 上々官三人者松之間、屏風を立、簾を垂、七五三御料理被下之、御膳部金薄
絵様有之、給仕人五位諸太夫衣冠下襲解釼ニ而被勤也

〻 上判事并冠官之者御書院番所、屏風ニ而囲、着座、七五三之御振舞被下ル、
御給仕人青袍着之、御勤

〻 上官者柳間ニ而七五三御振舞被下之、御給仕人青袍着之、御勤

〻 次官・小童ハ紅葉之間ニ而御振舞被下之、御給仕人長袴着之、御勤、尤、通事
夫々ニ相附、用事承之、年寄中并裁判両人間々ニ立廻り、御座之様子見繕也

〃今日、三使御礼之次第、公儀ゟ御書付之写、左ニ記之

朝鮮国信使御礼之次第

一何月日、信使巳刻、令登城、宗対馬守・内藤左京亮・霊長老・辰長老予登城、
三使宿坊本誓寺ゟ下馬橋ニ至而楽器を奏ス、於大手、上官以下ハ下馬ス、下
官等是ニ留ル、但、上々官ハ下乗之橋詰ニ而下輿す、信使者中腰掛之前ニ而
下輿ス、是ゟ御玄関迄莚を敷、歩行ス、今日、出仕之諸大名・御籏本之諸士者
蓮池御門ゟ登城

〃三使、御本城二丸御門江来時、対馬守・左京亮・彦坂壱岐守各衣冠、両長老出
向、三使先達而御玄関ニ至ル、此時、水野右衛門太夫・秋元摂津守・酒井大和
守・坂本右衛門佐、各衣冠営中ゟ出て案内候、三使及ニ上々官三人ハ殿上之
間、上判事・学士・軍官・冠官ハ次之間ニ列座、次官・小童者御縁に一列、中官
之族ハ御玄関之前、庭上ニ置之、下官者下馬ニ留置之、其ゟ内江者不入也

〃書翰轎を御玄関之間ニ置之、爰ニ而書翰箱ヲ取出シ、上々官持之、入営中也

〃朝鮮国王ゟ之進物数多ニよりて、前日御城江取寄之、彼台を板縁西之方ゟ実
検、窓之前迄並置之、進物者出御、以前ニ積之

朝鮮国王ヨリ進物

駿馬 鞍具共	二疋
虎皮	拾五疋
貂皮	弐拾枚
鷹子	十連
豹皮	拾五枚
人参	五拾斤
大繻子	拾疋
大段子	拾疋
色大紗	弐拾巻
白照布	弐拾疋
黄照布	弐拾疋
油布	三拾疋
青皮	三拾皮
魚皮	百本
色紙	三拾巻

名色筆　　　　　五拾本
　　　真墨　　　　　　五拾笏
　　　黄蜜　　　　　　百斤
　　　青蜜　　　　　　拾壷
　　　　以上

　　但、進上之御馬二疋、舞台之前庭上ニ而御厩別番諏訪部文九郎・同文
　右衛門素袍着、相副出ル、舎人四人ハ白張を着シ、駿馬ハ西頭ニ立置之

一辰后刻、公方様御座之間ニおいて御装束被為召之

　　　浅黄御直衣
　　　御冠
　　　御指貫禁色

一巳后刻、大広間出御

　　　御太刀　　　　　誰
　　　御釼　　　　　　誰
　　　御脇指　　　　　誰

　　　　　　但、三畳宛重而弍畳ならべ敷、以上六畳也
一御上壇　　唐織にて包之、金襴を以縁をとる

　　　御座畳
　　　御褥　　　　　　唐織
　　　御刀掛　　　　　梨子地蒔絵有之、御太刀掛之

一御後之左右

　　　御釼　　　　　　誰
　　　御脇指　　　　　誰　　奉持候
　　　　　　　　　　　誰
　　　　　　　　　　　誰　　祗候
　　　　　　　　　　　誰

一御床ニ空焼之大香爐置之

一御上壇・御中壇・御縁通りに御簾ヲ掛テ巻上ル

一御上壇之御簾両脇を垂、其中一間巻上ル

一西之板縁着座

保科肥後守

酒井河内守

松平隠岐守

堀田下総守

石川主殿頭

青山大膳亮

牧野因幡守

朽木伊予守

　　各衣冠下襲帯釼

　入御以後、肥後守・河内守・隠岐守ハ西之御縁ニ着座、下総守・主殿頭・大膳
亮・因幡・伊予守ハ松之間板縁ニ候ス

一松之間北之頬とそれゟ中之敷居かきのねニ国主・同息子・領主・四品以上一列、
　各衣冠帯釼

一同三之間、四品以下之諸大名ニ列ニ座ス、各衣冠帯釼

一右四品之後ニ五位諸大名列候、各衣冠帯釼

一同所敷居を隔て北之席ニ布衣之輩群候、但、火消当番ハ不出仕

　右、後座ニ平士素袍着、百人群居、但、大御番ゟ出人也

一板縁車寄之方迄詰衆及御番頭、向頬ニ奏者御番之面々候、各衣冠帯釼

一御書院番所ニ者当番之外、御小姓組、御書院番之内ゟ出人、相加而都合三組
　之積、烏帽子・素袍を着シ居ス、此烏帽子着ハ判事官・上官江御振舞被下候内
　者他席江退去ル、御振舞過テ官人共、殿上之間最前之席へ罷出時、又令出座
　群候

一三使御礼之期ニ及テ宗対馬守・水野右衛門太夫・秋本摂津守・酒井大和守・彦
　坂壱岐守・坂本右衛門佐・霊長老・辰長老、殿上之間江行テ三使ヲいさない、
　松之間へ越テ、三使之先ニ書翰箱ヲ台ニ載テ、上々官持進、松之間之襖障子
　之際ニ置之、三使ハ襖障子ゟ東江五畳目ニ三人並ひ、西面ニ居ス、上々官三
　人者通事たるゆへに同所之板縁ニ居ス、両長老ハ退去テ車寄ニ居也、大久保
　加賀守・戸田山城守、御縁通り、松之間江出座して板縁ニ居ス

一大広間江出御、御上壇ニ御着座、井伊掃部頭・堀田筑前守・阿部豊後守・牧野
　備後守、御中段御簾之際御左右ニ伺候、各束帯、于時、加賀守・山城守、御下

信使奉行在江戸中毎日記　　237

段江出テ、御前窺ひ、御次ヘ退て三使可出之由、対馬守ヘ達之、対馬守、
上々官を以三使江告ル、加賀守・山城守板縁ニ居ス、各束帯、但、加賀守・山城
守者諸事依相計之、不定席、営中を徘徊ス

然而、書翰箱を台共ニ対馬守持出て御目通之板縁敷居際ニ候、吉良上野介、
西之御縁方出向時、対馬守御縁を立て御下段下より二畳目江入、於爰ニ上
野介請取之、則御前江持参して、御上壇之上重畳之前ニ置て、退時御側衆、
書翰箱ヲ取て御右之方御床際ニ置之也

右過テ三使出座、御中段之下方二畳之目ニ一列して拝ス、但、対馬守差副
出て、御礼之席之差図して退ク、畢而三使御次之間本之席ヘ順々帰座、進
上之御馬二疋、高麗鞍置之、庭上江牽出之

上覧有之而塀重門方牽出之、其後御縁に有之進物引取之、布衣之面々役之、
但、進物者西之方御勝手ヘ引之

一事終而、三使自分之進物捧之、御礼申上ル、三使之進物持出、板縁ニ並之、
布衣之面々役之、然而三使御前江すゝむ、対馬守相副之、三使御下段五畳目
ニおいて一列して拝ス、大沢右京太夫、板縁敷居際ニ出テ、朝鮮之信使与披
露之、三使拝礼畢而、松之間ヘ退出、此時、進物引之、然而、掃部頭・筑前守
を以、今度来朝太儀ニ思召、御盃可被下之旨被仰出之、則御前退、襖障子際
北上東面ニ両人着座、加賀守・山城守出座、三使ニ向而、上意之趣、対馬守
江筑前守伝之、対馬守、上々官ニ達之、上々官、三使ニ向、壱人宛ニ仰之旨
を宣テ、又壱人宛之御請ヲ聞テ対馬守ニ告ル、対馬守、是ヲ筑前守ニ申ス、両
輩、御前ヘ出、御請之趣言上して、初之席ニ候、然而、三使一同ニ出テ御下段
東方ニ順々着座

　　　　御盃頂戴之次第

御盃　　　三方金薄絵様有之、御土器三ツ重　　　吉良上野之介
御引渡　　三方金薄絵様有之　　　　　　　　　　大沢右京大夫
御捨土器　三方金府絵様有之　　　　　　　　　　畠山民部少輔

　　　三使給仕　引渡足折金薄絵様

誰

誰

誰

　御酌　吉良上野之介

　御加　大沢右京大夫

　右何茂 衣冠下襲・帯釼

御前被召上、御加ヘ有之而、御盃ヲ御銚子ニ戴之、御酌、御中段下より三
畳目ニ扣ル、此時、対馬守御中段之際迄参上して御盃頂戴之令差図、正使
罷出時、御酌御盃ヲ取テ渡、謹而頂戴、加無之、土器ヲ持テ本座江帰ル、
次ニ別之御盃ニて被召上之、御加有之而、御盃、副使ニ被下之作法、正使
ニ同シ、次ニ従事官頂戴も副使ニ同シ、何茂対馬守相添出事終而対馬守御
縁通りニ退ク

　　　御銚子入御三方御引渡、御捨土器并三使引渡等引之

此時、三使御下段中央江出、一同ニ拝礼して松之間ヘ退出、次ニ上々官三
人一同ニ出て御下段閾之内ニ而拝礼して退ク、次上判事・学士・軍官・冠官両
度ニ板縁ニ出テ拝礼して退ク、但、右御礼申上候内、上々官差副、先ニ立テ
出、西之方江通り、東之方ニも上々官有之而、官人共御礼之差図ス、次ニ次
官・小童薄縁ヘ八九人宛出、拝礼して退ク

一中官者舞台之前庭上江両度江出、拝礼して退ク、但、御歩行目付之頭、火之
　番之頭、中官之族ニ先立テ導出、右軍官与冠官ハ板縁通出之、次官・小童者
　御書院番所之前薄縁通り、車寄より南之薄縁通り出テ、退去も同前、判事官・上
　官之族ハ直ニ御書院番所ニ置之、御縁頬之御簾下之、於此席、御振舞被下之、
　但、御振舞過テ、右之輩、本之席江退てより、又烏帽子着ハ如最前、出座して
　群候、右悉畢而、御前江掃部頭・筑前守被為召之、御振舞可被下之由被仰出、
　則両人松之間江出て、如最前、列座して上意之趣、対馬守ヘ筑前守伝之、対
　馬守、上々官ヘ宣ル、三使江言伝て御請、如前、右両人、御前江出、御請申
　上、本之席ニ着座、於是三使又為御礼、御前ヘすゝむ、御下段五畳目ニおひ
　て拝して本之所ヘ退テ入御

一入御有之而、御上壇并御中段之御簾を下ル

一御下段西之方之戸をたて御簾を下ル

右之通御座敷ヲまうけて後、御勝手之方ゟ御三家甲府参議出座、各衣冠帯

　　　釼、西之方着座、三使もすゝみ出、互に一揖有之而、襖障子際ニ着座、此

　　　時国主・領主・四品以上之面々、御白木書院御次之間并連歌之間へ退去

　　　て、三使退去以後退出ス

一饗応七五三出ル　膳部金置上、彩色四目地、扇五目洲浜、皆亀足にて飾ル

一給仕之面々ハ衣冠　下襲を着シ、たびをはく、配膳之間不帯釼、但、給仕拾弐人、給

　　仕奉行二人、組共、別帳ニ記之

　　　　初献　　　酌誰
　　　　　　　　　加誰

　　誰被初之正使、誰副使、誰従事ニ而納ル

　　　　二献　　　酌
　　　　　　　　　加

　　誰被初之順々前ニ同

　　　　三献　　　酌
　　　　　　　　　加

　　誰被初之順々前ニ同

　　　　盃之台并膳部等引之、菓子・茶出之

一饗応之内、西之張出しに掃部頭・筑前守・肥後守・加賀守・豊後守・山城守・備

　　後守・河内守・隠岐守列居、対馬守ハ東之方ニ祇候して、折々三使之方伺之

一事終而御三家、三使江向、互ニ一揖有之而退座、三使ハ松之間江退出

一松之間ニ屏風ヲ立、御簾を垂、上々官三人為饗応之席・七五三膳部上ニ同シ、

　　給仕人、衣冠下襲解釼、座敷奉行・御酌加之役人、別帳ニ記之

一判事官三人・学士壱人・上官三拾九人内、　次官・小童七五三、向詰無之、御振

　　舞被下之、席御書院番所・柳之間、両所也

　　　　　右、両所之給仕ハ御小姓組、御書院番之内出人五拾五人、素袍着役也

一中官之族ハ御玄関腰掛之前ニ而饅頭被下之

一三使ハ上官以下之饗応過を待テ、対馬守ヲ以御饗応之御礼申上、退去ス、然

　　而、右衛門太夫・摂津守・大和守・壱岐守・右衛門佐先達而対馬守相副、上々

　　官相従、于時、掃部頭・筑前守・加賀守・豊後守・山城守・備後守、御書院番所

之前迄相送、三使一揖有之而退ク、対馬守・右衛門太夫・摂津守・大和守・右衛
門佐者御玄関迄送之、左京亮・壱岐守・両長老ハ二丸御門迄送之

　　朝鮮国之信使御礼之次第与申所ゟ是迄公儀ゟ之御書付也

ゝ三使拝礼之度数、左ニ記之

　　　　中段
　　　名代之拝礼　　　　　　　　　　四度半
　　　　下段
　　　三使拝礼　　　　　　　　　　　同断
　　　御盃頂戴後　　　　　　　　　　二度半
　　　御料理可被下与之御礼　　　　　右同

ゝ信使登城之刻、出馬之御書付、八月朔日、水野右衛門太夫様ニ而平田直右衛
　門ニ御渡シ被成候刻、左ニ記

　　　　　　　何某
　　　鞍置馬　　　　　何疋
　　　　　　　沓篭何ツ
　右者朝鮮人登城之度々、馬壱疋ニ歩行侍壱人宛麻上下ニ而差添、宿坊本誓
　寺迄可被出之候、以上

　　　　覚

一鞍置馬拾疋　沓篭三　　　　　堀田筑前守
一同九疋　同三　　　　　　　　大久保加賀守
一同八疋　同二　　　　　　　　阿部豊後守
一同四疋　同壱　　　　　　　　戸田山城守
一同三疋　同壱　　　　　　　　牧野備後守
一同三疋　同壱　　　　　　　　松平遠江守
一同六疋　同二　　　　　　　　松平伊豆守
一同四疋　同壱　　　　　　　　浅野式部少輔
一同四疋　同壱　　　　　　　　久世出雲守
一同五疋　同二　　　　　　　　安藤対馬守
一同三疋　同壱　　　　　　　　松平駿河守
一同四疋　同壱　　　　　　　　本多飛弾守
一同四疋　同壱　　　　　　　　亀井松之助
一同三疋　同壱　　　　　　　　金森万之助
一同二疋　同壱　　　　　　　　土井式部少輔

一同二疋　同壱　　　　　　　　　三浦志摩守
一同二疋　同壱　　　　　　　　　増井兵部少輔

　　　以上

〻信使登城之刻、相附候通事之書付、左ニ記之

　　殿上之間縁頬ニ相詰居候通詞

　　　　　　　　　　　　　　　加瀬五右衛門
　　　　　　　　　　　　　　　大庭弥二兵衛
　　　　　　　　　　　　　　　橋辺判五郎
　　　　　　始之都訓導先　中山嘉兵衛

　　御玄関前腰掛ニ而御酒、中官へ御振舞之所ニ相附居候通事

　　　　　　　　　　　　　　　平田仁兵衛
　　　　　　　通詞頭　　　　大浦新左衛門
　　　　　　　　　　　　　　　早川次郎左衛門
　　　　　　次官六人之跡　阿比留金七
　　　　　　けいめい之跡　多田又兵衛
　　　　　　　　　　　　　　　飯束藤兵衛
　　　　　　後都訓導先　　阿比留武兵衛
　　　　　　　　　　　　　　　長曽根久兵衛
　　　　　　　　　　　　　　　富井治兵衛

　　下馬所ニ相附居候通詞

　　　　　　　通詞頭　　　俵長左衛門
　　　　　　　　　　　　　　　佐護分左衛門
　　　　　　けいめい之跡　井久左衛門
　　　　　　　　　　　　　　　畑嶋庄左衛門
　　　　　　　　　　　　　　　大浦平左衛門
　　　　　　　　　　　　　　　堀助太郎
　　　　　　　　　　　　　　　杉原四郎兵衛
　　　　　　　　　　　　　　　脇田安右衛門
　　　　　　　　　　　　　　　土田惣兵衛
　　　　　　　　　　　　　　　高嶋庄左衛門

　　右之所ニ大簾・小簾、其外大平簾・持道具可差置候事

　　　　　　　　　　　　　　　梯七郎右衛門
　　　　　　　　　　　　　　　井手孫右衛門

右ハ下輿ニ附居朝鮮人内ニ入被申間敷事

〃三使、御本丸・西之丸登城之刻、持夫付、左ニ記之

　　　　　覚

一三使輿舁　　　　　　　　　三拾人
一上々官・学士・医師・乗物舁　四拾人
　右者御馳走人方ゟ出ル

一御書翰輿舁　　　　　　　　六人
八月廿六日
一長持五掉夫　　　　　　　　五拾四人
同日
一台持夫　　　　　　　　　　五拾三人
同廿七日
一御鷹持夫　　　　　　　　　弐拾人
同日
一長持夫　　　　　　　　　　三拾四人
同日
一台持夫　　　　　　　　　　弐拾六人
同廿八日
一御鷹持夫　　　　　　　　　弐拾八人
　　右者御賄方ゟ出也、何茂紺木綿之対之衣類也

〃登城之刻、御料理被下候人数、水野右衛門大夫様御渡シ被成候写、左ニ記之

　　　　　覚

　　　三使

　　上々官三人　　　　　　一座
　┌学士壱人
　│医官壱人　　　　　　　一座
　└上判事三人
　　上官三拾人　　　　　　一座
　　次官八人　　　　　　　一座
　　小童拾六人　　　　　　一座
　　中官五拾四人　　　　　饅頭御振廻

〃御本丸・西之丸登城之節、御馳走人内藤左京亮様・小笠原美濃守様ゟ出人之
　書付参候写、左ニ記之

一先立之侍　　　　　　　給人拾人宛
一書翰ニ付　　　　　　　給人三人宛
一正使輿付　　　　　　　給人五人宛
一副使輿付　　　　　　　給人五人宛
一従事輿付　　　　　　　給人五人宛
一上々官ニ付　　　　　　給人二人宛
一長柄拾本
一押騎馬　　　　　　　　給人五人宛
一同勢
一押定軽　　　　　　　　五人宛

　　登城之行列、左ニ記之

御馳走方　　士拾人

此者下馬ト轎与之間
旗鉾官人ニ附留ル

大束伊左衛門

礼單馬弐匹

鞍具　馬掛

吉村忠五郎

御馳走方　　士拾人

右同断

吉村善七

中官　小通事壱人

清道簾壱　　同

騎馬　中官　騎馬　中官

形名壱

日本通事壱人　多田又兵衛

騎馬
都訓道壱人　小通事壱人

中官　小通事壱人

清道簾壱　　同　　同

騎馬　中官　騎馬　中官

形名壱

日本通事壱人　井久左衛門

中官
三穴手壱人 偃月刀二 長槍三 巡視 簱三 三枝槍三

中官
三穴手壱人 偃月刀二 長槍三 巡視 簱三 三枝槍三

令簾三

節一

鉞壱

中官
使令壱人

中官
砲手壱人　鉾手二

日本通事
中山嘉兵衛

騎馬
都訓導壱人　中官

令簾三

節一

鉞壱

中官
使令壱人

中官
砲手壱人　鉾手二

銅鼓壱

細楽二

鼓打手三

中官
使令一人

中官
砲手壱人

太平嘯三

銅鼓壱

細楽二

鼓打手三

中官
使令一人

中官
砲手壱人

太平嘯三

螺角手三

喇叭手三

中官
砲手壱人

使令壱人
中官

騎馬次官
馬上才壱人

騎馬
上官
軍官八員

日本通事
阿比留武兵衛

騎馬
都訓導壱人

中官
騎馬
上官
軍官八員

螺角手三

喇叭手三

中官
砲手壱人

使令壱人
中官

騎馬次官
馬上才壱人

騎馬
上官
軍官八員

騎馬
小童二人

御馳走方
士三人　此内壱人御玄関通ル

脇田源兵衛　吸唱壱人

御馳走方
士五人　此者共轎二付居ル

正使　　小通事壱人

中官
小通事壱人

日本通事
加瀬五右衛門

国書　陪行上官一員

騎馬
小童二人

御馳走方
士三人　右同断

古藤平五郎　吸唱壱人

御馳走方
士五人　右同断

御弓之者

平間長兵衛　　中官　　　　騎馬　　　　　　　　　御馳走方　　　御鉄炮勘右衛門

足軽壱人　　　使令壱人　　小童二人　　　　　　吸唱一人　　士五人　　此者轎ニ付居ル　足軽壱人

同
天本平左衛門
足軽壱人

中山勝右衛門

通事
大庭弥次兵衛

米田弥二左衛門

副使
大庭弥次兵衛

小通事壱人
足軽壱人

同　近左衛門
足軽壱人

同
藤才兵衛　　中官　　　　騎馬　　　　　　　御馳走方
足軽壱人　　使令壱人　　小童二人　　　吸唱一人　　士五人
右同断

同　弥五右衛門
足軽壱人

中官
使令一人
騎馬
小童二人
吸唱壱人
中原与三右衛門
通事
橋辺判五郎
御馳走方
士五人
御馳走方
此者轎ニ付居ル
御旗源五左衛門
従事
中官
小通事壱人
同　源兵衛
足軽壱人
足軽壱人

中官
使令一人
騎馬
小童二人
吸唱壱人
小宮儀兵衛
御馳走方
士五人
右同断
同　伝七
足軽壱人

吸唱壱人

中官
使令壱人

御馳走方
士弍人　此者乗物付

吸唱壱人

中官
使令壱人

騎馬
小童壱人

騎馬
小童壱人

朴同知

乗物
　　中官
　小通事壱人

吸唱壱人

中官
使令壱人

御馳走方
士弍人　右同断

吸唱壱人

中官
使令壱人

御馳走方
士弐人　此者乗物ニ付居ル

吸唱壱人

使令壱人　中官

御馳走方
士弐人　此者乗物ニ付居ル

卜僉知
乗物

騎馬
小童壱人

洪僉知
乗物

騎馬
小童壱人

御馳走方
士弐人
右同断

吸唱壱人

使令壱人　中官

御馳走方
士弐人
右同断

製術官　乗物
中官壱人

良医　乗物
中官壱人

上官十四員　騎馬

次官六人　騎馬

阿比留近七　通事

中官拾二人　騎馬

中官

小通事壱人

騎馬
平田隼人

同
樋口孫左衛門

同
平田直右衛門

同
田嶋十郎兵衛

同
田中善左衛門

御馳走方
長柄拾本

御馳走方
長柄拾本

小頭壱人　布上下　　　　　　　　　　　　　小頭壱人　布上下

足軽

御馳走方　五人　　御馳走方　五人

御馳走方騎馬　十五人　　　　　　　　　御馳走方騎馬　十五人

小頭壱人　布上下　　　　　　　　　　　　　小頭壱人　布上下

一八月廿八日　晴天

〃今日、三使西之丸江巳中刻登城

〃三使本誓寺被出候刻、轎据所并門之内武具飾り・莚之敷様、其外昨日同前

〃若君様へ進上之御馬弐疋、信使行列之先ニ為牽之、其跡方御馬掛吉村忠五郎騎馬、尤、馬掛り桑嶋武兵衛・青野市之允相附也、御馬渡候様并口取・柄杓・沓箱持ハ昨日之通也、則公儀御馬掛諏訪部文九郎殿手代斉藤兵右衛門ニ下馬橋、御門之内御番所之前ニ而御馬相渡ス

〃信使行列之跡騎馬樋口孫左衛門・平田直右衛門并田嶋十郎兵衛・田中善左衛

門・古川平兵衛布上下着、相勤ル

〻 隼人・忠左衛門儀者殿様西之丸江御登城被成掛ニ信使御用ニ付、水野右衛門
太夫様御出被成候間、 右両人之儀先様右衛門太夫様へ致参上居候様ニ与之
御事ニ而早天ゟ罷出ル

〻 三使西之丸江参上、朝鮮国王方之音物差上、二度半之拝礼仕ル、御本丸ニ而
者四度半之拝礼ニ而候得共、是者若君様之儀ニ候、国王方外ニ四度半之拝礼
者不仕候作法之由ニて二度半之拝礼仕ル也

〻 上々官・上官其外何茂二度半之拝礼也

〻 三使未之中刻、西之丸ゟ帰宿

〻 朝鮮人持道具・簱等下馬所之堀はたへ立並、軍官弓・簱・刀等此所ニ而請取
之、役目人御本丸登城之節、同前也

〻 内田清加罷出、被申聞候者、松平加賀守様、拙子ニ被仰付候者、此度信使登
城之行列之絵図御仕立被成候、就夫、加賀守様御家来衆被遣候間、拙子引廻
シ候而、朝鮮人持道具等見物為仕候様ニ与之御内意ニ付、是又同道仕候、如
何可被成哉之由被申聞ニ付、弥被致同道、見物候様ニ与申入ル、依之、所々
道具有之所之御番衆中江申遣候者、朝鮮人持道具致見物、様子写度与申人
有之候間、望之通可被仰付候通口上書仕、隼人印判押之、遣ス

〻 内藤左京亮様・小笠原大介様中御目付中根主税様・大岡五郎右衛門様・水野
右衛門太夫様、信使宿へ御出被成、右衛門太夫様へ者隼人罷出、御挨拶仕ル

〻 殿様五ツ時分、三使宿へ御出被遊也

〻 今日、三使西之丸江被上候付而、若君様へ献上之御鷹五居、但、台弐ニ載之、
三使帰宅以後、鷹師二人ニ聞番相附、西之丸御玄関へ罷上候処ニ、御鷹師衆
御下リ候付而、堀田対馬守様へ兵右衛門致参上、其段申上候処ニ、御鷹ハ御
請取被成候、則案内者相附、御鷹掛方へ可相渡与之御事ニ而、御鷹師頭水野
権之介殿宅へ持参仕、相納ル也

〻 右之持夫拾人、是者御賄方ゟ出ル也、紺木綿対之衣類着之

〻 御本丸江献上之御鷹之儀も昨日者目録計ニて上リ居候故、今日、御鷹掛リ平
田小右衛門并鷹師三人ニ聞番相附登城、則於御玄関御鷹師小野吉兵衛殿江
御鷹拾居相渡之、相済、但、台壱ニ弐居宛載之

〝此持夫弐拾八人、右同断

　　　朝鮮国王之信使御礼之次第

一信使宿坊本誓寺ゟ西之丸大手ニ至迄楽を奏ス、於大手、上官以下者下馬ス、
　下官等ハ爰ニ留ル、上々官者橋詰ニ而下輿ス、信使者中腰掛ニ而下輿ス、御
　玄関ゟ上之橋向迄莚五枚並敷之

一信使中仕切御門江来時、宗対馬守・内藤左京亮・彦坂壱岐守・霊長老・辰長老
　出向テ、三使ニ先立、御玄関ニ至ル、此時、水野右衛門太夫・秋本摂津守・酒
　井大和守・坂本右衛門佐各衣冠帯釼、営中ゟ出テ案内シ、三使及上々官ハ殿
　上之間、上判事・学士・軍官者次之間ニ列座、次官・小童者御縁ニ一列、中官
　之族者御玄関前庭上ニ置之、下官ハ下馬ニ留置、夫ゟ内ヘ不入也

一別幅箱を御玄関之間ニ置之、爰ニて別幅を出シ、上々官持之、入営中也

一大広間御上壇、御簾を垂

一朝鮮国王ゟ之進物数多ニよりて前日御城江取寄之彼台を板縁西之方ゟ実検、
　窓之前迄並置、三使登城前進物積之、進上之御馬二疋 高麗鞍置 舞台之前ヘ御
　厩別当諏訪部文九郎・同文右衛門素袍を着シ、差添出ル、舎人四人白張を着、
　騎馬ハ西頭ニ立置之

一御下段着座
　　　　　　　　　　　　　堀田筑前守
　　　　　　　　　　　　　大久保加賀守
　　　　　　　　　　　　　阿部豊後守

一西之張出ニ着座
　　　　　　　　　　　　　井伊掃部頭
　　　　　　　　　　　　　保科肥後守
　　　　　　　　　　　　　酒井河内守
　　　　　　　　　　　　　松平隠岐守
　　　　　　　　　　　　　堀田下総守
　　　　　　　　　　　　　石川主殿頭
　　　　　　　　　　　　　青山大膳亮
　　　　　　　　　　　　　牧野因幡守
　　　　　　　　　　　　　朽木伊予守
　　　　　　　　　　各 衣冠下襲帯釼

一松之間中之敷居際ゟ御譜代大名列座、各衣冠帯釼

一三之間ニ諸物頭・諸役人布衣之後座ニ西之丸御小姓組素袍を着シ、群居ス、
但火消当番者不出仕

一板縁車寄迄詰衆及御番頭向頬ニ奏者・御番之面々候ス、各衣冠帯釼

一大御番衆之御番所江出人百人素袍を着シ、群居ス

一三使御礼之期ニ及テ宗対馬守・水野右衛門太夫・秋本摂津守・酒井大和守・彦
坂壱岐守・坂本右衛門佐・霊長老・辰長老、殿上之間へ行テ三使をいさなひ、
松之間ニ趣ク、三使之先ニ別幅を上々官すゝむ、松之間之襖障子之際ニ置之、
三使者襖障子ゟ東江五畳目ニ並ひ、西向ニ居ス、上々官三人ハ通事たるゆ
へニ同所板縁ニ居ス、両長老者退去テ車寄ニ居也、然而、別幅を対馬守持出、
板縁敷居際ニ候ス、畠山飛弾守、西之御縁ゟ出向時、対馬守御縁を立テ、御
下段下ゟ二畳目江入、於爰飛弾守請取、則御上壇之上、二畳目ニ置之、退也、
時に誰御縁ゟ松之間江出テ、三使可達之旨、対馬守ニ伝之、対馬守、上々官
ニ言渡ス、上々官者三使告テ三使一度に対馬守差副出テ、席之差図して退ク、
三使敷居之内、二畳目ニ着ス、此時、誰品々進上之趣可有披露之旨、対馬守
江伝之、対馬守、上々官江申之、三使江伝之、其後、双方相互ニ令会釈而、
三使御次之間江退去之後、右之進上物、布衣之輩西之御縁通り、御勝手江引
之、進上之御馬、塀重門ゟ牽出之

一次ニ三使自分之進物、布衣之族持出、板縁西之方ゟ順々並之、時に三使一同
ニ重テ出座、対馬守差添出テ、席之差図して退ク、三使御下段五畳目ニおひて
一列して拝ス、畠山飛弾守板縁敷居際江出テ、朝鮮之信使と披露之拝礼、畢
而三使本之席江退座、進物、布衣之族西之御縁通り、引之、次ニ上々官一同
ニ出テ御下段敷居之内ニ而、拝礼して退ク、次ニ上判事・学士・軍官冠官両度
ニ板縁江出て拝して退ク

　　　但、御礼申上付而、上々官差添、先ニ立而西之方江通り、東之方ニも
　　　上々官有之而、官人共御礼之差図ス、次ニ次官・小童落縁へ八九人宛出
　　　テ拝礼して退ク

一中官者舞台之前、庭上ニ両度ニ出、拝礼して退ク、但、御歩行目付之頭・火之
番之頭・中官族之先ニ立而導出、右上判事・学士・軍官・冠官ハ板縁通り出之、

次官与小童ハ大御番所之前、落縁通り、車寄ゟ南之落縁通り出之、退去も同前

一事終而三使者、対馬守を以御礼申上、退去ス、然而、水野右衛門太夫・秋本摂
　津守・酒井大和守・彦坂壱岐守・坂本右衛門佐先達而、対馬守相副、上々官相
　従、此時、誰々右御番所之前迄送り、一揖有之、退く、対馬守・右衛門太夫・摂
　津守・大和守・右衛門佐者御玄関迄送ル、　内藤左京亮・彦坂壱岐守・両長老ハ
　上之橋際迄送ル

ゝ御馳走人ゟ、昨今者首尾能御目見相済候、為御慶、三使銘々并上々官銘々ニ
　御音物堅御目録相副被遣之

　　　　酒三樽
　　　　鮭弐本宛三折

　右者左京亮様ゟ之御音物也、御使者長坂平左衛門

　　　　酒三樽
　　　　蚫拾五宛三折

　右者信濃守様ゟ御使者平田伝右衛門

ゝ上々官江之御音物も三使同前

ゝ左京亮様・信濃守様ゟ三使江之御音物之品、以手紙、樋口孫左衛門・多田与
　左衛門方迄御案内申上ル

　　　西之丸江信使御礼御次第、公儀ゟ之御書付、是迄也

一八月廿九日　晴天

ゝ内藤左京亮様・小笠原大助様、信使宿へ御詰被成

ゝ信使宿へ御詰被成候御歩行目付衆被申聞候ハ、昨日三使西之丸江参上ニ付、
　今日信使方江若君様ゟ為上使、殿様・水野右衛門大夫様、御両人御出被成之
　由被申聞、則三使江も上々官ヲ以其段申達也

ゝ今日、殿様、上使江御入被成候儀、三使心安ク可有之与之御事ニて上使ニ被
　蒙仰也

〃 上使御出ニ付而、門之内五六間之所ゟ本堂・玄関石壇迄薄縁三枚並ニ敷之

〃 門之内左右ニ朝鮮武具飾之

〃 巳之中刻、従若君様之為上使、殿様・水野右衛門大夫様御出被成、大門之外
ニ而御乗物ゟ御下り被遊、此時楽器始之

〃 御馳走人左京亮様・大助様莚之上半途迄御出迎、尤、上々官三人、門之中程
迄出迎、先達而御手引仕ル、殿様御装束香色御直垂、御烏帽子被為召、其跡
ゟ水野右衛門大夫様、青襖袴ニ而御出、右御馳走人御両人ハ布上下ニ而御
上使跡ゟ御入被成ル

〃 此方年寄中不残鋪台之際くり石ニ罷出、相詰ル

〃 三使箱鴈木之際、東之方ヘ被出迎也、則其所ニ而御会釈有之而、奥上壇ヘ御
同道、三使者東方歩行、殿様・右衛門大夫様ハ西之方御歩行被遊

〃 上段ニ而西之方ニ毛氈二枚敷、上座之毛氈之上ニ殿様、其次ニ右衛門大夫様
御立、東之方ニ毛氈三枚敷、正使・副使・従事立、二度半之対礼有之、若君様
ゟ上意之趣以朴同知、殿様ゟ被仰達、御口上者、昨日者三使被致登城、国王
ゟ之進物并自分之進物被差上候、御幼少ニ被成御座候故、今朝披露有之、被
聞召上、遠境太儀ニ被思召上候与之御事也、御口上済而、御挨拶等有之、人
参湯出ル、相済而三使、以朴同知、御請被申上候者、上使被成下、上意之趣
忝次第奉存候、御礼之儀ハ御両人宜様ニ被仰上候下候様ニ与被申候通申聞、
事畢而追付御帰り、右之通三使箱鴈木際迄被送也

〃 今日、御三家江三使方ゟ音物致進覧候与之儀、深見弾右衛門御使者ニ而被
仰遣置候、然処ニ三使ゟ上々官ヲ以被申聞候者、礼曹ゟ御老中江被遣候音物
差出不申内ニ、三使ゟ自分之音物遣シ候儀難成由被申候付而、尤ニ存、則今
日者差留ル、依之、又々御三家江以御使者被仰遣候ハ、今日三使方ゟ之音物
致進覧筈ニ候通、先刻以使者申入置候得共、今日ハ上使御入被成候ニ付而、
諸事取込居候故、重而差出可申由被仰遣也

〃 三使ゟ黄勉斉集見申度由被申候得共、無之ニ付而、木下順庵方ヘ以手紙申
遣、才覚被致候而、一日三使方ヘ御借シ候様ニ与申遣ス也

〃 御老中江礼曹ゟ之音物者来ル二日、御三家江之音物者同三日ニ差出候様ニ
与、水野右衛門大夫様御差図ニ候由、孫左衛門・与左衛門方ゟ申来ル、則其

段、裁判ヲ以上々官迄申達ル也

〃秋本摂津守様、信使宿へ御出、通事阿比留近七江被仰聞候者、朝鮮絵書ニ何
　そ御書セ可被成之由被仰聞、然共、対馬守宿坊願行寺へ罷有候付而、其通を近
　七申上候処ニ、左候ハ、明日ニ而も御出御為書可被成与之御事ニ而御帰り也

〃今朝、三使方ゟ朴同知・安判事を以被申聞候ハ、今度学士両人罷渡候内、成
　学士ハ乗物ニ乗り、今壱人之李学士ハ乗り不申候間、何とそ登り之時分ハ両人
　共ニ同前ニ被仰付被下候様ニ与之願、且又、公儀ゟ之被下物も同前ニ被仰付
　被下候様ニ与、是又願ニ付、此段不苦儀ニ候ハ、右衛門大夫様江御伺被成、
　如何可有御座之旨、孫左衛門・与左衛門方へ申遣ス

〃右之手紙ニ申遣候者、大坂川口ニ而朝鮮国書乗候川御座無之候、帰国之時
　分者弥川御座壱艘出申候様ニ与之御事、并馬上才申候者、重而曲馬被仰付
　候時分ハ咽乾候、水抔給候而者不宜候間、梨子を御用意被成候様ニ与申居候
　付而、右衛門大夫様御家来へ申達候処ニ、右衛門大夫様御聞被成、其通可被
　仰渡与之御事ニ候由、是又右之手紙一紙ニ申遣ス

〃松平長門守殿儒者山田原欽、三使宿へ被参、学士与筆談・詩作等有之、尤、
　朝三挨拶仕ル

一九月朔日 晴天

〃 三使方ゟ上々官ヲ以被申聞候者、水野右衛門大夫様・内藤左京亮様・小笠原
信濃守様江之音物之儀無用仕候得与、右以被仰付候へ共、右衛門大夫殿江者
昨日上使ニ御出被成候、左京殿・信濃殿儀者御馳走人之御事故、先例ニも音
物進之候、弥右三人江音物遣シ申度由被申候通、御屋敷江御案内申上ル也

〃 殿様、今日御持病差出候付而、三使方為御見舞、医師鄭正并判事壱人被遣之、
尤、通詞橋辺判五郎相附、乗物昇乗物等御馳走之方ゟ出ル

〃 内藤左京亮様・小笠原大助様、信使宿江御出被成ル

〃 松平伊豆守様・秋本摂津守様、願行寺へ御出、朝鮮医師江御逢被成度与之儀
ニ付而、則鄭正ニ通詞橋辺判五郎相附、願行寺へ遣之、尤、隼人・忠左衛門
儀も罷出、御挨拶申上ル

〃 曲馬下乗之儀、右衛門大夫様江可被仰入候間、明日乗候而も、又明々後日乗
候障ニ不罷成候哉、馬芸之者へ相尋候様ニ与申来ニ付而、則相尋候処ニ、今
日乗り候而、明日乗り候而も又一日間を置候而者不苦候由申ニ付而、其段孫
左衛門・与左衛門江申遣ス也

一九月二日 雨天

〃 内藤左京亮様・小笠原大助様、信使宿へ御出被成ル

〃 今日、御老中様・井伊掃部頭様・保科肥後守様・堀田対馬守様・稲葉石見守様
江礼曹并三使之進物、上々官三人持参、依之、平田隼人熨斗目布上下着并聞
番桃田三左衛門同道仕ル也、尤、通事両人相附参ル也

〃 右之御人数江上々官参り候付而、御馳走人ゟ道筋案内者并乗物ニ相添候人
御出被成ル、則左ニ記之

乗物ニ付	案内者壱人宛
	歩行侍参人宛
	馬弐疋宛
右馬ニ付	足軽四人宛
	六尺八人宛
	長柄笠三本宛
	合羽篭
	沓篭
進物宰領	歩行二人宛
	中間五拾弐人宛

右之通、左京殿・美濃殿ゟ同シ人数出ル也

堀田筑前守様へ礼曹ゟ別幅

一虎皮	三枚
一豹皮	二枚
一大段子	三巻
一白照布	拾疋
一青皮	五枚
一油紙	五枚
一黄筆	三拾本
一真墨	弐拾笏
一鮫	拾五本

右同人江三使別幅

一人参	二斤
一色紙	五巻
一油布	拾五疋
一石鱗	壱斤
一白蜜	弐拾斤
一松笠	百
一筆	弐拾本
一墨	拾笏
一芙蓉香	五拾本

大久保加賀守様・阿部豊後守様・戸田山城守様、各江礼曹ゟ別幅

一虎皮	二枚
一豹皮	二枚
一段子	三巻
一白照布	拾疋
一青皮	三枚
一油紙	五枚
一鮫	拾本

右御三人江三使方別幅

一人参	壱斤
一色紙	三巻
一油布	拾疋
一石鱗	壱斤
一白蜜	拾五斤
一松笠	百
一筆	弐拾本
一墨	拾笏
一芙蓉香	弐拾本

井伊掃部掃部頭様・保科肥後守様、各三使方別幅

一人参	壱斤
一色紙	三巻
一油布	拾疋
一石鱗	壱斤
一墨	拾挺
一芙蓉香	弐拾本
一扇子	弐拾本
一柏子	弐斗

稲葉石見守様・堀田対馬守様、各三使方別幅

一人参	壱斤
一色紙	三巻
一油布	五疋
一石鱗	壱斤
一白蜜	拾斤
一柏子	壱斗
一筆	弐拾本
一墨	拾挺

〻右之進物配御歩行四人并御弓之者四人、進物ニ相附、尤、 羽織袴着仕ル、

上々官方先達而桃田三左衛門ニ相附、罷越也

〃御目付戸田又兵衛殿并御歩行目付宮川源介殿・奈佐四兵衛殿、信使宿江御見舞

〃松平長門守様儒者山田原欽、今日も信使宿へ参り、成学士・李学士・洪判将与
　筆談有之

〃堀田筑前守様方三使へ御使者、口上者、最前者礼曹方之書翰并音物、三使方
　之音物、上々官被致持参、辱存候、為御礼、以使者申入候与之御事、取次田
　嶋十郎兵衛、則安判事ヲ以三使江申達、御使者江上判事対面、御返答申上ル、
　尤、十郎兵衛相附、挨拶仕ル也、使者岡井弥一左衛門長上下着

〃水野右衛門大夫様・大久保安芸守様・秋本摂津守様、信使宿へ御出被成、朝
　鮮能書・絵書筆元御覧可被成与之御事、人見友元も被参ル也、則絵師・安判
　事・成学士夫々ニ為御書被成、暮時分御帰り被成ル也

〃今日、三使方上々官を以音物被致進覧候、御衆方為御礼、御使者来ル

戸田山城守様御使者
　福井源太左衛門
堀田対馬守様御使者
　草川権右衛門
井伊掃部頭様御使者
　藤田庄右衛門
阿部豊後守様御使者
　鈴木内蔵之介
稲葉石見守様御使者
　大村市之允
大久保加賀守様御使者
　大久保武大夫
保科肥後守様御使者
　原田主馬

則田嶋十郎兵衛取次之、三使へ申達、則金判事、御使者江対談、尤、十郎
兵衛相附、口上申入ル、牧野備後守様方ハ御返礼之御使者無之候

〃樋口孫左衛門・多田与左衛門方ゟ以手紙申来候者、明日水野右衛門大夫様、
　其外御客有之候付、馬芸之者四ツ頭ニ御屋敷へ参候様ニ可申付之由申来候
　付、則通事頭中へ其段以手紙申渡ス

一九月三日 晴天

ゝ御馳走人、信使宿へ御出被成ル

ゝ今日、御三家甲府様江三使ゟ之音物、上々官ヲ以遣之、則大浦忠左衛門熨斗
目布上下着、聞番井上兵右衛門布上下ニ而相附参ル、尤、通事阿比留武兵衛
相附也

ゝ右之進物配御歩行四人并為宰領、御弓之者四人羽織袴ニ而相附参ル也、右
之通御三家様江上々官参候付而、御馳走人内藤左京亮様・小笠原信濃守様ゟ
出人之書付、左ニ記之

	騎馬
案内者	長坂平左衛門
乗物二付	歩行侍三人
	馬壱疋
馬二付	足軽弐人
	六尺拾六人
	長柄傘三本
	合羽篭
	沓篭
進物宰領	歩行侍二人
	中間弐拾五人

　　　右者内藤左京亮様ゟ之出人

	騎馬
案内者	杉山三右衛門
上々官	乗物壱挺
	舁夫拾人
上々官乗物一挺ニ壱人宛付也	歩行侍三人
進物案内	歩行侍壱人
進物	持夫三拾人
小童乗候	馬弐疋
	但、馬壱疋ニ足軽弐人宛、左右ニ附

　　　右者小笠原美濃守様ゟ出ル也

ゝ今日、於御屋敷、曲馬之下乗仕候ル付而、馬芸之者二人御屋舗江差越候、尤
、軍官二人・判事壱人相附参候様ニ与、三使ゟ被申付、相副参ル也、乗馬、御

馳走方ゟ出ル

ゝ朝鮮人能書絵書、於願行寺、諸方ゟ之御誂之書物相認候故、於願行寺、軽キ
御料理被下之

ゝ平田直右衛門方ゟ申来候者、信使御暇被成下候節、諸事之規式、信使方江書
留可有之候間、様子相尋、委細書付差上ケ候様ニ与申来ル、然共、今日ハ
上々官三人共ニ御三家様甲府様へ音物致持参候故、今日ハ埒明申間鋪候、
罷帰次第可差上之由返事ニ申遣ス

ゝ三使方ゟ日本紙望之由被申候付而、唐紙弐拾枚・杉原六帖・美濃六帖・肌吉三
帖、右之通被相渡候様ニ与、銀掛中へ隼人・忠左衛門方ゟ申遣ス、追付、参候
付而、夫々ニ相渡ス也

ゝ塙宗立・吉田宗雲・坂本養庵・伊藤検庵・人見正行・木下道円、右之面々、朝鮮
医師ニ逢申度由被申付而、御馳走方ゟ医師宿ニ被附居候番衆ニ、右之面々
被罷通候様ニ与、隼人・忠左衛門印判ニ而手紙遣ス

ゝ御目付近藤作左衛門殿・御歩行目付有壁長兵衛殿・永田藤兵衛殿、信使宿江
御見舞有之也

ゝ明朝、御屋鋪江朝鮮医師被召寄候付而、乗物壱挺・乗物舁共ニ明朝五ツ頭ニ
信使屋江被差越候様ニ与、勘定役筑城弥兵衛方へ申遣ス

ゝ樋口孫左衛門・多田与左衛門方へ以手紙申遣候ハ、朝鮮医師之儀、今日三使
へ申達候処、弥明日可差遣与之事ニ候、依之、明朝御登城前ニ御屋鋪江可差
遣候間、左様御心得候様ニ与、孫左衛門・与左衛門方江申遣ス

ゝ曲馬御上覧之時分、今日乗候様ニ横乗候刻、足を御殿之方江向候而者、悪鋪
候間、御上覧之時分乗様之儀、今日田中善左衛門へ被仰付、則右之通、上々
官江申達候処、委細畏入候、其段馬芸之者へ申付、御差図之通、乗り候様ニ
可申付由、上々官申ニ付而、是又孫左衛門・与左衛門方へ申遣ス

ゝ今日、御三家様方江上々官并忠左衛門致参上候儀、委細左ニ記之

ゝ上々官同道仕、甲府様へ伺公、御門之外ニ而乗物ゟ下ル、門之内ゟ玄関迄庭
莚五枚並ニ敷有之、井上兵右衛門儀先達而致参上、御玄関ニ而三使ゟ上々
官使ニ被申付、伺公仕候付而、対馬守家老為案内、差副候与之儀申入ル、奏
者御番衆六人程布衣着之、鋪台迄被出迎候ニ付、上々官三人一礼、奏者番衆

両人先達而参、拭板中程迄御家老岡野肥前守・戸田伊勢守・岡部出羽守・諸太
夫之装束ニ而被出迎、此所ニ而上々官一礼仕、先達而家老衆案内有之而、
上々官相続参、御広間本間之縁側ニ三使音物を被配置、上々官者御本間之
次之間ニ着座、三使ゟ之口上之趣、右御家老三人江忠左衛門申入候者、頃日
者御前首尾能御礼相済、難有奉存候、御当地江参府仕候御祝儀迄、目録之通、
進上仕候与之儀申入、目録を家老衆へ可渡申候、家老衆三人共ニ奥江被参
候、此間ニ干菓子色々盛合、縁高白木色絵、腰高同前金銀、作花、御茶銀之
台天目、御通イ布衣を着候衆被勤候、暫間有之而、被罷出、御返事之儀、忠
左衛門へ可申聞哉と被相尋候付而、上々官江御直ニ被仰聞候様ニと申入候処
に、上々官江御返事被申入候者、御口上之趣、甲府殿江遂披露候、如被仰下
候、頃日者御前首尾能御礼被仰上、御満足之段尤ニ思召候、殊御到着之為御
祝詞、目録之通被送下、御満足ニ被思召候与之儀也、相済而御家老衆、忠左
衛門江被申聞候者、今日者三使ゟ使者被指越候付、為御案内、御家来被差添
被入御念之段、御満足ニ思召候、宜相心得申上候様ニ与之儀也、右相済而、
上々官御暇申上、罷立候、御家老衆三人共ニ鋪台迄被送出、此所ニて上々官
与一礼有之、退出仕候、上々官ニ相附候小通事弐人・小童弐人江者御寄附之
奥之間ニ而御菓子色々・御茶御振舞被成候、外ニ居候下官へも饅頭御振廻被
成候

ゝ紀州様江致伺公候処、右之通、奏者番衆布衣を着シ、鋪台迄被罷出、上々官
一礼仕ル、奏者番之内ゟ両人先達而被参、拭板之半迄御家老衆安藤帯刀、久
野丹波守・水野隠岐守諸太夫之装束ニ而被出、一礼有之而、奥江通り、御広
間之御本間に着座有之候、三使ゟ之音物ハ縁側ニ被配置候、三使ゟ口上之
趣、右御家老三人江忠左衛門申入候、最前之通、御家老三人共ニ奥江被参候、
其間ニ干菓子色々鑞之鉢ニ盛合、銘々ニ出ル、蒲萄・梨子・柿盛合、是又銘々
ニ出ル、御通イ布衣之衆勤之候、御茶台之目、暫間有之、同御家老衆被出候
付、御返事之儀直ニ上々官江被仰聞候様ニ忠左衛門挨拶仕、御返事相済、
殿様江之御口上者、如何様共無之候、上々官御暇申、退出仕候、家老衆、右
ニ被出候所迄被送出、上々官一礼仕候、鋪台迄ハ御奏者番衆被送出候、小通
事・小童ハ御寄附之奥之間ニ而菓子御振舞被成候、下官江者腰掛ニ而饅頭御
振廻被成ル

ゝ尾張中納言様へ致伺公、奏者番衆、紀州様同前ニ候、御家老衆被出迎候所、
是又紀州様同前ニ候、御家老成瀬隼人・石川伊賀守、是も諸太夫之装束ニて
被罷出、上々官一礼有之、御広間之次、上々官着座、音物者縁側ニ配有之、
三使ゟ口上右之通、忠左衛門申入候、奥ニ被参候、其間ニ御菓子等紀州様同
前通イ之衆・布衣之衆被相勤候、暫有之而、家老衆被罷出、御返事直ニ上々
官へ被申渡候者、中納言殿在国之儀ニ候間、此方ゟ返事可申入与之儀也、則
上々官御暇申上、退出仕ル也、家老衆右為迎ニ被罷出候所迄被送出ル

ゝ水戸宰相様江伺公仕候、門之内、莚五枚並ニ鋪台迄敷有之、奏者番衆五六人
程被罷出、何茂布衣着ス、上々官一礼仕、奥ニ罷通ル、拭板中程ニ家老衆中
山市正・松平駿河守・伊藤玄蕃迎ニ被罷出、装束ハ尾張様同前、上々官者御
広間之次上座に着座、家老衆縁之方へ着座、進物ハ縁ニ配有之、三使ゟ之口
上、忠左衛門、家老衆江申入ル、家老衆奥江被参、則御菓子、鑵之鉢ニ干菓
子・饅頭盛合出ル、通イ小姓衆こゆい素袍着、御茶之通イ小姓衆かむろ四人ニ
而勤之、小童・小通事、井上兵右衛門へ者寄附之奥之間ニ而御菓子出ル、下
官へハ腰掛ニ而饅頭御振廻、暫有之而、家老衆被出候ニ付、御返事之儀御直
ニ上々官へ被仰聞候様ニ、忠左衛門挨拶仕、御返事相済而後、忠左衛門へ中
山市正被申聞候者、今日ゟ信使ゟ上々官を以音物目録被相越候付、為御案
内、御家来被差添、宰相殿御満足ニ被思召候、此旨申上候様ニ与之御事、
上々官御暇申、退出仕、家老衆右迎ニ被出候所迄被送出、敷台迄奏者番衆
被送出也

一九月四日

ゝ御馳走人内藤左京亮様・小笠原大助様并日根野長左衛門殿、信使宿ニ御出
被成ル

ゝ樋口孫左衛門・多田与左衛門方ゟ申来候者、明日馬芸御上覧ニ付、各中ゟ壱
人、裁判役ゟ壱人、御評定所迄相附罷出候様ニ与之御事ニ候間、可被得其意
候、我々中ゟも御差図次第附参り申ニて可有御座候、朝鮮人乗馬旁ハ御馳走
所ゟ出可申候、曲馬乗之儀明日朝五ツ頭御評定所之御馳走所迄罷出候様ニ

与被仰付候間、刻限無相違罷出候様ニ可申達候由申来、水野右衛門大夫様、
信使宿ニ御出被成、馬芸之者明朝五ツ頭ニ罷上候様相心得居候様ニ与之御
事ニ候故、弥其段無油断様ニ可申渡候通申遣ス也

〻 水野右衛門大夫様・秋本摂津守様、信使宿へ御出被成ル

〻 狩野養卜、信使宿江罷出候付而、正使・従事、絵ヲ書見申度候由被申候故、
此方ゟ唐紙等出之、正使・従事見物被仕、養卜、朝鮮人弓・矢・唐冠・石帯等取
寄、写し被罷帰ル

〻 木下順庵老被参、学士両人・滄浪子、右之面々筆談有之、尤、小山朝三罷出、
挨拶仕ル

〻 京極仙千代様、今日此方御屋鋪江御入被遊、朝鮮医師江御様体為御見可被
成与之御事ニて医師之儀被仰下付而、則三使へ其旨申達、鄭斗後御屋敷へ
遣之也

〻 平田直右衛門方ゟ申来候者、朝鮮人之弓・矢嚢・矢筒・太刀、右之品々若殿様
御覧可被遊与之儀申来候、然共、為持進セ、掛御目候儀者難成候間、軍官被
召寄候而、其上ニて御覧被遊候様ニ与之儀、安判事申ニ付、其旨平田直右衛
門方へ申遣ス

〻 信使献上之残鷹二居有之付而、如何可被仰付候哉与、御屋鋪へ相談申遣候処、
壱居ハ疲鷹、一居者なかじくニて役ニ立不申候ハ、放候様ニ与申参候、然共、
此方ゟ放候而者、首尾宜ヶ間敷与存候付而、朝鮮人方ゟ放候様ニ与申候而、
彼方へ二居共ニ渡之候処、則放之申候

〻 御鷹羇所ニ御馳走方ゟ勤候番衆両人被相詰候付、今日信濃守様御家来竹中
求馬ニ申達候者、献上之御鷹も相済申たる儀ニ候、尤、残二居御座候へ共、
是者残鷹与申、如何様共仕儀ニ候間、御番衆御引被成候様ニ被仰合可然之
旨申達ル也

〻 今日御家門様江三使ゟ之音物、此方使者番ヲ以遣之、尤、三使ゟ之音物ヲ此
方之御使者番ニ而進覧申儀略儀ニ候条、判事ヲ以進之候様ニ可仕与之事ニ候
得共、其段者例も無之、殊右衛門大夫様迄不得御差図候而者不罷成候、左様
候へハ、今日被遣候儀も成兼、最早余日無之候へハ、埒明不申事ニ候間、弥
御無用ニ被成候様ニ与申入、御使者ニ而遣之、音物之品々、音物帳ニ有之

〻右之進物入長持・台并持夫拾五人、御馳走之方ゟ出ル、尤、宰領為進物配、
　此方之弓足軽壱人宛相附也

〻長持・台、御賄方ゟ出ル

〻明日馬芸上覧ニ付而田嶋十郎兵衛・田中善左衛門両人内壱人、通事頭之内壱
　人相附、朝五ツ頭ニ御評定所へ罷出候様ニ申付、上々官へも刻限相違無之様
　ニ、裁判役方ゟ申渡之

〻朴同知方ゟ十郎兵衛ニ申聞候者、右以朝鮮国江被仰遣候者、馬芸・射芸之者召
　連候様ニ与之御事ニ候、馬芸之儀明日御上覧被成筈ニ候、終、射芸之儀者御上
　覧可被成共、御沙汰無之候、如何御上覧可被遊哉与、三使被申通申聞ル也

一九月五日　晴天

〻今朝、馬芸御上覧ニ付、朝鮮人何も常之衣装ニて五ツ頭ニ罷出ル、人数、其外
　曲馬乗候様子、於御評定所御馳走之儀、殿様帳ニ委細記之

　　　　　上々官二人
　　　　　　是ハ三人之筈ニ候へ共、洪僉知病気ニ付、如此二人計罷出ル也
　　　　　軍官八人
　　　　　　是ハ三人之筈ニ候へ共、色々三使へ申入、自由ニ而参ル也
　　　　　馬乗二人
　　　　　小童三人
　　　　　理馬壱人
　　　　　通事壱人
　　　　　使令六人
　　　　　口取五人
　　　　　吸唱三人
　　　　　　合参拾壱人

　朝鮮人之先乗り、御馳走人之御家来熨斗目半上下着ニて騎馬也、乗物附等
　左ニ記之

内藤左京亮様方之出人

案内者先乗　　長坂平左衛門
乗物附　　　歩行侍三人
馬六疋
駕篭昇八人
長柄笠七本
合羽篭
沓篭

小笠原美濃守様方出人

案内者先乗　　田村武兵衛
歩行侍二人
乗物壱挺
同夫拾人
馬五疋
但、壱疋、足軽二人宛

〃 平田隼人・樋口左衛門・樋口孫左衛門・平田直右衛門并裁判役田嶋十郎兵衛
熨斗目半上下着、朝鮮人跡方順々二騎馬仕ル

〃 馬掛吉村忠五郎熨斗目半上下着、先達而騎馬二而曲馬二相附、参ル

〃 通事大庭弥次兵衛・加勢五右衛門・橋辺判五郎・阿比留武兵衛・中山嘉兵衛布
上下二而相附

〃 馬乗り所屋よそかし之内、馬場崎御門与和田倉橋之間也、堀きわ二高サ三尺程
之竹垣有之、馬場跡先二くい違イ高土手新規二被仰付之

〃 曲馬、たつの口方ゟ乗初候様二与之上意、則此所方乗初ル、上使和田倉橋ゟ
御出

〃 御検見之御殿、御城之内石垣之上、馬場先御門与和田倉橋之中程二新規二
建、幕御打しほり有之

〃 今日、曲馬御上覧二付、昨日大久保加賀守様方御口上書二而申来候者、馬乗
り候朝鮮人、明朝五ツ時評定所迄御家来被差副可被出候、彼地に水野右衛門
大夫・秋本摂津守・彦坂壱岐守・大岡五郎右衛門罷出候間、左様御心得可被成
与之御事也

〃 朝鮮人、和田倉橋之前二而下馬仕ル

〃朴同知・卞僉知・隼人・左衛門・孫左衛門・直右衛門、馬場見分仕ル、直様御評
　定所へ罷出ル、此所ニて茶・多葉粉出ル、暫有之而、馬場へ出ル、朴同知・軍
　官四人・孫左衛門・直右衛門者馬場先御門之方ニ居也、卞僉知・軍官四人・隼
　人・左衛門儀者和田倉橋之方江罷有ル也

〃信使御用人水野右衛門大夫様・大目付衆、其外何茂評定所江御出、尤、馬場
　へも御出候而、御下知被成ル

〃公方様辰之中刻、御検見江出御被遊、則馬芸之者江曲馬申付ル、曲馬之品数、
　左ニ記之

呉裨將（ヲ ビ チャク）

邢裨將（ヘグ ビ チャク）

乗形

立一さん	起立（ジウセタ）
さかり藤	倒挹（サクコロクイタ）
横乗	横載（カロシルタ）
脇そい	挟馳（ユキユタシタ）
左七歩石七歩	左七歩石七歩（サチル ホ ウチル ホ）
くわんぬき通し	糖馬尻（ゾツ トク ヒウム）
靱付	倒堅（コンヂセタ）
双馬	双馬（サク マ）

但、此双馬ハ乗り不申也

〃於御評定所、朝鮮人座組、左ニ記之

　　　上々官二人　　　　　一座
　　　軍官三人　　　　　　一座
　　　　但、間無之時者五人一座に而も不苦也

　　　⎰馬乗り二人
　　　⎱理馬壱人　　　　　一座

　　　⎰小童三人
　　　⎱中官七人　　　　　一座

　　　下官八人　　　　　　一座

〃くい違イ土手之後、長屋際ニ薄縁敷、梨子・西瓜、鉢ニ入出ル

〃狩野養ト、曲馬為見物罷出ル、是ハ今日馬芸御上覧ニ付、養ト前以牧野備後
　守様得内意候ハ、以後曲馬乗方之絵、自然被仰付儀も可有御座候ヘハ与奉存
　候、ヶ様之時分乗方之様体得ト見届ケ置申度候条、不苦儀ニ御座候ハ、罷
　出、見物仕度由申候処ニ、尤之儀ニ候、見物ニ罷出候様ニと、備後守様御指
　図ニ而罷出也

〃曲馬相済而、早速公方様還御

〃上々官弐人并軍官、平田隼人・樋口左衛門・平田直右衛門相附、御評定所ヘ
　川端之御門方入ル

〃於御評定所、御菓子・羊羹・饅頭・餅麩・山ノいも・香物盛合出ル、何も白木之重
　台也、其後、御吸物出ル膳・白木之膳之脇ニ土器壱ツ宛据り出ル、御肴・蚫・
　卵・海鼠、右二色ニ而御酒出ル、御給仕人、御歩行衆布上下ニ而被勤之、相
　済而御茶出ル、追付退出仕ル也

〃此方御家来、通事迄御菓子被下之

〃右之御馳走人役設楽七右衛門殿

〃水野右衛門大夫様方設楽七右衛殿ヘ被仰入候ハ、対馬守殿御家来迄御振舞
　被成、難有之旨申上候、対馬守殿江も辱可被存与之御挨拶有之也

〃上々官・馬芸之者、其外何茂午之刻本誓寺ヘ帰宅

〃水野右衛門大夫様・内藤左京亮様・小笠原大助様・御目付大沢左兵衛様、三使
　宿ヘ御出、右衛門大夫様被仰聞候者、明日三使御暇之上使有之筈ニ候由被
　仰聞

〃明日、上使御入被成ニ付、公儀方御返物被遣候付、今日進喜太郎殿御進物ニ
　相副、本誓寺江御出、御馳走方并我々江被仰聞候者、信使江之被遣物、明日
　之座配旁申談候様ニ与之御事也、則被遣物之儀、御馳走之人方ヘ請取被置也

〃水野右衛門大夫様被仰聞候者、三使御暇之上使被遣候、其御礼之儀翌日参
　候哉与之御尋ニ付、記録考候処ニ、弥上使御出之翌日、判事一人宛ニ組ニシ
　テ参候由申ル、其上ニ而先年判事御礼ニ被遣候御衆之名書付遣シ候様ニ
　与之儀ニ付、井伊掃部頭様・保科肥後守様・酒井讃岐守様・酒井雅楽頭様・阿
　部豊後守様、右之通書付、差出、就夫、右御礼之儀、上使御入之日、早速判

事被遣之可然与之御事也、則此段樋口孫左衛門・多田与左衛門方迄申遣ス

〻水野右衛門大夫様ゟ御使者坂東大助被遣ル、意趣者、今日馬芸之者へ被下
候銀目録弐百枚与御調被成候、然処ニ、今日者馬芸之者外ニ朝鮮人数多参候、
此人抔ニも配分被成候故、左様有之而ハ御目録之品も違候、此段対馬守様へ
窺御内意候様ニ与之儀也、大浦忠左衛門返答申入候ハ、対馬守へ様子相尋
候而、御返事可申入与申候処、対馬守様御屋鋪之儀茂程近ニ御座候故、是ゟ
拙子致参上、御内意可承候由ニて退出被仕也

〻今日、殿様、御前様・若殿様へ三使其外上々官・判事方ゟ之音物、判事一人相
副、御屋鋪へ遣之、判事乗物御馳走方ゟ出ル、并長持・台・持夫等御馳走方・
御賄方ゟ出ル、音物之品々、音物帳ニ有之

　　　┌長持二掉
　　　└台色数　　　是ハ御賄方ゟ出ル
　　　　持夫拾五人　是ハ御馳走方ゟ出ル

〻水野右衛門大夫様ゟ御屋鋪江被参候御使者へ被仰遣候者、公儀ゟ信使江之
被遣物之儀、信使発足二三日以前ニ先達而大坂迄差登セ候様ニ可仕候、此
段如何可有御座候也之旨被仰遣ル

〻水野右衛門大夫様・内藤左京亮様・小笠原信濃守様江三使ゟ遣物之儀、公儀
ゟ無用ニ与被仰出候へ共、三使ゟ被申候者、信濃守殿・左京亮殿御馳走人故、
毎日御詰、右衛門大夫殿へも御役与申、毎日三使宿江御見廻、其上上使ニも
御出、御苦労被成ル御事ニ候間、音物進覧仕度与之儀ニ付、大久保加賀守様
江御窺被成候処、音物之儀心次第ニ可被致候、尤、使者之儀、此方使者番ニ
て遣候様ニ与之御事也、依之、明日上使御帰以後、使者ヲ以進覧被仕也

一九月六日　晴天

〻御目付松平孫太夫殿、信使宿へ御出、是ハ今日上使御出ニ付、諸事御下知人也
〻殿様・若殿様、信使屋ニ御出被遊也
〻御馳走人内藤左京亮様・小笠原大助様、御賄衆御四人、信使宿へ御詰、尤、

御歩行目付永田藤兵衛殿・有壁長右衛門殿儀も御出被成也

〻 水野右衛門太夫様御出被遊、今日、上使御出ニ付、三使江被遣物之御目録付り、上中下官夫々ニ被下物之御目録、右衛門太夫様御持参被成、隼人江御渡シ被置也

〻 公儀方朝鮮国江御返物、昨日本誓寺江被遣置候を、今日、本堂本間之内、東之方ニ畳を重敷候而並置、西之方ハ屏風ニ而仕切、三使以下江被下物並置也

〻 為上使、公方様方堀田筑前守様・阿部豊後守様、若君様方戸田山城守様、御宿坊浄泉院江御入被成、御装束被遊ニ付、殿様者隼人宿寺へ先御入被成、夫方浄泉院江御出候而、本誓寺江御出被成時分之儀、彼方方可申上之旨被仰達、本誓寺へ御帰也

〻 本堂玄関方莚三枚並ニ鋪之、其上ニ薄縁前之朝鮮人之武具左右ニ飾之、夫々之役人相附居ル、参着之上使之刻、同断

〻 本堂へ御入被成候様ニ与、殿様方時分之儀被仰進、辰之上刻、上使本堂へ御出被成、上使御家来両人布衣着、御返翰箱并別幅箱持之、其跡方上使続而御歩行、此時楽喇叭吹之

〻 上使為御迎、殿様・右衛門太夫様・左京亮様、何茂御装束ニて道具飾有之際迄御出、御先達而御誘引、玄関ニ而御書翰箱者右衛門太夫様、別幅箱ハ左京亮様御請取候而、上使方先達而御歩行、三使者玄関之唐戸脇迄出迎、御一礼有之、奥江御同道、此時、上使御三人者左、三使ハ右同通り御歩行、殿様者御跡方相続御歩行ニ而、上壇床之上西之方ニ御書翰箱、東之方江別幅箱被揚置之、上使御三人者左、三使者右座ニて二度半之御対礼有之而、互ニ御茵之上ニ御着座被成候而、筑前様方殿様江上意之趣被仰渡、夫方山城守様へ御向被成候処、是又被仰渡候付而、則上々官朴同知を以三使江被仰渡候処、謹而被承之、相済而人参湯出之、畢而三使御請を朴同知を以殿様江被申入、則御両所様へ被仰上

〻 右相済而、両上様方三使江被下候御目録三通、御次方隼人持出、下段ニ而、殿様へ差上ル

〻 上使方殿様被為召候而、両上様方三使江被成下物之儀申渡候様ニ与之御事付、御目録を上段江御持参候而、朴同知を以公方様方之御目録御渡被成、三

使順々ニ謹而頂戴之、又若君様方之御目録、右之通御渡頂戴、畢而御次之間
ニて上々官・学士・上判事・上官江御目録、隼人渡之、御目録を下段江持出、
上使江向イ、謹而頂戴之、一統ニ御礼申上、夫方中官・下官ハ被召出不及、御
目録被成下候通、朴同知ヲ以三使被仰渡、三使御礼被申上、相済而弐度半
之御対礼有之而御帰、此時も如最前、右衛門太夫様・左京亮様先達而御出、
唐戸脇迄三使御同道ニ而、御一礼有之、此時も楽喇叭吹之、右衛門太夫様・
左京亮様・殿様ハ右御迎ニ御出候所迄、御先江御出被成也

〻茵之儀者此方方用意仕置候を用也、双方之茵同前也、へり金入、中者藤色之
段子・わた茵也

〻朝鮮国王并三使、其外江被下物、御返物帳ニ有之、但御銀之儀、大坂御城ニ
而渡ル銀割等、大坂之滞留帳ニ有之、右何茂和目録也、上包御除御渡シ被成

〻道御奉行林兵吉殿・遠山源兵衛殿、信使宿江御出、隼人・忠左衛門ニ被仰聞
候者、昨日者対馬守殿江信使衆御招請被成由ニ而候、就夫、道筋之儀新橋通
りハ土手之掃地不宜御座候間、筋かへ橋、浅草橋か被通候様、如何可有御座
候也、此所者道之掃地茂能候、道拵申付ニ付而御尋申候与之御事ニ、御返
答申候者、筋違橋之儀者殊外成廻りニ御座候、浅草橋者以前通り被申たる儀も
御座候得共、手寄も能御座候条、新橋通り可然と奉存候、併、此段対馬守へ申
聞、否之儀御返事可申之旨申候処、左候ハヽ、我々御尋可申入与之御事ニて
御帰り也

〻今日、御暇之上使被成下候、為御礼、堀田筑前守様・大久保加賀守様・阿部豊
後守様・戸田山城守様・牧野備後守様江安判事遣シ被申ニ付、隼人并聞番桃
田三左衛門相附参ル、安判事儀痛有之ニ付、駕篭ニ而参ル、就夫、為案内者、
信濃守様方原曽兵衛、左京亮様方屋多惣右衛門、此両人騎馬ニ而被参ル、安
判事乗物舁、御賄方方出ル也

〻水野右衛門太夫様・小笠原信濃守様・内藤左京亮様江三使遺物之儀、無用ニ
仕候様ニ与被仰遺候得共、三使方被申候者、御馳走人御両人之儀御役目与
申、毎日御勤苦労被成候、右衛門太夫様ニも御役儀、殊毎日御見廻御苦労之
御事ニ御座候、右之御三人江弥遺物仕度与之願ニ付、此段御伺被成候処ニ、
遺物仕候様ニ与被仰遺候付、則今日御三人へ進覧被申也、其品々、左ニ記之

人参壱斤
　　　色紙三巻
　　　油布三疋
　　　筆弐拾本
　　　花席五丈

　　右、御銘々ニ三使方別幅相添

　　　　　小笠原美濃守様へ之御使者
　　　　　　内野九郎左衛門
　　　　　内野左京亮様江之御使者
　　　　　　早川善右衛門
　　　　　水野右衛門太夫様へ之御使者
　　　　　　早川善右衛門

　　右之持夫拾人宛、御賄方ゟ出ル也

〃三使方信濃守様江之音物進覧被仕候、為御礼、御使者平田伝右衛門

〃明日御屋鋪江三使被仰請、為御案内、多田与左衛門被遣之、則朴同知・卞僉
　知を以三使江申達候処、三使方被申候者、最早御暇被下候処、逗留仕候も如
　何ニ候、殊御国本ニて御振舞被成事ニ而候へ者、爰元之御振舞ハ御断申候与
　之義ニ而参申間敷之由也、依之、与左衛門儀罷帰ル也

〃隼人・忠左衛門両人方ゟ朴同知・卞僉知へ三使御屋鋪へ被参間敷与之儀、
　色々申聞候而、三使へ申達候処ニ、左候ハゝ、可罷出之由被申ニ付、御屋鋪
　へ可申上と仕候処、又々与左衛門参、承之也

〃三使江松平備前守様ゟ為御返物、美濃紙百束、台ニ折ニシテ被遣之、御使者
　矢野与三右衛門

〃三使江松平弾正忠様ゟ為御返物、小奉書五束壱折来ル、御使者西山貞右衛門

〃朝鮮国江両上様ゟ之御返物、信使発足以前ニ大坂迄先達而被差登候ニ付、
　早々入候箱数五拾壱、長持廿九掉合持夫大積りニシテ八百三拾八人之由、御
　賄方手代衆方ゟ被申聞ニ付、則書付候而、右衛門大夫様御内宮部平蔵ニ渡
　之

一九月七日 晴天、酉ノ中刻ゟ雨降

〻保科肥後守様ゟ三使方江御使者、意趣ハ、先日上々官を以音物進覧被申候、
　御返礼之由ニ而、三使江銀百枚、上々官中江同参拾枚、何茂御目録相添、被
　遣之、御使者林外記、則隼人取次之、上々官を以三使江申達也

〻井伊掃部頭様ゟ御使者、是又右同前ニ而三使江銀百枚、上々官中ヘ同参拾
　枚、御目録相添被遣之、田嶋十郎兵衛承之、上々官ヲ以三使江申達ス、右御
　両所様ゟ之御使者ニ朴同知致対面、御礼申入ル

〻樋口孫左衛門方ゟ申来候者、今日御屋鋪江三使被仰請候ニ付、見物もの杯被
　仰付候間、日暮不申候様ニ被成度与之御事候条、早々三使被相仕舞、四ツ時
　御屋鋪江被参候様ニ申達候得之由、三使方ヘ御案内之御使者ハ五ツ時ニ可
　被差越与之儀ニ付、只今相仕舞被居候間、追付可被罷出候、御案内之御使者
　ハ弥五ツ時ニ可被遣之由申遣ス也

〻御馳走人、信使宿江御出被成ル

〻三使方江時分之御使者唐坊新五郎被遣之

〻黒城三左衛門方ゟ手紙ニ而申来候ハ、公儀之御外科衆三人、朝鮮之外科ニ
　明八日ニ対面被成度之由、昨日牧野備後守様ゟ御使者ニ而申来候、此段、
　拙子取次候付而、御年寄衆ヘ申達候処ニ、御勝手次第ニ御逢被成候様ニと、
　私方ゟ備後守様御使者迄申遣候様ニ与被仰付候故、則以手紙申遣候、就夫、
　右之様子、各様江拙子方ゟ申進候様ニと御差図ニ付而申遣与之儀也、則得其
　意候与之返事申遣ス

〻今日、御屋鋪江御振舞ニ付、三使巳ノ中刻ニ被罷出ル、本堂之前ゟ門迄莚三
　枚並敷、其上薄縁二枚並敷

〻本誓寺ゟ御屋鋪迄道筋、水野右衛門大夫様ゟ御差図之通左ニ記之
　　　覚

一本誓寺ゟ法禅寺前、願行寺与中山勘兵衛殿間ゟ彦坂壱岐守殿屋鋪脇通り、一
　宮右京殿屋敷裏角ゟ柳原土手新橋通、宗対馬守様江、以上

〻三使行列登城同前、平田隼人・大浦忠左衛門長上下・熨斗目着候而、三使先

乗り田中善左衛門・加城六之進長上下・熨斗目着ニ而跡乗り

〃甲府様ゟ三使方江御使者意趣者、此中進物、上々官持参候、御返礼之由ニ而
三使江銀二百枚、上々官三人中江銀六拾枚、本誓寺江御使者川村長七を以
被遣之、取次斉藤羽右衛門、御返事ニ申上候者、今日者三使、対馬守屋鋪江
被参、被罷帰候ハ、其段可申達之由申入ル

〃甲府様・掃部頭様・肥後守様ゟ三使方へ御使者之趣、田嶋十郎兵衛・高勢八右
衛門方ゟ孫左衛門・与左衛門方迄御案内申上ル、甲府様へ御返礼之儀、右之
通申上置候間、御使者ニ而も判事ニ而も御返礼ニ可被遣候哉之由申遣ス

〃甲府様へ進物、上々官致持参候時之通事阿比留武兵衛相勤候ニ付而、銀二
枚拝領仕候、此段も十郎兵衛・八右衛門方ゟ御案内申上ル

〃三使於御屋鋪、御振舞之御規式首尾能相済、酉之刻帰宅

〃殿様ゟ三使方江今日、御屋鋪江被罷出候、為御礼、嶋雄八左衛門被遣之

〃三使被申候者、昨日水戸様ゟ御使者・御音物之御返礼ニ、使者ニ而ハ軽々敷
御座候故、判事ニ而も遣シ申度之由ニ付、如何可仕哉之旨、水野右衛門大夫
様御用人三人方迄直右衛門方ゟ以手紙窺之

〃今日、於御屋鋪、御振舞之規式、殿様附之日帳有之

一九月八日 晴天

〃水野右衛門大夫様御内石原平右衛門、信使宿江被参、隼人江被申聞候者、右
衛門大夫儀、今日紅葉山江参詣仕、直ニ此方江参、御老中様御内意之通、殿
様江可被仰談候間、願行寺江御出被成候ハ、彼方江可罷出候、若又、信使
宿へ御出候ハ、こなた江参可被申入之条、早々御入被成候様ニ可申上之由
被申ニ付、平右衛門江右御内意之様子相尋申候処、平右衛門被申候者、三使
ゟ銀子御断之儀并発足日限之様子共、御内意有之候付而、其儀可被申談与
之御事ニ候由被申ニ付、則右之旨、孫左衛門・与左衛門方江以手紙申遣ス

〃嶋雄八左衛門方ゟ申遣候者、只今願行寺ニ右衛門大夫様御入被遊、誰そ家

老衆壱人被参候様ニ与被仰候通申遣候付而、則隼人罷出ル也

〻 三使江亀井松之助様方為御返礼、染皮弐百枚台壱折ニシテ堅御目録相添、被遣之、御使者斉田藤右衛門、則三使江右之通申達、上々官一人罷出ル、御口上者田嶋十郎兵衛申達ル也

〻 三使方昨日之為御礼、御屋鋪へ李判事遣シ申ニ付、馬ニ而参ル、依之、通事頭壱人・通事壱人相添ル

〻 内藤左京亮様・小笠原大助様御見廻被成ル也

〻 殿様於願行寺、右衛門太夫様江御対面、御用之儀被仰談、本誓寺へ御出被遊、卞僉知・安判事を以右之通三使江被仰入ル

〻 榊原大膳殿、本誓寺江御出被成、殿様へ御対面有之而、夫方朝鮮医師江御逢候而、脈等御見セ被成ル也

〻 甲府様方昨日、三使江為御返礼以御使者、白銀被遣之候処、御屋鋪江被参、留守ニ付、御返礼不被申上候故、今日御請為御礼、古川平兵衛被仰付、三使方御使者ニ参ル

〻 樋口孫左衛門・多田与左衛門江以手紙申遣候ハ、水戸様江三使方之御返翰請取、遣之候間、御使者ニ而可被遣之、将又、水戸様方三使江被遣候銀子茂御返翰ニ相添、返進可仕と被申候得共、先殿様方被差留置候与、是又被仰遣可然存候旨申遣ス、銀子之儀者裁判役ニ預ケ置ク也

〻 大久保安芸守様・秋本摂津守様・彦坂壱岐守様、信使宿へ御出

〻 内藤左京亮様方三使江御使者ニ而、昨夜者殊外成雨ニ御座候、弥御堅固被成御座、珎重奉存候、仍而、不珍物ニ候得共、三使江梨子一篭宛、上々官江葡萄一篭被遣之、則高勢八右衛門取次之、卞僉知を以三使へ申達、卞僉知御返答申入ル也

〻 小笠原信濃守様方も右同断ニ而三使江梨子・葡萄入合壱箱宛、上々官江葡萄壱箱宛被遣之

〻 松平大蔵様・水野豊前守様、信使宿江御出、朝鮮医師江御逢被成也

〻 木下道円方方朝鮮医師へ書状参ルニ付而、医師罷有候所之番所へ忠左衛門口上書相添、印押之、遣ス也

〃池田道隆、信使屋へ御出、朝鮮医師へ御逢

一九月九日 晴天

〃水野右衛門大夫様并御馳走人、信使屋へ御出

〃今日、御屋鋪江堀田筑前守様被仰請候付而、馬芸之者二人楽人不残、安判事・能書二人、其外物書候者、学士・絵師・小童壱人、右之通御屋鋪江差越之、尤、通事相附遣之

〃今日、堀田筑前守様御振舞二付、平田隼人・大浦忠左衛門儀も御屋鋪江罷出、相詰居候様二与、御意之旨申来ル、則両人共二御屋鋪江罷出也

〃右之通能書・楽人等、今日御屋鋪へ被召寄候付、駕篭弐挺、乗り馬拾二疋、信使屋江差越候様二と、勘定頭俵四郎左衛門・筑城弥次兵衛方江通事頭方ゟ申遣ス

〃朝鮮人方之曲馬三疋共二御買調被成度被思召候間、三使江其段申達候様二と孫左衛門・与左衛門・直右衛門方ゟ以手紙申来ル、則御買調被成也、乍然、帰国之刻、代物之儀不申聞候故、終二馬之代物不被成下候也

〃御三家・甲府様・御老中様方、其外諸方御家門様方ゟ段々御返物以御使者来ル品々ハ返物帳二有之

〃堀田筑前守様方之御音物二相添参候別幅二、白銀壱千両与御座候而ハ、拾貫目二而候、定而日本之壱両二而可有之候条、別幅御直シ被下候様二与、三使ゟ被申候、然共、あなた方御調被遣たる別幅之儀二候条少々之儀二候ハ、其侭二而被請取可然之由、上々官を以申達候得共、承引無之候、折節、水野右衛門大夫様、信使屋江御出被成居候故、隼人・忠左衛門罷出、其段申達候処、尤思召候、不苦儀二御座候条、使者之衆江右之段申入、別幅書直し、遣シ候而可然之由御差図二付而、則筑前守様方ゟ御使者、其段申入候得者、御尤二候条、書直シ候而可致進覧之由被申候、依之、右之目録者此方へ留置、あなたゟ書直シ候而持参被致候別幅与取替可申由申候而、御使者被帰也

〃大久保加賀守様・阿部豊後守様・戸田山城守様・牧野備後守様ゟも右之通目

録相調参候故、皆以御直シ被下候様ニ与、御使者江返ス也

〻御老中様方ゟ三使江音物参候書付并、御書翰内外之模様委細書付、遣シ候
得、京都稲葉丹後守様へ被仰遣ためニ候由、孫左衛門方ゟ申来候付而、則書
付遣ス也

〻道中宿札打、吉村忠五郎・中原三之允江御渡被成候書付之趣、左ニ記之

　　　　一道中休宿・上々官宿之儀信使宿之内壱間かこい八帖拾帖程有之ハ可
　　　　　然候事

　　　　一上官・中官・下官宿、江戸参上之時分宿数候間、此度之儀者右ニ三軒
　　　　　被仰付候所者二軒、此格を以減少可然候事

　　　　一荷物宿之儀、此度者惣様ニ壱軒可然候事

　　　　一信使奉行日用人馬割役人・馬掛之儀者信使宿近所ニ被仰付可然候事

　　　右之通所々御馳走所ニ而可被申達候、以上

　　　　　九月九日　　　　　　　　　　　大浦忠左衛門
　　　　　　　　　　　　　　　　　　　　平田隼人
　　　　　吉村忠五郎殿
　　　　　中原三之允殿

〻道中御馳走之所々江隼人・忠左衛門方ゟ触状之案、左ニ記之

　　　　朝鮮之信使、江戸発足之儀、来ル十二日ニ被仰出候、依之、為宿割、対
　　　　馬守家来中原三之允・吉村忠五郎与申者両人、先達而差越候間、宜鋪
　　　　御差図被成可被下候、委曲申含口上候、此段為可申入、如此御座候、
　　　　恐惶謹言

　　　　　九月十日　　　　　　　　　　　大浦忠左衛門
　　　　　　　　　　　　　　　　　　　　平田隼人
　　　　　道中御馳走之所々
　　　　　　　御家来衆中

〻大坂御馳走人岡部内膳正様御家来方江遣候書状案、左ニ記之

　　　　一筆致啓上候、朝鮮国王江之御返物并信使へ被成下物、此度差登之候、
　　　　則為宰領、対馬守家来平田小右衛門・岡山五左衛門与申者両人相附候、
　　　　其許参着仕候ハ、三使到着迄ハ何方江成共、御見合ニ可被差置候、此

段為可申入、如此御座候、恐惶謹言

　　九月十日　　　　　　　　大浦忠左衛門
　　　　　　　　　　　　　　平田隼人
　　岡部内膳正様御内
　　　　久野三郎兵衛様
　　　　仲縫右衛門様

一九月十日　晴天

〃内藤左京亮様・小笠原大助様・大岡五郎右衛門様、信使宿江御出

〃松浦織部殿御出、朝鮮医師江御逢候而、御帰被成也

〃坂本養庵御出、是又朝鮮医師江逢申度与之望ニ付、医師居所之番衆迄附届之口上書仕、大浦忠左衛門印判突遣之、右之養庵被参也

〃公儀ゟ礼曹江之御返物之品々物数八拾四、今日先達而大坂迄被差登、荷物為宰領、馬廻平田小右衛門・中小姓岡山五左衛門被仰付、相附、右之長持箱、御賄方ゟ出ル、荷拵之儀も同所ゟ被仕也、右之持夫六百八人、是又御賄方ゟ出ル也

〃樋口孫左衛門・多田与左衛門方江以手紙申遣候者、通事加瀬五右衛門・中山嘉兵衛・大庭弥次兵衛・橋辺半五郎ニ内藤左京亮様ゟ金壱両宛被成下候、達而御断申候得共、是非可被成下与之御事ニ候、如何可仕候や与、右之通事共、我々江申聞候、如何様ニ可申付哉之旨申遣ス也

〃孫左衛門・与左衛門方江以手紙申遣候ハ、李学士儀病者ニも御座候付、道中馬ニ而参候儀、迷惑仕候由、三使ゟ達而我々迄御理りニ而御座候、李学士儀者成学士同前之者ニ御座候条、駕篭ニ被仰付間鋪候哉、然共、御当地発足之日者右之通馬ニ而罷立、神奈川ゟ駕篭ニ乗候様ニ可仕候、弥駕篭ニ被仰付儀ニ候ハ、常之駕篭者ひきく御座候間、高ク候を相調、被相渡候様ニ、役目方江可被仰付候、日用之儀者此方ゟ御馳走方江可申達候通申遣ス也

〃御銀掛方江以手紙申遣候者、朝鮮人大簇之儀引綱切レ申候条、是程之綱五

尋ニシテ、只今相調、遣シ候様ニ与申遣ス

〃 樋口左衛門・平田直右衛門方ゟ申聞候者、本誓寺江相詰被居候御目付御両人
之名并御馳走人御両人ゟ本誓寺江被附置候御家老、其外役目人名書付遣候
得、海陸御馳走人方之御用人江者殿様ゟ御音物被遣候間、右之御衆并御家
来衆江も被遣可然与之御事候由申来ル、則御馳走人方之御家来衆江申達、役
人衆之名書付請取、遣之也

〃 諸方ゟ三使江之御返物之銀子入レ申用ニ候間、椴板ニ而五貫目入之箱拾五、
但たけひくくして早々相調、此方江遣候得、今日中ニ荷拵有之事候間、差急キ
候様ニ可仕候、尤板拵ハ荒鉋之侭ニ而拵させ候様ニと御銀掛方江隼人・忠左
衛門方ゟ申遣ス

〃 大坂江残置候朝鮮人方江三使ゟ之書翰一通早々大坂江差登被下候様ニ与之
儀ニ付、則孫左衛門方へ申遣ス

〃 彦坂壱岐守様、信使屋江御出、并小笠原丹後守様御見舞、御出被成ル也

〃 曲馬之儀御所望之御方茂有之、其上被牽帰候而者、所々之御費も有之事ニ
候間、御所望被成度与之儀、朴同知を以三使江申達候処ニ、三使被申候者、
朝鮮公儀之馬ニ候へハ、召置候儀難成事候得共、取帰候而者、所々之為ニ
も六ヶ敷有之由御尤ニ候、左候ハ、何方へ成共、御勝手次第被遣候様ニと、
同人ヲ以被申聞候付、則右之旨、孫左衛門・左衛門・直右衛門方江隼人・忠左
衛門方ゟ申遣ス也

〃 町御奉行甲斐庄飛弾守様・北条安房守様、信使屋江御出、朝鮮人之様子御見
物被成也

〃 秋本摂津守様、信使屋へ御出、朝鮮医師江御逢被成ル也

〃 若殿様ゟ三使銘々ニ為音信、銀之台天目壱組宛桐之箱ニ入、台ニ据被遣之、
田中善左衛門取次之、朴同知ヲ以三使江申達、則朴同知罷出、若殿様ゟ之御
使者岩崎喜左衛門へ対面、御礼申入ル

〃 公方様、若君様ゟ三使并上々官以下江御銀被成下候、御手形御出シ可被成
与之御事候間、家来両人御城江被差上候様ニと、水野右衛門大夫様ゟ申参候
ニ付而、其段御屋鋪江申遣ス、則田中善左衛門・加城六之進、御城江罷上ル、
蘇鉄之間ニ而右之御手形、進喜太郎殿ゟ御渡被成ル、尤、御老中大久保加賀

守様・阿部豊後守様・戸田山城守様右御三人方大坂御町奉行江之御添手形御
渡シ被成、両通請取之、直ニ御屋鋪へ持参、多田与左衛門ニ渡之

　　　　　覚

一今度、朝鮮人江被下候白銀五千四百五拾枚事、以進喜太郎・関一郎右衛門、
　手形被相渡之、重而可有勘定候、是者当座之添状ニ候、以来之手形成間鋪候、
　以上

　　　　　天和二戌　　　　　　　山城印
　　　　　　九月七日　　　　　　豊後印
　　　　　　　　　　　　　　　　加賀印

　　　　　　設楽肥前守殿
　　　　　　藤堂主馬殿
　　　　　　間宮所左衛門殿
　　　　　　八木庄右衛門殿
　　　　　　佐橋儀兵衛殿
　　　　　　小野市郎左衛門殿

　右一紙奉書包也

　　　　請取申銀子之事

　合弐百参拾四貫参百五拾目者　　　但、丁銀也

　　　但、五千四百五拾枚分也

　右、是者朝鮮人江被下候、御用ニ請取申者也、仍如件

　　　　　　　　　　　　　　　　　年番
　　　　　天和二戌九月　　　　　　進喜太郎
　　　　　　　　　　　　　　　　　関市郎右衛門

　　　　　　設楽肥前守殿
　　　　　　藤堂主馬殿
　　　　　　八木庄右衛門殿
　　　　　　佐橋儀兵衛殿
　　　　　　間宮所左衛門殿
　　　　　　小野市郎左衛門殿

　右者公儀方御出被成候御手形写也

ゝ去月廿七日、御城江信使登城之刻、次官之座つまり候而、座配差問候付、誰
　そ別座ニ直り候様ニと催促有之候処、副使之次官之内壱人、従事之小童之内

壱人、此両人、中官居所江出候故、座配相済、首尾能有之付而、其御見合として、右之両人ニ殿様ゟ銀子壱枚宛被成下、則御目録、朴同知を以右両人江相渡之

〃松平伊予守様御家老池田大学方江之返状并覚書相認、彼方ゟ之飛脚ニ相渡ス、則覚書、左ニ記之

　　　　　覚

一朝鮮人来ル十二日、御当地発足之筈ニ御座候事

一道中之儀、先例之通名護屋ニ一日逗留仕候得者、十六日振ニ京着之筈ニ候、自然、名護屋江一日之逗留無之候得者、十五日振ニ京着仕候事

一京都之逗留中五日ニ候得共、三日・四日逗留可仕茂不相知候事

一大坂逗留中二日ニ候得共、是又三日・四日逗留可仕も不相知候事

一伊予守様御領分、信使被通候節、若天気悪鋪候ハヽ、牛窓江上り可被申哉与之御尋、其段ハ只今難極候、三使其外下官ニ至り皆以下行ニ而御座候事

一陸地者弥往来共ニ中官・下官者料理出申候事

一両上様ゟ三使拝領物積船之儀被仰下候、是者対馬守手船ニ而積下申候事、已上

　　　九月八日　　　　　　　　大浦忠左衛門
　　　　　　　　　　　　　　　平田隼人
　　　池田大学様

一九月十一日　晴天

〻御馳走人内藤左京亮様・小笠原信濃守様、信使方江御附被置候用人、書付遣
候様ニ与、樋口孫左衛門・多田与左衛門方ゟ申来候付而、御馳走方江則書付
候而、右両人方へ遣之ス

〻毎日、信使屋へ御詰被成候御歩行目付衆江何そ御音物被遣可然候与之儀、
右同前ニ孫左衛門・与左衛門方江以手紙申遣ス

〻通事之下人共へ賄下行御渡可被成与之儀ニ付、御請被成間鋪由御返事有之
候得共、達而請候様ニ与、大岡五郎右衛門様御差図ニ付而、纔之儀を達而御
断申候儀如何鋪候間、御渡被成候様ニ与御賄方江平田直右衛門申渡ス

〻先日、堀田筑前守様ゟ三使方江御返物被遣候、其刻、目録ニ白銀壱千両与御
座候所、悪敷候付而、三使ゟ断被申候、依之、彼方ゟ之御目録者此方江留置
御直シ被遣候時、取替可申由ニ而御使者森三郎左衛門被帰候、然処、今日迄
御書直シ不被遣候故、此方江留置候、右之目録、三郎左衛門方迄遣之、弥御
書直し被成候而、早々被遣下候様ニと書状相添、差越也、使鈴木勘蔵追付調
来ル、則安判事江相渡之也

〻今度、信使帰帆之節、日吉利能時分者御馳走之津江不入候而、直様通船候而
も苦ヶ間鋪哉と、右衛門大夫様御家来石原平右衛門・坂東大助・宮部平蔵方へ
昨日以手紙申遣候処、其段者御馳走所江被仰談候哉、無左候ハ丶、先例之通
可然之由申来ル

〻右、一紙ニ石原平右衛門・坂東大助・宮部平蔵方ゟ申参候者、信使登城之行
列入用ニ候間、早々調遣候様ニと、右衛門大夫様御差図之由申来ル、則行列
之写仕、差越之也

〻大坂江残置候朝鮮人之内壱人相果候由、朴同知申聞候、依之、先様御国元江
差下置候様ニと、大坂代官方江書状を以申遣ス、尤、御国江茂右之死骸参着
候ハ丶、信使下着迄囲置候様ニと、杉村伊織方江申遣ス也

〻明日、信使発足之出馬、馬場江引込候儀、小笠原信濃守様御家来大原平左衛
門江申談候処、此方ゟ構申ニ不及候、御馳走方ゟ可被仰達与之義也

〻松平大蔵大輔様ゟ朝鮮医師鄭正方江白銀五枚被下之

〃李学士乗候乗物之儀、長ケ高キ乗物二日覆雨覆添候而相調、信使屋二差越候様二と、御銀掛方江隼人・忠左衛門方ゟ申遣候処、出来合二たけ高キ乗物無之由申来ルニ付、出来合之内二而少二而も高キ乗物被相調候様二と申遣ス

〃三使方ゟ林春常・人見友元・木下順庵方へ音物遣候間、大小姓両人見合、使者二申付候而、信使屋へ差越候様二と、組頭古川平兵衛・唐坊新五郎・嶋雄八左衛門方江以手紙申遣ス、則申付候由二而、大浦儀之助・赤木源七差越之也、音物之品ハ音物帳二有之

〃御前様御姫様ゟ上々官江御目録を以御音物被下之、音物之品ハ音物帳二有之

〃信使荷物為宰領、山田判右衛門・佐護助左衛門并田舎給人被仰付

〃明日、中馬立所追廻シ之馬場二被仰付間鋪哉と、水野右衛門大夫様御家来衆江申入候得者、あなたゟ申入二不及候間、此方ゟ御馳走方江申入候様二と被申二付、則其段御馳走方江申入ル也

〃信使御馳走人内藤左京亮様・小笠原信濃守様家来、信使方之役衆江被遣物有之

〃樋口左衛門方ゟ三使、其外上々官江遣候音物之品ハ音物帳二有之

〃御賄方設楽太郎兵衛殿ゟ朝鮮人手跡御望二付而、則為書為御下代松村彦右衛門江渡ス

〃同御同役近山与左衛門殿、右同前之御望二付、則為調、御手代林杢右衛門江渡ス

〃三使荷物入用二候間、壱番之白木長持一掉相調、信使屋江被差越候様二と勘定役俵四郎左衛門・筑城弥次兵衛方江以手紙申遣ス

〃水野右衛門大夫様御家来石原平左衛門、信使屋江被参、信使二付道中触状、右衛門大夫様・大岡五郎右衛門様・彦坂壱岐守様ゟ所々御馳走方江御触被成候書付持参被仕、請取、則左二記之

　　　　　覚

　一朝鮮人明十二日、當御地、弥発足之事二候、官人員数・行列等参向之通二候間、其御心得可被成候事

　一寄人馬之員数、宗対馬守方ゟ書付被出之候間、申達候事

一中馬百八拾疋

一乗掛荷馬参百九拾弐疋

一人足四百八拾人

一霊長老・辰長老入用之人馬者参向之節、同前ニ候事

一宗対馬守江此度者伝馬三百疋・人足弐百人、御朱印被下候間、其御心得
可被成候事

一於所々、官人宿之儀兼而相定置候得共、尤、其節対馬守家来差図仕儀
可有之候間、可被任其意候事

一淀方先者寄人馬不出候得共、発足之日限為可相達、兵庫迄申通候事

右之通、御賄方江茂別紙ニ申遣候条、弥可被仰合候、以上

　　　九月十一日

　　　　　　　　　　　　　大岡五郎右衛門
　　　　　　　　　　　　　彦坂壱岐守
　　　　　　　　　　　　　水野右衛門大夫

　　　壱通
　　　　品川方兵庫迄御馳走、銘々書載

　　　壱通同文意味少卒草ニ認申候
　　　　品川方兵庫迄御賄衆、銘々書載

〃明日之行列者府着之時分、同前

〃隼人・忠左衛門行列之儀、弥参府之時之通ニ壱本道具ニ而、其外之物者殿様
御行列之跡ニ参候様ニ可仕候哉与、孫左衛門・与左衛門方江申遣候処、弥其
通可然之由申来ル也

〃平田直右衛門儀、信使方之御用隼人・忠左衛門同前ニ可相勤之旨被仰付、御
国江被召列候故、隼人・忠左衛門同前ニ明日発足仕ル

　　　　　　　　　　　　　　　　　　　　　　　　（終わり）

下向信使奉行江戸ゟ京都迄毎日記

一九月十二日　晴天

〃御馳走人并御賄役・御歩行目付・御料理方、信使宿ニ御詰被成也

〃殿様・若殿様、信使屋江御出被遊也

〃木下順庵老ゟ三使江昨日之為返礼、桐花紙三包壱折ニシテ書状相添参ル、尤、
　受用被仕也

〃水野右衛門太夫様御出被成也

〃三使并朝鮮人之荷物等相立候ニ付、此持夫之儀御代官伊奈半十郎殿ゟ出ル、
　荷物奉行両人申付、相附也

〃今朝、三使発足ニ付御振廻有之、三使三之膳向詰後段出ル、上々官茂御同前、
　此外中官迄も三之膳向詰也、膳白木、三使・上々官通イ、参着之日同前、次之
　間ニ而小童ニ渡也

〃秋本摂津守様・町御奉行甲斐庄飛弾守様・北条安房守様・大岡五郎右衛門様
　御出被成也

〃御馳走人御両所江三使ゟ上々官を以被申入候者、逗留中諸事入御念御馳走、
　忝存候、御暇乞御礼旁申入与之儀也

〃三使、巳之上刻、江戸発足、信使奉行弐人先後騎馬、毎日代々ニ相勤、行列
　江戸入之時同前也

〃芝札辻迄品川御馳走人大村因幡守様・松平市正様ゟ為迎、銘々御使者被差出、
　殿様江も御発足之御慶御使者有之

〃品川入口ニも右御両人ゟ御使者、意趣ハ信使到着之御祝詞也

〃信使午之中刻、品川参着、昼休也

〃品川信使宿并番所等参向之時、同前也

〃三使到着前ゟ御馳走人并御賄方伊奈半十郎殿、信使宿へ御詰被成也

〃三使并上々官・上官・次官迄ハ下行渡り、手前料理被仕、中官・下官ハ御振舞
　也、膳部之様子、献立帳ニ有之

〃三使江為御音信、市正様ゟ柿・梨子入合壱篭被遣之、因幡守様ゟ蒲萄三篭被

遣之、則田中善左衛門、安判事同道罷出、取次之、三使江申達、早速御返答
被申也

〃品川、三使未ノ上刻発足

〃品川、神奈川之間ニ御馳走之水茶屋二軒、参向之時、同前也

〃神奈川江三使申下刻、参着

〃品川ゟ神奈川迄信使見送之御使者、御馳走人御銘々ゟ被遣之

〃此所御馳走人御賄方、三使宿江御出、無恙、是迄御着之御祝詞、尤、御用等
候者、被仰聞候様ニ与之御事也、平田直右衛門承之、朴同知を以三使江申達、
則朴同知同道、右之御三人江御礼申上ル

〃出雲守様ゟ蒲萄、右衛門佐様ゟ梨子・蒲萄入合、御銘々ゟ三使銘々ニ壱篭宛
被遣之、上々官ニも干菓子壱箱宛被遣之

〃伊奈半十郎殿方三使銘々、蒲萄・梨子・柿入合一篭ツヽ被遣之

〃右衛門佐様ゟ朝鮮能書額御頼被成度由、隼人・忠左衛門・直右衛門迄被仰聞候
付、右三人返答申上候ハ、惣而書物猥ニ為書候而者、放埒ニ而不宜候条、為書
申儀無用之由、水野右衛門大夫様ゟ御差図ニて御座候、然共、纔之御望ニ御座
候、御註文被成候而、我々方へ御渡候へ、為書可致進覧之由申達、紙請取也

〃惣而朝鮮人宿候ニ而、書物為書候儀放埒御座候而、不宜候間、兼而宿札打候
時分、御馳走方へ被申渡置候様ニと、宿札打中原三之允・吉村忠五郎方江覚
書遣之、則左ニ記之

　　　　　　口上之覚
　　　於江戸、水野右衛門大夫様ゟ被仰渡候者、惣而朝鮮人宿々ニ而放埒ニ
　　　書物御頼被成候由被仰聞候間、今般者於所々御役人方へ此方ゟ申断、
　　　猥ニ御頼不被成様ニ与之御事ニ候、兼而此通宿々之御役人方へ急度可
　　　被申渡候、以上
　　　　　　　　　　　　　　　　平田直右衛門
　　　九月十二日　　　　　　　　大浦忠左衛門
　　　　　　　　　　　　　　　　平田隼人

　　　中原三之允殿
　　　吉村忠五郎殿

〻朝鮮人方江何方ゟ共不相知手跡誂之紙参候由ニ而、差出候ニ付、則右衛門
　佐様御家来衆迄返之、夫々ニ御渡シ候様ニ与申渡ス

〻於所々、朝鮮人書物為致候儀、御馳走人衆ゟ御頼被成候共、御本陳江遂案内、
　御差図次第ニ仕候様ニと、孫左衛門・与左衛門方ゟ申来也

〻水戸宰相様ゟ三使方江御書翰を以御音物被贈之

　　　備前檀紙
　　　越前奉書紙
　　　越前卯色紙
　　　加賀染紙
　　　伊豆桂善紙
　　　美濃武儀紙
　　　常陸水戸柔紙
　　　　　　共七品

一同十三日　風雨強ク降ル

〻夜前、水戸様ゟ三使江以御書翰、御音物被遣之候、其御返簡御渡被下候様ニ
　与、御使者、信使宿江被罷出、加城六之進を以被申聞候付、則三使江申達、
　御返物・御返翰、御使者江相渡ス、御使者へも三使銘々ゟ遺物有之

　　　青花紙三巻
　　　桃花紙三巻
　　　横菊紙五巻
　　　白秋紙四巻
　　　大朽油墨二十笏
　　　竜鞭黄毛筆二十笏
　　右、正使ゟ

青苔紙壱巻
　　　雲晴紙壱巻
　　　雪花紙二巻
　　　桃花紙二巻
　　　黄菊紙壱巻
　　　白秋紙六巻
　　　翰林風月十笏
　　　首陽梅月十笏
　　　擣錬紙二巻

　右、副使方

　　　桃華紙二巻
　　　黄菊紙二巻
　　　雪花紙二巻
　　　雲晴紙二巻
　　　青華紙二巻
　　　黄毛筆二十本
　　　大節真墨十笏
　　　蘸合図二十丸
　　　清心元二十円
　　　中節真墨十笏

　右、従事方銘々ニ返簡相添

　　　扇子十五本
　　　筆十五本
　　　墨十五笏

　右、水戸様ゟ之御使者斉藤平助ニ三使銘々ゟ参ル

〃神奈川、巳ノ下刻、三使発足

〃藤澤、御賄方成瀬五左衛門殿、隼人江御逢候ニ付、乍序申入候ハ、今度於江
　戸表、水野右衛門太夫様ゟ対馬守江被仰渡候者、信使参向之時分於所々、朝
　鮮人書物等頼、放埒ニ有之候通被聞召上候間、此度者海陸共ニ左様無之様ニ、
　対馬守方ゟ於所々可申届与之御事ニ候間、左様御心得被成、朝鮮人宿々ニ
　御附被成候方ニ、其段可被仰付候、右之被仰渡ニ付、対馬守方ゟ宿々見せ申
　事ニ候由申入ル

〃御馳走人御家老両人ニ茂右之通申達候処ニ、委細得其意候、則宿々ニ相詰候

者江、其由堅可申付与之返答也

〻伊与守様ゟ隼人方江被仰聞候者、頃日、差合ニ而罷在ニ付、御馳走所江相詰
候儀等、御老中江相窺候、尤、今朝者信使宿へ見舞申候得共、御到着候而者、
遠慮ニ存候ニ付、罷出間鋪与存候間、用事等候者、宿江可被申聞与之御事、
則御返答申上ル

〻申ノ上刻、三使藤澤到着、泊也
此所番所、其外御馳走之様子参向之ことく也

〻上官・中官・下官宿参向之時分ハ宿数ニ候間、 此度之儀者右ニ三軒被仰付候
所ハ二軒、此格を以減少可然事

〻参向之時ニ違、上々官ゟ其外之宿、此度ハ被減、是ハ此方ゟ御差図ニ而之御事

〻此所下行御振舞之様子、前ニ同シ

〻伊達宮内少輔様并成勢五左衛門殿御出、隼人ニ御逢、追付御帰被遊

〻三使江銘々為御音物、宮内少輔様ゟ生鯛一折十宛、御目録相添被遣之、上々
官三人江も同前、被遣之

〻伊与守様ゟも三使并上々官へ梨子・蒲萄入合壱篭宛、御目録相添被遣之

〻右両様之取次、田中善左衛門仕、朴同知を以三使江申達、則三使ゟ御礼、朴
同知同道ニ而申入ル

〻神奈川御馳走人ゟ三使為御見送、藤沢迄御使者被遣之

一同十四日 晴天

〻藤沢、三使辰ノ上刻、発足

〻馬入川ニ船橋掛ル船数・番所、参向同断

〻大礒江三使、巳ノ下刻参着、休、此所之番所、其外所々警固、参向之通也

〻此所之御馳走人御賄役、三使宿江参着前ゟ御出

〻此所之下行之渡り様・御振舞、前ニ同シ

〃此所ニ而者上々官宿壱軒被減、上々官ハ三使与一宿ニ居申候故、此方ゟ申
　達候而如此也

〃周防守様次右衛門殿ゟ三使銘々ニ御音物有之、左ニ記之

　　　　　葱荙酒　　　　壱徳利ツヽ　　　　但、外家杉白木
　　　　　水菓子　　　　壱篭ツヽ

　　　右者周防守様ゟ三使銘々被遣之、御使者家老役石川善太夫

　　　　　蚫　　　　　　壱折十ツヽ
　　　　　酢手樽　　　　壱

　　　右者坪井次右衛門殿ゟ三使銘々被遣之、御使者山本伝左衛門

　　　右、両様共田嶋十郎兵衛承之、朴同知を以三使江差出ス

〃朝鮮人書画不書様、水野右衛門太夫様被仰渡之趣、御馳走人方江申達ス、
　段々休宿ニ而右之段申達也

〃大礒、三使、未之上刻発足

〃小田原領堺おつきり川迄、三使迎之御使者、従稲葉美濃守様被差出

〃大礒ゟ小田原之間ニ茶屋壱軒有之、参向同前

〃酒匂川ニ船橋掛ル番所・船数、参向同断

〃小田原江三使、申ノ中刻参着、泊也、此所之様子、其外所々警固、参向同シ

〃三使為見送、大礒御馳走之人ゟ御使者両人被差越、六之進取次、御返事、朴
　同知同道仕、罷出、申入ル

〃稲葉美濃守様ゟ為御音物、梨子・蒲萄入合三篭、御使者を以被遣之、則六之
　進取次之、右御目録、左ニ記之

　　　欽具
　　　　玉菓
　　　　　　　壱篭宛
　　　　馬乳
　　　聊伸
　　　送敬
　　　　越智侍従権美濃守

〃朝鮮人書画不書様ニ与之儀、前々之通、御馳走人方へ申達ス

〃此所之下行之渡り方・御振舞、右同断

〻今度、信使ニ附来候唐通事李判事義病気ニ付、駕篭之儀願申候、病気ニ候者、
馬ニ而者難成可有御座候間、役目方へ被申断、明日ゟ駕篭ニ乗り候様ニ可被
仕之由、斉藤羽右衛門方へ申渡ス

一同十五日 晴天

〻小田原、今朝卯之下刻、信使発足

〻小田原ゟ箱根迄茶屋附り雪隠等何茂参向同断

〻三使、午之上刻、箱根参着、昼休也

〻此所之信使宿、其外番所等最前之通也

〻箱根追たいらと申所ニ有之茶屋ニ三使被立寄、休息被仕、干菓子・水菓子等出
ル、番所ニ御家来両人相詰被居、諸事下知也

〻上々官已下之宿数、参向ゟ被減、是ハ此方ゟ御差図被成候而也

〻御賄方両人、三使到着前ゟ信使宿江御詰

〻此所ニ而三使江之御音物無之

〻此所下行・御振舞之儀、前ニ同シ

〻箱根迄三使為見送、小田原ゟ両使被差越

〻申ノ中刻、三使、三嶋江参着、泊也

〻此所番所、其外信使屋之様子如参向

〻此所御馳走人御両人ゟ三使銘々ニ蒲萄・梨子壱篭ツヽ、以御使者被遣之

〻同木下肥後守様ゟ三使銘々ニ梨子壱篭ツヽ被遣之、御使者石川源介、右両様
田中善左衛門取次也

〻内匠頭様・肥後守様、信使宿江御出被成ル

〻御賄伊奈兵右衛門殿、信使宿ニ而直右衛門江御逢、三使、道中無恙参着、珎
重存候、弥御用之儀も御座候者、被仰聞候様ニ与之御口上也

〻箱根ニ而美濃守様ゟ三使為見送、御使者来ル

〃三使ゟ御本陳江為問案、呉半事被遣之

〃洪僉正病気ニ付、明日乗物之儀、御馳走方江申入候様ニ与、斉藤羽右衛門方
　ヘ申遣ス

一同十六日　晴天

〃卯之上刻、三使、三嶋発足

〃御馳走人御賄役、未明ゟ三使宿江御見舞

〃午ノ上刻、三使吉原江参着、昼休也

〃此所御馳走人、三使為御迎、御使者被差越也

〃門之内之様子・番所等之儀、参向同断

〃御馳走人并御賄方、三使宿へ御詰

〃大隅守様ゟ三使銘々ニ柿一折ツヽ被遣之

〃信使、未ノ上刻、吉原発足

〃富士川参向同前ニ船橋掛ル、番所等如右也

〃信使、酉ノ中刻、江尻へ参着、泊也

〃此所、信使宿并番所等、参向之時同前也

〃御馳走人并御賄方、三使宿江御出被成ル

〃三使其外下行、中官・下官御振舞之儀前ニ同シ

〃御馳走人御銘々ゟ三使銘々ニ蒲萄・梨子・柿入合壱篭ツヽ被遣之

〃小出備前守様ゟ者奈良柿・梨子入合一篭ツヽ、是又三使江被遣、御目録相添

〃今度、信使江附渡候唐通事劉判事申聞候ハ、昨日者私儀駕篭ニ乗り申候処、
　今日者駕篭無御座候而、乗篭儀不罷成、迷惑仕候間、明日ゟ弥乗り候様ニ与
　願候ニ付、則被申付候様ニ与、斉藤羽右衛門ニ申渡ス

〃朴同知申聞候者、三番目之使令相煩申候間、駕篭被仰付被下候様ニ与之事ニ
　付、出駕篭之義御馳走方へ被申断、明日ゟ乗候様ニと、是又羽右衛門ニ申遣ス

一同十七日　晴天

〻御馳走人水谷左京亮様・小出備前守様、今朝未明二信使宿江御出被成、并御
　賄之御両人も御出也

〻三使、卯ノ中刻、江尻発足

〻江尻ゟ府中迄之間、御馳走之水茶屋等、参向同前

〻阿部川、今日川之瀬三有之、中之瀬ハはさみに水付、此外二ハ右ゟ水浅シ、
　跡先之二瀬ハ川越左右二立、双中を通シ、中之一瀬ハ川越相附通シ、川越人
　数六百六拾人、当所御町奉行大久保甚兵衛殿、長田六郎左衛門殿ゟ御手代
　七人被差出、下知有之、役人左二記之

　　　　　　大久保甚兵衛殿御与力
　　　　　　　　　大野猪左衛門
　　　　　　　　　佐藤平太左衛門
　　　　　　　　　青柳千右衛門

　　　　　　長田六郎左衛門殿御与力
　　　　　　　　　松下弾右衛門
　　　　　　　　　佐藤甚右衛門
　　　　　　　　　植村才兵衛
　　　　　　　　　鳥井新兵衛

　　　　　両組同心衆三十人
　　　　　川越人数六百六拾人

〻嶋田御宿亭主置塩藤四郎方ゟ飛脚差越、意趣者、大井川水之様子申来ル、則
　返書調、彼方ゟ之使二相渡ス

〻同日巳ノ上刻、信使府中江参着

〻当所御賄・下行等前二同シ

〻同所御馳走人三人并御賄、三使宿江御出

〻同所御町奉行長田六郎左衛門殿・大久保甚兵衛殿、御目付村上三右衛門殿、
　三使宿江御出

〻御馳走人御三人ゟ柿三篭、三使江以御使者被遣之

〻平野丹波守様ゟ副使方江同一篭被遺之

〻本多主殿頭様ゟ従事方江同一篭被遺之

〻同日巳之上刻、三使府中発足

〻府中ゟ藤枝之間、水茶屋、参向同前

〻同日申ノ上刻、三使藤枝江参着

〻此所下行・御振舞之様子、前ニ同シ

〻当所御馳走人土屋相模守様、信使宿江御出

〻相模守様ゟ御使者ニ而正使江柿一篭、副使江梨子壱篭、従事江蒲萄一篭被
　遺之、田嶋十郎兵衛取次之、朴同知を以三使江申達

〻井伊伯耆守様ゟ殿様江御使者ニ被遺之候由ニ而、小沢伝之允、三使宿江被
　参ル、平田隼人対面、伝之允被申候者、対馬守様江伯耆守ゟ使者ニ差越申候、
　其序ニ家老共ゟ各へ御伝言仕候与之口上也

〻上々官宿之儀、右二者入不申筈ニ、先々江も申遺候得共、上々官之内壱人病
　人有之候条、小宿一軒被仰付候様ニと、伯耆守様ゟ之御使者伝之允へ書付渡
　ス、尤、明日者三使何茂精進日ニ而無之由、右同前ニ書載候而相渡ス

〻此所御賄役大草太郎左衛門殿・井手次左衛門殿、三使参着以前ゟ信使宿江御
　見舞

〻相模守様御家来衆被申聞候者、信使参向之時分、藤枝宿口之茶屋ニ何茂被
　立寄候而恰合能候、弥今度も可被立寄哉と存、一軒ニ而者手狭ニ候間、今壱
　軒新規ニ建加申候由被申聞ル

一同十八日　晴天

〻三使、卯ノ中刻、藤枝発足

〻三使発足之時分、相模守様、信使宿江御出、直右衛門御挨拶申上ル

〻御賄役両人、信使発足巳前ゟ信使宿江御詰

ゝ三使発足候而、相模守様御家来衆江直右衛門申候者、夜前ゟハ諸事入御念
　忝奉存候旨、三使被申置候通挨拶仕

ゝ藤枝ゟ金谷迄之間、道筋掃地・茶屋并大井川之川越等、参向同前

ゝ相模守様、能書手跡御望ニ付而、何方ニ而も序次第御頼被成候由ニ而、唐紙
　十九枚御註文御添被遣之、則隼人・直右衛門請取之

ゝ今日、信使大井川被罷越候付而、此所之御代官、長谷川藤兵衛殿ゟ手代衆五
　人被差出、下知差引等仕、此外、嶋田・金谷町年寄肝煎罷出ル、川越人数千
　三百人、役人并川越之人足等左ニ記之

　　　大井川奉行長谷川藤兵衛殿手代

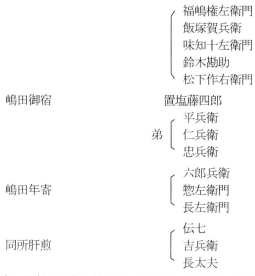

	福嶋権左衛門
	飯塚賀兵衛
	味知十左衛門
	鈴木勘助
	松下作右衛門
嶋田御宿	置塩藤四郎
弟	平兵衛
	仁兵衛
	忠兵衛
嶋田年寄	六郎兵衛
	惣左衛門
	長左衛門
同所肝煎	伝七
	吉兵衛
	長太夫

ゝ大井川之内、浅瀬之分者川越人足ニ而立切、川越なし、深瀬之分者川越四人
　宛相附、渡之

ゝ三使、巳上刻、金谷江参着、昼休也

ゝ三使宿、其外番所等、参向同前也

ゝ此所下行・御振舞之様子前ニ同シ

ゝ御馳走人井伊伯耆守様、三使到着前ゟ信使宿江御詰被成ル

ゝ御賄長谷川藤兵衛殿御事も今朝、信使宿江御詰被成候得共、三使大井川御越

二付而、川端ニ御出被成ル

〃 藤枝ゟ金谷迄為御見送、彼所御馳走人土屋相模守様ゟ安藤九左衛門・遠山宇右衛門被差越ル

〃 三使銘々ニ御馳走人ゟ以御使者、梨子一篭宛御目録相添被遣之

〃 同日未之下刻、信使掛川江参着、泊也

〃 当所番所等参向之時ニ同シ

〃 御賄・下行等前ニ同シ

〃 金谷ゟ掛川迄三使見送之御使者井伊伯耆守様ゟ被差越ル

〃 当所御馳走人井伊伯耆守様并御賄役雨宮勘兵衛殿・平野三郎左衛門殿、三使宿へ御出被成ル

〃 掛川宿口迄三使迎之御使者岡田茂左衛門、信使宿江被罷出ル

〃 井伊伯耆守様ゟ三使銘々ニ多葉粉一箱・杉重一組宛被遣之

〃 右御同人様ゟ上々官銘々、柿一篭宛被遣之

〃 新坂宿中ニ休所一軒幕打、伯耆守様御家来渡上孫左衛門与申人被相詰、其外御歩行両人・足軽十四五人相詰居候

〃 夜ニ入、為夜食、伯耆守様ゟ三使銘々ニ重菓子被遣之、白木之杉縁高三方ニ乗せ被遣之候、是者三使江之御音物、御使者小野久兵衛

〃 通詞中ニ柿三篭、伯耆守様ゟ被下之

一同十九日　晴天

〃 井伊伯耆守様御賄役両人、三使発足以前、信使宿江御出被成ル

〃 三使卯ノ中刻、掛川発足

〃 同日巳ノ上刻、信使見付参着、昼休也

〃 御馳走人西尾隠岐守様、三使宿へ御出、参着之御慶被仰入、則平田直右衛門罷出、承之、上々官、以朴同知ヲ三使江申達ス

〻御賄方松平市右衛門殿、信使宿へ御詰

〻掛川井伊伯耆守様ゟ見付迄、三使見送之御使者両人被差越

〻隠岐守様ゟ三使銘々梨子・柿・蒲萄入合一篭宛被遣之、御使者大原忠三郎取
　次、平田直右衛門承之、三使江申達ス

〻平田隼人・平田直右衛門・田嶋十郎兵衛詰間江餅・吸物・御酒・肴等出、其後
　濃茶出ル

〻隠岐守様ゟ隼人江被仰聞候者、天龍船橋之儀少々弱ク御座候間、三使御通之
　刻、壱人宛御通被成候而可然之由、御賄方松平市右衛門殿も右之通り被仰候
　通、隠岐守様御家老屋代善左衛門を以被仰聞、則隼人面談ニ而被入御念之
　旨申達ス

〻同日未之上刻、信使見付発足

〻見付ゟ浜松迄之間、道筋掃地并茶屋・天龍川之船橋・両脇之番所、何も参向之
　通也

〻参州御代官鈴木八右衛門殿ゟ忠左衛門方へ御使者、口上者、江戸表ゟ被仰
　越候通、吉田・赤坂人馬之差引仕置候、何そ御用等候者、可被仰聞候、為其
　使者ヲ差越候、明日、吉田ニおいて可得御意与之口上也

〻同日未ノ下刻、信使浜松参着、泊也

〻御馳走人青山和泉守様、江戸表江御座候ニ付、御家老蜂須賀金左衛門・石橋
　三郎左衛門・吉原六左衛門、信使宿へ被相詰也

〻見付御馳走人西尾隠岐守様ゟ三使見送之御使者両人被差越

〻信使宿、其外番所等、参向同前也

〻和泉守様ゟ三使江柿・葡萄・梨子入合壱折宛、上々官ニ茂柿・梨子・栗入合一
　折宛以御使者被遣之

　　　　柿
　　　　蒲萄　　　　　　一折
　　　　梨子

　　　　　巳上　　　青山和泉守

```
柿
梨子　　　　　一折
栗
```

　　　　以上

〃御賄方市野惣太夫殿・松平市右衛門殿子息清二郎殿、信使宿ニ御出、三使御
　到着之御慶被仰、隼人掛御目、御挨拶仕ル、市右衛門殿も見付江御越、未御
　帰無之ニ付、子息清二郎殿為名代、御出之由被仰聞也

〃佐和山井伊掃部頭様御家来金田兵太夫・宍戸四郎左衛門・富上九兵衛方ゟ以
　飛札、信使名護屋逗留之儀ニ候哉、若殿様御登之由承候付、御宿付り御家中
　之宿迄用意申付候間、先達宿数・用事等可申遣与之儀ニ付而、若殿様御登不
　被成義、又ハ名護屋逗留未相知不申候得共、大形滞留ハ有御座間鋪之旨返
　書相認、飛脚江相渡之

〃田中善左衛門を以三使江被仰遣候ハ、名護屋逗留之儀如何可被成候哉、弥
　滞留可有之哉、又者無休、御立可被成候哉、其段被仰聞候ヘ、尾張中納言殿
　江可申遣与之義、則朴同知を以三使江申入候処、弥逗留不仕可被登候間、其
　由被仰達可被下候との事ニ付、其通先達而被仰越也

〃松平市右衛門殿、信使屋ニ御出、隼人・直右衛門ニ御逢候而、被仰聞候者、
　御宿ニ致参上、御慶旁可申と存候得共、無用と被仰聞候付、伺公不仕候、三
　使ヘ者弥機嫌能御座候哉、拙子儀見付江罷越居、参上及延引候、御慶彼是被
　仰入与之御事也

〃和泉守様ゟ三使、其外江夜食煮麺御振舞有之

一同廿日　晴天

〃浜松、三使卯ノ上刻発足

〃御賄役松平市右衛門殿・市野惣太夫殿、三使発足前、信使宿へ御出、三使発
　足之御慶被仰伸、平田直右衛門挨拶仕ル

〃同日巳ノ中刻、信使荒井江参着

〻荒井御番所之左空地之所ニ、今度荒井渡海之御役目被蒙仰候土屋主税殿御
出候而、御見分候故、直右衛門罷通候刻、罷出、朝鮮人無恙罷渡候通り、遂
案内也

〻三使并上々官迄之御賄下行如御定、相渡

〻中官・下官、是又如御定、御振廻有之

〻御馳走人三宅土佐守様、三使参着以前ゟ信使宿江御出被成、平田隼人江御
対面被遊

〻信使宿江罷在候信使奉行・裁判役之者、土佐守様ゟ御料理被下之

〻御賄方秋鹿長兵衛殿、右同前田嶋十郎兵衛ニ御対面

〻信使来聘ニ付而、為御行規被差置候御目付、永田清左衛門殿、三使宿江御出
被成ル

〻土佐守様ゟ三使銘々ニ梨子一篭宛、御目録相添被遣之、則十郎兵衛取次之

　　　　　進上

　　梨子　　　　　　　一篭
　　　以上

　　　　　三宅土佐守
　　　　　　康藤

〻土佐守様ゟ三使・上々官料理被給候、以後、御菓子・饅頭御出シ被遊、但、白
手之鉢ニ三宛入、白木三方ニ乗せ、御出シ、上官へハ菓子盆ニ壱ツニ入、惣
中ニ御出シ被成候

〻三使荒井発足、午之下刻

〻同日申之中刻、吉田江参着

〻御馳走人小笠原壱岐守様、信使宿江御出被成、三使参着之御慶被仰入、田嶋
十郎兵衛取次之

〻御賄鈴木八右衛門殿、三使宿江御詰被成ル

〻三使・上々官・上官迄下行、中官・下官へ者御料理出ル

〻壱岐守様御家来ニ急病人有之ニ付而、朝鮮医師針治ニ様子見せ申度与之儀
也、則右之段御本陳江御案内申上、病人之宿江乗物ニ而遣之、尤、通事橋辺

半五郎相附、遣ス

〃壱岐守様ゟ三使銘々ニ大和柿一篭宛、西瓜二ツ宛御目録相添被遣之、御使者
　　高間勘解由、則田嶋十郎兵衛請取之

〃上々官銘々ニも柿一篭宛被遣之

〃自然火事等有之時之為用心火消之行列申付置候由、壱岐守様御家来書付被
　　致持参候付而、田嶋十郎兵衛致面談、書付請取之

〃尾張守様ゟ諸事御聞合之為御使者御家来川村九郎右衛門・大塩助右衛門、当
　　所吉田迄被差越、三使宿江被罷出、則平田隼人致対面、右両人被申候者、別
　　而相替儀無之候哉、就夫、追付三使名護屋ニ参着之刻、下行ハ格別、其外ニ
　　料理之用意仕置候与之口上也、併、御料理之儀者御無用ニ被成、下行計可被
　　仰付置候之由、隼人返答ニ申入ル

〃三使方ゟ殿様江為問案、朴判事被遣之、通詞阿比留近七相附参ル

〃浜松ゟ荒井迄三使見送之御使者両人被差越

〃三使当所参着之刻限并御馳走人、三使宿江御見舞被成候義、御本陳江御案
　　内申上ル

〃壱岐守様御家来萩原弥五郎痛有之、朝鮮医師へ逢申度与之頼、則心次第ニ
　　被逢候様ニと申入ル

〃忠左衛門義病気ニ付而先様京都へ罷登、養生仕度之旨申上候処ニ、弥心次
　　第罷登候様ニ御暇被下ル、就夫、忠左衛門江被相附置候木寺利兵衛・川内又
　　右衛門儀、直右衛門宿江罷在候而、右之通りニ而相勤候様ニ与被仰付、橋辺
　　伊右衛門義ハ忠左衛門ニ御附被成候様ニ与之御事候由、幾度六右衛門方ゟ
　　以手紙申来ル、忠左衛門方へ被相附置候、小使番之儀も利兵衛・又右衛門方
　　江御附被成ル

〃荒井ゟ吉田迄三使見送之御使者両人被差出

一同廿一日 晴天

〻信使、辰之上刻、吉田発足

〻御馳走人小笠原壱岐守様・御賄鈴木八右衛門殿、三使宿へ御見舞

〻同日巳ノ下刻、信使赤坂参着、昼休

〻三使宿、其外前後之番所并吉田ゟ是迄之間、水茶屋等参向同前也

〻赤坂之御賄方鈴木八右衛門殿・鳥山牛之助殿、信使参着前ゟ宿へ御詰被成、
　牛之助殿儀者岡崎之御賄も被仰付候故、彼所へ御越ニ付而、為名代、御子息
　平太夫殿御出也

〻御賄方鈴木八右衛門殿ゟ三使銘々ニ焼米巻三壱折宛、目録相添、御持参、則
　田嶋十郎兵衛取次之、三使江申達也

〻御馳走人ゟ三使江梨子一篭ツヽ、御目録相添被遣之

〻吉田ゟ三使為見送、御使者近藤甚右衛門・鎌田四郎右衛門被差越、赤坂も御
　馳走ニ付、右両人岡崎迄被相附ル

〻御馳走人信使屋ニ御見舞被成、朴同知ニ御逢候而、参着・発足之御祝詞被仰、
　隼人并十郎兵衛ニ御対面

〻御賄八右衛門殿江三使ゟ朴同知を以、今度吉田・赤坂両所御賄諸事御馳走被
　仰付、忝存候、別而御苦労千万ニ存候由、十郎兵衛同道ニ而罷出、八右衛門
　殿江口上者十郎兵衛申入ル

〻同日午ノ下刻、信使赤坂発足

〻同日申ノ上刻、信使岡崎参着、泊也

〻三使被致参着候而、銘々ニ引渡、熨斗出ル、白木之三方ニ乗ル、上々官へも
　右同

〻当所御賄鳥山牛之助殿、三使宿江御出

〻御馳走人水野右衛門太夫様御家老水野三郎左衛門・拝郷源左衛門、三使宿江
　被罷出候、直右衛門致対面

〻右衛門太夫様ゟ三使銘々梨子一篭宛、御使者銘々ニ而被遣之、則隼人取次

之、朴同知を以三使江差出ス

　　　　梨子　　　　　　　　　一篭
　　　　　　　　　　　水野右衛門太夫

〟鳥山牛之介殿ゟ三使銘々多葉粉二十把宛箱ニ入被遣之

〟殿様ゟ三使江御使者吉賀吉左衛門被遣之、御口上ハ、昨日者預問案、忝存候、
　長途御草臥可被成与察存候、御見舞可申入候得共、所労快無之ニ付、以使申
　入候与之御事、則朴同知承之、三使江申達シ、追付、返事有之

〟朝鮮人三人痛有之、馬ニ而道中参候儀不罷成候之由、通事頭方迄申聞候由
　ニ而、直右衛門江申聞候故、出駕篭被申付、明朝七ツ時分、三使宿へ参候様
　ニ以手紙申渡ス

〟御国ゟ為飛脚、御鉄炮次兵衛参着、此便ニ朝鮮人方ゟ此元江罷在候朝鮮人
　方江参候書状一結、樋口孫左衛門方ゟ為持、三使宿へ差越候故、則李判事ニ
　夫々ニ相届候様ニと申渡ス

一同廿二日　晴天

〟御賄方、未明ゟ三使宿江御見舞被成ル

〟御馳走人御家老水野三郎左衛門・拝郷源左衛門・野田次郎左衛門・松尾外記・
　鈴木弥一右衛門、未明ゟ三使宿へ被相詰候

〟右衛門太夫様ゟ鳴海迄三使見送之御使者として、志賀伊兵衛・津田権八、三
　使宿へ被罷出、直右衛門江被致対面、諸事可請御差図之由被申聞

〟右衛門太夫様江正使ゟ今度御馳走ニ付、為御礼、書簡認、被相渡候付、則江
　戸表へ被差上候様ニと御家老中江直右衛門相渡ス

〟卯ノ上刻、三使岡崎発足

〟尾張領阿野村ニ茶屋壱軒有之、三使被立寄、并上々官・上官立寄、中官・下官
　も三使供仕候者計立寄、茶・多葉粉出ル

〟右之茶屋ニ而三使銘々杉重一組宛出ル、土器金、白木三方ニ乗せ、銘々出ル、

煮染肴色々片木ニ盛、白木之三方ニ据、銚子者間鍋銘々ニ出ル

〃上々官・上官・中官江も御酒并饅頭・やうかん・餅・香物・煮染・肴、片木ニ盛、
銘々ニ出ル、下官江者饅頭・御酒・肴出ル

〃御馳走人尾張様役人宇津木八右衛門・渡辺佐左衛門、 其外侍衆茶湯坊主・足
軽中間数多日相詰ル

〃三使前後江参候此方家中下々江も饅頭御振廻被成ル、但、茶屋之前ニ供仕候
而参候者計也

〃同日午ノ上刻、三使鳴海江参着

〃中納言様御家来衆、此所御馳走ニ御附被成候衆、参向同前

〃御城代滝川彦左衛門与申人、信使宿江被相詰ル、三使并上々官・上官ハ下行、
中官・下官ハ御料理被下之

〃信使宿ニ而隼人・直右衛門并十郎兵衛・八右衛門、 右之面々江一汁三菜之御
料理出ル

〃三使自分料理相済而御菓子出ル、柿・梨子・煎餅盛合、白木三方ニ据り出ル也

〃岡崎ゟ鳴海迄為見送、御使者両人、信使宿へ被参ル

〃尾張ゟ三州吉田迄被差越候人数、左ニ記之

足軽頭	松平文右衛門 田代五右衛門 都筑弥兵衛
馬具持参	
目付	河村九郎右衛門 大垣助右衛門
五十人目付	佐分源六 岸上弥太夫

〃同日未之中刻、鳴海発足

〃同日申之中刻、信使名護屋参着、泊也

〃信使宿并諸番所等、参向之時同前也

〃中納言様御家老竹腰阿波守殿、野崎主税殿并御馳走人成瀬吉左衛門・稲葉九
郎左衛門、信使宿江被相詰也

〻三使并上々官・上官・次官下行御渡、中官・下官者御振舞被仰付

〻中納言様ゟ三使江為御返物、白銀二千両御目録相添、以御使者被遣之、御使者成瀬吉太夫入来、長袴着也

〻上々官三人ニも銀二十枚宛被成下、御使者右同人

〻中納言様ゟ三使江之御目録、左ニ記之

　　　白銀　　　　　　　　二千両

　　　　　計

〻名護屋ゟ墨俣迄道橋掃除之下知与して役人両人被差出置也

〻隼人・直右衛門、於信使宿、御料理被下之、三之膳ニ向迄也

〻孫左衛門・与左衛門方ゟ申来候ハ、爰元ニ而御家中下々迄旅篭之料理丁寧ニ御座候故、上ハ壱人前二百六十文宛、下ハ百二十文宛相払、其外ニ我々宿ニ者弐百疋程、亭主ニ遣シ可申哉之由被申聞候付、弥其通り可然之由致返答、旅篭代等右之通相払申也

〻尾張様ゟ御使者を以隼人・直右衛門江白米壱俵、黒米二俵、大豆壱俵拝領被仰付候ニ付而、則御本陳江御案内申上処ニ、御断申上候様ニ与被仰付候故、則右之御使者返上仕ル

〻殿様、信使宿江為御見舞御出、三使御対面被成ル、尤、両長老も御同道被遊、御座配如常

〻殿様江御料理出候得共、御理被仰達候而、不被召上候、阿波守殿・主税殿江御対面被成ル

〻御家中不残面々之宿ニ而宿旅篭御馳走、尾張様ゟ被仰付也

〻孫左衛門・与左衛門方ゟ申来候者、明日途中ニ尾張様ゟ御馳走之御茶屋二ヶ所有之候、其内かわらけ野と申所者爰許ゟ程近ク御座候間、稲葉と申所之茶屋江三使被立寄候様ニ仕候得之由ニ付、則上々官を以三使江申達ス

〻尾張様ゟ三使江御音物無之

〻上官、其外江為夜食、餅・煮染物御振舞被成ル

一同廿三日　晴天

〻尾張様方上下共、殊外之御馳走故、三使三人ニ而詩一首作之、中納言様方江
　進覧被申也

〻卯之上刻、三使名護屋発足

〻同日未ノ上刻、信使墨俣参着

〻当所御賄役杉田九郎兵衛殿・石原清左衛門殿、三使宿へ御出、平田直右衛門
　江御対面被成ル

〻御馳走人松平丹波守様方三使・上々官江菓子出ル、小角ニ盛、白木之三方ニ
　乗出ル、上判事・上官へも右之餅、重箱ニ入、惣中ニ出ル

〻丹波守様方三使銘々ニ蒲萄・柿・梨子一篭ツヽ、御使者を以被遺之、則田中善
　左衛門取次之、三使江同知を以申達ス

〻上々官中へ大和柿・梨子一篭ツヽ被遺之

〻軍官内之者一人腫物気ニ御座候、依之、馬ニ而道中難参候間、出駕篭申付候
　様ニと朴同知申聞候ニ付、則斉藤羽右衛門方へ手紙を以申遺ス

〻三使宿江御馳走人御出

〻丹波守様方安判事、雪月堂江美濃紙三十束入二箱宛被遺之

〻同日未之中刻、信使、墨俣発足

〻同日酉之上刻、信使大垣江参着、泊也

〻此所御馳走人戸田左門様、三使宿へ御出

〻御馳走人戸田左門様方三使銘々ニ美濃柿壱篭、鮎鮓壱桶宛以御使者被遺之

〻昨晩、三使宿江殿様御見舞被成候、為御礼、御本陳江三使方金判官、問案遣
　之、右之通り先達而御案内申上候、両長老へも同断

〻名護屋方大垣迄三使見送之御使者七人被差越

〻大垣ニ而三使宿へ書付有之候、押紙之写、左ニ記之
　　　今度、朝鮮信使衆、当地一宿ニ付而、為御馳走、相定諸役人懇切ニ可勤
　　　之、聊無礼ニすへからす、尤、喧嘩・口論堅停止并火之元可申付者也

　　　　　九月　日

〃安判事入用ニ付而、御銀掛江申渡、白木之長持壱ツ調候而渡之

〃夜ニ入、三使宿之前橋之際左右ニ大かゝり火有之

一同廿四日 晴天

〃三使卯之下刻、大垣発足

〃同日巳之下刻、信使今須江参着、昼休

〃此所之御賄役杉田九郎兵衛殿・石原清右衛門殿、三使参着前ゟ信使屋江御詰
　被成ル

〃三使宿、其外番所、参向同前也

〃大垣ゟ今須迄之間水茶屋、参向同前也

〃井伊掃部守様ゟ為御馳走人御家来印具徳右衛門・石井半平・犬束求馬・宇津
　木伝五郎、此面々被相詰也

〃杉田九郎兵衛殿ゟ黄紛餅、小豆餅二重ツヽ、三使銘々被送之

〃同日午之下刻、信使今須発足

〃同日申之上刻、信使彦根参着、泊り

〃井伊掃部頭様御家老木俣判弥庵・原助右衛門・三浦与右衛門・長野十郎左衛
　門、信使宿ヘ被罷出、隼人ニ被致対面

〃三使参着之節、落着之御菓子・胡麻餅・小豆餅、白木之三方ニ乗出ル、上々官
　ヘも右同シ

〃三使泡盛酒・焼酒・南都酒、南京焼徳利ニ次出ル、盃并台銀、白木三方ニ据、
　肴ハ煮染麩蚫、梨子地之木皿ニ盛、白木三方ニすへ出ル

〃上官江者大豆粉餅・小豆餅、縁高二入、銘々ニ出ル、次官も同断

〃中官・下官ヘも右之通、宿々ニ而御振舞被成ル

〃大垣戸田左門様ゟ彦根迄三使見送之御使者両人被差越、三使宿ヘ被罷出候

二付、隼人取次之、朴同知を以三使江申達

〃井伊掃部頭様御家老衆ゟ隼人・直右衛門江御使者を以両種被成下

〃右拝領物之儀、御本陳へ遂御案内候処、申請候様ニ与之御事ニ付、致拝受、
御家老迄御礼申入ル

〃大津小野半之助殿ゟ御使者荒木加兵衛被差越、意趣者、江戸表首尾能御仕
舞、御登珎重存候、拙子も不相替、御馳走方被仰付候、就夫、先達而被仰聞
御用等候者、無遠慮、此者被仰含被下候様ニ、旁為可申伸、以使者被仰入与
之儀、則御返答申入ル

〃池田大学方ゟ飛札被差越、是ハ先日之返書也、然共、飛脚ニ而参候故、則再
報相調渡ス

〃本多中務大輔様御家老河西縫殿助方ゟ飛札来、意趣ハ、信使中官・下官御振
舞之義、公儀ゟ之御返物積船之儀等申参ル、則返書、飛脚ニ渡ス

一同廿五日　雨天

〃井伊掃部頭様御家来四人、未明ゟ信使宿へ被相詰

〃掃部頭様ゟ三使銘々ニ美濃柿一篭宛被遣之

〃三使・上々官銘々ニ御菓子・饅頭・砂糖飴・梨子・柿出ル

〃信使卯ノ下刻、彦根発足

〃同日午ノ上刻、三使八幡山江参着

〃此所御馳走人山口修理亮様・小堀和泉守様幷御賄役今井七郎兵衛殿・井狩十
介殿、三使参着前ゟ信使宿へ御出被成ル

〃三使銘々ニ和泉守様ゟ大和柿一篭、修理亮様ゟ美濃柿一篭ツヽ、御目録相添、
御使者を以被遣之

〃同日未之下刻、三使八幡山発足

〃八幡山ゟ守山迄之道筋安ス川之土橋等参向之ことし

〃三使酉之上刻、守山江参着、泊也

〃三使宿、其外諸番所等参向同前也

〃御馳走人板倉隠岐守様御病気ニ付、御馳走之義、江戸表ニて被相伺候処、左候ハヽ、家来差越候様ニ与之御事ニ付、御家老板倉杢右衛門・都筑次右衛門・天野藤右衛門并用人渡辺十右衛門・野嶋六郎左衛門、信使屋ヘ被相勤也

〃御賄方観音寺、三使参着前ゟ信使屋江御出

〃三使其外下行、中官・下官御振舞等前ニ同シ

〃御馳走人ゟ三使銘々ニ奈良柿一箱宛被遣之

〃彦根ゟ三使為見送、大久保弥五右衛門・所藤内・石原権八郎・松居豊太夫、此四人被差越也

〃右四人被申聞候者、守山迄信使、其外朝鮮人乗馬・人足等無滞相勤候通、御書付被下候様ニ与被申聞候故、則書付相渡紙面、左ニ記之

　　従彦根、守山迄朝鮮信使江相附候、上々官・上官・中官・下官乗馬・荷馬・人夫、何茂無滞御送、忝奉存候由、我々迄朝鮮人被申聞ニ付、如此御座候、以上

　　　　　　　　　　　　宗対馬守内
　　　　　　　　　　　　　平田直右衛門印
　　九月廿五日　　　　　　平田隼人印

　　井伊掃部頭様御内
　　　大久保弥五右衛門殿
　　　所　藤内殿
　　　石原権八郎殿
　　　松居豊太夫殿

一同廿六日　晴天

〃今朝辰之上刻、信使守山発足

〃御賄方、信使屋ヘ御詰

〃同日午之上刻、信使大津江参着、昼休

〃此所御賄下行、如御定、相済

〃当所御馳走人九鬼和泉守様・谷出羽守様御賄役小野半之介殿、三使参着已前
ゟ信使屋へ御出

〃九鬼和泉守様ゟ三使銘々ニ柿一篭ツヽ被遣之

〃谷出羽守様ゟ三使銘々、栗一篭宛被遣之

〃京都本多隠岐守様ゟ三使へ爰許到着之御慶、并於京都可被得御意と之御口
上ニ而、御使者被差越

〃大津宿口迄和泉守様・出羽守様ゟ三使迎之御使者両人被罷出

〃守山ゟ大津迄三使見送之御使者両人、三使宿江被罷出

〃未ノ上刻、三使大津発足

〃未ノ中刻、三使大津ゟ直様大仏江被立寄、見物有之、二王門之外ニ大簱・楽
器等置之、此所ニ而下馬、三使ハ本堂之石垣之上ニ而、下輿有之、此所之御
馳走、従公儀被仰付、則御賄多羅尾四郎右衛門殿、小野長左衛門殿、御家来
衆ゟ被相渡候献立、殿様方之日帳ニ記之

〃大仏堂ひらき戸之内ゟ三使座席迄道筋、薄縁壱枚並ニ敷之

〃堂之南之方、三使并上々官・上官座席銘々ニ幕ニ而仕切、居所ニ者畳敷有之

〃中官・通詞座ニ者薄縁敷有之、幕ハ無之、座ハ堂之内大仏之後ゟ北之方へ有之

〃御賄方ハ東之方角ニ被罷居、此所ゟ仕出シ被仕候

〃惣別堂ノ内ゟ座々ニ通り中道筋・庭、莚一枚並敷之

〃座構候様子、別紙ニ絵図有之

〃本多隠岐守様御家老本多登之介・兼松四郎兵衛、大仏江被相詰ル

〃御賄多羅尾四郎右衛門殿・小野長左衛門殿御家来拾四人相詰、差引有之、杉
本権太夫・辻十兵衛・村木勘左衛門・加藤神五兵衛・豊田五郎作・藤尾武左衛
門・同儀右衛門

〃小野長左衛門殿御家来横山与右衛門・柏木次兵衛・藤田弥兵衛・田村与次兵
衛・塚田新五兵衛・井口猪兵衛・堤半兵衛、右之面々、大仏江相詰、御馳走之

差引被仕ル

〻右済而、三使大仏堂之内見物被致、夫ゟ三十三間堂見物、此所之御馳走、殿
　様ゟ被仰付

〻三使、三十三間堂見物之内、霊長老・辰長老ゟ三使中江大折二被贈之

〻三使申ノ中刻、大仏発足、京入也、道筋等ハ絵図有之

〻本圀寺参着之様子等京都在留中之日帳ニ記之

（終わり）

下向信使奉行京大坂在留中毎日記

一九月廾六日　卯之刻迄者雨天、其後霽ル

〻三使大津より申之下刻、本圀寺参着、御馳走人本多隠岐守様并御賄方多羅尾
　四郎右衛門殿・小野長左衛門殿、三使参着前より信使宿江御出

〻本多隠岐守様ゟ三使江御使者、口上者、江戸表首尾好御勤、殊今日ハ天気好
　御当地江御着、旁珎重奉存候、何そ御用之儀も御座候ハ丶、不御心置可被仰
　聞と之義也、則十郎兵衛取次之、三使江申達ス、朴同知罷出、致対面、御礼申
　入ル、御使者本多次郎右衛門

〻信使宿門前之番所并莚之鋪様、何茂参向之通り

〻大津より本圀寺まて三使為御見送、九鬼和泉守様御家来九鬼喜内、谷出羽守
　様御家来別所友右衛門両人、三使宿迄被参

〻三使京入之先乗平田隼人・田島十郎兵衛、跡乗平田直右衛門・田中善左衛門

〻稲葉丹後守様ゟ三使京着之為御慶、御使者渡辺弥三右衛門被遣之、則隼人
　取次之、三使江申達ス、依之、朴同知罷出、御使者対面、御礼申上ル也

〻殿様ゟ三使京着之為御慶、吉田庄左衛門、御使者ニ被遣之、朴同知取次之、
　三使江申達ス

〻明日、三使ゟ稲葉丹後守様、三条大納言様・日野大納言様御父子江音物遣之
　候付、台寸法之書付仕、御馳走方江田中善左衛門致持参、右之通御用意被成
　候様ニ与申入ル也

〻三使并上々官・上官・次官までハ最前之通下行ニて渡ル、中官・下官ハ御振舞
　有之

一九月廾七日　晴天、京逗留

〻御馳走人本多隠岐守様并御賄方多羅尾四郎右衛門殿・小野長左衛門殿、三使
　宿へ御出被成ル

〻御町奉行前田安芸守様并百日御横目井上忠左衛門殿、信使宿江御見舞被成

ル也

〻大坂御馳走人岡部内膳正様方御使者来ル、三使道中無蟜京着之御慶被仰入
　与之御事也、御使者堀弾右衛門、尤、内膳正様、当所御留守居千種儀左衛門、
　右之御使者同道也、田中善左衛門承之、朴同知を以三使江申達ス、則善左衛
　門、朴同知罷出、御返事申入、尤、直右衛門儀も対面、挨拶申入ル

〻稲葉丹後守様方三使銘々ニ饅頭大折一宛被遣之、但、箱之角ニ紺青にて逆輪
　之絵、足之縁に緑青にて塗有之、右之御使者的場武太夫、則直右衛門請取之、
　朴同知を以三使へ申達ス

〻谷川永元、朝鮮学士ニ対面仕度由、直右衛門迄被申聞候ニ付而、則西山万次
　郎同道ニて対面、筆談有之

〻牧方御賄方服部六左衛門殿手代奥村弥助、角倉与一手代八木九左衛門、信
　使宿江被参、直右衛門江被申聞候ハ、信使牧方御通之刻、陸ニ御揚被成候
　ハ丶、料理之用意可仕候哉与被相尋候付、返答ニ申達候ハ、先年者日暮被罷
　通候故、下行ニて船江御渡被成候と覚申候、今度之儀者聢与相知不申候間、
　御料理之仕立者御無用ニ被成、其諸色ハ御調置候て可然之由申達ル也

〻明日丹後守様・隠岐守様御同道にて信使宿へ御出、三使江御対面被成筈候通、
　隼人方より申来候付、則其段、上々官を以三使江申達ル也

〻通詞・下人共下行之義、江戸表にてハ御請させ被成候、当地ニおゐても弥請申
　様ニ可仕候哉、左様候ハ、江戸表ニて大岡五郎右衛門殿御差図ニて御座候
　通申達候て、請とらせ可申候哉と、樋口孫左衛門方江、直右衛門方ゟ以手紙
　申遣候所、弥江戸表之通ニ可然之由申来候付、則御賄方へ申達ス

〻本多隠岐守様へ上々官方ゟ音物遣候義、先例にも有之候付、則今日致進覧候
　所、御請不被成、御返進也、音物ハ奥ニ記之

〻稲葉丹後守様江礼曹并三使方之音物、今日朴同知・卞僉知を以遣之、依之、先
　様音物配として木寺利兵衛、通事頭早川次郎左衛門并町通事壱人、丹後守様
　江参り、鋪台にて配之、尤、目録相添、御奏者畑七郎左衛門江渡之、奥ニ持入

〻右丹後守様ニ上々官致参上候付、平田隼人熨斗目・布上下着、上々官同道、
　丹後守様江伺公仕ル、尤、隠岐守様よりも御家来井狩孫八・石原源太左衛門、
　是亦布上下・熨斗目ニ而騎馬、隼人跡ゟ被参、上々官ハ常之衣裳ニて乗物、

小童両人ハ馬ニて参ル、尤、歩行之下官相附

〃上々官駕篭舁、小童乗馬、御馳走方ゟ出ル

〃御町奉行前田安芸守様ゟ道筋ニ辻固出ル、尤、道筋之掃地・見せ砂等有之
通候、道筋之絵図有之

〃丹後守様御門外ニ而上々官駕篭より下ル

〃門外ニ杖突警固相詰、御門之内ゟ玄関まて莚四枚並鋪、台之際ニ薄縁四枚並
ニたけ鋪有之

〃鋪台際薄縁之上左右ニ丹後守様御家来衆熨斗目・長上下着、三人宛立並居、
左之方三人先達而被参、鋪台向ニ家老三人布衣着並居、隼人ハ上々官跡より
参、使者之間之奥之間に着座、御書簡ハ此座之上面之方ニ置之、右布衣着之
家老三人被罷出、口上有之、上々官御出之通り、丹後守へ可申聞之由にて、
奥江被入、追付御家老田辺権太夫被罷出、丹後守様ゟ隼人江御用之儀候条
罷通り候様ニ与之御事之由被申候付、則権太夫手引ニ而罷通、御本間之中ほ
とに御茵鋪、丹後守様御装束ニて御着座、隼人江被仰聞候者、今日、三使ゟ
為使者、上々官入来ニ付而、諸事勤様之儀、対馬守殿ゟ受差図候、就夫、
上々官と丹後守挨拶之義、隼人取次申事ニ候条、此方近ク罷有、隼人挨拶仕
候得、諸事首尾好有之様ニ与之御事、畏入候由申候而、退出仕、右之座ニ着、
追付丹後守様御出ニ付、朴同知御書簡箱持参、次之間三帖目ニ膝を突罷候て、
田辺権太夫江相渡、則丹後守様へ披露有之而、上段ニ被上ケ、時上々官進而
二度半之礼仕ル、相済而、三使より之口上可申上之旨、隼人申候ニ付、上々
官両人共ニ丹後守様、御傍近ク伺公仕、口上述ル、其後隼人江被仰聞候者、
此度、江戸表首尾好相済、皆々大慶御察被成之由御返事、御直ニ上々官へ被
仰達、次ニ並居候時、隼人江被仰聞候ハ、茶出シ可申候間、緩々参候様ニ申
達候得之由ニ付、則上々官へ申聞候処、早速御礼申上ル、丹後守様御入被遊
候而、御茶菓子・梨子・柿・羊羹・餅・饅頭、右之品、上々官両人、隼人前ニ被
出也、其上、茶出ル、小童二人江も於別座、梨子・柿・羊羹・饅頭・餅、白木之
へきにもり出ル、下官ともハ腰掛ニ居ル、茶・多葉粉出ル

〃田辺権太夫、隼人江被申聞候ハ、上々官被帰候節、丹後守義罷出可然候哉与、
隼人江承候様ニと之御事之由ニ付、先刻御礼義并御返答相済候故、亦々御見

送りニ御出被成候義、如何可有之候哉、最早及御出間鋪と存候由申入候付而、
御見送ニ御出無之也

〻上々官罷帰候節、彼方御家老三人江御馳走之御礼、上々官同前ニ申達、退出、
間々ニ被相詰居候衆江も隼人挨拶仕、罷通ル

〻上々官退出之刻、右布衣之衆三人、敷台まて送り被出、一礼有之、并六人之
奏者衆薄縁迄如初被罷出ル也

〻三條大納言様・日野大納言様・日野中納言様・稲葉丹後守様・本多隠岐守様并
信使宿之主僧ニ音物遣之、音物帳ニ有之

〻所司代、其外江三使方ゟ之音物台并長持・持夫等、御賄方より被相調也

一九月廿八日　晴天、京逗留

〻御賄方御両人、信使宿江御出被成候

〻本多隠岐守様より三使銘々ニ御所柿壱篭宛、蚫一折拾宛御目録相添、被遣ル、
御使者本多次郎右衛門

〻上々官江も御所柿一篭ツヽ、右同前被遣之候

〻志賀甚五左衛門・島雄仁右衛門方江申遣候ハ、朝鮮人誂候日本書物書付遣之
候、御代銀之義重而小山朝三方ゟ取集可申候間、先代銀、各方ゟ可被払置候、
弥重而銀子之義、朝鮮人方ゟ朝三請取、可指上与之義、朝三ニ裏書為致申候
間、孫左衛門・与左衛門ニも申断、代銀相払候様ニ与申遣ス也

〻今日、殿様御宿坊江稲葉丹後守様御出、朝鮮能書・絵師被召寄、絵・字御書せ
被成候

〻今日、所司代稲葉丹後守様・信使御馳走人本多隠岐守様、三使江御対面也、
丹後守様御事・隠岐守様御宿坊ニて衣冠之御装束被成、尤、隠岐守様江も衣
冠之御装束被成也

〻殿様ニ茂御装束、直垂ニ而風折烏帽子被召也

〻丹後守様御宿坊江御入候而、後、殿様・両長老御同道ニて御宿坊江御見廻被

成候也

〻丹後守様、午之中刻、三使宿江御出

〻本圀寺本堂之玄関前中之唐門まて薄縁三枚並ニ敷之、但、唐門之前ニ而、丹後守様下乗被成也

〻玄関ゟ唐門迄之間、薄縁之左右ニ簱・鎗等立置

〻丹後守様唐門御入被成候時、太平簫吹之

〻三使者縁頬まて被出向

〻殿様・隠岐守様・両長老ハ玄関迄御出向、殿様ハ敷台之右之方、隠岐守様ハ同左之方江御立分り、御待被成ル

〻朴同知・卞僉知ハ敷台之下、薄縁二枚目迄罷出、右之方へ罷有、丹後守様御通之節、一礼仕、御跡ゟ参ル也

〻丹後守様玄関御上り被成、三使被向出、御一礼有而、御同前ニ奥江御通、二度半之御対礼相済而、隠岐守様二度半之礼儀有之、何も御着座、以上々官、御挨拶有之、相済而人参湯出ル

〻御還之節も亦二度半之御対礼如初

〻三使送り被出候茂如初

〻御還之時、楽器等も如初

〻丹後守様、今日三使宿へ御出之刻、楽器并簱道具等本堂之前、庭ニ立並置候付、年寄中致相談、中之唐門より玄関迄之間ニ立並可然之由、上々官を以三使江申入候得共、手前之道具ニ候故、目通ニ置申物之由にて承引不被仕候処、其内、殿様御出被遊、弥玄関前ニ直させ候様ニ達而被仰達候へハ、三使承引候而、玄関前ニ被直候、国王ゟ渡候鑓四本、日笠三本ハ本堂之庭之上左右に建之置也

〻三使ハ南方江毛氈三枚敷之、丹後守様・隠岐守様ハ北之方ニ毛氈二枚敷之、丹後守様ハ正使と対座、隠岐守様ハ少間置候て、毛氈敷之、丹後守様被召列候、布衣之面々御後江被置居

一 九月廿九日 晴天、京都逗留

〻本多隠岐守様、三使宿江御見舞被成ル

〻信使、明日発足ニ付、朝鮮人荷物之長持拾八掉、今日ゟ先達而大坂へ差下ス、
荷物宰領者佐護助左衛門・山田判右衛門也、御馳走方ゟ出候持夫八拾八人、
是ハ長持拾八掉之分割付候而、斉藤羽右衛門方ゟ御馳走方へ指出候処、此
外ニ又増人御附有之

〻右之荷物先様差下候付、大坂御馳走人岡部内膳正様御家来方江御書状遣ス、
右之宰領、助左衛門・半右衛門江相渡ス、則案文左記之

　　　一筆令啓上候、今度朝鮮人荷物、其元江差越候付、為宰領、佐護助左
　　　衛門・山田半右衛門と申者相附、指下候、淀より川船にて下候間、其元へ
　　　罷着候ハ、信使宿まて之持夫等御差図被成可被下候、弥信使衆茂明日
　　　之発足ニ御座候間、於其元可得御意候、委細宰領之者口上ニ申含候、
　　　恐惶謹言

　　　　九月廿九日　　　　　　　　　平田隼人
　　　　久野三郎兵衛様
　　　　仲縫殿右衛門様

〻本多隠岐守様ゟ三使中江為御返礼銀三拾枚付台、綿子百把、目録相添被遣
之、御使者本多登之助、則隼人請取之、卜僉知を以三使江差出ス、追付卜僉
知、隼人同前ニ罷出、右之御礼、御使者江申述ル

〻隠岐守様ゟ登之助を以隼人江御逢可被成候間、奥江通り候様ニ与之御事ニ付、
罷通候処、被仰聞候ハ、先日参向之時分ハ御取込ニ而御逢不被成候、先以此
度ハ家来之者江諸事御差図故、首尾好相済、珎重存候、各江も被仰付とハ乍
申、毎日之御勤ニ而首尾結構ニ有之、可為御満足と之御事也

〻隠岐守様御家老衆、其外信使宿へ被相詰居候衆之内、殿様ゟ御音物可被遣
人柄書付、遣候様ニと多田与左衛門方ゟ申来候付、則隠岐守様衆江相尋候而、
書付遣之

〻昨日、稲葉丹後守様、三使江御対面被成候、為御礼、判事ニ而も遣候義、無用
ニ仕候得、殿様ゟ御使者被遣筈之由、孫左衛門・与左衛門方ゟ以手紙申来ル

〻従事方ゟ堀田筑前守様江之御返簡出来候ハ、早々殿様御宿坊江遣候へ、江
　戸江飛脚被指越候付而、其便ニ可被遣之由、多田与左衛門方より平田直右衛
　門方江手紙ニ而申来ル、従事江も書物被仕居候付而、急ニ者出来申間敷候、
　晩方ニても出来次第為持可遣由返事申遣ス

〻牧方之御賄角倉与市家来、信使宿江参り、三使発足之刻限等見合候様ニと、
　与市方ゟ申付、差越候由申也、則隼人対面、挨拶仕ル

〻三條大納言様ゟ三使中江御返物以使者被遣也、大河内源右衛門、是ハ殿様
　御本陳まて持来ル也、尤、目録相添也

〻道中八幡山之御賄方井狩十助殿より殿様江御状并柿一篭、隼人方迄送り参ル、
　則隼人方ゟ手紙相添、孫左衛門・与左衛門方迄差上之

〻上々官方荷物拵之用ニ候間、渋紙五拾枚細引三拾房調候而、早々信使宿江
　差越候様ニと御銀掛方へ申遣ス

〻淀御賄藤林長兵衛殿家来柏木平太夫・市岡利右衛門殿家来早川曽兵衛、信使
　宿へ参り、隼人江被申聞候者、淀にて之下行之義、信使参向之時分、立田三
　右衛門江申談候処、晩之下行計ニ而候由被申聞候、其後、前田安芸守様御触
　状ニ者朝晩之下行相渡候様ニ与之事也、如何可仕候哉と被相尋候付、尤、淀
　にてハ昼休候而、早速川船に乗り候而も、右以泊之所ニて候故、弥参向之時之
　通ニ朝晩之下行御渡し被成可然之由申入ル也

〻稲葉丹後守様ゟ礼曹并三使江御返礼并上々官へ被遣物、御使者中島九郎左
　衛門を以御音物被遣之、則左ニ記之

一銀百枚　　但、付台・銀子ハ別而白木箱ニ入、緒青細引

一綿子百把　　但、白木之台ニ据ル
　　右者礼曹江

一銀百枚　　但、付台・銀子ハ別而白木之箱ニ入、緒青細引
　　右者三使中江

一銀三拾枚　　右同
　　右者上々官三人中江

一書簡箱者金みかき野郎蓋ニシテきちやうめん取り、鐶者煮黒メめつきにて雲之
　模様、内を金砂子之紙にて張、緒まかへ之丸うち、其上を浅黄ふてさにて包、

外箱桐之白木緒ハ糸さなた白木之台ニ乗ル、則隼人、朴同知・卞僉知を以三
使江指出ス、追付隼人、朴同知・卞僉知同道にて御使者江御礼申入ル

〟丹後守様方御使者竹田久右衛門、三使宿江伺公、口上者、昨日者対馬守殿宅
ニ而能書・絵師へ初而対面仕、色々手跡等見物仕、大慶存候、依之、乍軽少、
音物それ〳〵に被遣と之口上也、則音物、左ニ記之

一銀三枚 安判事江

一同二枚 雪月堂江

一同二枚 寒松斉江

一同二枚 絵師 東巖江

　　右いつれも白木之台ニ据ル、是又隼人取次、夫々ニ相渡ス

〟辰長老方三使銘々ニ以使僧、返物来、左ニ記之

一蒔絵重箱一組　　外箱ハ杉木綿真田之緒付

一銅盥盤一ヶ

一煙草具一備箱ニ入　　但、たはこ盆きせる拾本はいふき火入、外箱ハもみ板白木也

一紋紙百枚

一割烟草壱箱　　但、桐白木之箱ニ入

　　右之通、三使銘々ニ来ル、則朴同知取次、三使江申達ス、御礼之義も朴同
　　知罷出、使僧江申入ル

一九月晦日　晴天

〟信使、今日、京都発足ニ付、御賄方御両人未明方信使屋江御詰被成ル

〟朴先達与申朝鮮人相煩候付、淀迄出駕篭被申付候様ニと斉藤羽右衛門手代
小田武右衛門へ申付ル

〟殿様裏付上下被為召、信使屋へ御出被遊、依之、三使被罷出、御対顔、二度
半之御対礼有之、畢而、今日御発足之御挨拶等、上々官を以被仰入、相済而、
如右御礼有之而御帰、此時、桧縁迄被送出也

〻京都本圀寺、卯之下刻、三使発足

〻稲葉丹後守様ゟ信使為御見送、鳥羽まて御使者幸槻源左衛門・桑村九兵衛被
　指越候

〻信使先乗り平田隼人并田島十郎兵衛・高勢八右衛門、跡乗平田直右衛門并田
　中善左衛門・斉藤羽右衛門

〻殿様者信使跡より御発足被遊ル

〻石川主殿頭様ゟ京都迄信使為御迎、御使者和田五右衛門被遣之

〻御同人様ゟ中途迄御迎之御使者伊奈求馬被指出

〻巳之下刻、三使淀参着、此所泊之筈ニ候へとも、日高ク候付、昼休ニ被仕、直
　ニ乗船、船にて料理被給也、依之、三使并上々官・上官・次官迄ハ宵朝之下行
　被相渡、中官・下官ハ御振舞有之

〻御賄方市岡利右衛門殿・藤林長兵衛殿、芦浦之御代官木村源之助殿、観音寺、
　右之衆三使乗船之船場ニ御出候て、諸事之下知有之

〻淀船之為差引、木村源之助殿、角倉与市手代兼松源左衛門・大西市兵衛・皆
　川長兵衛・宮村安兵衛・井内長左衛門・木村亦三郎・大谷半右衛門・藤木庄兵
　衛・三宅九左衛門・増地彦兵衛・疋田長右衛門、右之面々船場へ相詰也

〻公儀ゟ三使銘々ニ三尺四方之折壱宛被遣之、惣金たみ内ニ饅頭入

　同三使銘々江壱組ツ長サ壱尺五寸、横一尺、惣金たみ

　　　内ニやうかん・きんとん・しやきん・かすていら、其外干菓子三色・肴五色、
　　　此杉重ニハ樽一荷ツヽ相添

　同上々官ニも三尺四方之折三ツ、惣銀たみ

　　　内ニまんちう・きんとん・しやきん・やうかん

　　　肴台銀たみ、たんせん・ちそみ・すあま、さかな四色

　　　此折にも樽壱荷ツヽ相添

　右之折杉重、御賄方市岡利右衛門殿・藤林長兵衛殿御支配也

〻両長老にも杉重一組宛被下之　長サ一尺五寸・横一尺木地、内ニ菓子七色・肴五色

〻石川主殿頭様ゟ三使江柿一箱・梨子壱篭ツヽ銘々ニ被遣之、御使者大津半太

夫・瀧見甚助・新彦助

〻殿様未ノ下刻、淀御出船、相つゝき、三使も出船也

〻三使酉上刻、牧方参着、宿江ハ不被揚、船ニ被居也、殿様江も御揚り不被遊也

〻三使并上々官ゟ下官迄之下行渡ル

〻牧方之御賄方服部六左衛門殿角倉与市方より隼人・直右衛門船ニ使ニ而被申
聞候者、三使今晩者御一宿と相見え候、御船にてハ御難義ニ可有御座と存候、
陸へ御宿も申付置候条、御上り被成、御休息候様ニ与之儀ニ付、御返答ニ申
入候ハ、今晩者三使も陸へ者揚り不被申筈ニ御座候、若其内揚被申義も候ハ、
従是、御左右可仕候、被入御念被仰聞候通、三使ニ可申達之由申入ル

〻御馳走人松平伊賀守様ゟ三使銘々ニ御所柿一箱ツゝ被遣之、箱者杉板木地也、
後前ニすかし有之而、錠落鑰相添、白木之台ニ乗ル、御使者井上源太夫・石
川三右衛門・加藤源太夫、御目録相添也

〻大坂代官仁位助之進方ゟ申越候ハ、公儀ゟ朝鮮国江之御返物并三使江之被
遣物等、信使屋ニ有之付、早々船ニ御乗せ被成度与之御様子ニて、如何朝鮮
船ニ御乗せ可被成候哉、亦ハ日本船ニ御積可被成候哉之旨申来候付、則田
島十郎兵衛・田中善左衛門を以右之段相尋候処、朴同知申候ハ、其段前以三
使江相窺申候、荷物之義ハ弥日本船ニ積せ被成候得之由申候通申聞候付、
仁位助之進方ニ返答申下候者、御馳走方ゟ荷物之義被申候ハ、定而信使屋
ニ有之候故、所も狭候而之事ニ可有之与存候、弥荷物之義ハ日本船ニ乗り申
筈ニ候間、判事荷物乗せ申筈之船、其外 f 簡を以右之荷物不残、信使参着前、
何とそ船ニ乗せ候様ニ可被仕候、尤、荷物宰領之義被申越候得とも、途中故、
不罷成候、其許御着被遊候ハ、御国元迄之宰領ハ可被仰付候、信使屋ゟ船
ニ荷物積候、差引ハ役目中ゟ被相勤、尤ニ候与之義、書状相添、牧方ニ而服
部六左衛門殿角倉与市方へ遣之、書状箱急用ニ付、大坂蔵屋敷迄遣申候、乍
御六ヶ鋪、御届被下候様ニ与申達候処、則可差越与之儀也

〻戌之中刻、三使牧方出船、殿様も相続御出船被遊也

〻三使亥之中刻、さらしニ参着、此所ニ船ヲ掛、夜明ス、殿様ニも御掛り被成ル也

〻正使乗船、稲葉右京亮様ゟ正使江杉重二組被送之、此方ゟ相附候島雄八左
衛門并通事之者下々ニ至まて、弁当料理出ル、軍官之内にも料理望申者にハ

被出之、夜中吸物ニ而御酒出ル、料理之上ニハ濃茶出ル也

〃 副使乗船、伊達遠江守様ゟ副使江杉重一組出ル、此方ゟ相附候唐坊新五郎、其外通事之者中江杉重一つ出ル、軍官望次第ニ御酒・肴・茶出ル、尤、侍并通事下々迄弁当料理出ル

〃 従事乗船、水野美作守様ゟ従事江杉重一組・水菓子出ル、此方ゟ相附候深見弾右衛門并通事之者下々ニ至迄弁当料理出ル

〃 大坂町御奉行設楽肥前守様・藤堂主馬様御手代衆両人、隼人・直右衛門乗船ニ参、被申聞候者、朝鮮人荷物段々今晩中ニ大坂江罷着候、尤、早々為揚可申処、荷宰領も不相見、殊夜中之義ニ候得者、遠慮ニ存候間、明日得と夜明候而、上ケさせ可申候、然ハ、三使明日五ツ時分ニ御着可被成と存候、左候て者、荷物上ケ申ニ込合、何とも笑止ニ存候間、何とそ五ツ過、四ツ時分ニ三使御着候様被成間鋪候哉之旨被申聞、直右衛門致対面、相応ニ返答申入ル

〃 樋口孫左衛門・多田与左衛門方ゟ古川吉之助を以申来候ハ、大坂御町奉行方ゟ右之通申来候付、四ツ時分、三使船揚候様ニ可仕候由返答仕置候間、弥其通、今晩急度三使方へ申達候様ニ与之御事之由申来候付、則三使江も右之趣申遣ス

一十月朔日 晴天

〻正使乗船、稲葉右京亮様御馳走人赤村九左衛門方ゟ正使江餅・菓子入杉重一
　組被差出候、此方ゟ被付置候島雄八左衛門、其外通事之者下々ニ至、料理出
　ル、軍官にも料理望申者ニハ御振舞有之、茶も出也

〻副使乗船、伊達遠江守様御馳走人浅尾十郎右衛門方ゟ唐坊新五郎并通事
　下々迄料理出ル

〻従事乗船水野美作守様御馳走人渡部長兵衛方ゟ、此方より被附置候深見弾右
　衛門并通詞之者まて料理被出也

〻辰之中刻、三使さらし出船

〻殿様ニ者三使より先ニさらし御出船也

〻巳之中刻、信使大坂参着

〻信使宿門之内外番所、其外行規人等、参向之通り也

〻御馳走人両御奉行并御賄方御両人、信使宿江御出、隼人江御逢、三使参着之
　御慶被仰入、則卞僉知を以三使江申達ス

〻御賄小堀仁右衛門殿・末吉勘兵衛殿、信使屋江御詰

〻御目付松田六郎左衛門殿、御船役水野甚五左衛門殿・須田与左衛門殿、何も
　布上下ニ而信使宿へ御出被成候

〻牧方御馳走人松平伊賀守様ゟ三使為見送、太田原吉左衛門・正木助之允、大
　坂迄被差越、則三使宿へ被罷出候付、田中善左衛門対面、挨拶仕ル

〻設楽肥前守様・藤堂主馬様、隼人江於信使宿ニ被仰開候者、今日者日和能当
　所御着、目出度存候、対馬守殿当寺江御出候ハ、御慶可申入と存候へ共、
　未御出無之候、殊、信使参着之義、公儀江御案内申上候付、御城江罷上り候、
　依之、隼人迄御慶被仰入与之御事、扨又、先日対馬守殿ゟ潮時之義被仰開候、
　船奉行衆へも致相談候処、来ル三日・四日潮時能候、五日・六日ニ成候得者、
　潮かれに罷成、一ノ洲無心元被存候、それとても御乗船被成義ニ候ハ、通不
　申義ハ有之間敷と存候、弥御乗船之日限御極被成候ハ、早々被仰開候様ニ
　与之御口上也、則其段孫左衛門・与左衛門方へ以手紙申遣ス

〻朝鮮人、信使宿ゟ船江往来之節、道筋相附申用に候条、輿添給人之内、其外
　足軽共ニ拾五人程被仰付候様ニ、孫左衛門・与左衛門方江申遣ス

〻隼人・直右衛門へ相附置候小使両人痛有之而、諸方之使差問候、依之、当地
　之様子好々存知居候日用之者五人ほと、毎日信使宿江相詰候様ニ被申付候
　様ニ与、是亦孫左衛門・与左衛門方へ以手紙申遣ス

〻朝鮮船之船頭、信使宿江召寄度之由、三使被申候条、其段申付候而、早々三
　使宿江差越候様ニと申遣ス

〻夜寒候条、三使方江蒲団調被遣候様ニと、御屋敷へ申遣候処、則紅之蒲団
　銘々ニ来ル

〻御堂門之出入之義、隼人・直右衛門印鑑ヲ門番所へ出し置、此方信使方之役
　目人江紙札銘々ニ渡し置候而、門出入仕ル也

〻殿様未ノ上刻、信使宿江御出被遊、裏付御上下被為召也

〻両長老にも御出、殿様御同座也

〻中段之西之方江毛氈鋪之、三使着座、殿様御入被遊候時、三使下段まて被出
　迎、一礼有之而、亦両長老一礼、それゟ上段江御上り、殿様東之方毛氈之上ニ
　御立、二度半之御対礼有之、其後両長老御対礼相済而、御着座、朴同知を以
　今日参着之御慶御口上有之、畢而御茶出ル、御還之節も三使下段迄被送出、
　御一礼有之、玄関まて朴同知・卞僉知御送出ル也、早速殿様御帰被遊、両長
　老も追付御帰り

〻朝鮮人於当所、小間物調度之由申上置候、今日中ニ委細被仰聞候得、明日に
　ても調させ可申由、孫左衛門・与左衛門方江申遣ス

〻御馳走人岡部膳正様ゟ三使銘々ニ柿一篭・葡萄一篭ツヽ、白木之台ニ据来ル、
　御使者仲縫殿右衛門、則善左衛門請取之、朴同知を以三使江差出ス、追付、
　朴同知、善左衛門同道にて御使者迄御礼申達ス

〻右御同人ゟ上々官江も銘々ニ柿一篭ツヽ来ル

〻方々江用事之使遣之刻、所柄不相知候而、不埒ニ有之候条、手代衆之内か亦
　ハ左様之所柄等好存候者壱人、毎日信使宿江被差出置候様ニと、御代官仁
　位助之進方江直右衛門方ゟ以手紙申遣ス

〻内膳正様御家老久野三郎兵衛、直右衛門ニ被申聞候者、昨日朝鮮人荷物船
ニ積申候付、内膳正様番人四人御附被成候、就夫、今日殿様当所御着被遊候
条、右之番人ハ引可申と被申聞候付、直右衛門返答申入候ハ、其段対馬守方
江可申遣候条、其間ハ右之御番衆被仰付置候様ニと申入ル也、則誰そ埒明候
人、番人ニ被申付、彼方之衆江付届候而、引被申候様ニ仕可然候間、其段被
申付候様ニ、孫左衛門・与左衛門方江直右衛門ゟ手紙を以申遣ス

一十月二日 晴天

〻御賄方小堀仁右衛門殿・末吉勘兵衛殿、信使屋江御出、隼人・直右衛門江御
対面

〻京極備中守様ゟ三使江御使者中山格左衛門、口上、江戸表ニ而先例之通、預
御音物、忝存候、然者、軽少之至ニ候得とも、御返物之験迄ニ目録之通染草
二百枚致進覧候与之御事、則直右衛門取次、卞僉知を以三使江申達ス也

〻御馳走人・御町奉行・御賄方、信使屋ニ御出被成候

〻輿添之給人之義、信使屋江拾人宛毎日相詰、朝鮮人船ニ往来仕候節、朝鮮人
毎々相添候様ニ与之義也、就夫、本願寺門出入之札、直右衛門印判にて拾七
枚渡之、足軽卄人之内三人ハ病気ニ罷有候付、右之通也

〻御長柄之者之内六人誓旨・血判申付、横堀リニ宿申付置候而、朝鮮人船ゟ信
使屋江往還仕候、則壱人にても十人にても長柄之者二人ツヽ相附参候様ニ与
申付ル

〻御馳走人岡部内膳正様へ三使ゟ之音物、今日進覧被申ニ付、御使者深見弾
右衛門被仰付、裏付上下着にて致持参、台、御賄方ゟ出ル、音物帳ニ有之

〻本願寺御門跡江も三使より音物、今日遣被申也、御使者木寺利兵衛申付、遣
之、裏付上下着仕、御門跡ニ者御在京故、御留守居渡ス、台持夫等右同断、
音物帳ニ有之

〻今昼、内膳正様ゟ於三使宿、年寄中并相詰候者ともへ御菓子・餅・酒・肴・御茶、
御振廻被成ル

〻町御奉行衆江隼人致参上候処、御逢被成候付、申上候ハ、昨日於信使屋、御
　船奉行御両人江御同座二而被仰聞候趣、対馬守江申聞候処二、思食之段御
　尤二存候、京都ゟ申進候通、六日之出船不罷成様子相極候ハヽ、一日ハ縮メ
　申義も可罷成哉と存、申進候処、六日二ハ潮かれ候故、如何二思召候得共、公
　儀之義二候得者不罷成候義無之与之御事二御座候、左候得者、江戸二而相究
　候日限之義二候間、弥六日二相極申候条、左様二御心得可被成与之趣、口上
　を以申上ル、将又、六日二対馬守屋鋪江信使立寄被申筈二御座候、其節本屋
　敷と浜屋敷との間川辺之道、往来留不申候而ハ不罷成間、此段御断申候通申
　上候処二、尤二思召与之御事、警固之義ハ彼方ゟ被仰付与之御事也

〻公儀ゟ朝鮮人江被成下候御銀之義、今日中二請取申度之由申候間、御渡被
　下候様二と御町奉行御両所へ申上候而、御老中様御添手形一通并銀役衆ゟ
　之御證文一通、隼人致持参処、御両所共二御写被成、二通共二御銀奉行二
　持参候得、持夫之義ハ町より御出シ可被成与之義被仰付候二付而、大坂御銀
　奉行佐橋儀兵衛殿江罷出、御證文二通共二相渡候処二、儀兵衛殿江御留置
　候而、彼方ゟ仮手形御出し、八つ前、此手形を以御城腰掛二罷出候得、御城
　之内ハ御城代之夫二而銀子出シ申候、御腰掛ゟ外ハ何方之夫にて成とも、心
　次第と被仰付候故、夫之義ハ御町奉行ゟ御出シ被成筈二御座候通申入、罷帰、
　則田中善左衛門江右之仮手形為持、佐橋儀兵衛殿へ差越候処、手代衆御城
　二被差越、御銀御出シ置可被成候間、時分見合、罷出候而、請取候様二と之
　御事、依之、善左衛門義ハ大手外腰掛二待合居候而、儀兵衛殿手代衆四人二
　相対仕、儀兵衛殿ゟ之仮手形相渡、御銀請取之、御銀之積所ハ大手橋より外
　之道二積置候而、被相渡之、夫々者召列、罷出候役目之者并善左衛門家来相
　附、公儀ゟハ途中之宰領不被仰付也

〻佐橋儀兵衛殿ゟ之手形、左二記之
　　一銀二百参拾四貫三百五拾目之手形一通請取置候、後刻、此手形二銀子
　　引替可相渡候、以上
　　　戌十月二日　　　　　　　　　　　　佐橋儀兵衛印判
　　　宗対馬守殿御内
　　　　平田隼人殿

〻今日御銀、御城ゟ請取、参候付、則年寄中致支配、夫々二相渡候而、拝領之

員数目録ニ請取候とと之裏書、上々官三人印判ニ而隼人・直右衛門ニ宛渡之

〃内膳正様ゟ三使江最前者預御音物、辱与之御礼、御使者古屋与右衛門被遣之、隼人、朴同知同道、罷出候而、御口上承之、三使江申達、御返答、朴同知申入ル也

〃於信使屋、肥前守様・主馬様被仰聞候ハ、此頃江戸へ之御註進之御状被遣候節、継飛脚之御證文御添被下候付、其分ニ而遣之候、御参勤之刻ハ御状計被遣之候故、御城代ゟ之御状ニ相副、彼方ゟ継飛脚之證文出、夫にて参候、此度之様ニ候得ハ、弥重ニ飛脚立候、重而、船中ゟ之御註進如何可仕哉与之儀、対馬守殿へ申入、御手紙被下候ハヽ、其書付ヲ御城御加番江見せ可申之由被仰候付、則隼人御屋舗江罷出、申上候処、道中・京・大坂まてハ私方ゟ御證文出之候様ニと之御事ニ御座候付、右之通、進之候、船中之御手形ハ御町奉行御両所江相届候様ニ与之御紙面ニ御座候間、参向之時同前ニ御座候与之儀、御町奉行江御手紙被遣之

一十月三日　曇天

〃御馳走人并御賄方、信使屋へ御出被成ル

〃町御奉行設楽肥前守様御与力馬掛田中武兵衛・明田八右衛門、藤堂主馬様御与力永田勘兵衛・服部弥一兵衛、信使屋江被罷出、直右衛門江対面被申聞候ハ、弥来ル六日御乗船之筈ニ御座候哉、就夫、信使乗船之日者御屋舗江被立寄候由承候、三使、其外不残立寄被申事ニ候哉、亦ハ過半も直様船ニ乗被申候哉、其刻、人馬之心得も有之事ニ候間、委細被仰聞候様ニと被申候、直右衛門返答ニ申達候ハ、乗船之日限弥六日ニ相極候、信使、対馬守家敷江被立寄候義も不残参申ニ而可有御座候、尤、荷物なと乗せ候とて、少々船ニ参り申候義も可有之候得とも、先不残召連、被立寄ニ而可有之候間、左様御心得候様ニ与申入ル、右之段、孫左衛門・与左衛門方江申遣

〃岡部内膳正様御家老衆田島十郎兵衛ニ被申聞候ハ、内膳正様御薬用ニ御座候間、人参壱斤御所望被成度之由被申聞候付、殿様ゟ被遣候御音物ニ御加

へ被成、御音信ニ被遣候て、如何可有御座候哉と、孫左衛門・与左衛門方へ以
手紙申遣ス

〃江戸表ニ而若殿様ゟ上々官、其外江被下之候御音物之内ニ鄭判事江被遣候
音物ニ紅羽二重相添居候、右御音物、夜更候而被遣候故、翌日上々官へ相渡
之可申と存、其侭ニ而召置候処、其翌朝者三使発足之義ニ候故、朝鮮人其外
大勢入込居、右之紅羽二重一疋失申候、其紅之儀ハ鄭判事於爰元申聞候、依
之、紅羽二重一疋御調被遣、如何可有之哉と与左衛門・孫左衛門方江申遣ス

一十月四日　雨天

〃御町奉行設楽肥前守様・藤堂主馬様、三使屋江御出被成、隼人江御逢被仰聞
候者、夜前船奉行衆同前ニ申入候趣、対馬守殿如何思召候哉と御尋御座候、
隼人申候者、夜前被仰聞候趣申聞候処、五日ニハ川口通り可申候、六日ニハ
聢通り可申とハ不思召候由ニ付、弥五日ニ出船候様ニ可然候、乍然、三使江
様子不相尋候而ハ、各様まて申進候義如何ニ存候間、三使江申達、否之儀相
究可申候、其段承次第、対馬守方ゟ各様迄可申達候由申候処、対馬守殿弥五
日ニ出船与被思召儀ニ候得者、三使之返答迄ニ御座候間、弥五日ニ出船可仕
と、三使御申候ハ、先御両人ニ申入候様ニ与対馬守殿江御聞候而、被仰聞
候迄ハ及延引候、明日之儀ニ候得者、早々承候て、下々之者共江もそれへ
ニ申渡義ニ候間、三使返答之儀御聞可被成ために御待被成候由被仰聞候ニ
付、弥其元ゟ右之段被仰遣候様ニと、孫左衛門・与左衛門方江以手紙申遣ス

〃爰許出船之義、明日ニ可被成候哉と、朴同知を以三使江申達候所、弥明日天
気好罷成候ハ、出船可仕候由被申、荷物之義も江戸ゟ持越候を明ケ不申、
直様召置候間、小船ニ積、途中ニ而積移可申候由、同知申聞候、依之、役々
之者江弥明日出船之筈ニ候間、被申渡候様ニ与、孫左衛門・与左衛門方江申
遣ス也

〃三使并上々官・判事方ゟ調度と申書物有之候付、則書付、明昼時分、爰元江
差下候様ニと京都御代官志賀甚五左衛門・島雄仁右衛門方へ書状相副申遣ス

〻信使方ゟ江戸本誓寺、京都本圀寺江音物遣候を受用被仕候義書付候而、遣し
申様ニと、藤堂主馬様御与力古屋新十郎被申聞候付、則隼人印ニ而書付遣之、
左ニ記之

〻信使宿坊江戸本誓寺・京本圀寺・大坂本願寺、右三ヶ所之宿坊江三使ゟ音物、
江戸本誓寺・京都本圀寺二ヶ所ハ受用ニ而御座候、以上

宗対馬守内

　　　十月三日　　　　　　　　　　平田隼人印
　　藤重主馬様御与力
　　　　古屋新十郎殿

　右之通、書付相渡ス也、大坂本願寺江之音物も江戸・京之並ニ可被成与之御事

〻岡部内膳正様ゟ此方年寄中・催判、其外年寄中、詰間ニ罷有候者中江於信使
屋ニ餅并御酒・肴御振舞被成ル

〻三使銘々ニ蜜柑一篭ツヽ、直右衛門方ゟ朴同知迄書状相添遣之、則朴同知方
ゟ三使銘々ニ差出ス

〻御馳走方江隼人申入候者、辰長老明日可為御上京候間、人馬之義最前江戸
上下之通御渡可被成候、併為念ニ候間、人数弥被相尋、御渡被成候様ニ、御
代官衆へ被仰達可被下候由申入ル也

〻辰長老方ゟ申来候者、明日可致上京人馬之義、殿様ゟ公儀御役目衆江被仰
達可被下哉之旨申来候付、返事ニ申遣候ハ、人馬之義ハ御馳走方江申達置
候間、其方より直ニ可被仰遣之由申遣ス也

〻戌之刻、信使宿江殿様御出被遊、卞僉知を以三使江被仰達候者、明朝五ツ時
分潮時好御座候間、此方屋鋪江六ツ時分御出、御仕廻候而、五ツ時分ニ乗船
被成可然候、可掛御目候得共、殊外之御取込と見及候間、申置候与之御意、
卞僉知を以被仰達、則卞僉知罷出、隼人江御返事申伝、御返答者隼人申上ル
也、畢而、殿様御屋鋪江御還被遊也

　　　　　　　　　　　　　　　　　　　　　　　　（終わり）

下向信使奉行船中毎日記

一十月五日 晴天

〻 今日、信使大坂乗船ニ付、御馳走人岡部内膳正様、御賄方小堀仁右衛門殿・末吉勘兵衛殿、未明ゟ信使屋ニ御出被成ル

〻 三使宿被罷出候刻、乇立、内膳正様へ被致面談、朴同知を以諸事御礼被申達ル也

〻 如先例、今日ハ此方御屋敷へ被立寄、乗船ニ付、卯ノ中刻、三使宿発出、御屋鋪へ被参ル也、先乗平田隼人・田嶋十郎兵衛・高勢八右衛門、跡乗り平田直右衛門・田中善左衛門、此跡ゟ御馳走方之御家来歩行ニて被参ル也

〻 御屋敷ニ而之御馳走諸事之様子、殿様附之年寄中日帳ニ有之

〻 三使宿発出之刻限付之義、家老衆へ木寺利兵衛申達候処、内膳正様へ御聞被成刻限之義ハ公儀へ御案内被仰上事候故、町御奉行へ御相談被成義ニ候間、被仰談、其上ニて殿様へ可被仰進之由、内膳正様御直ニ被仰聞也

〻 御供船、何茂先達而難波嶋へ下ケ置、信使船、此方之御座并古御座ハ一ノ洲ニ下ケ置也

〻 三使、本願寺ゟ御屋鋪迄之道筋絵図有之也

〻 三使辰之中刻、御屋鋪罷立、北浜ゟ川御座ニ乗り被申、此所ニ町御奉行設楽肥前守様・藤堂主馬様、御目付松田六郎左衛門殿御出被成ル也

〻 殿様ニハ三使跡ゟ御さかり可被成候間、隼人・直右衛門船者三使之先乗り可仕与之御事ニ付、則先乗り仕也

〻 三使乗船之川御座、御馳走人ゟ杉重一、柿壱篭宛銘々ニ被遣之、軍官中へも御酒并柿御振廻、通事中へ茂杉重一宛、御酒御振廻有之也

〻 朝鮮人乗船ニ此方より御被相附候人、淀ゟ被下候刻之通也

〻 八ツ之上刻、三使一ノ洲参着、則本船ニ乗移被申、何茂川御座、此所ゟ帰ル、尤、相附居候御馳走人ニ此方より被相附候人、一礼申入候也

〻 今日、三使其外川御座ニ乗候朝鮮人、乗組船之次第等、淀下り之行列同前也

〻 三使船川口被致出船ニ付、田中善左衛門遣之、申達候ハ、御出船之義、対馬守方へ御相談被成候与之事候哉、左様無之候ハ、先御待被成候而、対馬守

へ被仰談、其上ニ而之義ニ被成可然候由申候処、返答ニ、今朝、於御屋鋪、
其段申入候処、於津泊船場、乗船ハ各別出船、参着之義ハ心次第与之御事ニ
付、出船候与之義也

〃 右之通ニ付、殿様御船ニ神宮十右衛門、使ニて相伺候者、三使乗船只もの出
船ニて御座候、然処、我々船之飯米・水夫等いまた透と乗り不申候、相待居候
而者、三使乗船ニ後レ可申候間、隼人・直右衛門、両人内壱人先達而参り可申
与存候得共、小早も未参、鯨船も相附居不申候間、御座ニ相附居候小早之内
壱艘、鯨船ニ二三艘被遣候様ニと申遣候処、我々両人内参り申ニ不及候間、十
郎兵衛・善左衛門、両人内壱人鯨船ニて参候へ、御船ニ相添候小早ハ遣申義
難成候、鯨船ハ船割相済居候条、船頭共存居可申与之返事也

〃 田中善左衛門義鯨船ニて兵庫へ三使船ニ相附、罷越也

〃 御召船、其外御供船も三使船之跡方一ノ洲御出船

〃 戌上刻、三使兵庫へ参着、御船も相続、御着船也

〃 川口方兵庫迄三使乗船ニ漕船・小船拾艘ツヽ相附、此外朝鮮荷船三艘ニも相
附、此漕船之義、大坂御船奉行水野甚五左衛門殿・須田与左衛門殿方被差出也

〃 青山大膳亮様方三使銘々ニ生鯛二尾・鴨三羽・卵子百入壱箱ツヽ、御音信銘々
御使者ニて参ル

〃 上々官三人ニも銘々ニ御酒壱荷、生鯛二尾ツヽ、是又御使者ニ而来ル

〃 兵庫御馳走人青山大膳亮様御家老山口治部右衛門・彦坂喜兵衛両人、御船へ
参り、被申候ハ、御着目出度奉存候、御船ニハ御窮屈ニも可有御座候之間、三
使御上り、御休息被成候様ニ、殿様方被仰達被下候様ニ、殿様ニ茂御宿へ御
上り被遊候様ニと之口上、此方方之御返答ニ、三使へハ上り申間敷与之事候、
対馬守義も風気ニ罷有、其上三使も上り不申候付、陸へも上り申間敷与之御事
也、右之家老両人へ者御対面無之、善左衛門御返答申入ル也

〃 大膳亮様家老衆方此方ニ御使者横館左兵衛を以生鯛二、 生蛯十ツヽ、隼人・
直右衛門并十郎兵衛・善左衛門方へ銘々ニ被成下之、善左衛門罷出、御使者
ニ逢ニて御音物返進之、隼人・直右衛門へ就御用、御船へ罷出候ニ付也

一十月六日　晴天、東風

〃今朝六ツ頭ニ三使兵庫出船、殿様ニも御出帆也

〃今朝茂大膳亮様ゟ三使へ御酒壱荷、蚫壱折、生魚壱折、銘々ニ兵庫出船之刻、御使者ニて来ル

〃右御同人様ゟ猪粕漬壱桶ツヽ、是亦三使へ御使者ニ而被遣之

〃明石之前ニて松平若狭守様ゟ三使へ粕漬鯛一桶、干菓子壱箱、酒弐荷、銘々ニ御使者ニ而来ル

〃室津御宿亭主吉田彦左衛門、隼人・直右衛門乗船ニ参ル、就夫、本多中務大輔様御家老梶金平・都築惣左衛門方ゟ口上書壱通、彦左衛門請取参ル、是者朝鮮国へ之御返物船差下ニ付、漕船等荷物掛ゟ相断候ハヽ、御馳走被成候様ニと、先日大坂ゟ相触候返答也、依之、返事ニ不及

〃兵庫ゟ明石迄漕船六七艘ツヽ相附

〃明石ニて酒壱荷、粕漬鯛壱桶、上々官三人銘々ニ御使者を以被遣之

〃同所ニて上判事三人中へ酒壱荷、粕漬鯛一折、是又御使者を以被遣之

〃明石より室迄漕船として小早三艘ニ小船四艘ツヽ相附也

〃本多中務大輔様ゟ殿様為御迎、細干之前迄船奉行壱人、御使者壱人被差出也

〃同所迄右御同人様ゟ御家老河西縫殿助、大番頭佐野市郎右衛門、使者為御迎被差出也

〃申之上刻、室津参着

〃着岸之為御使者、殿様へ御家老都築惣左衛門、三使へ物頭中村与惣、此両人、姫路ゟ被差越置候由ニて被罷出ル也

一十月七日　曇天、西風

〃今日者逆風故、室津滞留

〻三使方御船ニ為問案、金判事被差越、其前ニ隼人・直右衛門乗船ニ参り、窺内
　意候由ニて、通事加瀬五右衛門相附参、申聞候者、今日ハ天気もあかり候、殊
　ニ牛窓ハ十里之内外ニ御座候、逆風ニ而ハ候得共、なきも能候、其上、参向之
　刻ハ当所へ滞留仕、受御馳走候故、弥出船仕度之由、御船ニ致参上可申上と
　申聞ル、五右衛門へ隼人申聞候ハ、今日出帆之義ハ無用ニ候、窺御機嫌計ニ
　御船ニ可致参上候、出船之義ハ三使より不被申聞候とても、順風ニ而候得ハ、
　此方方油断不仕候由申聞ル也

〻本多中務大輔様御家老河西縫殿助・佐野一郎右衛門、隼人・直右衛門乗船ニ
　被参、則隼人致対面、直右衛門義ハ用事ニ付、信使船ニ参り、其後対馬守乗
　船ニ致伺公筈ニ候故、不掛御目候通申入ル也

〻中務大輔様方三使へ之音物、御使者佐々七郎右衛門、隼人・直右衛門乗船ニ
　持参、被申聞候者、中務方方三使へ音物遣し申候、弥三使乗船ニ持参可仕候
　哉、伺内意候与之義也、隼人返答ニ申入候ハ、弥御持参可然候、三使乗船ニ
　此方侍共相附置候条、此者ニ音物被相渡候様ニ可被成候、尤、先達而三使船
　ニ可申遣候条、先其間御扣被成候様ニ与申入、則黒岩十兵衛、三使乗船ニ遣
　し、中務大輔様方御使者有之候間、御音物取次候様ニと申入、早速右之御使
　者遣之也、音物ハ左ニ記之

　　　　　　　　　　　　　　　まんちう
　　杉重壱組ツ〻三重物　　　くしら餅
　　　　　　　　　　　　　　　干くわし
　　　　外家すかし有り

　　右之通、三使銘々ニ来ル

〻牛窓御馳走人松平伊予守様御家老池田大学方方使者川口太左衛門来ル、口
　上、別事無之

〻今昼、申之刻時分、天気晴候処、三使乗船、其外引船ニ至り篷をとり、船拵等
　仕、出船之覚悟与相見候付而、早速隼人・直右衛門方方三使乗船ニ木寺利兵
　衛、使ニて申遣し候者、先刻金判事を以天気もあかり、殊ニ当所より牛窓迄者十
　里之内外ニ候之故、出船仕度之由被申越候、然共、今日ハ日吉利も不見究、
　殊逆風故、出船之義者無用ニ被致候へ、自然其内ニても風直り候ハ、此方方
　差図可申之由返事ニ申遣し候処、唯今見及候得ハ、篷なと取り、出船之覚悟と

相見へ候ハ、如何様之義ニ候哉、自然順も能候ハヽ、此方ゟ御左右可申由申
遣シ候処、右之仕方不及覚悟候、其上とても御聞入無之候ハヽ、三使乗船計
被致出船候ヘ、対馬守義ハ出船仕間敷由、三使船銘々ニ参り、朴同知・卞僉
知・洪僉知へ申達候処、右之面々申候ハ、天気も上り、殊順も能候故、先船捗
等仕候、殿様ゟ御差図無之前、出船仕覚悟ニ而無之候、弥明朝ニ而も御差図
被成候様ニとの返事也

〻右之儀ニ付、御船ニ黒岩十兵衛を以申上候ハ、御差図無之処ニ、右之通、三
使乗船、出船可仕候与さハき候、此段我々方ゟ茂以使、差留候条、弥御船より
茂御使被遣、急度被仰付候様ニと申遣ス、就夫、当所御馳走之漕船奉行方へ
神宮十右衛門を以申遣候ハ、今日ハ順も無之候故、三使出船之義無用ニ仕候
様ニ与、兼而申聞置候処、日吉利も直り候故、出船可仕哉与之覚悟候、折節、
御馳走之漕船茂捗候而、三使船ニ附候由見及候、左様無之さへ、三使出船可
仕与被致候、増而漕船等御附被成候ヘヽ、弥以出船之覚語被仕、此方致迷惑
候、明日ニ而も順有之候ハヽ、此方ゟ御左右可申候条、其刻、漕船御附被成
候様ニと申遣ス、漕船奉行ハ居不被申候付、波戸之番衆へ申置、罷帰也

一十月八日 晴天、西風

〻今朝、辰之上刻、室津出船

〻通事加瀬五右衛門、牛窓前ニて隼人・直右衛門乗船ニ参り、申聞候者、三使乗
船順も能候由ニて牛窓へ御寄せ無之、直ニ通り可申との義ニ付、殿様御船茂
未御着不被遊候間、御待被成、御相談之上ニて御出シ候様ニ与申達候得者、
頻ニ御出シ候故、御案内申上由申候ニ付、其段直ニ御船ニ罷出申上候様ニと
申付、遣之ス、則五右衛門、御船ニ致参上、原五助を以申上候由、又々隼人・
直右衛門乗船ニ参り申聞候付、此方ゟ五右衛門へ申候ハ、三使其外上々
官へ可申達候ハ、順能、直ニ御通被成候由承候、未対馬守乗船も参着不仕候
処、御相談も無之、直様御乗被成義如何ニ候、乍然、御出被成たる事ニ候間、
今日ハ其通ニて重而ハ、弥御相談之上ニて御出候様ニ可被成之旨申達候様ニ
と申渡、五右衛門義者返之

〻牛窓ニ八時分、殿様御船御寄せ被遊、三使乗船ハ先達而牛窓を通り被申候ニ
　付而、隼人・直右衛門乗船茂直ニ通シ申也

〻牛窓之前ニて松平伊予守様御家老池田大学方ゟ之使者山川忠左衛門被参ル、
　鷹・鴈二ツハ隼人・直右衛門江、鷹・鴨二ツハ十郎兵衛・善左衛門、目録相添来
　ル、則右之三人罷出、使者ニ返答申達、音物返進仕ル也

〻今度、信使下向ニ付、池田大学方ゟ大坂迄小船十艘被差登置、是ハ参向之時
　分入用ニ付、小船御無心申候条、亦々ゟ用事登せ候由ニ而、相添登候由、
　塚村安太夫、其由此方船役へ申達候、然共、断申候処、適々差登置候与之義、
　折節隼人・直右衛門乗船、三使船ニ後レ申ニ付、則右之小船を漕船ニ附ケ申ニ
　付、被入御念、今度も大坂迄小船被差登、則得御馳走、忝奉存候与之義、池
　田大学方へ以書状申達ス、此状、忠左衛門へ渡ス也

〻本多中務大輔様ゟ三使為見送、牛窓迄船奉行嶋村伝右衛門・上田五郎右衛門、
　用人遠藤八郎太夫被参ル也

〻室津より牛窓迄之漕船ニ早船三艘ツヽ、一艘ニ上乗・馬廻り壱人ツヽ、外ニ早船
　壱艘ニ馬廻り一人宛乗り、三使乗船之脇ニ相附并小船二十艘、此外水船数艘
　如参向

〻於牛窓、松平伊予守様ゟ三使へ鴈五、柿一篭、梨子壱篭ツヽ、御目録相添、御
　使者を以被遣之

〻上々官三人江も鴨五、柿壱篭ツヽ、是又御使者ニて被下之

一杉折	一組ツヽ	三使へ
一同	一組ツヽ	上々官へ
一同断		上判事へ
一同断		医者へ
一同断		上官・次官へ
一同断		中官へ
一同断		下官へ
一同断		通事へ

　右者船ゟ被揚候ハヽ、座付ニ御出シ被成筈ニ御用意被成置候得共、直ニ
　御通り被申ニ付、御馳走人方ゟ参候也

〻三使ゟ上官迄ハ料理無用与被仰出候へ共、御揚り候ハヽ、相伺出し申心得ニ

〻罷在候与之義也

〻中官・下官ハ料理用意仕候由、右之三ヶ條御馳走方ゟ書付被出之

〻下津井江夜ニ入、亥ノ上刻、三使着船

〻牛窓ゟ下津井迄漕船として早船三艘ツヽ并水船四五艘ツヽ相附

〻於下津井、伊予守様ゟ三使へ濃茶一箱、鯛五、鱸五、蚫壱篭、手樽弐ツヽ、
　銘々ニ御使者ニて被遣之

〻下津井、子之上刻、三使出船、殿様ニ茂御出帆也

一十月九日　晴天、西風

〻三使、備後鞆着船、巳下刻

〻番所御馳走人水野美作守様ゟ三使へ為御使者、浦口迄三村伊右衛門被参、
　隼人へ懸御目度由被申候付而、則致対面候処、伊右衛門被申候ハ、江戸表水
　野美作守方ゟ三使へ之使者ニ拙子申付置候、先以、此度者江戸表御参勤首
　尾能相済、当所御着弥珍重存候、随而、三使へ目録之通致進覧之候音物之義者
　別船ニ乗せ置申候、則目録致持参候条、御覧候て、此通可然候ハヽ、三使へ
　宜様ニ被仰達被下候様ニ与之口上也、目録之写、左ニ記之

乾鯛	一箱
御折	一合
御樽	一荷
計	

　　　　　　　　　　　　　　　水野美作守
　　　　　　　　　　　　　　　　　勝慶

　　右之通、三使銘々ニ来ル、御使者三村伊右衛門

雉子	十羽
柿	一箱

　　右者御同人様ゟ上々官三人銘々ニ被遣ル、御使者片見孫太郎

〻折ハ金みかき彩色絵有之、菓子色々入

〻牛窓ゟ鞆迄漕船相附、朝鮮船壱艘ニ早船三艘ツヽ、其外小船・水船数艘、参向

之時同前

〻松平安芸守様ゟ御使者寺西小左衛門・吉田八郎左衛門、隼人・直右衛門乗船
　ニ被参、被申聞候ハ、三使御下向之為御慶、安芸守方ゟ使者ニ差越候、則対
　馬守様御召船ニ致参上候処、各御乗船ニ参り、御差図受候様ニ与之儀候之由
　申聞ル、則隼人対向仕、口上承之、御使者帰ル也

〻御船ゟ吉村善左衛門御使ニて申来候ハ、今日者西風強候故、当浦ニてハ無心
　元候故、野嶋迄漕廻シ候様ニ与之御事也、則三使乗船ニ黒岩十兵衛を以右之
　通申遣、申之下刻、鞆出船

〻酉ノ上刻、野嶋へ廻着

〻美作守様御家来村岡孫左衛門・藤村刑部左衛門方へ田中善左衛門方ゟ以書
　状、申遣し候ハ、我々乗船之義、対馬守家老共乗り居申候付而、信使船ニ相
　附不参候而不叶事ニ候得共、殊外船後レ候付而、所々御馳走所ニて漕船之義
　申入、相附申候、明日ニ而も当所出船仕候ハヽ、各以御心持、小船拾艘程御
　附被下候様ニ与、以手紙申遣ス也

一十月十日　晴天、西風

〻野嶋、今朝卯之下刻、三使出船、殿様ニも御出船御押せ被成、忠海へ未之下
　刻、御着船也

〻野嶋ゟ忠海迄信使船之漕船五拾丁立弐艘ツヽ、外ニ壱艘下知船相附、此外水
　船数艘、美作守様より御附被成ル也

〻みかゝら之前ゟ忠海迄水船壱艘ツヽ、松平安芸守様より御馳走也

〻副使乗船ニ被乗せ置候岡部弥作、隼人・直右衛門乗船ニ参、申聞候ハ、五日
　次物船ニ積置候付、船殊之外遅ク候故、今日ハ小童共迄櫓押させ被申様子ニ
　御座候間、今晩ニも御出船有之義ニ候ハヽ、定而五日次物為払被申候歟、又
　ハ捨させ被申ニ而可有御座候と存候、其節、我々留申候而も中々承引被仕義
　ニ無御座候間、似合之船ニも御積せ被成間敷哉之旨申聞候付、委細承候、船
　之義申渡、才覚有之様ニ可仕之由申聞、弥作義返之

〻井田左吉方へ以手紙申遣候ハ、三使乗船二五日次物請取二付、殊外船せき候
　由申候間、当所二て十端帆程之船壱艘借り候て、右之五日次物積候様二可被
　仕候、若又、爰元二而も才覚難成候ハ、先様被申越候て成共、被借候様二と
　申遣ス

〻忠海酉之上刻、三使出船、殿様へも御出船御押せ被成ル也

〻夜ノ八時分蒲苅へ三使着船、殿様御座船ハ蒲苅二御寄せ不被成、直二御押せ
　被成ル也

〻忠海ゟ蒲苅迄漕船弐艘ツハ相附、外二水船数艘被相附也

〻隼人・直右衛門乗船二茂忠海より小船七艘附漕之

一十月十一日　晴天、西風

〻松平安芸守様ゟ今朝三使并上々官へ被遣物、左二記之

　　　　　一大折壱　　　　　但、白木うす粉色絵
　　　　　一鰹節一箱
　　　　　一諸白一荷

　　　右、正使へ御使者上田又助

　　　　　一右同断

　　　右、朴同知へ御使者同人

　　　　　一右同断　　副使
　　　　　一右同断　　卞僉知

　　　右、御使者加藤清九郎

　　　　　一右同断　　従事
　　　　　一右同断　　洪僉知

　　　右、御使者同人

〻鞆水野美作守様ゟ蒲苅迄三使為見送、御使者藤村刑部左衛門、隼人・直右衛
　門乗船二被参、此所迄漕船相附、引渡申候由被申聞二付、隼人対面仕候也

ゝ安芸守様御家来吉田八郎左衛門、此方船ニ被参、隼人対面仕、我々乗船ニも
　漕船被仰付被下候様申達ル

ゝ松平長門守様ゟ迎之御使者平岡八左衛門被罷出、先達而上関迄罷越候由申
　置、被罷帰

ゝ松平安芸守様御家来大久保権兵衛・田中左近右衛門・寺西小左衛門、右之
　面々隼人・直右衛門乗船ニ被参、三使蒲苅卯之中刻出船之由ニて、刻付之書
　付持参也

ゝ右御同人様ゟ御使者田宮杢右衛門を以、隼人・直右衛門并田嶋十郎兵衛・田
　中善左衛門ニ御音物被下之、然共、返進仕也、其品々、左ニ記之

　　　　　一干鯛　　　　　一箱
　　　　　一忍冬酒　　　　一陶
　　　　　一覆盆子酒　　　一陶

　　右之通、隼人・直右衛門へ被下之

　　　　　一干鯛　　　　　一箱
　　　　　一忍冬酒　　　　一陶　銘々

　　右、十郎兵衛・善左衛門へ被下之

ゝ卯之中刻、三使蒲苅出船也

ゝ防州之内加室へ酉ノ下刻着船、暫時潮掛有之而、戌ノ上刻出船

ゝ此所之代官友沢四郎左衛門と申人、隼人・直右衛門乗船ニ被参、小鯛壱折持
　参、則隼人致対面、一礼申入、音物ハ返之

ゝ松平長門守様御家来宍戸修理方ゟ飛札来ル、意趣ハ江戸表首尾好御仕廻、
　珎重存候、拙子義も信使為御馳走、赤間関へ差越置候、自然至先様御用等候
　ハ、被仰聞候様ニ与之紙面也、則返事相調、飛脚へ相渡ス

ゝ蒲苅ゟ加室迄三使乗船之為漕船、早船三艘、小早壱艘ツヽ、外ニ水船数艘相
　附也

ゝ加室之前ニて此所之代官友沢四郎左衛門、三使へ銘々ニ生鯛九枚壱折、野
　菜色々壱折持参被仕ル也

ゝ昨日、野嶋出船、蒲苅参着、今朝同所出船、加室参着之様子、原五助迄御案
　内申上ル

〃松平長門守様御家来村上三郎兵衛、隼人・直右衛門乗船ニ被参ル

〃長門守様御内平岡八左衛門、隼人・直右衛門乗船ニ被参、拙子儀茂下関迄罷越候間、用事等可承之由被申置也

〃長門守様御内日野七兵衛、隼人・直右衛門乗船ニ被参、三使へ御菓子一箱・鰑壱箱・樽一荷致進覧候間、彼方宜様ニ被仰遣可被下候由被申聞候、則直右衛門致対面、申入候ハ、彼方へ案内者申付置候間、取次之者へ被仰達候様ニ申入、三使船ニ遣之

〃右御同人様ゟ上々官三人銘々ニ串海鼡一箱・樽壱荷ツヽ被遣之候、御使者三戸兵右衛門

〃長門守様御内御座平右衛門、隼人・直右衛門船ニ被参、被申聞候ハヽ、今度是ゟ下ノ関迄漕船下知役被申付、明日ニても御出船之刻相附参候御用之義も候ハヽ、不被御心置可被仰付との義也、則直右衛門対面、挨拶仕ル

〃長門守様御内川村作左衛門、直右衛門乗船ニ被参、被申置候ハ、拙子事綱碇之御馳走役被申付候、御用之義も候ハヽ、被仰聞候様との義ニて申置、被帰

〃隼人・直右衛門乗船ニ為漕船、蒲苅ゟ上之関迄小早三艘相附也

〃長門守様ゟ隼人・直右衛門へ御使者ニて二種被成下与之義、則直右衛門対面ニて御礼申上ル、御音物ハ返進仕也、御使者張中藤右衛門

〃長門守様御家来吉川内蔵之助方ゟ三使銘々ニ杉重壱組・酒手樽壱ツヽ参ル、但、杉重ハ金すなこ也、使者両人青川五左衛門・佐々木九兵衛

〃右同人ゟ上々官銘々ニ杉重一組ツヽ参ル

〃右同人ゟ三艘船之上官中ニ折三ツ、一艘ニ一宛参ル也

一十月十二日 晴天、東風、子ノ刻時分西風ニ成ル、但、雨降

〃三使、上ノ関出帆

〃室隅之前ニ而長門守様ゟ三使銘々ニ生小鯛一折・野菜九種ツヽ被遣之、室隅之代官永沼九郎右衛門持参、正使・副使ハ受用、従事ハ請不被申也

〻笠田村之沖ニて塩鯛三枚・野菜四種ツヽ、右御同人様より三使銘々ニ被遣之、
　笠田村之代官広仁左衛門持参、正使・副使ハ受用、従事ハ請不被申也

〻丑之上刻、田之浦へ着船

〻田之浦参着之後、朴同知方ゟ通事加瀬五右衛門を以隼人・直右衛門方へ申越
　候ハ、今晩、田之浦参着之刻、直ニ下関へ可罷越之由、正使被申候付、正使
　船ニ此方ゟ御附被成候者共申候ハ、瀬戸之潮向イ候故、落シ申義難成由申入
　候、其上漕船之者共茂潮悪鋪ニ付、案内不罷成由申候得共、是非直様可参由
　被申、唯物瀬戸口ニ船向候ニ付、五右衛門直ニ正使ニ申入候者、爰元之瀬戸
　之義ハ取分大切所ニ御座候故、少潮悪鋪候而ハ、瀬戸落シ申義不罷成旨
　色々申候処、左候ハ、潮直り申迄ハ爰元へ掛り居候而、潮直り候ハ、下之関
　へ参り候様ニと、朴同知へ被申付候、其上、朴同知義殿様御召船未御着不被
　成候故、潮悪抔与申、船を留置候様ニ正使被存、殊外立腹被仕、朴同知義咎
　ニも可被申付様子ニ御座候、弥潮直り候ハ、早々潮戸落し候様ニ仕度之由申
　越候ニ付、則扇判右衛門を以御船樋口孫左衛門・多田与左衛門方ゟ右之趣申
　遣ス、潮時之義も平田与次右衛門ニ被仰付、御吟味被成候而、時分之義其元
　より直ニ判右衛門ニ被申含、　三使之船ニ被仰越候様ニと申遣候処、殿様御寝
　成候之故、右之段御案内不被申上候、隼人・直右衛門了簡次第、三使へ可申
　達之由申来候付、三使船ニ判右衛門遣之、申入候ハ、明朝潮直り候ハ、瀬戸
　落し申時分之義、此方ゟ可申進候条、夫迄ハ御待被成候様ニ、将亦下之関ゟ
　御国迄之義、外海之事ニ候得ハ、大切ニ存候、随分能順風を見計、出船之義、
　此方ゟ可申進之由申入候、并、上々官へ申聞候者、約束ニ違、此方太鼓うち
　不申前ニ船を出し被申、見苦候、向後、左様無之様ニ可被仕之由申遣し候処、
　相心得候与之返事也、右之通、副使・従事乗船ニも参、卞僉知・洪僉知江申達
　ル也

一十月十三日　雨天、穴西風、巳ノ中刻ゟ天晴

〻田ノ浦、卯之下刻出船、辰刻、下之関着船

ゝ上ノ関ゟ下ノ関迄之漕船ニ早船四艘、外ニ下知船壱艘、水船数艘相附、三使
　乗船・引船共ニ同前也

ゝ松平長門守様ゟ三使并上々官、其外へ今日被遣物、左ニ記之

　　　　　　一大折　　　　壱　　金麿
　　　　　　一串海鼠　　　一箱
　　　　　　一煮染　　　　一箱
　　　　　　一酒　　　　　一荷

　　　右、三使銘々、御使者小玉五左衛門

　　　　　　一杉重　　　　一組
　　　　　　一鰹節　　　　一箱
　　　　　　一酒　　　　　一荷

　　　右、上々官三人江銘々、御使者右同人

　　　　　　一大折　　　　三　　但、木地色とり
　　　　　　一蚫　　　　　一折
　　　　　　一酒　　　　　一荷

　　　右、上官・次官・中官・下官中へ被下之、御使者大西七郎右衛門

ゝ長門守様ゟ三使江之御音物、御使者小玉五左衛門、此方船ニ被参、被申聞候
　者、三使江之音物持参仕候、可受御差図由被申候、隼人・直右衛門義御船ニ
　罷有候付而、黒岩十兵衛同道ニて、三使船ニ参ル

ゝ長門守様ゟ隼人・直右衛門并十郎兵衛・善左衛門へ箱肴二種ツヽ、御使者大西
　七郎右衛門を以被下候得共、御断申上、御使者迄返進仕ルなり

ゝ宍戸修理方ゟ隼人方江以使者、紙一箱・鮎一桶来ル、則受用仕ル也

ゝ宍戸修理方ゟ隼人・直右衛門方へ以使、参着之悦申来ル

ゝ松平長門守様ゟ三使江御使者木梨子近十郎、隼人・直右衛門乗船ニ被参、被
　得差図候付而、則隼人対面ニて、彼方へ対馬守家来申付置候間、被仰達候様
　ニ申入、帰ス

一十月十四日 晴天、北東風

〃今朝未明ニ御船方御使ニて被仰下候ハ、唯今之様子ニ而者順茂有之間敷候間、船を出シ不被申候様ニ可申遣与之御事ニ付、則黒岩十兵衛使ニ而三使乗船ニ申遣候ハ、唯今之様子ニ而ハ順可有御座共不申候、乍然、夜明候而、様子見合、対馬守方より御差図可申入候間、夫迄ハ御出船被成間敷候、此方少茂油断不仕候間、御出船時分之義ハ可申談候由申達候処、委細得其意候与之返答也

〃夜明候而、三使乗船ニ者黒岩十兵衛使ニて申遣候ハ、只今之分ニてハ出船之順者有御座間敷候へ共、瀬戸之潮時、唯今能御座候付、対馬守乗船瀬戸を落し、ふくらと申所へ参居、四つ時分ニも順御座候ハ、申談、出船可仕候間、弥先へ御乗り不被成、対馬守船之掛り候処ニ御かゝり候様ニ申達候処、得其意申候与之返事也

〃辰ノ上刻、下ノ関御出帆、三使茂相続出船、大瀬戸御落シ被成、ふくらと申所へ御寄せ被成候処、北東風あらしニ成候付而、直ニ御出船、三使も同前也

〃小笠原遠江守様方御使者石井弥三兵衛、隼人・直右衛門乗船ニ被参、被申聞候者、遠江守様より三使へ鶴九十羽可被進之候、如何可仕哉之旨被申候付而、御馳走之義ニ御座候間、御目録被相添、三使乗船ニ御持参候様ニと申達ル也

〃戌上刻、三使藍嶋着船、殿様ニ茂御同前也

〃下ノ関方瀬戸口迄長門守様方為漕船、早船二艘宛、外ニ下知船壱艘ツヽ相附也

〃小笠原遠江守様方為漕船、早船弐艘ツヽ、外ニ下知船壱艘ツヽ大瀬戸ニ被差出、長門守様方之漕船ニ代いたし、若松迄漕之

〃松平右衛門佐様方為漕船、早船弐艘ツヽ、下知船一艘宛、外ニ小船拾弐艘ツヽ被差出、若松ニ而遠江守様漕船ニ致交代、藍嶋迄漕之

〃右衛門佐様御家老黒田三左衛門・浦上彦兵衛両人、隼人・直右衛門乗船ニ参り、被申聞候ハ、対馬守様江戸表首尾能御勤御機嫌能、信使御同道、此度御下向、乍憚目出度奉存候、就夫、三官使へ右衛門佐方ゟ音物致進覧之候、使者ニ浦上彦兵衛申付置候、あなたへ致持参候義、対馬守様御船ニて相伺候処ニ、各受差図候様ニ与之御事ニ付而罷出候、夜中与申、御草臥ニ可有御座候

得共、得御意度与之義ニ付而、則右両人之衆船ニ申請、御音物之儀彦兵衛殿、
三使方へ御持参ニ者及申間敷候、御使者之通、具三使へ可申達候条、御音物
義者十郎兵衛請取之、夫々ニ相渡シ可申旨申入、両人之衆被帰ル也

〻右衛門佐様〻三使并上中下官へ被遣之候音物、左ニ記之

菓子	一箱	餅五種・肴十一色
鴨	弐拾翅	
昆布	一箱	
鯣	一箱	
煎海鼠	一箱	
御樽	一荷	

　　右、三使銘々江右衛門佐様〻御目録相添来ル

菓子	一箱
鴨	拾羽
昆布	一箱
鯣	一箱
樽	一荷

　　右、上々官へ右御同人様〻

菓子	一折
鯣	五箱
手柳	十樽

　　右、上判事・学士・医師へ

菓子	二折
昆布	壱箱
鯣	壱箱
樽	三荷

　　右、上官中へ

菓子	一折
昆布	一箱
鯣	一箱
樽	一荷

　　右、次官中へ

菓子	二折
昆布	一箱
鰑	一箱
樽	五荷

右、中官中へ

菓子	三折
昆布	一箱
鰑	一箱
樽	七荷

右、下官惣中へ

一十月十五日　晴天

〃未之下刻、三使藍嶋陸へ被揚

〃右衛門佐様ゟ三使其外下々迄御酒・肴等出候、書付、左ニ記之

雑煮
うとん
吸物
御酒
肴

右ハ三使并上々官へ出ル

うとん
吸物
御酒肴

右ハ学士・判事・医師へ

うとん
吸物
御酒肴

右ハ上官・次官へ

二汁七菜

右ハ中官へ

　　　　一汁五菜
　　　右ハ下官へ

　　　　三汁九菜
　　　右ハ此方年寄中へ

　　右之通御振廻被成ル、通事江も軽キ料理出之

〃 三使方上々官を以被申聞候ハ、唯今之様子ニ候ハ丶、順可有之与存候、弥其
　通ニ候ハ丶、只今可致乗船候、順有之間敷様子ニ候ハ丶、陸へ可致一宿候、
　此段一応相伺、如何様とも御差図次第ニ可仕与之義ニ付而、其通遂御案内候
　処、弥心次第被致乗船候様ニ与之御事也、則上々官迄其段申達ル

〃 三使方上々官を以御馳走方へ御礼之義宜敷申達くれ候様ニとの儀ニ付而、 則
　隼人、上々官致同道、右衛門佐様御家老黒田三左衛門・浦上彦兵衛へ申入候
　ハ、今度ハ往来共ニ入御念御馳走之段、三使別而過分ニ被存候、尤、今晩ハ
　可致一宿候得共、唯今之分ニ而者順茂可有之様子ニ付、明朝、乗船仕候而ハ
　大勢之義ニ候得ハ、延引ニ可被成哉と存、今晩より乗船仕候、御礼之義ハ何分
　ニも宜様ニ申達くれ候様ニ与之義ニ御座候通申達ル也

〃 三使戌之中刻、乗船也

〃 右衛門佐様ゟ三使并上々官へ多葉粉壱箱・柿一篭・生蚫壱折宛銘々ニ被遣之、
　御使者佐脇五郎右衛門

〃 子之下刻、藍嶋出船

一十月十六日　晴天、北東風

〃 今朝卯之下刻、殿様并正使乗船壱州江参着、風強ニ付而、今日ハ御逗留、陸
　へハ不被揚也

〃 副使・従事乗船、其外引船三艘之義藍嶋ゟ直様御国へ欠乗り候由、立田三右
　衛門・平田源五四郎并正使乗船之上乗、俵長左衛門参り、申聞ル、依之、黒岩

十兵衛を以右之段、御船ニ御案内申上ル

〃藍嶋ゟ為漕船、早船十弐艘壱州迄被相附

〃右衛門佐様より三使為見送、立花長左衛門、壱州迄被罷越ル也

〃松浦肥前守様御使者安井才兵衛、隼人・直右衛門乗船ニ参り、被申聞候者、
肥前守方ゟ三使へ参着之御祝義ニ音物進覧申候様ニと申付、用意仕居候、尤、
正使ハ当所御着被成候得共、副使・従事ハ宜様御国へ御欠ケ通り被成候、音
物之義如何可仕哉と被申候付而、善左衛門返答申入候ハ、正使江之御音物ハ
拙子請取、此方ゟ正使へ相送り可申候、貴様へハ正使方へ之御出ニ及不申候、
副使・従事義ハ直様対州江被罷通候、如何様家老共致相談、追而御返答可致
由申入、追付被罷通也

〃右御音物之品々、川内又右衛門請取之、正使乗船ニ持参、肥前守様より御使
者之趣、朴同知へ申入、御音物相渡ス

〃右之御使者安井才兵衛乗船ニ川内又右衛門を以申遣し候者、前刻之御音物、
正使乗船ニ遣し、御使者之趣申遣候処、正使被申候ハ、今度ハ往来共ニ入御
念、御馳走忝被存候、御礼之義者宜敷申伸くれ候様ニ与之義ニ御座候、将亦、
副使・従事之御音物者先刻も申入候通、直様被罷通候故、被遣ニ及間敷候哉、
併御用意をも被仰付置候条、御無用ニ被成候様ニ与ハ難申入候、又、我々ニ
御渡被成、国元ニ而差出可申候哉、如何様共御了簡次第ニ被成候様ニと申入
候処、才兵衛被申候者、自分ニも了簡難仕候、如何様共御差図被仰付候様ニ
与之儀ニ付而、左候ハ、我々請取、国元ニて副使・従事へ差出可申候、則此
又右衛門ニ御渡し可被成候由、亦々申遣、右之品々ニ手日記相添、請取也

〃右之音物又右衛門請取、信使賄方立田三右衛門・平田源五四郎乗船ニ持参仕、
相渡ス

〃肥前守様ゟ正使并上々官へ之音物、左ニ記之

　　　　　　大折　　　　　壱
　　　　　　鯣　　　　　　一箱
　　　　　　昆布　　　　　一箱
　　　　　　生鴨　　　　　一篭　二羽
　　　　　　樽　　　　　　一荷
　　　　右ハ正使江御使者安井才兵衛

鯛	一折
大根	
牛房	一折
薯蕷	
樽	一荷

右、上々官中へ被遣之、御使者右御同人

（終わり）

다사카 마사노리(田阪正則): 선문대학교 국어국문학과 부교수.

고려대학교 일반대학원 국어국문학과 비교문학 전공, 박사학위를 취득하였다. 쓰시마번의 종가문서를 통해 조선 후기 조일 관계, 특히 문화교류에 관해 연구하고 있다. 논문으로는 "ハングル写本『崔忠伝』と『新羅崔郎物語』", "1747년(英祖23) 問慰行을 맞이한 對馬藩의 동향", "1746년 관백승습고경차왜 접대: 종가문서로 보는 다례 이후", "무진년 통신사행 절목 중 구관백전(舊關白前) 예단 및 배례 강정에 관한 고찰", "무진년 통신사행 절목 중 집정 인원수 강정에 관한 고찰" 등이 있다.

이재훈: 동의대학교 동아시아연구소 연구교수.

경희대학교 일어일문학과를 졸업하고, 동 대학원에 진학해 석사·박사 학위를 취득하였다. 전공은 일본근세문학으로 쓰시마번의 종가문서를 활용하여 조선 후기 통신사를 입체적으로 재현하는 데에 관심이 있다. 논문으로는 "기해사행의 당상역관: 대마도 종가문서에서 등장양상을 중심으로", "통신사와 화재: 화재의 양상과 일본측의 대비", "호소이 하지메 초역본『해유록』: 그 번역 양상을 중심으로" 등이 있다.